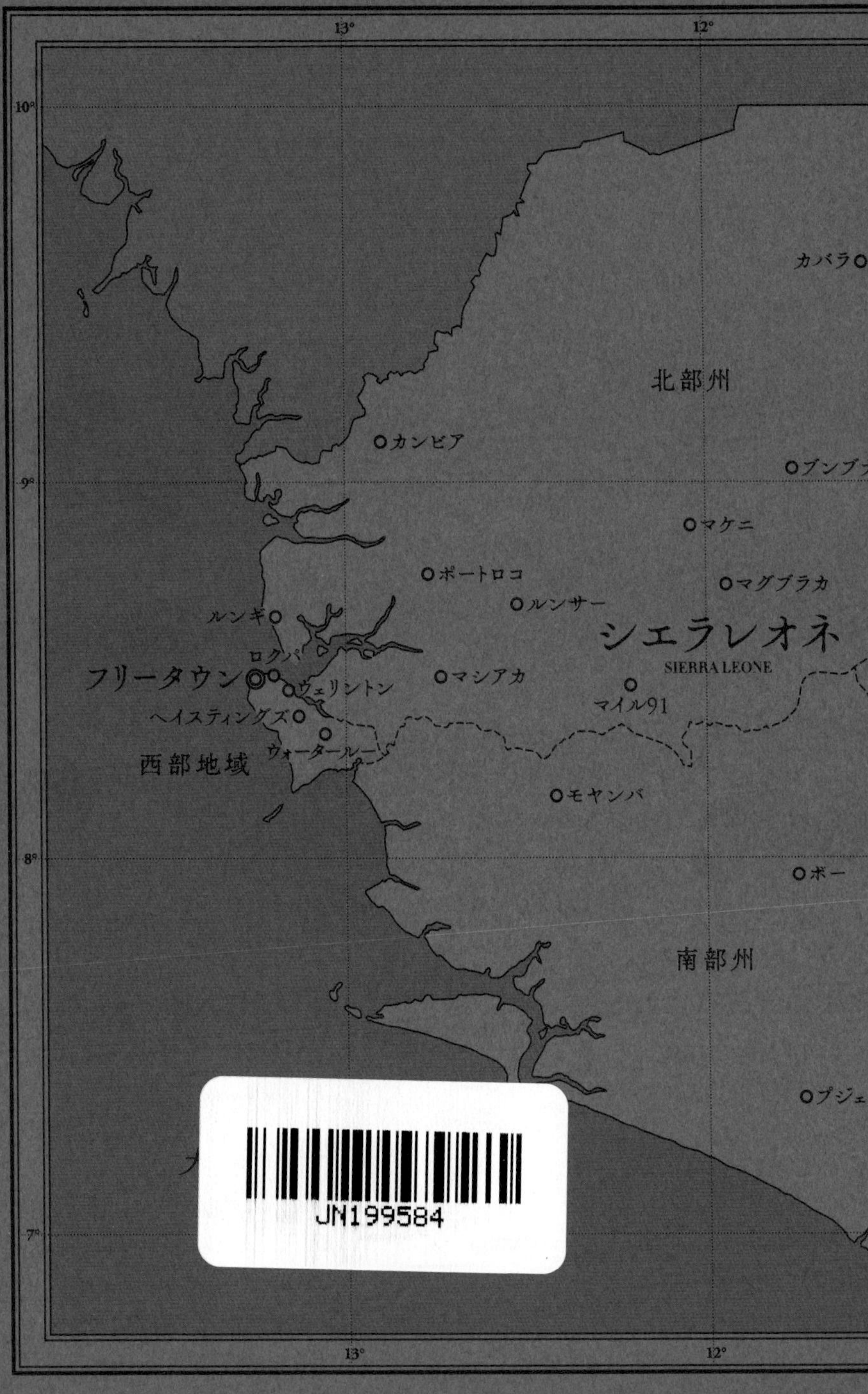

シエラレオネ
SIERRA LEONE
北部州
南部州
西部地域
フリータウン
ルンギ
ロクパ
ウェリントン
ヘイスティングズ
ウォータールー
カンビア
ポートロコ
ルンサー
マシアカ
マイル91
モヤンバ
マケニ
マグブラカ
ブンブナ
カバラ
ボー
13°
12°
10°
9°
8°
7°

シエラレオネの真実

父の物語、私の物語

アミナッタ・フォルナ
澤良世＝訳

This edition has been abridged with permission from the author.
本書は原著者の許諾を得て抄訳しています。

亡き父へ

栄辱は身分にあるのではない。
汝の本分をよく果たすこと、そこに名誉があるのだ。
——アレキサンダー・ポープ『人間論』より

もくじ

第1部

第1章

早朝、男は小屋の戸口に立って遠雷を待った。涼しい風は雨の予兆を感じさせる土の香りを含んでいた。下でつるはしを持って待っているその男にエンジンの音が聞こえるより前に、二階のベランダからトラックが赤い砂埃を舞い上げるのが見えた。私は10歳で、1974年7月30日。つむじ風が私の家に向かってくるのを見ている。風はでこぼこの小道を走る運転手を追いかけ回し、トラックの上に巻き上がり、車を主要道路から外れさせ、家が建て込んでいるところから私たちが住んでいる崖の端までやってくる。唸るような音が聞こえる。低い、深い音から引き裂くような不快な音に変わり、突然、静かになる。運転台から運転手が飛び降り、その後ろでつむじ風は地面に落ちて静かになる。

運転手が待っていた男と言葉を交わし、男は頷き、運転手は運転台に戻る。つるはしを持った男は小屋から数フィートのところに移動し、右手で合図をする。運転手は車を前後に動かし、小屋にぶつかりそうになる。図体の大きいトラックは、錆びたトタン板と薄板、段ボールでできた、吹けば飛びそうな小屋を簡単に壊すことができそうだ。屋根には古タイヤが重しとして置かれている。この家には12人が暮らしている、と義母が言っていた。ようやく、運転手がレバーを押して、積み荷の石を地面に落とし、つむじ風は私たちの頭上に渦巻く。母なるつむじ風。

トラックが去った後、男と私は石の山を完成させる。男は身を乗り出して石を一つ手に取る。手の中の石はメロンぐらいの大きさで、表面はあばたになり、たくさんの穴があり、赤い月の石のようだ。男はその石を地面から突き出ているような大きな巨礫の端に注意深く置き、鉄の柄のついたつるはしを持ち上げて、テニス選手がサービスエースを打ち込むような習練した優雅さで背中のほうに弧を描くように振り上げ、肩から下へ石の中心部を突いた。石は心地よく5、6個に砕ける。男はちょっと私を見て頷き、私はそっとそれに応える。彼はさらに続けて石を選び、完璧なやり方で同じことを繰り返す。

彼が立っている台地は、平らな地面と谷の急斜面との境目だ。谷の向こうには屠殺場が作られ、廃棄物が細い川に直接、流れ込む。屠殺場を狙うハゲタカは、食事と食事の間、私たちの家の屋根で待つ。きらきらと輝く水で遊ぶ楽しみは目に見えない危険とは比較にならないので、私はしばしば一人で小川を訪ねる。川から水を運んで鍋を洗い、米を調理する、トタン板の小屋で暮らす家族には小川に近付かないという選択肢はない。

小川の反対側の谷の中腹には木造の小屋がある。昼間は誰もいないが夜になると安普請の家から男や女がやってきて、ヤシ酒を蒸留して作った、とても強い「オモレ」を飲む。この酒を飲むと失明すると聞いたことがある。発酵した飲み物は濾（こ）してハエの死骸や生きたウジを取り除いてからでないと飲めない。週末には、客が酔っ払い、音量を上げた音楽が谷の斜面に反響して、夜の音をかき消す。毎週、金曜日の夜には、水際のカエル集落から聞こえる喧しい鳴き声、野良犬の夜想曲、絶えることのないコオロギの騒々しい響きが明け方まで続き、カール・ダグラスが何度も繰り返し歌う「みんなカンフーをやっていた」のリズムをかき消す。

我が家の人々はこの歌が好きだ。歌詞を覚えて、それに併せて即興のダンスをする。いとこのモーライは、アジア人の真似をして目を細め、つまさき立って回転し、宙に向かって蹴り上げたり拳を突き上げたりする。モーライは20代で、体にぴったりフィットした紫の柄物のシャツを着て、貼り付けポケットの付いたお揃いのパンツをはいている。いとこのエスターとムスは笑い転げる。モーライとサンティギ（いとこではないが、いつも私たちと一緒に暮らしていた）は後で街に繰り出す。

石を砕く音が規則正しく繰り返される中、キッシー・バイパス・ロードから、車の警笛や、通勤者を町に運ぶ準備をするポダポダ〔乗合の小型バス〕のエンジンの回転音が聞こえる。ポダポダの後ろの扉から身を乗り出すようにして、男の子が高い声で、歌うように「キッシー、マウンテン・カット、サベッジ・ストリート、モーター・ロード」と道順を告げる。前に進もうとする人。混み合ったバスのちょっとした隙間に体を押し込む人。悪臭と暑さが想像できる。乗り遅れそうになった人はバスの屋根に上るか、後ろのステップにしがみつく。ポダポダとは、「あっちこっち」という意味で、車体にスローガンや所有者の名前を自慢げに書いたバスは競い合って一日中街を駆け回る。

ウィルバーフォースとヒル・ステーションに向かう坂をゆっくり登るポダポダの窓からはフリータウンの丘の稜線のカーブが一望できる。眼下に壊れたコーヒーカップのように広がるのが首都だ。彼方には海が広がる。かつて英国人は、暑さと止むことのない喧騒から逃れて、屋根付きのバルコニーと格子で囲まれた階段を備え、ピロッティの上に建つ、同じ様式の木造住宅で暮らした。英国人は、ここならフリータウンのマラリアの空気からさえも安全だと思っていた。しかし、多くの英国人が亡くなった後、彼らは復讐心から、西アフリカ全体を「白人の墓場」と呼んだ。

私たちも、ここで暮らしていたときがあった。道の両脇には果実のなる木が並んでいた。アボカドやパンの木、そして、マンゴーが女の人のエメラルドのイヤリングのように細い枝にぶら下がる。子どもたちはマンゴーがまだ緑色のうちにもいで塩をつけて食べ、腹痛で七転八倒した。火焔木の細長いさやをこっそり取って、種でマラカスを作った。数週間後、さやが全部落ちると、木は、うつくしい炎のような花で覆われる。タマリンドの季節になると、地元の子どもたちは我先に小さな黒い果物の木の枝にしがみついて、なめらかな種から甘酸っぱく、ねばねばした果実をしゃぶった。でも、それは4年近くも前のことだった。私の人生の半分近く昔の話だ。

昨夜は雨が降らなかった。私はベッドの中で本を読んでいたが、外は静かだった。天井には60W（ワット）の電球が灯り、私の上を蚊帳がゆったりと覆っていた。電灯の光の周りに虫が集まり始めていたが、まだ早く、7時をちょっとまわったところだった。昼間の明かりが少し前になくなり、12時間の暗闇が続く。赤道に近く、昼と夜は正確に分かれている。就寝時間のずっと前にモーライが部屋に殺虫剤をスプレーし、窓の下に蚊取り線香を焚いた。

履いていたゴム草履が脱げて、ベッドの端のむき出しの石の床に落ちた。ショートパンツとTシャツを着て腹ばいになってジェラルド・ダレル〔イギリスのノンフィクション作家〕の家族と犬ごっこに夢中だったとき、ドアから兄が顔を出した。何かを知っていて、それを話そうとする人に特有の興奮が表情に溢れていた。「男を見たか」と兄は尋ねた。

家にはベランダが二つあった。一つは家の裏側にあり、道路から遠く、崖を見下ろし、もう一つは台所の隣にあった。私たちは、すぐにベランダに辿りついた。廊下を走り、居間を駆け抜けて台所のドアから外へ出た。そこに数人が私たちに背を向けて何かを囲むようにして集まっていた。彼らの背中が私の視界を遮った。人々は低い声で話していた。私は集団の外に目をやった。

男がほとんど身動きもせずに、硬い背もたれの椅子に座っていた。顔は濡れた感じで、額には玉の汗をかき、上を向いて白眼を剝いていた。父は男のほうを向いて、見慣れた黒いプラスティックの安楽椅子の肘に寄りかかっていた。

私は人々をかき分けて、父のそばに辿りついた。男は20歳ぐらいと思われ、すえた汗とアルコールの匂いがした。肌は埃(ほこり)っぽい灰色だ。

光は黄色く、弱かった。父が何をしているのかが分かるまで、じっと見ていた。男の膝には血の付いたものが置かれていた。初めは何か怪我をした生き物、例えば、見分けがつかないほど傷ついた何かだと思った。そして、それが動物ではなく手であること、彼自身の手だ、というか、手の残りだということに気付いた。その手はぼろ布のうえに置かれていて、指も爪も手の平らしいものもなかった。肉が剝き出しになり、ちりぢりになっているみたいだった。ただの生の肉のように見えた。大量の血の上に骨の塊、銀色と白の腱、明るい灰色の筋肉が光って見えた。父がピンセットで傷ついた肉片を取り出している間、私は放心状態で立っていた。

風がなく、空気は淀んでいた。私は汗をかき始めた。その場に留まって、ずっと見ていたかったが、「アム、あっちへ行って包帯を巻くのを手伝いなさい」と父から静かに言われた。いとこたちは扉を入ってすぐのところにある食卓に座って、シーツをひも状に裂き、端を縫い合わせていた。父からあっちへ行くようにと言われたことに私はがっかりしたが、役割を与えられたことで気を取り直して言われた通りにした。

父が消毒液をと言ったので、モーライはすぐに家に走り、程なく、ほとんどカラになったプラスティックの容器を持って戻ってきて、「おじさん、デトール液はほとんど残っていません」と言った。モーライは容器を持って、ちょっと肩をすくめるような、問いかけるようなしぐさをした。

次の瞬間、私が割り込んで「少し持っています」と言った。これは私がほんとうに役に立つことのできるチャンスだと思って、そのチャンスをつかんだ。

部屋に急ぎ、膝をついて、ベッドの下を探った。以前、私は獣医になりたいと思っていたので、ボール紙の箱に怪我をした動物のための救急箱を隠していた。毎週、小遣いでガーゼやテープ、添え木などを買い足した。脱脂綿などは手作りか、もらいものだった。父からは医者の鞄の中にあった注射器を2、3本もらった。治療に成功したのは犬のときだけで、しっぽを失くしたトカゲのときはうまくいかなかった。

数日前にチョイスラムズ・スーパーマーケットで標準の4分の1の容量の小瓶に入ったデトール液を買っていた。未開封で、救急箱にあるものの中では明らかにもっとも価値があった。ラベルに印刷された、商標の長いエクスキャリバーの剣と、蓋を開けたときの強い刺激のある匂いが好きだった。私は得意になって、これをもって父のところに戻った。

「デトールをもってきたわ。私のだけど使って」と言って、小さな瓶をさし出した。私はまた父の隣に立ち、父は、また、あっちへ行くようにと言った。その後、1時間ほど、いとこたちと布を縫い合わせて、多分、誰も必要としないぐらい長い包帯を作った。

長い時間が過ぎ、男はどこかへ連れ去られ、傷の治療に使った汚れたガーゼなどの残骸が片付けられて、私は父が座っていたビニールで覆った肘掛椅子で眠ってしまった。誰かがベッドに運んでくれたのだろう。1時間足らず前にシーツを足に絡ませて蚊帳の中で目覚めた。しばらく半ば夢心地で、そのままじっとしていると昨晩のイメージが蘇ってきた。部屋の反対側のベッドには姉がまだ眠っていた。姉の寝息が聞こえた。外では鶏が調子はずれの、不明瞭でぶっきらぼうな鳴き声をあげた。若い鶏で、喉が十分に発達した雄鶏の歌を歌うことができなかった。

朝食のとき、男の怪我は交通事故だった、と父は言った。仕事に行くために父は茶色のスーツを着ていた。私は「ウィータビックス」(朝食用のシリアル)を牛乳に浸し、そのうえにビスケットを入れて潰した。週末には義母が台所を仕切り、私たちはバナナに米粉とナツメグを混ぜてボール状にして揚げたアカラか、揚げたプランティーンに魚と黒目豆で作った唐辛子味のソースをかけて炒めた料理を食べたが、週末以外はシリアルとトーストだった。

「どんなふうにぶつかったの」と私たちは尋ねた。私はシリアルにたくさんの砂糖をかけた。「分からない」と父は応えた。「彼はどうしたの」「病院へ行ったよ」

私たちは頷いた。次の質問を考える間、茶色く、どろどろしたシリアルを口に運んだが、父の次の言葉が私の思考に止めを刺した。

「アム、今日、ある人と会うんだ。数学の家庭教師でね。休暇中、補習をしてほしいんだ」

口の中はウィータビックスがいっぱいで、しゃべることができない。私は数学が得意じゃない。しばしばクラスで真ん中ぐらいまで成績が落ち、それは父の基準では受け容れがたいことだった。毎学期、一番か二番か三番をとると、父から褒美がもらえたが、私がいい成績をとることは稀だ。休暇は始まったばかりで、10日前にイギリスの寄宿学校から戻った。数学の家庭教師を付けてもらうというのは、侮辱されていると考えるべきか、特別に注目されていることを喜ぶべきか、私には分かりかねた。こんなことをいろいろと考えていると、父は朝食をすませて、私の牛乳用のコップを借りて、沸かして瓶に入れて冷蔵庫で保存している水を注ぐ。コップの水は濁った感じになり、あまりおいしそうではない。

「エッ」と私がいう。

「みんな同じところに入るのだから」と言って、父は微笑み、大げさに楽しそうにコップの水を飲み干し、私たちを面白がらせる。父は私たちにキスをして出掛けた。

午後になると雨が降り出す。家の周りに錆色の水たまりができる。血の色の小さな流れが大きな支流となって斜面を流れて屠殺場の小川と合流する。暑さは和らがず、熱を含んだごみは濡れた犬のような匂いを発する。雨の滴が車庫の波板トタンの屋根に勢いよく叩きつけ、大勢の狂ったティンパニー奏者のように、波打つトタンのうえをいろんな方向に打ち続ける。てんでばらばらなリズムを通して、石を砕き続ける男のつるはしの規則正しい音が聞こえる。男は引き裂いて短くしたショートパンツだけを身に付け、雨が上半身の汗と蒸気を洗い流す。男は一度も手を休めない。男の右側の、元々、大きな石が積み上げられていたところには二つ目の小石の山ができている。

バルコニーでは、曲線を描く鉄の手すりの下に水がたまり、屋根に流れ落ちる。私は本を持って長く並んだ椅子のひとつに座った。一人っきりだ。今日は誰も訪ねてこない。普段は昼ごろになると一人か二人、キッシー・バイパス・ロードから、たいていは歩いてやってくる。タクシーで来る人はほとんどない。家族の知り合いは家の中を通り抜けて裏側のベランダでおしゃべりをする。家の前の道路脇に座る人もある。フリータウンや田舎から助けてもらおうとしてやってくる人たちだ。

誰もが座り心地の悪い椅子に文句も言わずに座って、父が仕事から戻るまで辛抱強く待つ。父の帰りが遅かったり、父が忙しいときは、次の日にまたやってくる。なかには、父の以前の患者で、治療が必要であるにもかかわらず他の医者に払う金のない人もあり、誰かの死亡の知らせをもってくる人や、子どもを学校に行かせるための援助が必要な人もいる。家族のいざこざの仲裁を求める人や仕事を探してほしいという人もある。大半の人はほんの少しお金がほしいと思っているだけだ。

彼らが到着し始めると、私はたいていどこか他のところに姿を消す。あるとき、目の見えない人が道路から階段を上ってきて、偶然、私の上に座った。目の見えない人には特別な感知能力があり、こうもりのレーダーのような聴覚をもっているので、決して何もできない人のように接してはならない、と私たちは学校で習った。だから、その目の見えない男の人が私がいることを知っていると信じていたので、腰を下ろすのを見て、その瞬間、恥ずかしさで口がきけなかった。お尻が私に触った途端、男の人はびっくり箱の人形のようにすっと立ち上がり、静かに手探りで別の椅子のほうへ行った。今日はその人はいない。訪問者は一人もいない。多分、雨が訪問者を遠ざけているのだろう。

家の人たちはみな、それぞれの仕事に忙しい。サンティギは家の裏で洗濯物をより分けている。モーライは台所の先の部屋をサンティギと共有している。モーライは勉強しているに違いない。サンティギはすでに30歳を過ぎているはずだが年をごまかして21歳だといい、学校に行きたいと思っている。以前、識字教室に通ったことがあり、苦労して読み書きを学んだ。いまでも、ときどき私の数学と英語の教科書で一緒に勉強する。「勉強したいんだ」と彼はいつも言っている。数カ月前に、サンティギは聖書を買って名前を変えた。ある日の夕食のとき、私たち全員の前に立って、まじめな顔をして父に語りかけた。「ドクター」とクレオール語で呼び掛け、「私は名前を変えたいのです。これからはサイモン・ピーターと呼んでください」と言った。それ以来、彼は堅い決意を変えず、私たちがからかうのにも耐えて、サンティギと呼ぶたびに間違いを正す。

サンティギは、4年前、義母と同じころにやってきた。サンティギの家族やサンティギが誰の一族かが分からないという意味で、誰もサンティギのことを知らなかった。堅固な拡大家族の上に限りなく何層も重ねて出来上がっている社会で、サンティギには母も父もおばもおじも兄弟もいとこもいなかった。彼が知っていたのは北部州のマケニの近くのグベンデンブという村で生まれたということだけだった。お母さんは未婚で彼を生んで、すぐに遠く離れたブジュブの違法な鉱床でダイヤモンド採掘の仕事についた。赤ちゃんは近所の人に預けたままで、息子を連れにくることはなかった。ずっとたってから、母が亡くなったという知らせが届いた。サンティギが少し大きくなると、世話をしていた夫婦は彼をマグブラカへ行かせ、義母の家で働かせた。サンティギは休暇で家に戻るために電車を降りた義母のヤボメと会い、それ以来、ずっと彼女のそばで過ごしている。

雨が降り続き、時間が過ぎていく。昼どきにスレイがやってきて、家の裏でサンティギやモーライとひそひそ話をしている。スレイの肌は深く艶のない黒で、顎はがっしりとし、するどい目は太い眉の影になっている。彼の顔全体は注目に値する。彼はほとんど笑わないが、とても親切だ。夕暮れになる直前につるはしの音が止まる。砕くべき大きな石はない。雨の中、戸口に立つ男は巨大な石の山を前に小さく見える。彼はトラックが戻ってくる音を聞きながら待つ。

義母はフォルクスワーゲンを運転して帰ってきて主寝室に入る。程なく父が雨の中を走って帰宅する。

私はじっとしていられなくて、クリスマスにもらったビンゴ・ゲームを持ち出す。安物のセットで、小さな木の円盤に不揃いな人物が赤インクで印刷されている。プレゼントの包みを開いたとき、もっと立派な贈り物に気をとられて注意を払わなかったが、今年の夏休みに、この贈り物には家族全員が参加することのできる、いくつかの面白いゲームがあることを再発見した。

私たちはお金の代わりにマッチ棒を使う。ヤシの木印のマッチの大きな箱を貸してほしいとサンティギに頼む。マッチの箱にはヤシの木の間に真っ黒な先住民が立っている絵が描いてあり、それは、以前、持っていたエドワード・リア〔1812年生まれのイギリス人画家、詩人〕の古い詩集の中の絵を思い出させる。マッチを全部、箱から取り出して数え、赤いマッチの頭を揃えて積み上げ、ゲームの参加者に一人ずつ分ける。

外にトラックが到着した。二人の男が石を荷台に積んでいる。そして、ポケットからお金を取り出して、2枚の札をトタン板の小屋に住んでいる男に渡すと、男は頭を下げたが、笑っていない。シャベルに寄りかかって、トラックが去るのを見ている。

私は、コーヒー・テーブルにビンゴ・カードとマッチ棒を並べて置く。窓の外の動きに気付いて見上げる。男が二人、外の階段を上がってベランダに立ち、私を見ている。何か用があるのかを尋ねるために私は外に出る。深まる闇を背にして、二人は蛍光灯の光の真下に立っている。白色の光が落ち、頬と額に反射して、目が黒い球体のように見える。二人とも会ったことはなかったが、何となく見覚えがあるような気がする。どちらも痩せて、髪が短く、逞しい体つきで、半袖のサファリ・スーツを着ている。一人は市場で売っているような模造のワニ革の靴を履いている。誰かしら。何年もたってから、二人がプリンス・バーとニューラブという、芸名のような、あるいはあだ名のような現実離れした名前であることを知る。二人は無表情で、言いようのない危険な雰囲気を感じさせる。一人が私に、ドクターに話すために来た、と言う。

父が出てきて、短い間、二人と言葉を交わした。私のビンゴ・セットはそばのテーブルの上にあり、すぐにでもゲームを始めることができる。父は私のほうを振り向いて、「アム、私はこの方たちと出掛けなければならない」と言う。

父は二人の前を歩いて、ドアから出てベランダに行く。私は、窓から三人が通り過ぎるのを見る。

「お父さん、いつ戻るの」と不安になって尋ねた。

父は、ちょっと私のほうを振り向き、手で目をこするように見えたが、数歩、前に進む。そして、立ち止まって私のほうを向く。二人の男も私も立ち止まる。覚えている限り、父は楊枝の先を噛む癖があり、いつも胸ポケットに楊枝を数本入れている。「アム、楊枝を2、3本、持ってきてくれないか」と父が低い声でいう。

私は走って部屋の反対側にある食器戸棚のところにいき、小さなプラスティックの楊枝入れから2、3本取り出し、急いで父のところに戻る。私は何かを尋ねたいという顔をする。「お母さんに遅くなると言いなさい」。これが最後の言葉、父が私に言ったほんとうに最後の言葉だ。そして、父は雨の中に出て行った。

寝室の扉の前で義母を呼び、父が出掛けたことを告げる。義母はただちに飛び出し、モーライが後に続く。二人は前を見据えて静かに走り、真っ暗闇の中に消える。車のエンジンをスタートさせ、タイヤが水たまりの水を跳ね散らす音が雨を通して聞こえくる。

次の朝、子どもたち三人だけで朝食をとる。外にトラックが止まり、積み荷の大きな石を下ろす。雨は降り止まず、一日中、そして、夜になっても降っている。雨は10月まで続く。

第2章

「お父さんが帰ってきた」と言ったのは兄だった。大人の落ち着きをすっかり捨て去り、あんなに興奮している兄を見たことはなかった。朝の太陽が明るく、兄の顔と目に反射して、表情全体が晴れやかだった。

義母のヤボメと姉は、私に一生懸命笑いかけた。二人の顔にもまた、兄と同じ興奮が広がっていた。父が帰ってきたことを知ったのは明らかに私が最後で、それを信じたくなかった。

「夢でしょう」と私はようやく言った。

「違うよ。お父さんはほんとうにここにいるんだよ」

「きっと夢だわ」と私は言い張った。「前にもそんな夢をみたんだから」

ヤボメは腕を私の肩にまわして抱きしめた。ほかのみんなは笑った。それは素敵で、響きは銀色だった。「ほんとうよ。お父さんは戻ってくるのだから。シェカと一緒に迎えに行くのよ」。私から離れない非現実の感覚を振り払う前に二人は出掛けてしまった。

私はまた椅子に座った。朝食が大きな木のテーブルに並べられていた。姉のメムナは私と一緒に残ったが、一連のできごとをいつものペースで捉えているようだった。メムナの平静さを羨ましく思った。私は熱しやすく、家族を逆上させてしまうことがあった。

父が連れ去られた後、10歳のころから何年も原因不明の偏頭痛に苦しむようになった。手のひらでこめかみを押しながら、早く走ると痛みを後ろに追いやることができるかのように、必死で家の中をぐるぐる走り回った。義母かサンティギがいるときには、どちらかが私をベッドに寝かせて、肩を抱いて枕に頭を押し当て、アスピリンを与えて落ち着かせた。でも効果はなく、一人になると、私は泣いて頭を部屋の剥き出しの壁に強く打ち付けた。

オレンジジュースをコップに注いで半分だけ飲んだ。私はうろたえて、どこにコップを置いたらいいのかさえ分からなかった。テーブルには食べ物と一緒に朝食の食べ残しが置いてあった。部屋は立派な屋敷の一部で、家具がたくさんあり、樫材の羽目板が使われ、寒々としていた。その家には見憶えがなかったが、寄宿学校の古い別荘に似ていた。程なく、友人も朝食にやってきて一緒にテーブルについた。窓辺に赤いリスが現れた。大きな、不思議なとんがった顔のリスだった。鼻が長すぎて、子どものころに飼っていたマングースみたいで、あまりリスのようには見えなかった。

義母と兄が戻ってくるのが聞こえたので、テーブルを立とうとした。二人が階段を上ってくる足音が聞こえた。

「7月4日だ」とシェカが言った。シェカはまだ息を切らしていた。「7月4日に戻ってくることになった」。遅れた理由には誰も触れなかった。たったいま、父が戻ってくる、と私は思っていた。でも失望してはいなかった。長い年月の後の準備のときだと思った。私は食堂を出た。

私は手すりにつかまって階段を降りた。

階段が弧を描いているところを曲がろうとして、何が起きているのかが分かった。階段の下の玄関のところに、寒いのにカーキ色の半袖のスーツを着た、ひげ面の人が立っていた。よく磨かれた茶色の靴を履き、金時計を持っていた。半分、私に背を向けて電話で話していたが、すぐに誰だか分かった。彼は、まだ私のほうを見ていなかったが、私は子どものように大股で飛び跳ねるようにして飛びついた。その瞬間、振り向いて、驚いた笑顔になり、空いている手で私を捕まえた。

私がすごく興奮している10歳児だとでもいうように、「ちょっと、ちょっと、何があったんだ」と言った。でも私は気にしていなかった。腕をまわして抱きついた。みんなが私の後ろに集まっているのが分かった。顔を彼の方に押し付けて目をじっと閉じた。

ふたたび目を開くと、弱々しい灰色のロンドンの夜明けが木の床に光の三角形を映していた。背後の半開きの扉の隙間から、掛け釘に吊るされた私の服の影が見えた。ブラインドはまだ下ろされたままだった。ベッド脇の椅子の上に置いた目覚まし時計のライトが発するやわらかい光が鉛筆や紙、リップクリーム、本、木箱の形を照らし出していた。私の下のシーツはしわくちゃで、汗で冷たかった。

ときが経過するにつれて夢を見ることは少なくなり、一年に一度か、多いときでも二度だった。あるときは遠い国で暮らしている父が戻ってきて、私たちを探したが見つけることができなかった夢を見た。父がどこかに隠れていて周りの人はみな秘密にすることを誓っているという夢を見ることもあった。ごめんね、アム、と言って父は微笑んだ。確かにいままでは夢を見ることは少なくなったが、父の死から25年が過ぎたにもかかわらず、夢を見なくなることはなかった。

第3章

私はこれまでずっと記憶を手放さないで、真実の断片を繋ぎ合わせて、バラバラになったイメージから意味を読み取ろうとしてきた。記憶にある限り、私の世界は並行した二つの現実だった。公式の真実と私の私的な記憶、歴史の本に記されたプロパガンダと語られることのない物語、判断と事実、大人の立場と子どもの幻影のもつ明快さ、彼らの幻影と私の幻影。

子どものころ、夏休みや、引き潮のように時が戻り、どうしても、そのリズムを止めることができない、数カ月にわたる継ぎ目のない夢のようなことがあった。でも、たいていの場合はそうではなかった。私の領域を被う繊細な膜は繰り返し壊され、私は繭から外の世界に転がり出た。

その後、誰も説明してくれなかった。子どもは知らなくてもいいことだと想像し、あるいは、子どもには知る権利がない、と誰もが思っていた。忘れなさいと言われ、尋ねることを思いとどめさせられた。そのうち、私は密かに探り出すことを知った。大人の会話を立ち聞きし、隠してある書類を探しまわり、質問の仕方を工夫し、幾層にもなった断片的な真実の上に積み上げるようになった。そうするうちに嘘がどれほど根深いかを発見した。

正誤表

本文中に誤りがございましたため、
お詫びして以下に訂正いたします。

【1】 P20・11行目

(誤)「夏休みや、」

(正)「夏休みなど数カ月にわたって、」

【2】 P20・12行目

「数カ月にわたる」を削除

【3】 P131・15、18行目

(誤)「・スミス」 (正)「=スミス」

【4】 P156・10-11行目

(誤)「サンタから」 (正)「サンタが」

【5】 P202・7行目

(誤)「ローデシア」 (正)「ザンビア」

【6】 P256・11行目

(誤)「車を手にした」 (正)「車に乗った」

【7】 P273・8行目

(誤)「らい患者」 (正)「ハンセン病患者」

【8】 P376・16行目

(誤)「イブラヒム・ダキ」 (正)「イブラヒム・タキ」

【9】 P389・8行目

(誤)「イアンが」 (正)「イアンの」

【10】 P444・17行目

(誤)「デンバ・ロード」 (正)「バデンバ・ロード」

【11】 P454・3行目

(誤)「私の本〔本書の原書〕」

(正)「子どものころに親しんだ本」

成長してジャーナリストになり、子どものころに磨いてきた技術を使って生計を立てた。つねに記憶を溜め込んで、硬化し、広められ、守られる嘘から注意深く守った。

しかし、国家の欺瞞を前にして子どもの記憶など何の役に立つというのか。

アフリカの伝承では、重要な出来事も些細な瞬間も、日常も非日常も、相互の関係によって存在する。小さな出来事も大きな計画と同じように大切であり、人が作り上げた神話と事実を分けるのは糸が織り出す真実の質感である。それは歴史の目撃者の言葉であり、証言なのだ。

ゴキブリを覚えている。

足の指にほんのわずか、むずがゆさを感じて下を見た。朝早く、二つの水道が流したままになっている浴室の洗面台に向かって顎(あご)を上げて一人で立っていた。ゴキブリは私のそばにいて、栗色の触角が、私たちが友だち同士だと思っているような、驚くほど親しげな感じで私の足に触れた。つやのある羽根を背中に平たく押し込め、鎧をまとったような胴体から折れ曲がった脚が外に向かって伸び、非常に小さな頭部の大部分が顎で、歯の抜けた老人のような動きを続けている。私は足を動かさずに、片方の目で背中の平べったい仲間を見ながら、歯磨き用のマグカップを手に取った。大急ぎでコップを逆さにもち、足を引っ込めて、ゴキブリにマグカップを被せた。水族館の魚がくつろいでいるように、ゴキブリは何事もなかったようにじっとしていた。

1日の終わりになると、居間には陶器のカップが二つ、廊下にはプラスティックのおもちゃの鍋とコップ、浴室には紙を丸めて蓋をしたトイレットペーパーというように、逆さまになったものが5、6個、床に散らばっていた。姉と兄と私が置いたもので、父が戻ってくるのを待っていた。これが私たちの日課だった。父は帰ってくると、家の中を回って床の上のものを取り上げて下にある生き物を拾い、私たちは父の後ろから嫌悪感と賞讃の入り混じった気持ちで見つめていた。

ゴキブリの骨格が踏みつぶされ、白っぽい内臓が飛び出すときには、砕けて粉々になる音が聞こえた。父は裸足でゴキブリを踏みつぶした。このグロテスクなさまを見て平気な父に、私たちは畏敬の念をもった。例えば、朝、まだパジャマ姿の父をつかまえて、ゴキブリを殺してほしいと言ったとすると、すぐに素足でゴキブリを踏み付けただろう。

父の足の踵は黄色くがっしりとしていた。中学校にあがるまで靴を持っておらず、5マイルの道を学校に通うために裸足で往復した、と父は言った。この話を初めて聞いたときには、私たちは感動した。私は靴を履くのが嫌いで、この話は、靴はどうでもいいということを教えているのだと思った。

実際、父の話は意味の範囲がつねに拡大する、いくつもの目的をもつ寓話だった。もっとも簡単な例は、靴を履かずに外を歩き回ると鉤虫に感染する危険があるという警告だった。私はそのことを苦い経験から学んだ。鉤虫が足の裏から入り込んで私の腸に棲み着いたのだ。

自分のもっているものに感謝するよう仕向ける話もあった。父は田舎育ちで、生活はとても厳しかった。村には病院はなく、学校もほとんどなかった。祖母のンドラが病気になると村の反対側のロティフンクにあったキリスト教伝道団が運営する病院まで連れて行かなければならなかった。フリータウンには英国人の行政官とその下で働くクレオールの公務員のための病院がいくつかあったが、内陸部の人には開かれていなかった。村の人は食べ物の入った鍋や寝るための敷き物を頭に乗せて、歩いて病院にやってきた。病院に辿りついても基礎的なサービスがあるだけで、医者は診断を下すことさえできない。病院関係者は肩をすくめて、具合が悪くなったら親戚に頼んで病院に連れてきてもらうようにと、それがあたかも可能なことであるかのように言って患者を追い返した。父は5歳だった。

5カ月後に、祖母が亡くなった夜、家の裏で男たちと一緒に座っていると、抑揚のある高い調子で泣く声が道のほうから聞こえてきた。女性の秘密結社であるブンドゥの代表の長老が、箒(ほうき)を空に高く掲げていた。それは村の女性が亡くなったというしるしであった。断片的に聞こる歌が、「ロソンムグバイの人……」というのを聞いたとき、それは祖母の村であることから、ンドラが亡くなったことを父は知った。

母親が亡くなったために父は家族全員の中でただ一人、学校に通うことになった。宣教師たちがマムンタの近くに学校を開いた。何日も過ぎたが、誰も新しい学校に子どもを入学させなかったので、宣教師はチーフに接触した。宣教師の話を聞いたチーフは、マムンタの近隣の村に住む世帯はそれぞれ子どもを一人、新しい学校に入れるようにという布告を出したが、女たちは誰も自分の息子が選ばれることを望まなかった。当時、人々は教育に不信感をもっており、学校に行った子どもは決して戻ってこない、と言っていた。自分の利益を守ってくれる母親がいなかった父が学校に行くことになった。14年後に医者になるために英国に向かうとき、父が村の人々に礼を述べると、誰もが自分たちが正しかったことを知って喜び、ほら、彼は戻ってこないよ、こうなることは分かっていたのだ、と言い合った。これが父の物語の究極的な意味だ。父の話は教育の価値についてであり靴などではなかったのだ。いい成績をとって神に感謝しなさい。なぜなら、多くの人は教育の価値さえ知らないのだから。

実際、新しい学校は1年もたたずに閉鎖された。校長がパラマウント・チーフ〔伝統的首長〕の妻と密通していたのが見つかったからだ。校長は正当な刑罰として罰金を支払わされた。妻を寝取られたチーフはそれだけでは満足せず、マムンタには白人男性の教師はいらない、と言って学校を閉鎖してしまった。チーフ・マムンタは個人的には父のおじでもあったので、数マイル離れたマケニにある別のキリスト教宣教団の学校に二人の息子と甥を転校させた。

母は私たちのようにアフリカの人の足をもっていなかった。母の足はヨーロッパ人のものだった。どちらもかなり大きいという点では似ていたが、甲が高く、足の裏は紙のように薄くて白っぽかった。私は父の足をもっていたが、ことゴキブリとなると、母と同じ西洋人の感覚だった。

家の中を掃き、ゴキブリをそろそろと移動させ、食器棚を洗い流し、グリーンとブルーの光沢のある壁に白い乳剤を塗った。地元の人を雇って手伝ってもらい、母が指図をして、木の枝を落として敷地の端に積み上げ、道路に渦巻く埃から家を守った。雨が降ると枝は奇跡的に蘇り、我が家は優雅な木の屏風に囲まれ、母も他のみんなも驚き、喜んだ。

父は産科病棟用に鉄製のベッドとマットレスを購入し、母は新生児のために赤ちゃん用の私のベッドを寄付した。診療所ができたというニュースはすぐに広まり、新しい患者が来るようになり、毎日、待合室からベランダまで長い行列ができた。

父はそれまでよりももっと長時間働いた。町の中心部に薬の処方をするためと、白内障や割礼などの簡単な手術をするための二つの診療所を開いていた。聖職者や呪医による伝統的な方法で男の子に割礼をするのではなく、診療所に連れてくるように、と父は一生懸命に人々を説得しようとした。割礼のための特定の日があり、父は田舎から年齢の異なる男の子を六、七人連れて帰ってきた。産科の診療所は自宅にあり、赤ちゃんが夜中に生まれても父が出産に立ち会うことができた。

看護師はいなかったので母が手伝った。分娩中は母が産婦の手を握り、産婦を力づけた。麻酔を施さなければならないときには母が心臓と血圧をモニターした。ほとんどの女性が出産前に産科の診察を受けていなかったので、分娩後も母が部屋にいることが必要だと父は考えた。

母は診療所で手伝っていないときや街のフォルクスワーゲンの代理店でパートタイムの仕事をしていないときには歌を歌った。「『踊れ。そうすれば、君たちがどこにいようとも僕はダンスの王様だ』と言った」〔マイケル・フラットレーのミュージカルから〕。母のすばらしい歌声は私がそれまでに聞いた中でもっとも大きく、もっとも澄んでいて、熱い日に冷たい飲み物を飲んだときのように体の中を震えが走った。母は手作りの木綿のドレスを着て、髪をおろし、脚を組んで座って、膝の上でギターのバランスをとりながら歌った。

私たちは、母の真似をして、親鳥の周りで歌う三羽の赤ちゃんカラスのように歌った。

母の髪は長く、そのうえに座ることができるほどで、もちろん「トロピックス」で染めていたが、シエラレオネ人は驚いていた。おばの一人は母がアイロンで髪を伸ばしていると思い、金火箸を貸してほしいと言った。父は母の髪をひと房持って結び目を作り、それがすぐに、ガラスのうえを滑る濡れた氷のように、バラバラになるのを楽しんだ。誰もが母の髪に触りたがった。

何年もたって、母が私たちと一緒に暮らさなくなったとき、母のヘアスタイルが子どもたちの間で記憶のテストになった。「ほんとうのお母さんの髪が長かったときのことを覚えているかしら」と私たちは尋ね合った。母は父と別れたころに髪を短く切った。

母の顔やヘアスタイルのイメージは時の経過とともに薄れたが、母の声の響きだけは決して忘れない。

第4章

二人は1959年のクリスマス・ダンスで出逢った。父はアバディーン大学医学部の3年生、母はアバディーン・アカデミー最終学年の6年生でブリティッシュ・カウンシルのボランティアをしていた。髪をフレンチブレードに結い、ウエストが締まったスカートが彼女の豊満な姿を美しくみせ、流行の先の尖った靴を履いた男たちをひれ伏させた。

父は5フィート8インチだったが、誰からももっと背が高いと思われていた。学生時代の写真を見ると、60年代に流行した細いズボンとサイドベンツの仕立てのいいスーツを着ている。褐色の肌は糊の効いたカフスとカラーに映え、面白がっていると同時に完全に落ち着いた表情が目から読み取れる。頬と鼻には子どものころに罹った疱瘡の痕が10個以上の小さな傷になって残っていた。傷は身長の場合と同じように、父の自信が分からなくしていた。父は魅力的な女性に目がなく、部屋を横切って母に近づき、「私はモハメドです」と言って握手を求めつつ、「あなたは」と尋ねた。

モーリーン・マーガレット・クリスティソンは地元の女の子で、生まれてからの19年間をアバディーンで暮らした。お父さんは旅行代理店の事務員で、厳格な長老派教会員だった。お母さんは黒い瞳の心配性の女性で、次々と赤ちゃんが生まれるまでは婦人帽子店で働いていたが、徐々に病的な外出嫌いになっていった。モーリーンは賢く、強い意志と率直さが魅力的で、スコットランド方言で「愛らしい」（ボニー）と呼ぶタイプだった。家庭に縛られる生活は娘にとっては息の詰まるものであったが、お母さんにとっては安らぎだった。モーリーンは毎晩、遅くまでブリティッシュ・カウンシルで外国からの留学生のために開かれるイベントの企画をボランティアとして手伝った。

アフリカからの留学生にとって、英国での生活は新しい、厳しい経験だった。みんな一人ぼっちで、数の力に頼ることによって安全を確保していた。独立後の新しいアフリカで橋を設計し、学校を運営し、都市を計画し、沼地の灌漑をし、病院を建設し、あるいは、事務的な仕事をする官僚として、誰もが近い将来、国の指導者になるために選ばれた、政府の奨学生であった。

父は14歳のときにボー・スクール〔1906年に南部州の州都ボーに設立された男子寄宿学校〕の奨学金を獲得した。シエラレオネ保護領のイートン校とみなされるこの学校は、チーフの息子たちを教育して英帝国のために働かせることを目的に、英国人によって開設された。父は7年間、白い制服を着て、この学校で英国人の教師から学んだ。最終学年のときには級長になり、英国で医学を勉強するための奨学金応募の結果を待つ間、下級生を指導した。ボーで過ごした年月の間に、学校教育のほかに、自分の国を治めているのが誰なのかを、そして、少なくとも英国の私立学校で教えているような英国人の価値や歴史を理解する機会を与えられた。

フリータウンの埠頭でリヴァプール行きの貨物船に乗り込む前に、新しい開拓者がもっていた英国に関する知識は、ブルティッシュ・カウンシルでのオリエンテーションで教えられたことだけだった。内陸部から到着した学生は、暗いホールで「英国での生活と文化の紹介」という白黒の短編映画を何本か観せられた。

留学生はロンドンの地下鉄の地図と時刻表をもらい、英国の家庭ではどのように振る舞うかを含む、エチケットについての講義を聞く。英国の家庭を訪問するのは招待されているときだけで、家の主人の椅子には決して座ってはならない。英国では会話の流れを保つことが期待される。食べ物のお代りは断ってもいい。このような説明がずっと続く。

私が育ったアフリカの家庭とは大きく違っている。週末には、週の間でも、おばやおじが時間を構わず訪ねてきて、長い時間、ベランダに座って、誰かの相手をした。誰かが何かを言って社交的な沈黙が訪れるまで話は続いた。おばたちは、ときどき、沈黙を破っていつもの挨拶を繰り返す。それが終わると、頭飾りと腰巻き布を整えて、また落ち着く。会話は思い付きで、作法はない。私には敬意をこめて黙って話を聞くことだけが期待された。もしイギリスの子どもがするように何か言ってみんなに受けようとしたり、おしゃまな会話をしたりすると、大人たちは意味ありげな視線を交わして「話に割り込んでくるこの子はなんて生意気なんでしょう」と言った。

みんなが午前中の半分ぐらいをベランダで過ごすことがよくあり、そんなときには料理人が食事の用意を始める。私にも男の人並みの食べ物を載せた皿が与えられ、特別な日には、トマトで煮てご飯がピンク色になったジョロフライスや「サワサワ」と呼ばれる赤褐色のスープ、鳥の空揚げ、スコッチ・ボンネットと呼ばれるトウガラシ、プランティーンのてんぷらなど、次々といろんな料理を味わった。夕方になると客は鍋に料理を入れて布で包んで家で待つ家族のために持ち帰った。

フリータウンからリヴァプールへ行き、そこから列車でアバディーンへ向かうと、アフリカの緑と黄土色がブルーとグレーの濃淡に変わる。冬になるとスコットランドの北部では空が暗くなり、花崗岩の建物が銀色に輝く。寒さは現実のもので、足を刺し、頬にかみつき、手や足の指をつねった。ちょうど泳ぎに行って、突然、くらげに襲われたような感じだ。新来者は誰の目にも明らかだった。郷里のテイラーが仕立てた時代遅れの木綿のスーツを着ていた。仕立屋も客もスーツが寒さに耐えられるほど分厚いかということを考えていなかった。最初の週に新しいしゃれたスーツは金属のトランクに片付けられ、その後、取り出されることはない。

アフリカから英国にやってきた人は、長屋式の家を初めて見て驚く。住宅は一組の総入れ歯のように道路の端から端まで一列に並んでいる。アフリカでは金持ちは他の家よりも目立つように建てる。英国ではどの家も同じに見える。ある学部生がアバディーンに到着した最初の日に、テラス・ハウスにある友人の下宿に連れて行かれたときの話が語り継がれている。友人は成功者に違いないと思い、学部生は家の長さに驚嘆の声を上げた。すると他の学生が笑って、建物には多くの家があると指摘したのでがっかりした。いまでは家は狭苦しく見える。しかし、中に入ると狭い間口からは想像できないほどたくさんの部屋があった。

父は「オパール・フルーツ」という名の菓子をいつも食べ、ジンジャーエールと混ぜたシェリーやブランデーなど、甘いアルコール飲料を好むようになった。アバディーンで父は最初の歯痛を経験し、初めて歯医者に行き、初めて詰め物をされた。そのため、音が舌の前からこぼれるように発音する、丸い感じのアフリカの母音が口の奥の喉の近くで発せられるようになり、地元アバディーンの人のリズムのように長くなり、「e」の音を引き伸ばして「r」の音を際立たせ、そして、巻き舌で発音した。

父は生涯、奇妙なハイブリッドのアクセントで話して人を不思議がらせたり笑顔にさせたりした。最初の冬には北海から突風が怒り狂った海の神のように海岸で巻き上がり、町の中心のユニオン・ストリートを直撃した。天気はこれ以上悪くなることはないだろう、と父が思ったときに雪が降り、写真のネガのように真っ暗な町は白一色になった。翌日には、数週間ぶりに太陽が強く照り、空はサファイア色のシーツをいっぱいに広げたような大西洋みたいだった。

西アフリカの学生は北ヨーロッパの天候に打ちのめされ、寒さに震えていた。何枚もセーターを重ね着したミシュラン・タイヤのキャラクターと同様、町の北壁に立ち向かう開拓者のように感じていた。自宅では奨学金の大部分をガス代に使い、夜はベッドカバーのうえにコートを重ねて眠った。

シエラレオネでは毎年5月1日に雨が降り始める。その後、毎晩11時に雨が降り出し、徐々に時間が早まり、やがて降り止まずに続く。雨季が進むとだんだん雨が少なくなる。そして、雲が湧くまで7カ月にわたって太陽が照る。5月2日に何らかの理由で前夜に雨が降らなければ、市場に集まった人は「今年は雨が遅いんじゃない」と言うだろう。このようにして会話は進む。

休暇に故郷に帰ることができるアフリカの学生はほとんどいない。クリスマスは仲間のところで過ごすが、新年は違っていた。父と友人たちは、突然、近所の人たちからたくさんの招待状をもらい、梯子をしてモルト・ウイスキーを流し込み、突然の人気を楽しんだ。地元の人は道で出逢うと近付いて、こっそりと黒い肌を触り、気付かれると、いいことがあるのです、と言い訳をした。

モハメドとモーリーンは、ある午後、彼女の父がユニオン・ストリートの反対側から二人を見かけるまで、2年間付き合っていた。モーリーンが家に戻るとお父さんは烈火のごとく怒っていた。娘が黒人と会っているところを見たり、見られたりするのは我慢ならない、とお父さんは言った。

ダン・サマと一緒に暮らしていた父は、二人の屋根裏部屋で、母が涙ながらに何があったかを話すのを聞き、具体的に何をしなければならないかが分かった。事態を改善する自信をもっていた父は、「お父さんに話そう」と言った。

ゲアン・テラスは、アバディーンのはずれのディー川とパース通りのほうに続く、シンプルな二戸建て住宅だ。それぞれの家には特徴がなく、違いは木の部分の色だけで、それが粥のような色と風合いの小石打ち込み仕上げの正面を明るくしている。クリスティソン家の窓枠は白っぽい黄色で、道路に面した窓には網のようなカーテンが二重にかけられている。世の中では外見が重要だというのに、家にはちゃんとした正面玄関がなく、暗い通路に入口があるだけだった。

母が子どものころには、向かいに軍の訓練場があり、その先の、戦争中に戦闘機が撃ち落とされて窪地になっているところにブルーベリーが生えていた。1935年にロバート・クリスティソンは新しく建った家の一軒を420ポンドで買い、そのとき以来、食器棚の上に三つの箱を置いていた。18年間、毎週金曜日に、それぞれの箱に2ポンド16ペンスを入れて、家の借金や保険、請求書の支払いに充てた。38番地での生活は、あらゆる面で厳しく管理されていた。

祖父の椅子は暖炉のそばに置かれ、道路に面した張り出し窓のほうを向いていた。その左の、戦後はクリスタルのセットが置かれていたところにはラジオがあった。磨き上げられた二色の黒檀でできたすばらしいもので、高さが3フィート半もあり、部屋のコーナー全体を占領していた。祖父が座っていたところからはすぐに手が届いた。最高の場所は、唯一、目立つ特徴のある祖父の椅子だけで、椅子は3点セットの一つで、錆が出ているが変わらない状態を保ち、とても座り心地がいいとはいえないが満足できる状態だった。レースで縁取りした椅子の背覆いがヘッドレストを被っていた。背広とネクタイ姿の父は、祖父の反対側の椅子に腰かけた。

母と祖母は台所にいて、父がクリスティソン氏に、これからも娘さんと付き合うのを許してほしいと頼んでいる間、モーリーンはお茶の支度をし、リディアはスイカズラを燻していた。クリスティソン氏は話を聞いたが、腕を組んで座ったまま、ただの一度も父の目を見なかった。父の話の邪魔をすることもなかった。父は滑らかに、率直に、産科の専門医になることを含めて抱負を語った。

クリスティソン氏は黒人が資格証明をするのには好感をもたず、率直な態度も嫌った。そして、「横柄だ」と言って父を帰らせた。祖父は自分の非常に簡単な考えを述べた。「私は差別しているのではない。君はかなりよくやったのだと思う。でもモーリーンが違った肌の色の男と町を歩くのは許せない。君は自分の考えを守ればいい。それが私の考えで、君は君自身の考えに従えばいい。黒人の男性には黒人の女性が、中国人の女性には中国人の男性がおり、緑色の女性には緑色の男性がいるということ以外に私には関心がない」と言った。

クリスティソン氏は立ち上がり、膝のうえの新聞を払い除けた。かつてローデシアの警官のテストを受けたことがあり、父よりも背が高かった。「立ち寄ってくれてありがとう」と言ったが、一度も目を合わせることなく部屋から出て行った。

クリスティソン氏は外に出て、菜園の急な斜面に立ってルバーブを掘っていた。彼の妻は訪問者にエンジェル・ケーキと紅茶を振る舞い、その間中、神経質そうに喋っていた。夫は感動していなかったとしても、リディアはアフリカの医者の完全な虜になり、密かに喜んでいた。何年もたってから、彼女は夫に抵抗して、プチフールや子ども服をもって娘を訪ね、風呂のない生活をしていたときには娘と孫たちが里帰りして暖かい風呂に入れるようにした。

祖父が亡くなる少し前に、父と最初に会ったときのことを祖父に尋ねたら、私が相手でもまったく考えが変わっていなかったので、初めて、そして最後に父と会ったときに、祖父がどのように振る舞ったかは手に取るようによく分かる。祖父と私は、長い年月の間に何も変わっていない、同じ部屋に座った。祖母が卒中に襲われた後で作ったピエロの人形が予備のテーブルに置かれていた。子どものころにおもちゃにしていた一対の飾りサーベルはなくなっていた。気付いた変化はそれだけだった。祖父は椅子に座り、私はひざを曲げて床に座って、父が座った椅子にもたれかかっていた。私たちの間に置かれた皮のクッションの上には、たくさんの写真が積み上げられ、テープレコーダーが置かれていた。

祖父は死の準備をしていた。引き出しをカラにし、押し入れの片付けをし、やがて祖母の服を手離した。次の日に、私たちは二人で海岸線をインヴァネスに向かった。そのとき、祖父はすでに90歳を超えていて、歩くのが困難で、車の運転も止められていたが、地図を見て、異なったルートを調べて、往復にもっともすばらしい景色を楽しめるようにと考えた。行く途中で道路脇の喫茶店に立ち寄った。祖父はそこをロッジと呼び、いつも祖母を連れて来ていたと話した。セール品になっていたガラクタの中にかわいいロココ調のコーヒーカップと皿を見つけて祖父に見せると、くだらないものだ、それを買いたがる私はばかだ、と言った。

朝、ロンドンに戻る途中に、別れの挨拶をするためにゲアン・テラスに立ち寄った。祖父は、2階の寝室の一つに上がってくるようにと言った。寝室のベッドには額に入った絵やコートハンガー、古いヒーターなど、家の中のさまざまな物が積み上げられていた。祖父は、黄色と黒のコーヒーカップを四客と、私がロッジで選んだコーヒーカップと同じ華やかなスタイルの紅茶茶碗を私に手渡した。それらは祖父母への結婚祝いで、70年近くまったく使っていないものだった。

私は微笑んで、キスをし、祖父は私をハグした。3カ月後、雪とみぞれの中、私はアバディーンを再訪した。祖父の葬儀のためだった。

父のスコットランドでの1年目の終わりの1957年のガーナでは、植民地に自治を認める新しい憲法についての、ガーナの指導者と英国の支配者の交渉が最高潮に達していた。第二次世界大戦後、英国は植民地が軍事的な支援をした見返りとして独立を約束した。何十万人もの黒人や褐色の兵士が戦死した。インドは1947年に独立を与えられたが、アフリカの国々は植民地のままだった。ヨーロッパと極東の再建のために多額の資金を提供したマーシャル・プランからも、事実上、見過ごされ、換金作物には低い価格が設定されて、人々が貧困にあえぐいっぽうでヨーロッパ人の仲介業者が太っている状況で、アフリカの指導者たちは植民地支配の不平等に対して立ち上がるよう人々に働きかけた。

ガーナでは元教員でカリスマ的なクワメ・エンクルマが独立運動を指導した。エンクルマは汎アフリカ主義者で、英国によって数年間投獄されていた。スコットランドで教育を受け、1940年代に強い影響力をもっていた「西アフリカ学生同盟」(WASU)のリーダーだった。汎アフリカ主義や反植民地主義の政治は、このWASUの内部で芽生え、英国社会の敵意と肌の色の違いに対する屈辱によって煽られた。

アフリカからの留学生の誰もがアフリカの植民地が次々に独立していくのを見守っていた。両親が出逢って程なく、アルジェリアを除く、ほぼすべてに当たる13のフランス語圏植民地とともに、ナイジェリアが帝国から離脱した。アルジェリアは、その後、厳しい、うんざりするような解放闘争に引き込まれていった。西アフリカの国々には、自治が与えられるかどうかよりも、いつ与えられるかが問題で、国外にいる学生の間では期待が熱病のように広がった。

そのうち、どの会合でもこの話題が中心を占めるようになった。パーティでは話し声が聞こえるようにレコード・プレヤーを止めて、部屋からパラフィン・ヒーターを持ち寄って集まり、凍る寒さの中で夜遅くまで話し合った。モーリーンはすぐに話に退屈した。いっぽう、モハメドは政治へのかかわりを深め、英国労働党の党員になり、西アフリカ学生同盟の地方支部の支部長になった。もっとも、アバディーンにはほんの一握りの会員しかいなかったのだが。

シエラレオネが完全に独立を与えられるまでの数年間は、自治政府へと緩やかに移行していった。

それは白人支配の砂の下に隠された亀裂を明らかにする変化の風のようであった。フリータウンでは、1792年にノバスコシアの黒人が植民地を建設したとき以来、クレオールが自治を求めて闘ってきた。彼らはアメリカ独立戦争で英国の側について戦った元奴隷だった。アメリカが勝利した後、カナダのノバスコシアにあった英国の開拓地に移住させられ、そこを経由して土地と自由を約束されてシエラレオネに辿り着いた。しかし、英国は元奴隷たちを裏切って、フリータウンを不正な利益を追求するシエラレオネ・カンパニーに提供し、その後、英国の直轄植民地にした。アフリカの奪い合いが続いた100年にわたって、内陸部は英国の保護下に置かれた。

フリータウンは程なく繁栄した。1900年までの50年間、アフリカ大陸の南西部の湾曲した部分にしがみつくようなかたちをしたこの都市は、「アフリカのアテネ」として知られるようになった。クレオールが力を入れたのは教育と職業的な達成であり、本質的にはヨーロッパ的な志向であった。人々の目は内陸部ではなく海を隔てた外の世界に向けられ、子どもたちには英国で教育を受けさせることを望んだ。フリータウンでは自由な報道が隆盛を誇り、フォーラー・ベイにはアフリカで最初の大学が創られた。当時は植民地のほうがイギリス本国よりも子どもの就学率が高かった。英国が支配的な植民地勢力になると、西アフリカ全域でクレオールを公務員の仕事に就かせた。

クレオールは概して自分たちのことをアフリカ人とは考えていなかった。シエラレオネという一つの国家を造ることに反対し、戦後、新しくフリータウンに創られた立法協議会で保護領の人々が議席をもつ権利があるという考えに反対した。クレオールはすでに英国臣民という独自の地位を享受しており、この地位が新しい憲法で認められることを望んだが、英国はそれを無視した。195

7年には保護領出身で年配の医師のミルトン・マルガイが幅広い連立政権を率いて初代の首相になり、1年後には英国人役人が政府のすべての役職を手放した。

大学が休暇に入ると、アフリカの学生の多くは、列車でノーフォークに行ってスメドレーのエンドウ豆工場で缶に豆を詰めたり、ラベルを貼ったりして働いた。夜は寄宿舎の長い二段ベッドに100人の若者が上下一列に並んで眠った。工場は町のはずれにあり、夜は静かだった。学生たちは全国の大学から集まっており、国籍もいろいろで、しばしば独立問題が話題になった。

当時は、英国で学ぶアフリカの学生の多くが若く、都市で暮らす、恵まれた家庭の出身者で、モハメド・フォルナはシエラレオネ内陸部からアバディーン大学に入学を認められた最初の学生だった。モハメドは、アフリカの田舎で生きるということ、田舎には人々を元気付けるような快適さがまったくないこと、都市と内陸部の人々の間のうんざりするような格差について話した。アフリカの最貧の人々は将来を否定されている、とモハメドは確信していた。

コンゴのナショナリストのパトリス・ルムンバが殺害されたとき、父は泣いた。当時、この人気者のリーダーの死は、モイーズ・チョンベに率いられたカタンガ分離派によるとされていて、何十年もたってから、カタンガに埋蔵されている大量の鉱物資源の採掘に関してチョンベと取引していたCIAとベルギー政府の仕業だったことが明らかになった。「モイーズ・チョンベはバカだ」と言って、父は絶望に頭を振った。このとき以外に父が悪態をつくのを聞いた人はいなかった。

シエラレオネが独立国家となるための、新しい憲法についての一連の会議が1960年にロンドンで開かれた。学生自治会の代表の一人として、父はシエラレオネ代表と会うために招待された。ランカスター・ハウスの張りつめて興奮したような雰囲気の中で、代表団は集まって将来に向けた憲法の枠組みを紡ぎ出した。

「アンクル・サム」は、かつてフリータウンで教会の牧師を務め、1930年代に医者の教育を受けるために英国にやってきたが、落第して法律の勉強に変更し、それもうまくいかなかった。貯金の残りでパディントンに四階建ての住宅を買い、それを行き当たりばったりのやり方で修復して、新しくやってくる学生に部屋を貸して、かなりいい生活をしていた。金はないが大都市を見たいというシエラレオネの若者の多くがアンクル・サムの家に滞在した。

ある日の午後、モハメドがアンクル・サムの家に戻ると、いとこの一人が台所に立っていた。チーフ・マサムンタの甥で、看護学校で学びながら国内旅行をしていた。どちらも偶然の幸運が信じられなくて、駆け寄って抱き合った。ブリマはモハメドをシェパーズ・ブッシュ市場に連れて行き、オクラ、ヤシ油、激辛の赤いトウガラシ、黒い燻製のハタを買った。その晩は二人ともアンクル・サムのところに泊まって、野菜シチューとご飯で宴会をした。二人は学校の休暇にフォルナの家の農場でよく一緒に遊んで以来、会っていなかった。二人の連絡が途絶えたのは父が11歳のときで、父の教師の一人が、後見人として父を南部に連れて行って教育を受けさせたい、と言って家族の許可を求めた。その後まもなく、ブリマは宣教師のグループに養子として迎えられてイギリスに渡った。

アルフレッド・ブリマがポーツマスの大学に戻ると手紙が届いた。モハメドからで、悪い知らせだった。「モーリーンを覚えているだろう。僕が話した女の子だ」と書いていた。「ひどいことになってしまった。彼女が妊娠したんだ」

モハメドは、家族のことを知っている人として、いとこの助言を求めていた。父は結婚することを考えたが、モーリーンの父はほかのどんな解決策よりも、それをひどく嫌うだろうと思った。父の最大の恐れは、クリスティソン氏が大学当局に報告して奨学金を取り消させることだった。そして、フォルナ家の問題もあった。白人の妻を連れて英国から戻ってきたコンテ家のいとこたちのことを思い出した。女たちは家族の中に怒りと混乱を引き起こしていた。

ブリマは躊躇しなかった。結婚しろ、と言った。家族の年寄りたちは永遠に生きるのではないから。しかし、家族が彼女を拒むような原因を決して作らないこと、と忠告した。そして、彼女をまったく未知の国に連れて行くのであれば、彼女に対して完全に誠実でなければならないと言った。

モーリーンとモハメドは25歳だった。1961年3月28日に、ユニオン・ストリートの登記所で結婚した。モーリーンは19歳でモハメドは25歳だった。チャーリー・レナーが保証人になり、ダン・サマが花婿の付き添いを務めた。ダンのスコットランド人のガールフレンドは1カ月前に出産したが、家族のもとに隠れて子どもを手放した。彼女は学校に行かなくなり、誰も彼女に注意を払わなくなった。バーナード・フレーザーがやってきて結婚の儀式の後で、何度か乾杯をした。

結婚式の日、母は淡いブルーのスーツを着て、いっぱいに詰め込んだスーツケースをもってゲアン・テラスの家を出た。両親に結婚するとは言わなかったが、町の掲示板に出ていた結婚告知を誰かがすでに見ていて、両親が結婚のことを知っていたのを、母は何年もたってから知った。

一カ月後の4月、シエラレオネでは英国の国旗が降ろされ、代わって緑と白と青の三色旗が掲げられた。父はアバディーンの海岸沿いに建つ、うつくしい石造りのブリティッシュ・カウンシルーの建物で、シェリー・パーティを開いた。

第5章

母はコイドゥで数少ない白人の一人だった。母の他にはフォルクスワーゲン代理店の母の上司で、ドイツのビショフスタウバーヴィレ出身のフランツ・シュタインがいた。私たちが移り住んで程なく、代理店に行って、母にとって最初の車となるスカイ・ブルーのビートルを買った。代理店の経理をしていた、銀行の支店長の妻がちょうど辞めるところで、シュタインは母に仕事をしないかともちかけた。診療所は開業したばかりでお金が必要だったので、母はこの仕事を引き受けた。

朝、シェカとメムナをカトリック宣教団の運営する学校に送った後、母は私を家に残し、私が名前をもらったビッグ・アミナッタといとこに世話を任せて、整備工場で修理伝票の計算をした。整備工が修理にかかった人数と時間を知らせ、母はパーツの値段を足し、税金を計算し、支払いが済むと、合計を大きな帳簿に正確に記入した。

午後には診療所での請求書の集金のために母は車を運転して町を回り、ときどき私を連れて行ってくれた。私たちは波打つ道路を弾力性のあるサスペンションの上で揺られながら家々を訪ねた。

1920年代のコイドゥはニミニとゴリの丘に囲まれた窪地で、東と南に向かう道路の交差する地点の周りにできた田舎の村に１００人ぐらいが暮らしていた。住民のほとんどが農民で、同じ一族の子孫で、何世代にもわたってまったく変わらない生活をしていた。

１９５０年代には、静かな誘惑に引き寄せられて人々が国中からやってきて、小さな村落の人口はほとんど一夜にして１万２０００人に膨れ上がった。政府の事務職員はフリータウンの職場を離れてコイドゥに向かい、教員は川底の泥を掘るために教室を出た。あまりにも多くの農民が田畑を放棄したため米の値段が高騰し、数カ月のうちに全国的な暴動が起きた。

ダイヤモンドだ。川の水で洗い、やわらかい沈泥に隠し、道路や小道を行く足の下で、きらりと光った。コイドゥでは、人は前方を見て歩くのではなく、どこに行くときも頭を垂れ、石を探して地面を舐めるように注視したため、人々はその姿を「コイドゥ式低姿勢」と呼んだ。やがて、政府は緊急事態宣言を出し、公務員を呼び戻すために給与を引き上げると申し出た。

コイドゥは多くの点で昔のアメリカ大西部と似ていた。映画館では辛抱ができなくなった観客が銃を撃ったため、スクリーンの真ん中に銃弾による穴が空いていた。１本の道路を中心に町が開け、モスクが一つ、その隣にはビールと蒸留酒を売るバーに過ぎないようなナイトクラブがあり、さらに行くとレバノン人が経営する商店がいくつかあった。

レバノン人商人はとても社交的で、医者の請求書をチェックする間、母にはカルダモンを添えた小さなカップ入りのコーヒーとバクラヴァという甘いペーストリーを、私にはファンタを出してくれた。支払いの段になると、いつも10パーセントの値引きを、ときには20パーセントの値引きを要求する、と母は教えてくれた。レバノン人商人はとても親切だったので、初めのころは値引きもやむを得ないと思っていたが、そのうち10パーセントの水増しをした請求書を用意した。やりとり全体はすばらしいユーモアと笑いに包まれ、さらに甘いお菓子、ブラック・コーヒー、そして、炭酸飲料が振る舞われた。

レバノン人の患者たちを訪ねたときのことを母が話してくれた。彼らはいつも酒を勧めたが母はほとんど飲んだことがなかった。ある日、母は笑って「私はシャンペンしか飲まないの」と宣言した。すると、彼らは母の言葉を真に受けて、冷蔵庫からシャンペンを取り出して栓を抜いた。もちろん母は断れなかった。医者の奥さんはシャンペンしか飲まない、という噂が徐々に広まり、母のために誰もが冷蔵庫にシャンペンを入れて置くようになった。

みんなが母を甘やかそうとした。女性たちは母の服装を褒(ほ)めた。誰もが母を特別な存在のように扱い、また、みんなと同じであるかのように接した。

両親がスコットランドで結婚した年の秋に兄が生まれた。父は最初の息子を自分で取り上げた。そして、程なく父は卒業し、ちょうど1年後に姉が生まれた。その後、父が産科の特別資格を得るために家族はグラスゴーに移った。

その間に、母はゆっくりと白人から黒人に変わっていった。アバディーンの大学では、アフリカの学生はエキゾティックだと見られた。前途には華麗な人生が待っており、少なくとも彼らの出身国では選ばれた存在だということを誰もが知っていた。町には黒人が少なかったので珍しい鳥のように見られ、かなりの寛大さをもって受け容れられていた。

子どもが生まれるたびに母の肌は黒くなり、それは妊娠の副作用のようであった。グラスゴーに移ったころには母は完全に黒人女性になっていた。私を乳母車に乗せ、姉を背負い、その後を兄が歩いていると、人々は、ちょうど声の届く距離に落ちるように巧みに作られた漁師の毛針のように棘のある言葉を、声をひそめて交わした。父が一緒だと男たちは「見ろ。黒んぼを」と言って、喉の奥から出る耳障りな声で「娼婦」と言い捨てた。私たちだけのときには、年配の女性が近付いてきて、なんてかわいい子どもたちでしょう、と言って私たちの頭を撫でた。

私が生まれたベルシル産科病院はラナークシャーの中心から遠く離れた、労働者階級が暮らす郊外にあった。大きなコンクリートの建物で、公営住宅に完全に取り囲まれ、グラスゴーっ子を大量生産する工場のようだった。私はたった一度だけ、アバディーンからロンドンに行く途中で、私の最初の家を見るために廻り道をしてグラスゴーに立ち寄ったときに病院を訪ねた。産科病院に入ると、出産間近の女性の集団の間を通らなければならなかった。妊婦たちはパステルカラーのガウンとスリッパで湿った10月の空気から身を守り、正面玄関の前で立て続けに煙草を吸っていた。

アードゲイ・ストリートの小さな平屋の外で私は車に座って待ち、ドアをノックして、かつてこの家に住んでいたことがあると住人に説明すべきかどうか決めかねていた。近所を車で回った限りでは、貧しい地域だという以外、そこにどんな人が住んでいるのか、皆目分からなかった。黒人や茶色の肌の人は見かけなかったが、凍てつくような寒さの日に歩いている人はほとんどいなかった。

そこに住んでいたころ、我が家は無一文で、黒人だった。家族は父の奨学金で生き延び、やりくりをして新しい赤ちゃんに必要なものを手に入れた。私たちに住むところを貸してくれる人を見つけるのは容易ではなかった。貸家広告は、たいていの場合「黒人お断り」と明記してあり、「外人お断り」と書いてあるものもあったが、どちらも同じことだった。

家探しがとてもむずかしかったので、ある医学生は、「黒人の医者が住居を探している」と書いた大きな広告を地方新聞に出した。アパートの下見に行って顔を見せた途端、たったいま借り手が決まったと言われるよりも近道だ、と彼は考えた。父はベルシル産科病院でインターンをしており、そこで、帰国間近の黒人の医者と会い、アパートを借りることはできないかと相談した。

私たちの家族五人はアードゲイ・ストリートの二間で暮らした。シャッテルストンの家は自動車教習所を経営する夫婦の持ち物で、二人は別棟で暮らしていた。ドアのうえには「ファティマの聖母」と銘が刻まれていた。土曜日の夜には、道に面した二つの窓がレンガで壊されることがあったが、私たちが黒人だからではなく、彼らはプロテスタントで、私たちがカトリックだと思っているからだ、と母は言った。

父が回診し、赤ちゃんを取り上げた病院は異なった世界で、父は大きな尊敬の念をもって遇され、患者たちは父がとても好きだった。人々は父の「ベッドのそばでのマナー」のよさについて語った。彼らが言っていたことの意味が分かるまでには長い時間がかかった。父が患者のそばに座って、あらゆるナイフやフォークが並べられた豪勢な食事をし、舌平目の骨を取り除いたり、ナイフで上手に桃の皮を剝いているところを想像した。

私が生後6カ月のころ、シエラレオネの家族から手紙が届いた。それは父の父からだった。父の兄の一人、イブラヒムが亡くなったという知らせで、モハメドにできる限り早急に戻って家族の世話を手伝ってほしい、と祖父は懇請していた。

私たちは、オレオール号という客船に乗った。船客はほとんどがかつて入植者だった人で、船上ではトランプをしたり、仮装舞踏会を開いたりした。夜にはお互いのテーブルに座って過ごしたが、誰も一緒にどうぞ、と言って私たちを招いてくれることはなかった。

船がクイーン・エリザベス二世号岸壁の大きな倉庫のそばに停泊したとき、母はまず、父の友人のドクター・パンダのソフト帽が押し寄せる群衆の中を上下に揺れるのに目を止め、船を降りてアフリカの人々の群れの中に入っていった。母はふたたび白人女性になっていた。

フリータウンでは、どこに行っても、人々は母をじろじろと見た。とくに母が自転車に乗っていると、「ごらん。白人女が自転車に乗っている」と言って囃（はや）し立てた。

母は白人として、ある条件のもとでではあったが、フリータウンの外国人社会に受け容れられた。鉄道クラブで催されるスコットランド・ダンスのグループの集まりや、白人専用のヒル・ステーション・クラブのメンバーになった。独立前には、黒人は、お屋敷で働いているのでない限り、ヒル・ステーションに入ることさえ許されなかった。毎日、ヒル・ステーションで働く人を運ぶための特別の電車が運行していた。もちろんヒル・ステーション・クラブには黒人の会員はいなかった。母はそこで人気者だった。歌やダンスが得意で、社交的な性格でみんなを魅了した。ただ一つ残念だったことは、自宅に誘ってくれる会員がいなかったことで、いつも一人ぼっちで家路についた。

父との結婚によって母は多色のカメレオンに変身した。いっぽう、父はスコットランドでもアフリカでも黒人だった。あるとき、ヒル・ステーション・クラブに出入りしていることを父はどんなふうに思っているのか、と母に聞いたことがあった。母は分からないと言った。

「もし、お父さんが一緒に行きたいと言ったらどうするの」としつこく尋ねた。「さあ、そんなことは言わないわ」と母は答えた。「お父さんはスコットランド・ダンスを知らないから」。母はそんなふうに考えていた。とても簡単だった。

我が家を訪ねてくる父の兄たち、とくにモモドゥおじさんは母に親切だった。おじは西洋のものすべてに関心があり、いつも洋服を着ていた。「仕事」のためにフリータウンに来た、と謎めいた言い方をして、母が英国からもってきていた雑誌をめくって、「あちらでの生活」について尋ねた。モモドゥおじさんは、何の前触れもなくやってきて、赤ちゃんと遊び、弟の妻をからかって喜んでいた。モーリーンは父の友人の妻たちから拒否されていると感じていたが、実体があったのではなく、彼女らの歓迎に欠けていた何かに由来していたので、この問題に手を着けることができないでいた。

私たちがシエラレオネに戻ってすぐに、祖父のパ・ロケが数羽の鶏といくつかの米袋をもって、若い妻の一人と一緒に訪ねてきた。祖父は母をちらっと見て、父にテムネ語で「どうやらお前は海に行って魚になったようだな」と言った。白人の妻を連れて帰らないように、と祖父は忠告していた。地元には姻戚関係を結びたいと考えていた家族がたくさんいた。「いくら払ったんだ」と祖父は尋ねた。持参金はいくらだったという意味だった。母は若く、乳房は垂れていなかった。

「10シリング」と父は真面目な顔で答えた。結婚式の朝、婚姻届のために役所に支払った金額だった。パ・ロケは満足げに微笑んだ。息子の嫁は白人だが値段には文句はなかった。

コイドゥでは、出会った人は誰もが母と私に手を振って声をかけてくれた。若い男性は母の荷物をもとうと言い、商店主は最新の輸入生地を見てくれと店に招き入れた。母は医者の白人の奥さんだった。コイドゥにはたった一人の白人女性とたった一人の医者しかいなかった。

第6章

私たちの診療所がオープンして数ヵ月が過ぎたころ、ポンコツの乗合タクシーが家の前で止まった。中にはかなりの数の人が詰め込まれており、ちょっと見ただけでは何人いるのか分からなかった。乗客は人をかき分けて降りようとし、その中には歩けないほど衰弱した弱々しい女性と、ほとんど意識を失ったように見える8歳か9歳ぐらいの少年がいた。

父が出てきて二人を診察室に運んだ。父は明らかに腹を立てていて、「なんで手遅れになってから連れてくるんだ」と言った。誰も答えなかったが、父は理由を知っていた。彼らは何ももっていないので、医者への支払いができなかったのだ。

女性は死にかけていた。男の子は、多分、彼女の息子で、少し前に車の後部座席で息を引き取っていたが体はまだ柔らかく、死後硬直していなかった。父は家族に女性と少年の症状を尋ねた。ほかにも病人がいたのか、と尋ねると、彼らは頷いて、はい、と答え、症状が重くて連れてくることができなかった、と言った。

診療所には検査施設がなかったが、父が診断を下すのに1分とかからなかった。みんなの説明からコレラの流行が明らかだった。父は鞄から一握りの薬を取り出し、オースチンの前座席に置いて出発した。家族は後部座席でシーツにくるまれた小さな少年の遺体を抱えて村への道案内をした。

父は感染源を特定し、村人には汚染された水を使わせないよう村長を説得してから、夜遅くに戻ってきた。通常、村には井戸が一つ、あるいは小川しかなく、村人には感染や蔓延、治療についての基本的な知識がなかったので、流行を食い止めるのは決して容易ではなかった。感染症の流行は必ずといっていいほど呪術師のせいにされた。下痢に気付いたら、ファンタやコカコーラの瓶を振って気が抜けた状態にして室温で飲むように、と父は指導した。これは脱水症を防ぐために砂糖と塩を与えるのと同じで、簡単な奇術だが、命を守る手段だった。

コイドゥにはしなければならないことがあまりにもたくさんあり、仕事を分担してくれる医師はいなかった。この診療所の建物は父のささやかな夢の実現であった。西洋で訓練を受けた医師の多くは、フリータウンに留まって大きな病院に勤務することを希望した。副業として小さな診療所をもてば、ドクター・パンダ夫妻のように、数年のうちにベンツを買い、白い手袋をした召使に給仕をしてもらうことができた。だが、父には全国に家族経営の診療所のネットワークを作るという夢があった。私たちの診療所の成功は父にとって重要であり、父の動機は分かりやすかった。

父が子どもだったころ、予防接種プログラムが発表された。多くの家族が村から宣教団の病院に向かった。直射日光の照りつける中庭で、ほかの目的でやってきた患者たちと一緒に長い木のベンチに座って待った。ベンチがいっぱいになると壁沿いに列ができ、建物を取り囲んだ。父は壁を背に地面に座って自分の名前が呼ばれるのを待った。父の前には老人がいた。

何時間も過ぎて、老人の名前が呼ばれたときには、老人は居眠りをしているらしかったので父が近付いて軽く揺さぶった。彼は顔を上にして横向きに倒れ、白内障で白濁した目は空が映って青く見えた。用務員がやってきて運び去った。年配の人たちは医者に診てもらう前に息を引き取った。

祖母のンドラが亡くなった後、父は村を出てトライ先生のところで暮らした。父が村を出て間もなく、父の小さな家族に第二の悲劇が起きた。兄が「頭痛」で亡くなったことを知らせる、代書屋が書いた手紙がボーにいる父のもとに届いた。兄はある日、頭が痛いと言って、その後、起き上がることができなかった。

私たちは決して患者を追い返すようなことはしなかった。治療費が払えない患者には無料で治療した。父が実践した原則からすると、診療所で利益があったとは考えられないが、驚くべきことには黒字になっていた。

町には少数だが非常に裕福なダイヤモンド業者がいた。自営業者は限られた量のダイヤモンドを採掘するための許可を政府から買っていたが、法を無視して独自の採掘人の集団を送り込んで立ち入り禁止区域で違法の採掘をした。多くの業者は合法と違法の両方だった。

健康と自由を犠牲にして、何百回となく川底に潜って選鉱鍋に汚泥を入れて取り出す男たちには、雇い主の言い値でダイヤモンドを売り渡す以外に選択肢はない。事故は頻繁に起きた。誰かが溺れて夜中や早朝に叩き起こされることが何度かあった。不法採掘人が捕えられて処刑されることもあった。処刑されるのは不法採掘人だけだった。雇い主が裁判官に賄賂を渡して手下の採掘人を釈放してもらえなければ、ボスに代わって刑期を務める。コイドゥでは誰もが分をわきまえていた。

男たちが診療所にくるときは、通常、請求書を誰に送るかを書いたメモをもってきた。それは、当然、数人いるレバノン人業者のうちの誰かだった。患者の治療をし、薬を処方した後、母に請求書を作らせたが、そのとき、父は業者には最高額を請求するよう指示した。代金を支払う余裕のある人には通常の価格を請求したが、診療所にくる患者は十人中八人までが薬代さえ払えない人々だった。診療所を訪れるダイヤモンド業者たちがコイドゥと周辺の村落の人々の医療費を負担していた。

治療代を払わなかった人は、必ずといっていいほど、生きたニワトリか袋に詰めたオレンジ、籠に入ったヤムイモなど、何らかのお返しをもってきた。

ある夜更けに、怒り狂ったように家のドアを叩く音で私たち全員が起こされた。ドアを叩き壊して入ろうとしているのかと思った。父が鍵を外すと、扉の外の階段に、恐ろしく興奮して汗をかき、倒れそうになっている若い男が立っていた。男は完全に自制心を失って落ち着かない様子で飛び跳ねながら、「先生、助けてくれないか。梅毒なんだ」と片言のクレオール語で言い、「何かが肌の上を這っているんだ」と付け加え、恐怖で震えていた。私たちもみな同じだった。「刺してくれ」と言って、左の腕に想像の注射をするふりをした。父は寝ようとしていたが、その男を診察室に招き入れて治療した。若い男は治療費を払うことができないと告白したが、父は手を振って帰らせた。

数週間が過ぎたころ、母は夜に外出した。父はまだ仕事をしていたので、一人でダイヤモンド・コーポレーションにダンスをしに行った。帰途、運転中に道路にできた穴にはまり、タイヤがパンクした。ダイヤモンド・コーポレーションの敷地は町から離れており、道の両側には7フィート以上に伸びたエレファントグラスが茂り、道路は暗く、人影がなかった。真っ暗闇で、ただちに母は窮状について考えた。女性であり、イブニングドレスにハイヒール、アフリカの藪の中の誰もいない道路で懐中電灯ももっていない。しばらくすると、遠くに車のヘッドライトが見えた。助けてくれる人でありますように、パーティから帰る誰かでありますように、と願った。

近付いてきた車は車体がへこみ、古くて、明らかに現地の人のものだった。ゆっくり近づいて母のそばで止まった。中に数人の若者が乗っているのが見えた。「ドクターの奥さんじゃないか」と誰かが言った。それは「刺してくれ」だった。車から飛び出して、うれしそうに笑い、誇らしげで、見るからに健康そうだった。数分後には「刺してくれ」と仲間たちがタイヤを取り換えて母を見送った。

コイドゥで暮らすようになって1年が過ぎたころには、父の名前と評判は遠くまで知られるようになっていた。どこへ行っても、みんなが挨拶し、通り過ぎる車に歓声を上げて手を振ってくれた。でも私にとって父は遠い存在だった。

私は犬のジャックとジムと一緒に遊んで、ビッグ・アミナッタに守られて家の中で過ごしていた。「守られて」というのは、彼女が確かにそうしたからで、たくさんの家事をこなしていたが、私を守ることもその一つだった。彼女の仕事は私が逃げ出したり、事故などに巻き込まれたりしないようにすることで、敷地の境界を示す木立ちの向こうのエレファントグラスには悪魔が潜んでいる、と言って私を敷地から出ないようにした。怪物をかたどった彫刻のガーゴイルのような顔をした悪魔が、私のような子どもを食べる機会をうかがっているというのだ。夜になるとゴキブリが枕に這い出して、寝ている人の口の中に残っている食べ物のかけらで宴会をする、と言って私に歯を磨かせた。

毎朝、父がトイレに行くときが、子どもたちにとって父と過ごす質の高い時間だった。私たち三人は、ぬり絵やおもちゃ、絵本をもって、父についてトイレにいった。父を囲んでおしゃべりをし、絵を完成させ、前日に完成した作品を見せ、声を出して本を読んでくれとせがんだ。そのうち、父は私たちに出て行けと言ったはずだが、リノリュームの床に寝そべって父のために王女の絵に色を塗ったことしか覚えていない。

3フィートの高さから見た、もっとも強烈な父の記憶は、グレーのズボンとサンダルの、ウエストから下のイメージだ。足の爪の形と色合いを、がっしりした太腿を、丸い尻を、はっきり覚えているが、その上のぼんやりした淡い色の半袖シャツと聴診器の上にある顔は霞んだままだ。父は、当時、髭をはやしていたが、父の思い出がほんとうに始まるのは、コイドゥを永遠に離れる数カ月前に父が髭を剃ってからだ。

錯乱した女性が診療所に連れてこられた。40歳ぐらいだと思われたが、もっと歳をとっているように見えた。腰巻き布やブラウスをつかみ、喚いて、牝馬のように駆け出した。彼女は妖術にかけられているので家では面倒をみられない、と家族が言ったので、父は彼女を家の一室に入院させた。誰かにフリータウンにある精神病の施設に運ばせるか、自分で運転して連れて行こう、と父は考えていたのだと思う。その日の午後、彼女の部屋の前を通ると、ハエ除けの網戸の向こうから私をじっと見て、大声で叫び、目をまわしていた。私はビッグ・アミナッタのところに急いで戻った。

その午後遅く、彼女は逃げ出した。家の者は誰も、どのようにして、いつ逃げたのか知らなかったが、逃げてからあまり時間が立っていないようだった。父は急いで車まで行き、子どもたち三人は車のビニールのシートに立って大声で喚きながら、精神に異常が生じ錯乱した女性を探しに出掛けた。父はゆっくり運転し、外を注意して見るようにと言った。父はこの冒険を私たちと同じぐらい楽しんでいるようだった。人々はうるさく騒ぎ立て、私たちは怖いとは思っていなかった。

間もなく私たちは彼女をみつけた。道路脇の木に強く背中を押し付けて、つま先で立っていた。彼女の頭上で凝集した珊瑚色の花がまっすぐ伸び、空に向かって手を伸ばしているようだった。花のオレンジとピンクはろうそくが燃えているようで、木をはでやかにしていた。女性が道路の真ん中に落ちている枝をじっと見つめていることが遠くからでも分かった。枝があたかも生きているかのように、彼女の目は枝に釘付けだった。近寄ってみると枝だと思ったものは枝ではなく蛇だった。

車は蛇を轢き、私は尻と太腿に衝撃を感じた。次の瞬間、車はバックした。蛇の死体が道路から消えるまで、父はギアを変えて何度も車を前後させた。蛇が確かに死んだと思ったとき、私たちは龍を退治した英雄のような気分だった。

私の心の目には蛇は巨大で、道路の幅いっぱいの長さがあった。大きくなってから、多分それは私の想像で、普通の蛇はそんなに長いはずはないと思った。それはきっとアフリカツルヘビで、まったく無害だった、といまではほぼ確信している。蛇は女性と関わりたいとは思っておらず、多分、彼女のそばを通って木に登り、お気に入りの枝で静かに休みたかっただけだろう。

精神が混乱した女性を後部座席の私たちの間に座らせて家に帰った。次の日、彼女が連れ去られたとき、私は家にいなかった。彼女がいなくなったことを知ったときは寂しかった。

第7章

私の泥まんじゅうはとても乾燥して周りがボロボロだった。泥まんじゅうの残骸に水をぶっかけて棒で流していると、祖父のパ・ロケがやってきた。刺繍をほどこした長いシャツにお揃いの縁なし帽という着こなし、謹厳な態度、堅苦しい作法など、祖父についてのすべてがアフリカの異なった時代のもので、何世紀にもわたって生活に変化のない農村の人々の間にはまだ残っているが、それ以外のところでは消えてしまっていた。

祖父は、いつも、どこからともなく突然現れた。着替えの包みをもってきたはずだが、荷物らしいものはもっていなかった。我が家の敷地に歩いて入ってくるときには、祖父の交通手段を知る手掛かりはなく、砂ぼこりを巻き上げて走り去る乗り合いタクシーも自家用車もバスも見当たらなかった。自転車さえも、そこにはなかった。祖父はマグブラカに住んでおり、私たちのところまで来るのは1日がかりだったが、道路のはずれからやってきたみたいだった。電話もなく、郵便と呼べるような手段もなかったので、祖父は前触れもなくやってきて、数日間、あるいは数週間滞在した。

家にいるのは子どもたちのうち私だけで、祖父は父の帰りを待つ以外にすることがなかったので、実際にはパ・ロケと私の間にはほとんど接触はなかったが、二人はお互いの相手をした。祖父は家でぶらぶらしていて、ときどきビッグ・アミナッタに何かをもってきてくれと頼んだ。私にとって、つねに強敵であったアミナッタが誰かから命令されるのを見るのは小さな喜びだった。

ビッグ・アミナッタは、パ・ロケを畏れ、その畏れが体の芯まで深く根差していたので、祖父の前では歩き方さえもが変わった。普段は尻を揺すって、ゴム草履を滑らせて、耐えられない音をさせて床の上を歩いた。祖父の前では速足で歩き、てきぱきと動いた。ひざを曲げておじぎをしようとして体が固定してしまったように、つねにウエストのところで体を曲げ、「はい、パ」という以外に決して祖父に話しかけることはなく、いつも目を伏せていた。

午後になると、パ・ロケは私がいつも座る助手席に座り、私を後部座席に退けて、母の運転する車で出掛けた。母は即興の手話で祖父と会話し、覚え始めたテムネ語の練習をした。母のクレオール語はかなり上達していたので、パ・ロケは母の言うことが少し分かった。さまざまな手段を使っても会話がうまくいかないときには、アフリカ人のアクセントを真似た英語で、大声で話し、にこやかに微笑んだ。パ・ロケはほとんど話さなかったが、同意を示して頷き、微笑み返した。すると歯の間の隙間が見えた、というか、歯がほとんどなかったので、口の隙間の中に歯が見えた。

祖父と母は、お互いを年齢、人種、性別、言語、文化のベールを通して見つめ合いながら、仲よく暮らしていた。二人は訪問者が新しい土地の人々を好きになるように、お互いを気に入っていた。新しい土地への訪問者が歓迎され、人々が戯画化されたように笑い、気さくさを装う、うわべだけの世界だった。

夜遅く、父が戻ってくると、パ・ロケに変化が見られた。祖父は現実の人格になり、話し、笑い、そして、ときどき咳の発作に襲われた。部屋にいる私に気付くことさえあり、ときどき私たちのほうを指さして、父に私たちのことを尋ねた。

祖父は、男たちが靴の後ろを踏んでつぶしてスリッパのように使う、先の尖った皮のサンダルを履いていた。祖父はそれを脱いで裸足になって、あぐらをかいた。父も同じようにサンダルを脱いだ。それは二人のおしゃべりの始まりの合図だった。私には二人が話している言葉はまったく理解できなかったが、二人は何時間もテムネ語であれこれ話した。パ・ロケが村で裁いた事件について話していたのかもしれない。祖父が集会所で人々の訴えを聞くのを見るために、父が母をマグブラカに連れて行ったことがあった。訴えの一つは女性と三人の男性の争いだった。父は母に父権に関する争いであることを説明した。母はしばらく裁判の成り行きを観ていたが、父をそっと突いて三人の男のうちの誰が子どもの父親であるのかを調べられているのかと聞いた。そうじゃないんだ、と言って、三人の男がいずれも子どもの父親であると主張しているのだ、と父は説明した。自分の子どもであるかも知れない場合はどんな男でもあきらめないのだ。

祖父が来て数日が過ぎたころ、祖父と二人だけで昼食をとった。他の人はみな出掛けていた。食事の前に祖父は黒と赤でモスクの絵が描かれた藁製の礼拝用マットを出して床に敷いた。直立不動の姿勢で立って頭を垂れて、続いて跪いて手を太腿に置き、懇願するように手のひらで天を仰いだ。祖父が跪き、床に額をつけてひれ伏す姿は、湖の表面に首を伸ばす水鳥のような優雅さを備えていて美しかった。

パ・ロケはスプーンだけを使うことがあったが、普段は手で食事をした。祈りの前後にはビッグ・アミナッタに洗面器に水を入れてもってくるよう頼み、祖父が入念に手を洗い、長い指を振って水を払い落す間、アミナッタは重い洗面器をじっと支えていた。我が家の洗面所には水道があったが、祖父は立ち上がって洗面所に行くことを思いつかなかったようだ。祖父は私たちとは違った生活に慣れており、家族の中の幼い少女が毎朝小川から水を運んでいた。

その日の昼食は落花生のシチューとご飯だった。シチューは、ビッグ・アミナッタが落花生を炒って空の瓶を麺棒の代わりに使って砕いて、とろみをつけたスープに唐辛子をたくさん入れて、鶏肉や牛肉を何時間も煮て作る。地元の鶏肉はとても硬く、タマネギとトマトで気が遠くなるほど煮る必要があった。煮ているうちに柔らかくなり、風味がよかった。アミナッタは燻し魚の強い風味を添えるために燻製にしたカサゴをほんの少し足した。落花生シチューは私の大好物の一つだ。

パ・ロケは皿に盛られた食べ物をていねいに片付け、鶏の骨の小さな山しか残さなかった。骨は一つずつ丁寧に食べた。祖父が食事を終えると鶏肉の痕跡を留めるものはまったく何も残っていなかった。こんな光景は見たことがなかった。

骨を噛むのは歯にいいし、骨髄にはビタミンがいっぱい詰まっているから、骨を噛むようにと言われて私は育った。でも、ゴムのようなぬるぬるした食感の軟骨が口の中にあると気分が悪くなるので皿に残した。骨の両端の粒状の柔らかい部分は好きで噛んだが、鋭く、のこぎりのようなかけらのついた骨の軸に挑戦することは止めた。

私はいつも祖父をパ・ロケと呼んでいた。おじもおばもいとこたちも、みんなそうしており、親戚でない人も同じだった。それが祖父の名前でないなどとは考えてもみなかった。祖父はパ・ロケという名前ではなく、肩書きがパ・ロケ、レジェント・チーフ・オブ・コリファ・マムンタだったということを知ったのは、ほとんど大人になってからだった。

第8章

パ・ロケが私に気付いたことがあった。蟻が一列になって地面を横切ってマンゴーの木の根元にある穴の巣に入ろうとしているのを、私は追っていた。見上げると、木の幹には蟻がいっぱいいた。私は途中に障害物を置いて、蟻が編成を変えるかどうか見ていた。パ・ロケの影が横切ったのは、私がちょうど、蟻の前の地面に長い棒を置いた後だった。

蟻はお互い同士でどのようにコミュニケーションをしているだろうと思った。行く手に突然、巨大な障害物が現れたとき2、3匹の蟻が棒の長さの端から端まで忙しく行ったり来たりした。彼らは斥候だった。他は運搬担当で、荷物をもったまま辛抱強く待った。斥候蟻が戻ってきて、障害物を迂回するのは時間がかかり過ぎるのでできないと報告した。蟻たちは障害物によじ登るしかない。ほかの蟻たちは同意を示して触角を振った、と私は想像した。ただちに先遣隊が棒に登って降りた。

蟻の生態は私を何時間も虜にした。誰もが知っている普通の黒い蟻がいた。そして、刺すように噛む、小さな赤い蟻がいた。巣の近くに立っていると、うじゃうじゃと脚を這い上がり、何千という小さな歯を立てて、痛みをともなう赤い痕を残す。通常の蟻の数倍の大きさの巨大な蟻は赤いのや黒いのがある。この種の蟻は無害だが、恐ろしく大きい。概して、黒い蟻はとても友好的だった。

地方に行くと、どこにも蟻塚があった。大きなこぶができて月面のような風景が何エーカーも続き、巨大な石筍の砦のような白アリの塚が蟻塚のうえにそそり立つ。蟻と白アリ、ヒアリと黒蟻の間では常に戦争が起きていた。蟻たちは殺し合い、捕虜や奴隷にし合った。

あるとき、ヒアリが一匹の黒蟻に群がっているのを見た。黒蟻は野生の犬の群れに倒された雄牛のようになすすべがなく、生きたままヒアリに食われた。黒蟻がおとなしくなると、まだぴくぴくと動いていたがヒアリたちが数倍の大きさの黒蟻を運び去った。ずっと後になって、同じ種の間で戦争するのは、蟻と人間だけだということを知った。

パ・ロケはちょっとの間、私を見ていたが、ついてくるよう手招きした。私たちは少し歩いて、敷地の端の土が柔らかく砂地になっているところまで来た。そこには漏斗の形をした穴がいくつかあり、それぞれの間は1インチと離れていなかった。パ・ロケは手を振って、しゃがんで見るよう促した。彼は乾いた葉っぱを拾って、その端をちょっと折って小さなクレーターの縁に落とした。

「何があるの」と私は尋ねた。パ・ロケは指を唇に置いた。

数秒間、何も起きなかった。私たちは待った。パ・ロケはどうかしたのではないかと思い始め、どうしたのかを確かめるために彼の顔を見上げると、イライラした様子で地面を指さした。クレーターのほうに目をやると葉っぱのかけらがなくなっていた。次の瞬間、葉っぱのかけらが穴から飛び出して私の足元に落ちた。私はじっと見ていた。パ・ロケはしゃがれた声で短く笑った。

小さな黒い蟻が近づいてきた。パ・ロケは、まだ手にもっていた葉っぱの先で蟻が穴に入るのを助けた。蟻が砂の勾配を滑り下り、必死で足を動かし、つかまるところが見つからないので、穴の滑らかなところを掻き回した。穴の底に辿り着くと位置を確かめるために触角を動かした。私には何が起きようとしているのかが分かった。蟻は立ち上がって砂の中に入り、最後に折れ曲がった足が消えた。

パ・ロケは「蟻地獄」と言って立ち上がり、長くてゆるやかな長衣を大きな鳥のようにはためかせて、すばやく家に向かった。

私は枝を拾って穴の砂を突っついた。蟻を救いたいと思っていた。ミニチュアのアルマジロのような昆虫を掘り出したが、蟻地獄はまだ蟻を捕まえたままで、蟻は自らの運命を受け容れ、蹴るのをやめた。ところが、土から自由になったので、蟻は気力を新たに闘うように見えた。蟻地獄は諦め、砂の中に撤退し、蟻は折れた脚に傷ついた体をのせて、よろよろ歩いて行った。

それは週末のことだったかも知れない。とにかく、当時としてはめずらしいことに父は家にいた。誰もが昼食をすませたところで、陽が高かったので午後の早い時間だったのだろう。家の裏でビッグ・アミナッタが食卓の残り物を犬の食器に入れて庭に置いた。

「お父さん」と言って、私は母と一緒にベランダに座っていた父のほうに急ぎ足で行った。そして、すぐにまた「お父さん」と言った。

「なんだね、アム」

「ジャックがへんな音を出しているんだけど」

みんな、私について家の周りを回った。私は間違っていなかった。そこにはオールドシープドッグのジャックが頭を垂れて立っていた。腹がけいれんし、大きく波打っていた。苦しそうに腹が収縮するたびに、ぜーぜーと息をし、とぎれとぎれの声で鳴いた。犬が病気のときに見せる姿のようだったが、これまでに犬がこんな声を出すのを聞いたことがなかった。

ジャックの喉には鶏の骨が刺さっていた。食道の壁に傷がつき、骨を取り除こうとするたびに、骨の尖った破片が深く食い込んだ。痛みはひどかっただろう。父はジャックを両足の間に挟んでしっかり捕まえて、屈み込み、犬の顎をこじ開けた。そして、犬の喉の奥深くまで腕を突っ込んだ。父が犬の喉の奥の様子を探っているのが分かった。父は手を抜き出し、また入れ、骨を取り出そうと何度も何度も繰り返した。ジャックはされるまま大人しくしていた。噛みついたり、のたうったりせず、命拾いをするためには、じっとしているしかないと悟っているようだった。

何分かが過ぎ、家族全員で見守った。他の誰かにできることはなかった。

骨は喉の奥深くまで入り込んでいて、取り出すのには手術が必要だと父は考えて、医療器具セットを取りに行った。コイドゥには獣医がいなかった。そのころになるとジャックは弱々しくなり、くんくん泣き始めた。父は注射針と注射器を取り出し、ジャックに、通常は人間のために残しておくべき麻酔をした。咳き込みと鳴き声が止んだ。ジャックの体の緊張が解け、呼吸が止まった。

私の人生でもっとも幼いころの経験としては、このイメージが唯一の記憶である。ジャックの亡くなった日、私はとても幼かったが、父がジャックのそばで見降ろすように立って、手を犬の喉に当てていた光景を鮮やかに覚えている。

後になって、両親は何が起きたのかを話してくれたが、私は死の意味が理解できなかったので、それほど心を掻き乱されることはなかった。時間がたつにつれて、もう一頭のオールドシープドッグのジムは庭をうろついて兄弟で遊び仲間だったジャックを探したり、日陰で物憂げに横たわったりして、夜になると遠吠えをした。

パ・ロケが次に訪ねてきて鶏の骨を噛み砕いているのを見たとき、なぜジャックは死んでパ・ロケは死なないのだろう、と思った。

程なくパ・ロケは来たときと同じように帰っていった。彼は道路の終わりまで歩いて風の中に消えた。

第9章

住まいと敷地が私の世界のすべてで、この二つがめまいのするような宇宙を創っていた。マンゴーの木が2本、家のベランダの前に歩哨のように立ち、波板トタンの屋根に影を落としていた。クーラーはなかったが、たぶん木があったせいで、外気が40度になるような日でも家の中はかなり涼しかった。コイドゥは内陸部で三つの山に挟まれた恐ろしく暑い窪地で、停滞を破るようなそよ風さえほとんど吹かなかった。

家の前の部分は質素で、寝室が二つと仕切りのない居間という構成だった。裏側は父の診療室と薬局になっていた。薬局の隣には予備の寝室があり、そこは精神を病んでいた女性が一日と一晩を過ごした部屋だった。居住部分とその後ろの産科部分は細い廊下で繋がり、家族用と患者用のそれぞれ別の便所とシャワーが左側にあった。

家の扉はいつも開いていて、人が私の世界に自由に出入りした。敷居をまたぐやいなや、来客は、人間も動物も鶏も、カメレオンでさえ、肉体と声、笑い、命が与えられた。私は土の上を移動するカメレオンを追った。私は子どもで、その瞬間の人生を楽しんでいた。人は見ることができるときだけ存在した。人が立ち去ると、私にはその人の肉体は空気の中に溶け込み、存在しなくなった。

昼でも夜でも好きなときに現れる訪問者は母を悩ませた。母は知らない人が家に入るのを嫌い、とくに当然のように父の帰りを待つようなときは腹を立てた。マグブラカからわざわざやってきて兄弟だと言う男たちがしばしば現れた。そのころには、父は兄弟たちの子どもの学費を払い、いくつもの異なったかたちで家族全員の面倒をみていた。要求のリストは終わりがなく、訪問者の到来は必ず誰かが何かを必要としていることを意味した。おじたちは、イスラム教の慣習に従ってイマームの教育を受けており、いかなる意味でも村の先祖の暮らしを続けていた。父だけが、まったくの偶然から、近代世界で生きていくための技能を習得したのだった。

父の兄弟が来ると、母は他の日に来るようにと言った。四六時中訪問者があることについて、父に文句を言ったが、兄弟が来たときに母が飲み物も食べ物も振る舞わずに追い返したと聞いた父は激怒した。母の振る舞いは父の家族をひどく傷付けた。自分が何をすべきなのか教えてほしい、と母は激しく言い返した。父には二十八人の兄弟と十九人の姉妹がいたので、母は全員を覚えられなかった。姉妹がほとんど訪ねて来なかったのは幸いだった。

我が家を頻繁に訪れる訪問者には患者たちとおじたちの流れ以外に、第三のグループがあった。若い男たちで、許しを乞うこともせず、ベランダに座り、彼らの会話のかすかな声が家の中を流れた。別のときには、彼らはただ黙って座っていた。母と手を繋いで彼らの近くを通ると、いつも母にはとても丁重に挨拶した。

一人か二人の男は父の診察室に直行した。2、3時間後に彼らが出てくると、待っていた男たちは勢いよく立ち上がった。誰もが動き回って挨拶を交わした。彼らは順番に父と握手し、父が何かを言うと「はい、ドクター。はい、ドクター」と言って頷いた。父の事務所にいた男たちは仲間同士のように父の肩を叩いた。そして、彼らは一緒に我が家を辞し、2台の古い車に無理やり乗り込み、父は診療室に戻った。

私たちがシエラレオネで暮らしていた間、一党制国家になるという噂が広まっていた。与党のシエラレオネ人民党（SLPP）のリーダーは、逝去したミルトン・マルガイの弟のアルバート・マルガイだった。首相は重病だったが、首相子飼いのジョン・カレファ＝スマートを後継者にするのを避けるために、アルバートが手早く片付けた、という穏やかでない噂が消えなかった。医者であり、ミルトンの懐刀で、お気に入りだったカレファ＝スマートが国の次の指導者になると誰もが考えていた。ところが、一連の政治的駆け引きによって、カレファ＝スマートは閣僚の地位を追われ、嫌がらせ作戦の対象にされたといって、米国生まれの妻と子どもを連れて国外に逃れた。

アルバートは英国で教育を受けた法律家だったが、ひとたび権力を握ると、一党制の国家を目指して憲法改正案を上程した。国を一党制国家に落とし入れた最初のアフリカの指導者はガーナのエンクルマだった。複数政党制民主主義は民族の分断を助長し、社会や経済の発展のための本来の仕事からあまりにも多くのエネルギーを奪う、と彼は主張した。アフリカの指導者たちは次々とエンクルマに従って、一党制こそが新しい国が必要とする安定を得るための唯一の方法だと力説した。ケニヤッタのケニア、ニエレレのタンザニア、カウンダのザンビア、バンダのマラウイは、みな単一政党制の政府へと移行した。このような変化は、冷戦下では、旧知の独裁者の後ろ盾になるほうが、異なった、左翼的かもしれない考えをもつ新しい指導者に扉を開いておくよりも好ましい、と考えた旧植民地支配者から暗黙の祝福を受けた。

シエラレオネでは、そして、とくに結束力が強く、教育レベルの高いフリータウンのクレオールの人々には、アルバート・マルガイの提案はSLPPが権力を保持するための明白な試みと見えた。アルバート・マルガイは、憲法改正によってしか問題を是正することはできないと主張するが、まさに問題そのものであるメンデ〔二大民族集団の一つ。南部州と東部州に多い〕による部族的覇権を彼は導入しようとしている、と批判されていた。新聞は閣僚の汚職事件を明らかにするのに忙しく、野党系の新聞である「ウィ・ヨーン」紙のよく知られた「こぼれ話」というコラムでは、連日、報道記事や噂が紹介された。国は深刻な財政的難局にあり、国際通貨基金（IMF）の金融支援を受けられなくなり、対外債務不履行に陥っていた。

父の評判はコイドゥでの医者としての仕事によって高まったが、実際には、それよりもずっと前から高まりつつあった。スコットランドから帰国してすぐに、父はプリンス・クリスチャン病院とコノート病院で政府の医療サービスの仕事に就いた。英国で始まって10年もたたない国民保健サービスで研修を受けた父や他の若い医師たちは、フリータウンで実施されている医療サービスの水準にショックを受けた。看護師はしばしば医師の指示に従わず、医療機器は正しく消毒されず、備品は盗まれた。ある日、女性が出産のために入ってくる分娩室の棚に死産の赤ちゃんが放置されているのを見つけた父は癇癪を起こした。

若い医師たちは父をリーダーの一人として集まり、保健大臣に抗議をした。改革が約束されたが、変化はたとえ起きたとしても緩慢だった。父のいらいらが頂点に達したころ、父は大臣室に出頭を命じられ、解決策について合意ができた。父は古くからの仲間のドクター・パンダとウィルバーフォースの兵営にある陸軍病院の運営を任され、二人は必ずモデル病院にすると誓い合った。

当時の写真がある。私は淡い色のドレスを着て白いリボンを付け、軍人になった父に抱かれている。父はとても素敵で自信に満ちている。私はわずか二歳だったが、ごわごわしたサージの服の手触りや髭を剃ったばかりの顎の感触を確かに覚えていると想像する。そのころはまだウィルバーフォース兵舎には引っ越していなかったが、父が病院で働いていたときに与えられた官舎に住んでいた。グレアム・グリーンの有名なシティ・ホテルの向かいで、夜には客を取り合う売春婦が口論をした。陸軍病院に出勤する最初の朝、父の友人の陸軍少佐が朝早く訪ねてきて、ネクタイの結び方や帽子の角度、その他、制服のすべての付属品の正しい着用の仕方を教え、制服を着せてくれた。

陸軍は、程なくデービッド・ランサナ准将の指揮下に入った。彼はシエラレオネ生まれの最初の軍司令官で、メンデでマルガイの手先と見られていた。父が陸軍病院に赴任して数カ月たったころ、若い女性が病院に現れた。彼女は妊娠しており、人工中絶を望んでいた。シエラレオネでは妊娠中絶は違法だったので、父は彼女の要求を断った。その後、司令官が新入りの医師に電話をかけてきて、手術は上司の命令だと言った。父もドクター・パンダもその命令に抵抗した。二人は抗議の印として任務を辞したが、それがランサナをいっそう怒らせた。ランサナは二人を不服従によって、そして、とくに父が横柄な態度をとったことを理由に軍法会議にかけようとした。ランサナは司令官の権限が医療関係者にまで及ばないと知らされると、辺境の地のカバラに転勤させようとした。

これは、短い間、フリータウンでは有名な事件になった。父の自己過信は、つねに、傲慢と紙一重で、父はほんのわずかでも意見を変えることを拒んだ。多分、父は孤立を楽しんでいたのだろう。すでに軍医官として懸命に働く父を尊敬していた兵卒たちは、ランサナに立ち向かう父がいっそう好きになり、遠慮なく父への支持を口にした。ランサナはやむを得ず手を引いた。父は陸軍病院を辞めて開業した。父が軍医官の緑色のユニフォームを着ていたのは6カ月足らずだった。

ランサナは父を苦しめ続けたが、父は論争の原因となった事件について、決して口外しなかった。父が口外することは簡単で、公にランサナの面目を失わせ、すべての追撃を停止させたであろうが、そうすることは若い女性との医者としての信頼の誓いを破ることを意味した。少なくとも父とドクター・パンダには、この問題は病院施設の使用に関する決定は医者の権限であるという点にとどまった。それが分かってもランサナは行き過ぎた反応の手を緩めず、むしろ、いっそう強化させた。

この話はすぐに野党の全人民会議（APC）に伝わり、APCは父を探し出して、彼らの闘争に参加するよう要請した。父の親しい友人のイブラヒム・タキとモハメッド・バシュ・タキはすでにAPCの活動家になっていた。二人は私たちフォルナ一族と同じテムネ［三大民族集団の一つ。北部州に多い］で、しかも同じトンコリリ県の出身だった。イブラヒムは、「こぼれ話」コラムの影の執筆者で、SLPPの汚職についての証拠が集まっていることに頭を悩ませていた。父がボー・スクールで級長だったとき、彼は実験助手だった。次に二人が再会したのは、ロンドンでイブラヒムが独立交渉を取材していたときで、ランカスター・ハウスとテレックス事務所の間を急いで新聞社に交渉の進展を報告していた。彼は気力横溢で疲れを知らない男だった。タキはテムネ語で「もめごとの原因になる人」を意味し、SLPPからすると、タキは名前通りだった。モハメッドはチェーンスモーカーで、歯ブラシのような髭をたくわえ、目は大きくて物悲しく、背中が丸く、イブラヒムよりも無口だった。世間ではMOとして知られ、私は彼をバシュおじさんと呼んでいた。

フリータウンにいたころ、父はAPCに加わることを拒んでいた。SLPPの活動には長い間、反対していたが、当時はまだ、天職は医者だという確信をもっていた。コイドゥでは、毎日、簡単に防ぐことのできる病気で人が亡くなり、平均寿命は四十歳よりもずっと下で、子どもの腹は栄養失調で膨らんでいた。父が一日中、そして、夜まで、力が尽きるほど働いても、どうにもならなかった。症状はどんな医者の能力をもってしても治すことができなかった。

40年以上にわたって、毎日、シエラレオネ・セレクション・トラストは大量の鉱物を川床からもぎ取り、辺りの風景を化膿した傷のように剝き出しの赤土にした。毎週、デビアスの飛行機が飛来して、ダイヤモンドを託送品として次々と国外に運び出した。独立前にはダイヤモンドは征服者の戦利品だったが、いまでは会社がフリータウンの政府にダイヤモンド採掘権の代償として税金を納めていた。しかし、これまでと変わらず開発が進まないコイドゥでは税金の痕跡は見られなかった。ところが、採掘会社の敷地内は別世界で、道路は舗装され、街灯や電話回線があり、社員の子どもだけが通う学校にはテニスコートや花壇、芝生などがあった。

車を修理するよりも新しいベンツに交換するほうが手っ取り早い、と代理店が考えたため、コイドゥ一帯には高級車のさびた骨組みが散乱していた。ダイヤモンド商人の妻たちは、レバノンへの長期の買い物旅行を繰り返した。採掘者は日ごとに露骨になったが、政府は何ら手を打たなかった。

マルガイに対する反対が大きくなるに従ってＡＰＣの人気は高まった。ＡＰＣのリーダーはシアカ・スティーブンスという元労働組合運動家で、草の根、とくに、メンデが支配するＳＬＰＰ政権下では将来がないと考えたテムネと、保護領の他の人々の絶大な支持を得ていた。しかし、真剣にマルガイに挑戦するためには、ＡＰＣには絶対に必要な一つの要素が欠けているとスティーブンスは考え、それがフリータウンのクレオールの票を勝ち取ることのできる政策やマニフェストを作るための頭脳の力だという確信をもっていた。ＡＰＣの若い活動家たちは国内を探しまわった。結論は、若くて、西洋で教育を受けた専門職の男性を探し出し、説得して運動に引き入れることだった。

昼間はほとんど家の中で遊ばなかった。仕事で出掛ける母に付いて行かないときは、そうしたいと思えば、私の世界で起きているすべてを庭で見ることができた。

ある日、いつもよりも人の出入りが激しく、朝に始まり一日中続いた。午後には、いつもの訪問者よりも年配の一人の男がやってきた。バシュおじさんが一緒で、彼と若い男たちはバファローを取り囲むシラサギのように突進していった。

その男は、年齢にふさわしい威厳をもって、ゆっくりと動き、実際、それまで一度も若かったことがないかのようだった。恰幅がよく、がっちりした首の上に大きな角張った頭があった。ぼってりした瞼は目尻のほうで垂れ下がり、下唇は厚く突き出ていて黒く、話すと下の歯が見えた。奇妙な特徴は生え際で、両側の髪はとても短く刈られていて、ほとんどないように見えた。全体的な印象を決定付けたのは、頭に乗せられた、裁判官が死刑を宣告するときに被るような黒い帽子だった。

これがシアカ・スティーブンスだった。当時は世を忍んで暮らしている状況で、安全な家々を移動しながら、支持を獲得するために有権者を訪ねる、非常に危険な活動を続けていた。憲法を改正して共和制を導入し、自身を新しい絶大な権力をもつ大統領にするためには、アルバート・マルガイは、総選挙を挟む二度の議会での承認が必要だった。彼は最初の票決で3分の2の多数を得た。次に選挙を実施しなければならず、何としても勝利する決意であった。APCの国会議員のうち四人は告訴なしにすでに逮捕され、拘束され、議会欠席を理由に議席を失っていた。スティーブンスは極力目立たないようにしていた。

彼は私のところまできたとき、ちょっと立ち止まって見降ろした。私はその男が誰かを知らなかったが、父の兄弟の一人でないことは明らかだった。父はとても丁寧に対応し、パ・ロケにだけするような態度で振る舞った。

バシュおじさんは他の男たちと一緒にベランダに座っていた。1月のことで、気温が上がり始めていた。若い男たちは待っているうちに暑さで汗をかき始めた。とても緊張し、興奮しているようだった。シアカ・スティーブンスが出てくると、みな飛び上がって、ただちに彼を取り巻いた。数分後、車が次々と後退し、敷地の狭い空間を窮屈そうに曲がって、私を巻き込む砂埃をいっぱい掻き立てて出て行った。

ずいぶん時間がたってから、バシュおじさんが戻ってきて、急いで家に入った。程なく父とバシュおじさんはオースチンに乗り込み、どこかへ行った。その夜、そして、次の夜も、父は帰ってこなかった。数日後に歩いて帰ってきたときには、父は髪を振り乱し、髭は伸び放題だった。

第10章

ある晩、母の声を聞いた。暗闇で歪められ、私の部屋の壁を通してくぐもり、怒りと涙で崩れていた。姉と兄と私の三人はベッドから這い出して扉を開けた。廊下の光の中で母と父は向かい合って叫んでいた。母の髪は乱れて肩のところで絡まり、涙で光る顔に貼りついていた。母は夜着を着ていた。父の怒りは険悪でいつまでも続いた。こんな父を見たのは初めてだった。

私たちは、少しの間、そこに立って静かに見ていた。ビッグ・アミナッタが自分の部屋に留まっているという決心をしたことは明らかだった。どんなことで言い争っているのかはまったく分からなかったが、肌に煮え湯が注がれるような痛みを感じた。シェカとメムナも同じように感じ、夜の池で邪魔をされた蛙のように、私たちは口を開け、肺に息を吸い込んだ。私はパジャマを着て、両親の喧嘩を見つめて立っていた。そして、私の泣き叫ぶ声はどんどん大きくなった。

母の声が雲を突き破って聞こえた。「私がここに留まっていると思っているのなら、大きな間違いよ。車の中で寝るほうがましだわ」。母はシーツと枕を抱えていた。ずっとそうしていたのかもしれない。車のほうに向かっていたのかもしれない。私には分からない。どうなっていたにしろ、母は動かなかった。母の眼は父の眼に釘付けになっていた。

そのとき、メムナが前に進み出て母の太ももにしがみついた。母は姉を抱き寄せて、挑戦的に立っていた。父はひどくイライラしているようだったが、母と同じぐらい腹を立てて二人を睨んだ。

「私はお母さんと一緒に行くわ」とカブスカウトのリーダーの誇りをもって姉は対決した。

何が起きているのかが、すぐには分からなかった。一瞬、私たち全員が息をするのも動くのも恐れて、すべての動きを停止した。父は肩をすくめて「分かった」といって顔を背けた。そして突然向き直って、兄と私に小石のような硬い眼差しを落とした。私の喉に引っかかった啜り泣きは上下し、震えていたが、恐怖のために声にならず、ひっこめることもできなかった。私の胸は震えていた。

「あんたたち二人はどうする。二人もまた、お母さんと一緒に行きたいのか」

私たち、私たちですって。これが私たちとどんな関係があるというのだ。そのときまで、家の中で起きている他のすべてのことと同様に、私はただ見ているだけだと思っていた。父が突然、私たちに質問しているのはなぜか、想像を始めることさえできなかった。何か悪いことをしたに違いない、と機械的に思った。車の中で寝るのは嫌だった。

「いやだ、お父さん」と私たちは言った。

姉は母と車のほうへ行き、その夜は車の中で寝た。シェカと私はそれぞれのベッドに戻った。

5回目の結婚記念日のころには両親の結婚は破綻していた。二人が一緒にいる、物理的に同じ空間にいるのを覚えているのは、二人の怒りが私の夢に入ってきた夜だけだった。父は患者と政治だけに没頭し、妻からはほぼ完全に遠ざかっていた。父は何日も家を空けることがあり、戻ってきたときには、出掛けたときと同じ服を着ており、体を洗わず、疲労で目の周りの皮膚は弛んでいた。

父はダイヤモンド業者の顧客を訪問して寄付を勧誘し、APC支持を説得した。彼らの多くは伝統的にSLPP支持者だったが、国の風向きと金儲けの機会に影響を与えることには油断がなかった。新しい政党に気前よく寄付をし、それを隠すためにSLPPにはそれよりも少し大目の現金を渡した。

家庭では母が残って砦を守り、夫がどこにいるのか、いつ帰ってくるのかも分からずに毎日を過ごしていた。診療所にやってくる病人には医者は不在です、としか言いようがなかった。たいていの場合、2、3日して父は戻ってきたが、夜になってからだった。父は急いでシャワーを浴び、着替えをして、ベッドには入らず、診療室の鍵を開けて待っている患者がいれば招き入れた。

ある晩、若い女性が夕方の診察に間に合う時間に家に来た。ひどく出血しており、腰巻き布の後ろには赤黒いシミがつき、血が脚に流れていた。夫の腕に寄りかかっていたが、弱々しく、歩こうとしては躓(つまず)いた。母は二人をベランダで待たせた。このころには、父が現れたりいなくなったりするのにはある種のリズムができており、二晩か、長くても三晩いない日が続くと一晩は戻ってきて、翌日の早朝に家を出た。父は毎回、一日以上家にいることはなかった。彼女は待つことにした。彼女の夫はベランダに布を広げて、もってきた少しのご飯とソースを混ぜた。

明け方に車のヘッドライトが家の正面を照らし、父が帰ってきた。出血している女性を見ると、ただちに診療室に移し、彼女が落ち着いたところで父は横になって数時間眠った。朝になると父は母を呼び、母に助けられて、急いで子宮内掻把を行なった。患者がかなり回復すると父は出掛けた。

そのころになると、我が家の収入が急に少なくなっていった。母はまだフォルクスワーゲンの整備工場で働いており、だんだん母の収入だけで家族が暮らすようになっていた。診療所からの収入はなく、父は家族の貯金を政治闘争につぎ込んだ。そのうえ、政党の活動家たちが国内を移動するためにオースチンはなくなった。幸いなことに、母はまだ自分のフォルクスワーゲン・ビートルを手放さなかった。

1967年2月に選挙の日が発表された。選挙はちょうど1カ月後の3月に実施される。国中の誰もが選挙を待っており、そのときのために準備していた。メンデが多数を占める南部の、決して勝ち目のない選挙区以外では、APCはすべての選挙区で候補者を擁立する計画であった。人々への訴えの中心は、アルバート・マルガイの共和制憲法への移行の試みをこれ以上前進させない、というAPCの決意であった。

ある夜、子どもたちはすでにベッドに入っていたが、母は起きて、町で書店を経営していて、ときどき訪ねてきてくれるフォデーと話していた。私たちはよい客だった。姉と兄は熱心な読書家で、とくに姉は早熟で、4歳ですでにローナ・ドゥーン〔R・ローブラックモアの小説〕を読破したことで家族の伝説的存在になっていた。私の楽しみは蟻や犬、泥に限られて、読書を制覇しておらず、本の世界を発見していなかった。フォデーは新しく出版された『料理辞典』をプレゼントとして持参していた。

二人が話していると父が帰ってきた。父はいつものようにだらしのない格好をしていた。疲れてはいたが明らかに興奮していた。妻にキスをして隣に座って待った。フォデーは相手がそわそわしているのに気付いて、立ち上がって暇を告げた。本屋が扉を閉めるや否や、父は折りたたんだチラシをポケットから取り出して母に渡した。父からは説明がなく、母の反応を注意深く見ていた。後になって母から聞いたのだが、父はかなり満足していて、内面から誇りが満ちていた。

母は18インチぐらいの大きさのチラシを手にした。チラシの上部にはAPCの政党シンボルである赤い日の出があり、まん中には父の写真があった。父は最近、髭を剃り、写真では顎髭がなかった。印刷屋は父の白いシャツと白眼を少し修正して、かなり質の悪い画像に鮮明度を加えていた。修正によって、すでに驚くほど若く見える父をいっそう健康そうに見せていた。名前は大文字で書かれ、その下には、医学士、外科学士、産科婦人科学博士と資格が示され、次のような言葉が書いてあった。

あなたのAPC候補者です
カレファ＝スマートがあなたのために選んだ候補者です
必ずAPCに投票しましょう

ジョン・カレファ＝スマートのトンコリリ西の議席を引き継ぐよう、シアカ・スティーブンスは父に個人的に要請し、父は同意した。トンコリリ西は父の出身地で、自明の完璧な選択だった。

選挙の日が近付くと、父は家にいることがなかった。選挙区までは一日がかりの道のりだった。このころには、小さな目立たない会合は多くの人を動員した大集会になっていたが、候補者が政治集会を開くためにはパラマウント・チーフの許可が必要で、彼らはたいてい政府に忠実で、許可の申請が却下されることが通例だった。このような状況下で開かれる集会は、それが事前準備なしの場合でも、そうでない場合でも、警察によって高圧的に解散させられる可能性が大きかった。全国で政府と野党支持者の衝突が頻繁に起きていた。

コノ県のコイドゥは、東部州のメンデが支持するSLPPの牙城と、APCへの動員の背後にいるテムネの多い北部州の境目に位置する。ある日の午後、母が運転する車で私たち三人が学校から帰宅する途中、町の中心街で数百人のAPCとSLPPの支持者が激しく衝突しているところに出くわした。母は車を止めて引き返そうとした。しかし、私たちの近くで、熱心に闘っていた人が私たちの車に気付き、道を開けるようにと怒鳴った。音楽が止まると白黒のドタバタ映画のように闘いが一瞬止まり、私たちは群衆の中を走り去った。道の反対側に行き、後ろの窓から外を見ると、音楽と闘いは再開していた。

数日後の夕方、母はレバノン人の友だちと「ナイトクラブ」でくつろいでいた。レバノン人と裕福な人が好んで出掛ける場所で、母はよく夕方の空気の中で、そこで座っておしゃべりをした。簡素なミナレットを備えたコンクリート造りの典型的な田舎の祈禱所であるモスクの隣にそのバーはあり、ミナレットの一つにはイスラム教の祈禱時刻告知係がいた。告知係を置くのは自動拡声器が取り付けられる前の一般的なやり方で、コイドゥでは、告知係は塔の階段を登って信心深い人たちに一日に5回の祈りを捧げるよう呼びかけた。

その夜、礼拝の時刻を知らせる馴染み深い音の始まりが母の注意を引いた。すでに真夜中をかなり過ぎていて祈りの時間ではなかった。それが祈禱時刻告知ではなくモスクの拡声器を奪った大胆不敵な抗議行動だということは、やがて誰にも明らかになった。言葉がブリキの屋根に当たって跳ね返り、道路の上に羽根のように舞い降り、家の階段に座っている人の頭に音をたてて飛んでくる間のひととき、みんなはじっとしていた。

「アルバートにはうんざりだ。マルガイにはうんざりだ。アルバートに支配されるのにはうんざりだ」と男が歌った。

数分の間に、支持する人や中傷する人が群衆となってモスクの下の道路に集まり、それぞれが激励や侮辱の言葉を叫んだ。程なく彼らの間で乱闘が始まった。ミナレットにいる男は「私は奴隷になる前に自分の墓に埋められる」と続けた。

30分後に警官が到着した。警官は男をミナレットから引きずり降ろし、傍観していた群衆の前で容赦なく殴ってから連れ去った。

このころには、コノ県でのSLPP支持は大きく揺らいでいた。政府関係者の中には、どんな手段を使っても勝つという決意で過激な戦術に訴える人が出始めた。父は僅差で闘っている候補者のために自身の選挙区以外で選挙運動をすると同時に自分の選挙区でも遊説を続けていた。南部から車で自宅に戻る途中に、ある晩、パングム・ジャンクションでガソリンスタンドに立ち寄り、偶然、警察から逃げている地元のAPC候補者と出逢った。候補者の登録期間というきわめて重要なときに、法律に基づいて48時間、候補者を拘束することによって登録ができないようにするために、その地域では四人の野党候補者全員に令状が出された。父は四人を集めて一緒にいるよう説き、いい弁護士を見つけた。その人は司法長官のいとこだった。全員が警察署に行き、警察署長に抗議したところ、午後遅くには令状は撤回された。

議会閉会から投票日まで4週間しかなかった。父は、その期間、まったく家にいなかったので、我が家での生活は毎日が静かに過ぎていった。母は、仕事、友人、家庭生活と、いつものように暮らしていた。フリータウン時代の古い友人のアデ・ベンジャミンが、突然、訪ねてきて泊ったので、二人は一緒にダンスに出掛け、母をかなり元気付けた。母は父からの連絡を待った。

このような厳しい時期でさえ、選挙の結果と私たちの生活が完全に絡まり合っているにもかかわらず、母は彼女を取り巻く政治活動の渦からは離れていた。母は父には言わないことにしていたが、診療所の成功が崩れていくのに挫折感をもっていた。父が理想主義的であるのと同じ程度に母は現実的で、母は自分を何よりもまず医者の妻であると考え、彼女の計画ではそれが続くはずだった。

投票日がやってくると、憶測と興奮の嵐が全国を巻き込んだ。これは巣立ったばかりの国家にとって二度目の民主的な選挙で、民主主義そのものの将来を含む、さまざまなことを左右すると多くの人が考えた。人々は野党APCの勝利、そして、マルガイ政府の終わりを予測し始めていた。票を投じるために列を作っている人々に期待と不安が高まった。私たちの小さな家の上を嵐が通り過ぎたが、家庭生活は影響を受けなかった。

父が議席を獲得したというニュースが私たちのところに届くのには少し時間がかかった。父は1万8000票近くを得て、トンコリリ西選挙区で野党に議席をもたらしただけでなく、どの候補よりも多くの票を獲得し、最大の票差で勝利した。与党候補は、５００票も確保することができなかった。

ＡＰＣはコノ県で4議席のうち2議席を獲得し、フリータウンではすべての議席を独占した。ＡＰＣの勝利は国中を席巻し、野党の候補者がどの選挙区でも現職を破った。野党の勝利は避けられないように見え始めた。

4日後の早朝、家の前で車が止まった。それは、長い、車高の低いベンツだった。その車がコイドゥでいちばん裕福なダイヤモンド商人のものであることに母は気付いていた。私たちが知っている汗で汚れた若い活動家と同じ人たちとは思えないような、清潔な白いシャツを着て、めかし込んだ若いＡＰＣ係員が乗っていた。新しい首相と閣僚の宣誓就任式に列席するために私たちをフリータウンに連れて行く、と二人は母に言った。

車内は冷房がきいていて、革の匂いがした。素足の下の座席は冷たく、滑らかだった。私たちは新しい道路を通ってフリータウンに向かった。道路は建設中で未舗装だったが、古いでこぼこの道よりはよかった。その日はトンコリリ県のマグブラカを通ったが、店の入り口や市場の何列も続く売台の脇など、いたるところで父の顔のポスターやチラシを見るのは不思議な感じだった。私たちが近付くと、若い男が車と一緒に走って私たちの同乗者が差し出す手を握ろうとした。シャツだけしか着ていない男の子が、尻を突き出し、足を踏み鳴らして、砂埃の中で裸足で踊っていた。運転手は歩行者に向けてクラクションを鳴らし、人々は手を振って応えた。

町の中心にある家の前に車を引き寄せると、すぐに群衆に取り囲まれた。私たちの同乗者は車から降りると、人々が盛んに背中を叩き、拍手をした。私たち全員が家に招き入れられ、耳元で興奮した声がテムネ語で話している間、母と子どもたち三人は待った。

間もなく一人の女性がキャッサバの葉っぱを肉と唐辛子で煮込んだシチューとご飯が入った巨大な皿をもって前に進み出た。誰もが同じ皿から食べた。冷たい、甘い飲み物が私たちの手に押し付けられた。人の流れは途絶えることがなく、笑いと祝いの言葉の大騒ぎが広がり、部屋の壁の中に閉じ込めておくことがむずかしくなり、窓から溢れ、床の割れ目から道に流れ出し、それを聞いた他の人々が群衆に加わった。結婚パーティみたいで、私たちは予期せぬ花嫁と花婿だった。

マケニ、ルンサー、ポートロコ、ウォータールー、私たちが通ったところはすべて、政府を倒すために投票したばかりで、民主主義の可能性の最初の甘い成功に湧き立ち、路上の人々はお祭りムードだった。若い男たちがアイロンをかけたばかりのズボンに開襟シャツ姿で三々五々集まり、道路脇のバーではオーナーが色のついた電球をいくつもぶら下げ、どの村でも人々はベランダに座って道路を眺めていた。祭りに参加するために首都に向かう支持者たちをぎゅうぎゅう詰めにしたポダポダが競うように走っていた。私たちの乗ったベンツはフリータウンに向けて疾走した。

一日中移動し、残る日差しを影が追い払おうとしていた。私たちは友人の家に立ち寄ってシャワーを浴び、母が荷作りした清潔な服に着替える計画であった。その後については誰にも分からなかったが、目的地に到着しさえすれば父がすべてを取り仕切ってくれると、まったく信じ切っていた。

1時間ほどして、夕暮れになってフリータウンの郊外を通過した。奇妙なことに、町に繋がる道路にはほとんど人がいなかった。いつもは道路脇で、ランプの周りに雑然と集まって座っている露天商たちもまばらだった。車の前の席に座った二人の政党係員が二言三言、テムネ語で言葉を交わした。私たちの到着が遅れたので、みんなはすでに新しい首相のシアカ・スティーブンスに謁見するために首相府に入ってしまったので、どうしようかと思案しているのだろうと思った。

少し離れたところで何かが道路に落ち、二人の男がそのそばに立っていた。近くに移動すると、二つのドラム缶のうえに長いポールがバランスを取りながら立っており、大きな石が道路を塞いでいた。それは交通規制のためのバリケードで、二人の男は兵士だった。二人はベンツを見ると近寄ってきて停車するよう手を振った。制服を着た男が車の両側に近付いてくるのを見て、車の中にいた人はみんな黙っていた。母に抱かれていた私には母の心臓の鼓動が聞こえた。

男たちは完全武装し、肩から自動小銃を下げていた。私たち全員に車から降りるよう命令した。大人たちは車から降り、子どもたち三人は後部座席に残った。みんな黙っていた。私たちに命令した兵士はゆっくり歩いて車の後ろに廻った。私たちがどこへ行こうとしているのかと尋ねたが、返事にはあまり興味がないようだった。運転手の免許証を取って、長い間調べてから返した。

「何が起きているの」と母は思い切って尋ねた。

兵士は母のほうを向いて「首相府が乗っ取られた」と答え、「戒厳令が布かれ、軍が全権を掌握している」と言った。

人影のない道路、静かな郊外などの意味が分かり始めた。人々は家に戻って厄介なことが起きるのを待っていた。兵士たちは私たちを解放し、急ぐよう促した。

車の中ではAPCの男たちが早口のテムネ語で話し始めた。二人は厳しい顔をして注意を集中した。運転手はハンドルを強く握った。私たちがまだ後部座席に座っていることを完全に忘れているようだった。兵士の姿が見えなくなると、私たちのベンツは速度を上げた。

兵士は私たちが誰かを尋ねなかったし、私たちは友人を訪問するために町に来たとしか告げなかった。母は敢えて知るべきことしか尋ねなかったし、多分、シアカ・スティーブンスだけが首相府で軟禁されているのだということしか分からなかった。

数分間、母は黙っていたが、ようやく「私たちはどこへ行くの」と尋ね、車はスピードを上げた。「首相府に行って兄弟たちに何が起こったのかを知る必要がある。首相府に行けば、どうすればいいかが分かるだろう」。助手席の若い男が振り向いて、母の顔を見て「心配しなさんな」と言った。

彼はにこりともしなかった。

第11章

軍が全権を掌握したという噂が、数日前からフリータウンに広まっていた。

投票終了から48時間後にシエラレオネ放送サービスは選挙結果を発表した。ＳＬＰＰが31議席、ＡＰＣが28議席で、５議席は未定だった。無所属の二人はどちらの政党を支持するかを明らかにしていなかった。結果が明らかになっていない５議席についてはＡＰＣの勝利だと広く予測されていたが、無所属の二人の候補者は元ＳＬＰＰ支持者で、アルバート・マルガイと仲たがいし、今回の選挙で政党の公認を得られなかった。いまや両政党にとって闘いは二人の忠誠を確保できるかどうかにかかっていた。

その夜、アルバートは自家用飛行機で南部に飛び、それぞれの候補者の地盤であるボーとケネマで二人と会って与党に戻るよう説得に努めた。しかし、首相は知らなかったが、すでに先を越されていた。父とタキ兄弟は老練な政治家の年齢の半分ぐらいだったが、もっと頭の切れる政治戦略家だった。開票が始まった夜に、父はバシュおじさんに自分の選挙区の監督を任せ、イブラヒムと一緒に全速力で車を運転して、まずボーへ、そしてケネマへ向かい、それぞれの候補者と個人的に会った。二人はAPCを支持しなかったが、アルバートが党首であるかぎりSLPPへの支持は留保することに同意した。

APCは勝利を祝ったが、フリータウンでは混乱が深刻化していた。アルバートは時間稼ぎのために、議会が開会するまで無所属の候補はどの政党を支持するかを正式に明らかにすることはできないと主張した。五人の候補の得票結果の発表が遅れたため、政府による勝手な選挙区割操作があったという批判の声が上がり、その間、新しく選出された議員と護衛の支持者を乗せたトラックが次々とフリータウンに到着し、シアカ・スティーブンスへの支持を表明する行進をした。

マスコミの報道が混乱を大きくした。地元紙は新しい選挙結果を発表してAPCが明らかに勝利したと報道し、続いてBBCワールド・サービスが引き分けを宣言した。フリータウンの高等弁務官からBBCワールド・サービスに対して、ただちに訂正を放送するよう指示する電報が打たれた。公式の声明は出されていなかった。一気に暴力が爆発した。

総督府の前の道路では群衆が歌を歌い、赤と金色の執務室の中で英国女王の名代である総督は危機的状況にあった。メッセンジャーが選挙の最終集計を届けた。二人の無所属候補を除くと、SLPPとAPCはともに32議席だった。他の四人の無所属候補はすでにアルバートに説得されて、SLPPの合計に加えられていた。総督は二つの政党の指導者を召喚して連立政権を形成するよう要請したが二人はそれを拒んだ。差し迫った危機を早急に終わらせるという、総督へのプレッシャーは非常に大きかった。総督はシアカ・スティーブンスが単独で議会の多数を形成することができると考え、彼を首相に任命することを決めた。この決定が下されるや否や、デービッド・ランサナがアルバート・マルガイを復権させるために軍を指揮して政権を乗っ取るという噂が流れた。

英国高等弁務官〔英連邦の加盟国が相互に派遣する常駐外交使節団の長〕は執務室から、ロンドンの外務・英連邦省アフリカ部の上司に宛てて、毎時、報告書を送った。翌朝、高等弁務官はドクター・フォルナとイブラヒム・タキという人物から電話を受けた。後者がウィ・ヨーン紙の編集者だということは知っていた。二人は国の安定を憂慮し、軍による政権乗っ取りを防ぐために英国が介入できないだろうかと提案した。高等弁務官はこの案を拒んだが、自身が必要になった場合を想定して、密かに軍艦をギニア湾に停泊させるようロンドンに要請するという考えの先見性にかなり満足していた。次の電話は軍の司令官からだった。デービッド・ランサナは、シアカ・スティーブンスを首相に任命することは憲法違反になる、と高等弁務官に忠告した。そして、予防策として、すでにいくつかの部隊を移動させて、シエラレオネ放送サービスの建物を占拠した、と密かに打ち明けた。

朝早くから、幸福感に酔った人が新しい首相の宣誓就任式のために首相府の外に集まり始めた。群衆が膨れ上がり、インディペンデンス・アベニューから坂を下って、コットン・ツリーの根っこのところに達した。フォーラー・ベイ・カレッジの学生、内陸部や地元の支持者、若者、男女、子どもが数千人単位で集まった。次の公式の発表を聞くためにセットされたトランジスター・ラジオからは音楽が流れていた。

3時ごろに群衆をかき分けて車列が到着した。人々の間に拍手がさざ波のように広がり、首相府の重い扉が開き、車列が入っていくと、どよめきが高まった。最初の車にはシアカ・スティーブンスの見慣れた横顔があった。次の車にはスティーブンスとともに新しい政権のメンバーとして就任する四人の新しいAPCの議員が乗っていた。四人の中にはタキ兄弟と、その隣に父がいた。

3月は一年で最も暑い月であり、テムネ語で3月をグパプロンと言い、「道の端を歩く」という意味で、道路の真ん中を歩くには太陽が高すぎるので木陰を歩く、というのだ。群衆の多くは、すでに一日中、気温が40度にも達する中にいた。食べ物や飲み物はほとんどなかったが、人々は暑さや不快感をものともせず、国の新しいリーダーが登場して首相府の最上階の円形のバルコニーから道路にいる彼らに挨拶するのを辛抱強く待っていた。1時間が過ぎた。

初めは群衆の間に低く響きわたる遠雷の轟のようだった。ふくらはぎから太腿へ、そして胸へとぞっとするような感覚が伝わり、紛れもなく広がった。人々が立っている道路から伝わってくるようだった。沈黙が生まれ、群衆の騒々しい会話は新しい音に取って代わられた。人々は周りを見回し始めた。

何台もの軍用トラックの車列がインディペンデンス・アベニューの上まで行ってターンして次々に降りてきた。人が溢れる道路でも運転手はスピードを落とさなかったので群衆は道路の一方に集った。武装した兵士が首相府に向かい、門のところで止まった。辺りは静かだった。

かなりの数の兵士が後部ドアから飛び出した。銃を構えた姿勢で走り、建物全体を取り囲んだ。位置に着くと兵士は一体となり、群衆に銃を向けた。

誰も動かなかった。白いペンキが塗られた首相府の正面では気温がじりじりと上がり、金属の手すりが光っていた。汗が兵士のヘルメットの下で滴り落ち、顔を流れて目に入り、立っている人々の脚の後ろを伝って落ちた。

すべてが静かだった。

首相府の中では、ちょうどシアカ・スティーブンスが宣誓を終えたばかりで、メンデで総督の副官のヒンガ・ノーマンが割り込んで、総督と一緒にいた四人を逮捕した。少しの間、総督は宣誓式を続け、イブラヒム・タキが情報大臣として宣誓した。総督は宣誓式を終えると、振り向いて、副官の前をゆっくりと通り過ぎ、階段を使って個人の住まいに行った。誰も邪魔をする人はいなかった。五人が残され、逮捕した副官と一緒に座って待ち、建物のすべての扉の外には警護の者が配備された。

午後5時55分にラジオからデービッド・ランサナの声がシエラレオネの人々に戒厳令が布かれたことを告げた。

午後6時には首相府の周りに集まっていた群衆は解散を命じられた。

誰かが「アルバートはたくさんだ。マルガイはたくさんだ」と唱え始めた。一人、二人と加わり、やがて大合唱になった。ある者は立ち去る意志がないことを示すために座り込んだ。

午後6時3分、解散命令が繰り返された。

午後6時5分、兵士たちは銃をとって、群衆の頭上に威嚇射撃をした。群衆は静かになり、筋肉が強ばり、恐怖が腹から内臓へ、体から体へと伝わったが、みんなその場にしがみついていた。「空砲だ」と一人の男が周りを見回して大声で仲間に向かって叫んだ。「空砲だ。それだけさ」。人々はお互いに頷き合った。なんてことはない、空砲で脅かそうとしているだけだ。彼らは地歩を固めた。

兵士たちは銃を低く構え、人々は深くため息をついた。一人か二人からは笑い声さえ聞こえた。もちろん兵士たちは群衆の誰かの息子であり、兄弟であり、従兄弟だった。誰かが親しみを込めて兵士たちを軽くたたき始めたが、それはすぐに止んだ。

司令官は上唇を拭った。時計を見ると1分が経過していた。彼は言われた通り次の命令を下した。兵士たちは銃をとって群衆に向けて銃身を低く構えた。

司令官は部下たちに発砲するよう命じた。

最初の犠牲者は赤いTシャツにグリーンのショートパンツの10代の男の子だった。彼はコットン・ツリーの下に顔から倒れ、ひび割れた顎が土を打ち、両腕は腹の周りに巻きつき、埃の中に横たわると、両脚がぞっとするような小さく急激な上下運動をした。近くにいた人が助けようとして屈み込むと、赤のうえに赤が重なって土の上に影が覆うように血が広がり、彼は悲鳴を上げた。

兵士たちは無差別に発砲し始めた。群衆はばらばらになり、お互いに押したりつかみ合ったりして、銃で撃たれた犠牲者の血で滑りながら静かに手足を激しく動かし、転びそうになりながら、あらゆる方向に散らばった。体からは恐怖の深い匂いが立ち、木々や家々の上に浮かんで流れ、町を覆う雲の中に何日も停滞した。

第12章

私たちがコットン・ツリーのところに着いたときには群衆はいなくなり、けが人は運び去られていた。首相府の門のところには、屋根から投身自殺をすると脅している男を見上げる人の群れのように報道関係者が集まっていた。いままさにアフリカに残る数少ない民主主義国家の一つが崩壊しようとしている、という可能性に世界は注目していた。いつでも銃が使えるように準備した兵士が首相府を囲んで位置に着いていた。私たちはインディペンデンス・アベニューを登って、停止を命じられるまで首相府の門の近くまで行った。後部座席から見ていると、二人の同乗者は車から降りて何人かの兵士と言い争い、嘆願した。やがて二人は車に戻ってきてエンジンをかけた。首相府の門が大きく開かれ、私たちは中に入った。

母にも二人の同乗者にも、たったいま、ここで何が起きたのか、そして、次に何が起きるのかはまったく分からなかったが、私たちが感じていた混乱がどんなものであれ、兵士たちも同じように混乱していた。兵士たちは位置に着いているように、そして、ランサナ准将とアルバート・マルガイが首相府に到着するまで中の人々を外に出さないように、という命令を受けており、二人は間もなく到着するものと思われたが、すでに何時間も経過していて、到着の気配がなかった。兵士たちは次に何をするべきかさえも分からないまま、そこに留まっていた。

父がゆっくりと歩いて現れた。白いシャツとグレーのズボン姿で、自宅で毎日見ていたのと変わらなかった。私たちは首相府の中庭にいて、父は一人で、私たちにキスをし、私たちは父のひざをつかんだ。私は母の手をしっかりと握っていた。父は母に、自分は大丈夫だから、みんなを家族の友人のベンジャミンさんのところに連れて行くようにと言い、世話をしてもらえるし町を見下ろす家は安全だと付け加えた。そして、「私の兄弟たちと私は大丈夫だから心配しないように」と言った。

「私たちと、これから一緒に行かないの」

父は拒んだ。「私は仲間の他の人と一緒にいなければならない。イブラヒムも、モハメッドもここにいる。みんな一緒にいなければならない。あなたたちは行ってくれ。後で会おう。アデとビアンカもいるから、私からよろしくと伝えてくれ」と言った。父は微笑んで、私たちみんなに、もう一度キスをした。気分は晴れやかそうだった。

母は父の言葉で安心しようとしたが、父たちは、もし首相府の敷地から逃げようとしたら撃つ、という警告を受けていた。英国女王の名代である総督は責任を放棄して自室に閉じこもった。ラジオは退屈な軍隊の音楽を流し続けた。町は武装した兵士で活気があり、シアカ・スティーブンスと首相府で拘束されている他の男たちは暗くなると未知の運命に連れて行かれる、という噂が町で囁かれると、抗議する人々がふたたび道路に集まり始めた。国は歯止めなく落ちていった。

首相府の外で母が英国人の記者を呼びとめた。彼はたまたまロイターの特派員だった。シアカ・

スティーブンスは一人ではなく他の人も一緒で、その中には夫が入っていると説明したが、彼は母を払い除けた。

その夜、オールドレールウェーライン・ロードにあるベンジャミン邸の窓のそばに座って、反対側の丘の上にあるウィルバーフォースの軍司令部を見ていた。トラックが次々と門から出て、モーター・ロードを通ってフリータウンに向かった。その数時間前に私たちをベンジャミン一家の快適な家庭に残して、ベンツはAPCから来た二人の友人たちを乗せて走り去った。二人は新しいニュースをもって戻ってくると約束した。食事とシャワーの後、私たち三人はベンジャミン家の子どもたちと一緒に一つの部屋でベッドに入った。

首相府の中では食料と水がなくなり、夜が更けると、父はあきらめて豪華な監獄で眠ろうとした。男たちは上の階の客間に連れて行かれ、楽にするようにと言われた。扉が閉まると、彼らは部屋の中を歩き回り、手早く新しい環境を点検し、兵士たちが電話の接続を外していないのを発見した。彼らはただちに電話をかけた。就任早々の情報大臣イブラヒム・タキは外国の新聞社の知り合いに連絡し、シアカ・スティーブンスは自分の執務室になるべきスイートルームの絨毯のうえに座って、一晩中、英国のタイムズやロイターを含む、西洋の記者のインタビューに応えた。

四人たちは夜が更けてから町の外にこっそり連れ出されて銃殺されるかもしれない、という噂が広がっているということを、外部との電話で知った。恐怖には実体があった。闇夜、冷たい銃弾、名もない墓などは、すでにアフリカの反体制指導者の何人かの運命になっていた。選挙で選ばれたばかりのコンゴのパトリス・ルムンバ首相が、世界が見ているにもかかわらず、どのようにして連れ去られ、拷問の後、殺害されたかを、父は思い出していたかもしれない。

首相府から遠ざかる道路には、抗議する人々が再び集まって、すべての出口を封鎖して、四人たちの移送を阻止するために人間バリケードが作られようとしていた。人々は道路の敷石を剝がし、道路脇の保護柱を倒し、車を道路に押しやって、即席のバリケードを築いた。同時に、兵士たちは道路を横切って隊列を組み、街の中心部を封鎖し、抗議する人々に襲いかかった。群衆は閉じる網に捕えられたようになった。何百人ものが狭い通路に入り、トラックが通ることのできない裏道から逃げた。しかし、そこで人々は兵士ではなく、SLPPのシンボルであるヤシの木を描いたバンダナと白いベストを付けて武装した若者たちと対峙することになった。

母とその友人たちは食卓でテングベタウンからの銃声を聞き、顔を見合わせ、父とその仲間は夜明けを待ちながら首相府でそれを聞いた。無煙火薬のコーダイトと催涙ガスの匂いが空気の流れに乗って広がった。

9時ごろには、コノート病院では待合室とベッドがいっぱいになり、外来病棟から手術室までの通路には血を流した人が何列も横たわっていた。夜勤の少数の医師が銃弾で打ち砕かれた四肢を手術室で切断した。ギブス室までもが仮の手術室として使われた。早朝には、SLPPの若者集団が自動小銃を自慢げに振り回して病院内を駆け抜け、横たわって外科医の手術を受けているAPCの犠牲者に止めを刺そうと手術室に駆け込んだ。緑色の手術着を着た担当医はあまりにも強い怒りを込めて素手で首謀者に対峙したので、襲撃者たちはしっぽを巻いて夜の中にこっそり逃げていった。

公式数字では五十四人が撃たれて怪我をし、九人が死亡した。

次の日、ビアンカとスーザンは母がベッドで汗をかき、吐き気でふらふらしているのを発見した。母はアフリカに来てからマラリアの発作に苦しめられていた。

外は静かだった。首相府の窓の彼方では何も起きておらず、ラジオから新しい発表はなかった。私たちは一日中、家の中で過ごした。ニュースはなく、新聞もなく、電話は止まったままだった。

夕方になってラジオの音楽が突然止まり、ちょっとの間、雑音が聞こえた。やがて、声が聞こえ始めた。ビアンカはラジオの音量を上げた。デービッド・ランサナだった。彼の重々しく太い声が広がり、シアカ・スティーブンスの任命は憲法違反だと宣言した。

「さらなる暴力行為……我が国の内戦を阻止するために、私はシエラレオネ軍の第一司令官としての責務を果たすべく状況を引き受けた。軍が支配し、私は与えられた権限のもとに最善を尽くして正義が行われることを約束する」。そこで放送は終わった。彼は誰もがすでに知っている以上のことは何も付け加えなかった。

翌日の早朝に、デービッド・ランサナは、四人の部下によって捕えられた。

数時間が過ぎて、明るくなったころ、ベンツの懐かしい音が聞こえ、二人のAPCの担当者が約束通り戻ってきた。首相府で拘束されている父については何もニュースがなかったが、二人にはある考えがあった。

「ドクター・フォルナは軍隊に所属していたことがありますよね」と一人が尋ねた。

「はい」と答えた母は、そのころには、マラリアの熱からかなり回復していた。

「制服はどこにありますか」

「コイドゥの家にありますが、もう長い間、少なくとも二年は袖を通していません。除隊したのです。それがどうかしたのですか」

「制服を取りに行ってもってこなくてはなりません。一緒に行ってもらえますね」

母は二人が言おうとしていることを理解した。ランサナを逮捕したのは少佐たちだった。父もまた医務官として少佐の地位にあった。父はランサナを逮捕した軍人よりも少し上の階級だったことがあり、首相府で父を拘束している兵士たちよりも階級が高かった。ランサナに抵抗したことによって父は兵卒の間で絶大な人気を集め、そのことはみんながよく覚えていた。制服を着用すれば、かなりの数の兵士たちの忠誠を集めて、父と仲間たちを解放することができるかも知れない。

それは勝ち目のない企てで、かなりの危険を伴った。母はコイドゥへ往復しなければならず、どうすれば制服を首相府にこっそりもち込むことができるのかは誰にも分からなかった。しかし、現在の窮境では、どんな計画でも母にはいい計画と思われた。

彼らはただちに出発した。母には精神的な支えとしてスーザンが付き添い、二人は内陸部に行く途中の宣教師のふりをして、騙しながら道路に作られたバリケードを越えて行った。フリータウンを出ると検問所はなくなり、道端で飲み物を買うために一度止まっただけで、高速で走った。家で少し仮眠をとり、空がピンク色に染まり始めるころに帰路に着いた。車の前座席の下には、アイロンをかけて畳んだ制服が置いてあった。道路や村々を通過する車内の雰囲気は、二日前にフリータウンへの勝利の旅をしたときとはあまりにも違っていた、と母は語った。

第13章

その後、母が父の軍服を見たときには、父がそれを、あるいは、少なくともその一部を着ていた。私たちはコイドゥの家に帰って、可能な限り元の生活に戻っていた。父の不在によって私たちの生活は単調になり、実質を伴わない日課、形態はあるが目的のない日々、底の壊れた水差しのようだった。ある日の午後、父が表玄関から入ってきた。無地の木綿のシャツの下にカーキ色のシャツを着て、サンダルには似合わない長い軍隊用の靴下を履いていた。髭は以前のように伸びていたが、かなり痩せていた。父は洗面所に直行し、髭を剃り落とし、着替えをして、診療室を開いた。

幽閉から三日目の夕方に兵士が首相府に到着し、シアカ・スティーブンスを捕えてパデンバ・ロード刑務所に連行した。スティーブンスは程なくそこでアルバート・マルガイとランサナ准将と合流することになった。父とタキ兄弟は総督と一緒に、さらに2日間、首相府に拘束され、全員、いきなり解放された。父はビアンカとアデの家に行って私たちの無事を確認した後、仲間たちと出掛けた。軍服が役立ったかどうかは誰にも分からない。父は経験を話さず、母は尋ねなかった。

再び一緒に暮らすようになった両親は診療所、患者、子どもなど、生活に集中した。父は恐ろしいと思うのがどういうことかを知らず、自分の行動を自分以外の誰かに説明することの意味を理解せず、自分で物事を決めて生きてきた。父の自主性と確固たる自信に敵うのは母の無関心ぐらいで、後で考えると、結婚が破局に近付いていたこと、あるいは、二人の間の距離が大きくなっていたことの現れだったのかもしれないが、私には分からない。母の生い立ちは、母が直面していたアフリカの現実に備えるようなものではなく、周りの人々は母とは異なっており、母は父の情熱や政治的信条を共有することがなかったので、耐え抜くことはむずかしかった。

代わりに母は最善を願った。父がふたたび医者としての仕事に没頭し、母はその生活がずっと続くようにと祈った。軍事政権はすべての政治活動を禁止し、新聞社を閉鎖した。戒厳令が続き、議会は解散し、新しい政府には大きな権限が与えられた。総督は解任され、長期休暇を取るよう説得され、英国は不本意にも直接介入をせざるを得なくなった。それでも、総督は公式には君主の代理であり、変更が通知されるまでは英国女王がシエラレオネ国家の元首であった。

発足して最初の24時間に、国家改革協議会（NRC）と自らが呼ぶ若い少佐の集団の中で多くの指導者の交代があったことが新政権の特徴だった。私たちの永年の友人であったゲンダ大佐は、クーデターの指導者の要請で米国から空路、軍を指揮するために呼び戻された。母は大佐の英国人の妻の友人で、ウィルバーフォースの兵舎に住んでいたころには、私たちは大佐の子どもたちと一緒に遊んだ。しかし、ゲンダ大佐は、同じ飛行機に乗りあわせた軍の仲間のジャクソン＝スミス少佐を信じて、できるだけ早く文民政権を復活させるつもりだと明かすという失敗をした。飛行機がランサローテ島で給油している間に、スミス少佐は雲隠れしてNRCの仲間に電話をし、大佐が民主的な考えの持ち主であることを伝え、ゲンダの地位を奪ってリーダーに取って代わった。

父は、コイドゥに戻ってきて3週間が過ぎると、また仲間たちと、1、2時間、一日、一晩、というようにいなくなった。私たちは間もなく、選挙の前のように不安定な生活に戻った。私たちの生活のルールが変えられ、家の壁がコンクリートから紙に替わって誰かが外から強い風を送るとすぐに吹き飛ばされるように、安全と実質が消えた。そして、壁の向こうには、注視し、聞き耳を立て、文句を言い始める人々がいた。

ある日、理由は分からないが、母が私たちを喫茶店に連れて行ってくれ、それぞれにテトラパックに入ったチョコレート牛乳を注文してくれた。コイドゥだったのか、あるいは、もっと早い時期のフリータウンだったのか、私たちがどこにいたのかは覚えていない。喫茶店にはアメリカの簡易食堂のような、赤いビニールの椅子のボックス席があった。ドアのところにはカウンターがあり、レジの後ろには大きな冷蔵庫があった。室内は冷房が効いていて、人工的に冷やされた空間でしか経験できないような密室の静けさがあった。家には冷房はなかったので、冷蔵庫に忍び込んで扉を閉めると、こんな感じなのかと想像した。私はボックス席で母の向かいに座り、父が入ってきたときには、紙のストローで飲み物を吸いながら、テーブルの冷えた金属のはしに腕を置いていた。

父は母の隣に割り込んで飲み物を注文した。「何を飲んでいるの」という問いが私に向けられた。「チョコレート牛乳。ほしいかしら、お父さん」と言って、話すちょっとの間、啜るのをやめた。口からストローを出して、父に勧めた。父はちょっと飲んで、少しの間一緒に座って母に低い声で話した。数分後にはボックス席を立って、急いで私たちにキスをし、さようならと言って、台所のほうに向かった。父は急いでいるようだった。

「お父さん、反対よ。ドアはあっち」と私たちはカウンターとレジの先のガラスの扉を指さした。レストランでは入ってきたのと同じところから出て行く、というのは誰でもが知っていることだ。「分かっているよ。でも、こっちからのほうが都合がいいんだ。誰も気にしないさ。ちょうど、こっち側の店に行くのでね。廻り道をしてほしくないだろう、みんな」と言って、父は微笑み、肩をすくめ、表のドアから出て行くように言い張る権限が私たちにあるかのようなふりをして、何となく懇願するような顔をした。

私たちはくすくす笑った。私たちは子どもだった。入ってきたのとは別のドアから出て行く父を見るのは、とても面白かった。父にはしたいようにさせた。誰も、大きなレバノン人の店主さえ、何も言わなかった。父をおもしろいと思い、大人が規則を破るのを見るのが好きだった。

父は尾行されていた。父はすでに母に警告をしており、母にも尾行がつくまでにはそれほど時間はかからなかった。

母は長老派教会信者の有能さで家庭を運営した。週に2回、土曜日と水曜日に肉屋に行くのが習慣だった。朝の5時には起きて、車を運転して町の反対側にあるハラール〔一定の作法で処理された食肉〕の肉屋に行った。ちょうど肉屋が屠殺を終えた時間を見計らって店に着き、新鮮な肉の最高の部位を選んだ。

この土曜日に後を付けてくる車に気付いた。6時までは外出禁止が続いており、早起きをする人や不眠症の人、夜を徹して飲んでいた酩酊者はおらず、道路に人影はなかった。父は医者だったので、建前上は緊急の場合に限り外出禁止令を破ることを許されており、実際には両親双方に対して警官の多くの態度は同じ程度に緩やかだった。両親のどちらかの車に気付くやいなや地元の警官は道路防塞を取り除き、手を振って通過させた。あの朝、コイドゥの町の中心部を母が通ったときはまだ暗く、自分の車の後ろに別の車を見て不信に思った。

運転席と助手席には男が座っていた。二人が誰であったとしても、自分たちのことを隠そうとはしていなかった。肉屋の前では母の車の後ろに車を止め、5分後に母が出てくると、彼女の跡について家まで来た。二人の男は、その日はずっと道路の反対側の木陰でぶらぶらして過ごし、母が家を離れると、ただちに車に飛び乗って母の車の後ろに着いてくるのがバックミラーで確認できた。

両親を尾行していた男たちは、自分たちの仕事に何ら疑問を持っていなかった。わざわざ偽装をしようとはせず、どこにも通じていない道路脇にぽつんと建つ家の反対側の一本しかない木の下に座っていることが、鶏小屋に入れられた2羽のダチョウと同じぐらい目立たないということを心配しているふうではなかった。

ある朝、大きなノックの音がして母がドアを開けた。小ざっぱりした青年が玄関に立っていた。この辺りでは珍しい、白いシャツにスラックス、靴を履いていた。普通の人には靴を買うことができない。母には誰だか分からなかった。

「ドクターはおりませんが」と母が話し始めた。

「いいえ、奥さま」と言って微笑んで首を振った。「ドクターを探しているのではないのです。あなたを尾行するために来ました」と言って、人差し指を母の胸に突き出した。

母は驚きを隠して、挨拶をし、飲み物を勧めさえした。若者はこれを断った。母は敷地を歩いて、尾行者たちが普段、座っている場所に案内した。

「大丈夫です。奥さま。また後で」と言って、若者は自分の位置に着くために戻った。

残念なことに、この丁寧な若者は長続きしなかった。母には彼を出し抜くのはあまりにも簡単だった。例えば、映画館の駐車場に車を置いて映画館に入る。映画館の持ち主はダイヤモンド業者のエミール・マッセイで、他の人と同様、父の患者だったので、母はタダで映画を観ることができた。母は暗闇の中に数分間座って裏口から出て、町を歩いて用事を済ませる間、新しい尾行は駐車場に座って放置された車を見張っていた。別のときには、両親は友人を訪問し、家の前に車を止めて借りた車で出かけた。余裕があるときには、それは両親にとって笑い話だった。

これらの男がマルガイと、以前からの敵であるSLPPの手先なのか、軍事政権の命令で尾行しているのか、両親には分からなかった。マルガイが再び権力を取り戻すために情報収集をしていたと思っていた、と母は私に言った。

ある1月の肌寒い午後、私はロンドンのキュー地区にある英国国立公文書館で30年前の英国政府の「最高機密」と書かれたマニラ・フォールダーの中に答えを見つけた。両親を尾行するように命令を下したのは、警察庁長官のウィリアム・リーだった。リーは以前、アルバート・マルガイに仕え、当時は軍事政権で働いていた。選挙の少し前には、警察の諜報部の諜報員と軍のリーのスパイを反政府系の政治家に付けた。同じことをいままた、警察の同僚やジャクソン＝スミスと情報を共有することなしにやっていた。英国の高等弁務官には個人的な会話の機会に情報を提供した。

最初の独裁制の下で病的な疑り深さが広がり、国民の神経は張りつめていた。私たちの国を支配する男たちを結び付けているのは権力への執着であり、機会をつかむことへの関心であった。軍が政権を握っていたが、誰も信用せず力で支配した。警察は軍をスパイし、同時に前政権の指導者と野党の政治家を監視した。SLPPとAPCのメンバーが秘密裏に会合をもち、軍とお互いの腹を探った。世界は情勢を疑いの眼で見ており、フリータウンにいる代表者たちは、ウイスキーのソーダ割りと秘密や雑談を交換し、高遠な中立性に影響を及ぼし続けていた。

英国と米国は共産主義への共感の兆しがないかどうかに注目していた。隣国ギニアのセク・トゥーレ大統領は独自のユニークなアフリカ共産主義でギニアを統治した。反対隣のリベリアは、アフリカにおける米国の衛星国のような立場であり、人々はアメリカ訛りで話し、国旗は星条旗の力のないコピーで、国内でハンバーガーを買うことができる。世界の超大国が西アフリカに「赤」が進出しないようにと憂慮していたときで、私たちの小さな国は戦略的に重要な位置にあった。当時の公式文書は懐疑的なひそひそ話で溢れており、その多くはAPCの左翼思想とスティーブンスが労働運動家であったことを指摘している。APCの幹部が中国やキューバを訪問し、留学していたことが、危険に関する計算に加えられた。両国はアフリカの新興独立国に言い寄り、とくに当時の革命後の毛沢東政権は中華人民共和国の国連での承認に必要な票を集めるために必死だった。

キューの公文書館で何千という文書のページを繰った。1967年の選挙の後、父の名前が初めて記録に表れる。当初、フリータウンのカクテルパーティやディナーの常連たちは、父が何者だか分からず、似たような名前の平凡な政治家と間違っていた。父はどこからともなく現れ、蔑みを受ける内陸部出身の無名の人物だったが、国中でもっとも多くの支持者をもち、シアカ・スティーブンスよりも絶大な票を集めた。父はフリータウンのエリートたちを神経過敏にした。父を熱烈なAPC党員と呼んだ。警察のトップが私たちをスパイし始めたのにも頷ける。

警察の諜報部の諜報員のやり方は滑稽だったが、彼らは我が家に新しい負担をもち込んだ。短期的には警察の行為はより威嚇的なものに変化した。

父は会議で留守がちであった。しかし今回は、いつもよりはずっと長く、数日間、家を留守にしていた。家で待つ母は時間が過ぎるのを見守りながら、腹の中が煮えくりかえる思いだった。ようやく戻った父は、出席していた会合が戒厳令下では違法だと宣言され、警察によって解散させられた、と母に話した。何人かは逮捕されて警察署で拘束され、ようやく解放されたのだった。

警察は情報収集に成功しており、集めた情報を使ってあらゆる政治活動を中止させた。現在、研究者になっているあるシエラレオネ人は、「私は若いAPC支持者だった」と言って、会議で何が起きたかを話してくれた。

夜遅く、APCに理解のあるチーフの村の近くの原っぱに建つ廃屋に、父を含む男たちが集まっていた。建物は柱をヤシの葉で覆っただけで、収穫期には労働者が休憩したり眠ったりするために使われていたが、それ以外のときは無人だった。全部で十二人ほどが参加していた。NRCの軍事政権が文民政府への移行を求める圧力に抵抗し続けるかどうかについての議論は堂々巡りだった。数カ月前に選挙の最終結果が明らかになり、父の政党であるAPCの紛れもない勝利が宣言された。しかし、NRC議長のジャクソン＝スミスは、最近、自身を准将に格上げし、脚光を浴びる立場から身を引く気配を見せなかった。

人々は小さな声で話していた。部屋にはカンテラが一つあるだけで暗く、溶けるような夜の空気の中でモーターの音にコオロギの鳴き声が重なり、太った蛾の羽根を動かす音と藪の中で動物が動く音がときどき聞こえるだけだった。誰かが会議から抜け出して外に出て用を足した。彼が戻ってくるのを待つ間、会話は途切れた。数分が過ぎた。時間がかかっていた。誰かが冗談を言った。笑いの後、気付いてはっと息を飲んだが遅かった。小屋の入口に制服を着た人物が現れ、全員外に出るよう命じた。小屋から出ると、警官に完全に包囲されていた。ランドローバーが近くに止まっていて、後ろのドアが開き、全員が押し込められた。仲間が手錠をかけられて床に横たわっていた。

1週間もたたないうちに、会合は必ず解散させられるようになった。あるときは責任者が数時間拘束され、別のときには一晩拘留された。活動家たちは一歩も引かなかった。彼らは三、四人が同乗する車の中で移動しながら「小さな会合」をもった。途中で車を止められると、同乗者は親戚で、結婚式に行くところだと言い、あるときには葬式に行く途中だと言った。患者のふりをして、一人ずつ、あるいは二人で我が家に来て、診察室の扉の後ろで話した。最後にはテムネの秘密結社のポロに守られて会合をもつようになった。

夜になると、コイドゥ・ポロの男たちが家に来て、窓の四角い光が届かない場所に立って待った。私たちには三音からなるポロの口笛が聞こえた。すると、父は何をしていても手を止めて外に出て、「テルモニ」というポロの挨拶をした。

「テルカ・フンカ・キンカ」。男たちが父を仲間の一人と認める返事をし、徒歩で会合に出掛けた。

そして、とくに頑丈な長靴を履いたメンデの警官が入ってこない、神聖な藪の奥深くで彼らは会合をもった。父の選挙区であるトンコリリでは、どの村にも青と白に塗り分けられた小屋があった。それはポロの小屋で、祭りのときに結社のメンバーのダンスに使う仮面や衣装を保管するための倉庫程度の大きさだった。しかし、小屋はポロに関するあらゆるものと同様に神聖な場所と考えられ、活動家たちに安全な集会場所を提供した。

しかし、ポロのほんとうの功績は、情報が漏れて当局に届くのを許さないことだった。ビールを飲んだために、あるいは、わずかな金と引き替えに饒舌になる男たちでも、ポロの沈黙の誓いを破る前には真剣に考える。

父が選挙で勝利して2カ月後、両親は夜遅くまで話し込んでいた。重圧が大きくなり、父は危険なゲームに閉じ込められていた。散発的な暴力事件の報告があり、内戦の噂さえ聞かれた。ヨーロッパ人の母は人目につき、家族がいないので、多くの場合、一人ぼっちだった。私たちがシエラレオネを去るときがきていた。

父がフリータウンまで私たちを車で送ってくれた。私たちはフェリーに乗って湾を渡ってルンギの空港に着き、飛行機のタラップを登り、父を残して旅立った。シエラレオネを去ったことも、ロンドンのガトウィック空港に着いたことも、アバディーンの祖父母の家に行くためにスコットランドを旅したことも、何も覚えていない。これが、突然の旅立ちと予告なしに新しい国に到着するという、私の子ども時代を特徴付けるパターンの始まりだった。

第14章

生まれて初めて雪を見たときには、何枚も重ね着をしてトレーラーハウスのステップの最上段に立ち、素晴らしい世界を観察した。雲が空から飛び出して、地面を覆ったみたいだった。ニッグに設置されている他のトレーラーハウスの屋根の向こうには、昨日まではギリュウモドキやエニシダ、ハリエニシダが見渡す限り広がっていた原っぱの先にアバディーンの家々や黒く汚れた建物が続いていた。ニッグから街を見ると、ノルマン様式の教会だけしか視界を遮るものはない。私の右側と後ろには荒れ地が広がり、その半マイル先には北海があった。この日は違ったが、曇りの日には、どこで街が終わり、海がはじまるのかが分からず、花崗岩の街の景色から無表情な灰色の水への境目がなかった。

それまで私は雪を見たことがなかったが、多分、木の繁る森や尖塔のある城などは母が繰り返し語ってくれたグリム童話や、クリスマスにシエラレオネに届いたカードの写真で見た雪だるまや、頬の膨らんだオランダの子どもが雪合戦をしたり運河でスケートしている風景で知っていた。何をしたらいいのか分かっていたので、トレーラーハウスの五段のステップを降りて出掛けた。

坂になったドライブウエーに通じる小道が急に右に曲がり、トレーラーハウスの設置場所の岩と石の基礎のほうに続いた。夜のうちに降ったにわか雪は塩田のように輝き、土地を平らにし、不透明な広がりは滑らかで確かなものに見えた。ステップの最下段から、母を待たずに、ためらいもなく、まっすぐ飛び出し、柔らかく冷たい結晶の層に突っ込むまで、少しの間、急いで歩き、やがて頭まですっぽり雪に覆われた。怖くはなかったが、驚いて目を開いた。太陽は眩しく雪に差し込み、大きく広がる白い不思議の世界を見渡した。辺りはマシュマロのように静かで、その中で泳ぐことができそうだったので動こうとしたが、すぐに母の確かな手が後ろから捕まえるのを感じた。

私たちがガトウィックに着いた日に、母は黄色い大衆車のミニを買い、キングス・クロスからパースまで電車で運び、そこからアバディーンまではその車で移動した。夏の数週間は祖父母のところで暮らし、私はゲアン・テラスの裏の段々畑を見下ろす古い寝室で母とベッドを共有し、姉は祖母と同じベッドで、兄はキャンプ用のベッドで眠った。

8月初めのある朝、青い航空書簡が届いた。表には大きなダイヤモンドの形をしたシエラレオネの切手が貼ってあり、中は父の傾斜した手書きだった。父がAPCのために武器を購入する資金を集めているという噂があり、軍事政権の命令で7月29日に逮捕された。告訴されていなかったが、いつ釈放されるかは明らかではなかった。

結局、父の拘留は4カ月に及んだ。逮捕の奇妙な状況について困惑した、と父は何年もたってから告白した。NRCから噂を調査するために派遣された人はジュム大佐という名で、ボー・スクールで父が教えた学生だった。若い大佐は調査をする代わりにAPCを諦めて軍事政権に加わるよう説得した。この要請は手紙でも伝えられたが、父は無視した。ジュム大佐との出逢いの直後に父は逮捕され、パデンバ・ロード刑務所に拘留された。1年以内に中佐に昇進させることを約束するNRC上層部からの手紙は、中央刑務所の「拘留者」ブロックに転送された。父は違法な政権に加わることを拒否することを記した強硬な返事を監房から書いた。母は父からの手紙を両親に見せた。祖父は母に背を向け、6年後に母が戻ってきたときに迎えたのと同じ、我関せずという態度でニュースを聞いていた。状況を理解した祖父は、それなら、外で仕事を見つけるんだな、といつものように飾り気のない、短い、的確な助言をした。

母は地元の大学の教員養成過程を受講し、奨学金を申請した。シェカとメムナには寄宿学校を見つけ、残っていた貯金で1学期の費用を支払った。秋の夕暮れに、祖父は私たちを車でドラムトクティ城に連れて行った。城はピンク色で、バラ色の花崗岩で作られ、いくつかの小塔と大きな塔があり、深い松の森に囲まれた窪地に建っていた。私には、まるで『ヘンゼルとグレーテル』の魔女の家とそっくりに見えた。

私たちは、悲しみを表わさず、自らの運命を知らない兄を、格子縞の膝かけが置かれた鉄製のベッドが何列も並んでいる長い屋根裏部屋の寄宿舎に連れて行った。かわいそうなシェカは、その後の2年間をこの寒々とした隠れ家で過ごした。数日後に、母と私は、5歳の誕生日を2週間後に控えた姉を90マイル南西にあるエアの学校に届けた。

母と私はアバディーンの坂を上がったり下がったりして、適当なアパートを探した。母はできるだけ早く両親の家を出たいと思っていたが、適当な値段の選択肢はほとんどなかった、ある日の午後、幸運に巡り会ったと思った。そのアパートは20世紀初めに建てられた二軒連続住宅で、1階に住む未亡人の持ち物であった。彼女は華奢な体つきで、優しそうだった。私たちに部屋を見せ、家は彼女には大きすぎ、一部を貸したいと思っていると説明した。玄関は共用だがそれ以外は完全にプライバシーを保つことができた。部屋から部屋へ移動するうちに、母の楽観主義が元気になった。アパートは清潔で、風通しがよく、オートミール色の壁、小枝模様のカーテン、丈夫なブークレの布でカバーされた長椅子など、飾り気のないスコットランド様式の装飾だった。

廊下に立って帰り支度をしながら、母がアパートを借りることができればうれしいと持ち主に言った。それでは、あなたたち二人だけね、と言って、持ち主は私をちらっと見た。私は母にしがみついて親指をしゃぶっていた。他に子どもが二人います。男の子と女の子で寄宿学校に入っています。では、ご主人はどちらに。刑務所に入っていると母が言う訳はなかった。夫は医者です、と答えた。母の声はわざとさりげなく、西アフリカにいますと付け加えた。ああ、そうですか、と持ち主は言った。彼女の声は囁くようで、アクセントのリズムから小声で歌っているように聞こえた。彼女はちょっと言い淀んで、困ったような笑みを見せた。問題は、もちろん分かってくださると思うけど、私は一人暮らしで、外国人がここにくるのは嫌なのです、と言った。たとえ私が構わなくても、息子たちはね。息子たちは私のことをとても心配します。お分かりでしょ。

このとき以来、母はアパートを探すのをやめた。トレーラーハウスのセールの広告が問題の解決策のようだった。母は前金を払った。設置場はアバディーンのちょうど南のディー川の反対側にあり、両親の家からは近く、私たちはそこへ引っ越した。トレーラーハウスの一方には独立した寝室があり、ダブルベッドが置かれ、反対側は狭くなっていて出窓があり、二つの壁の前にはベンチがあり、その間には折りたたみ式のテーブルがあった。テーブルは夜には畳み、ベンチはベッドとして使った。

内部は母がペンキを塗り、ベンチにはオレンジ色のクッション・カバーを作り、小さな台所と居間の間にはすだれのような間仕切りを吊った。浴室はなく、コンクリートの小屋の中にあるトイレは隣のトレーラーハウスと共用で、トレーラーハウス設置場の真ん中の一角にシャワーがあった。

秋になると草が金色になり、ギリュウモドキは茶色になる。乾いた風が北海から吹き付け、丘の頂上では、風をまともに受けた。母は分割払いや請求書の支払のために助けが必要で、学生だった弟のブライアンと妹のソニアが一緒に暮らすことになった。ソニアは母と同じ大学で学んでいた。私は母と一緒に大きなベッドで眠り、ソニアとブライアンはベンチのベッドを使った。メムナとシェカが週末や休暇で帰ってくると、みんなが二人で一つのベッドを使っても十分な空間はなかった。

ブライアンはソニアの弟で、ゴードン大学芸術学部で建築を学んでいた。私たちは気が合って、よく一緒にいた。朝早く、しばしば夜明け前に、学校に行く途中でゲアン・テラスに連れて行ってくれた。毎日、祖父はドアを開けて、ブライアンに軽く頷いて、私を中に入れた。母は授業があり、祖父が忙しく、ほかに誰も私の世話をする人がいないときには、ブライアンが私を建築学科の授業に連れて行き、共同室で十人ぐらいの男子学生に守られてブライアンを待った。

私たちは1967年の「愛の夏」〔1967年夏に米国を中心に巻き起こった、文化的、政治的な主張を伴う社会現象〕の真っただ中に、アフリカの田舎から英国に到着した。「愛の夏」、あるいは少なくとも秋は、私たちみんなの生活にアリスティアという男性を連れてきた。

背が高く、髭をたくわえ、炎のような髪で、パース辺りの上流階級の出身で、映画監督の考えるスコットランドの貴族だった。母はアリスティアと大学のフォークソングのグループを通して出逢い、二人は毎晩出掛けて、近隣の村のパブやコミュニティ・センターで古い歌を歌った。

母は違った女性に変身した。髪を切って耳のところでカーブする柔らかいページボーイにした。母はもはやモーリーンではなかった。新しい友人は母をクリスと呼んだ。

冬が来た。暗く冷たい朝、目が覚めて、トイレに行こうとしてスリッパを履いた。歩き出そうとしたがスリッパはそれを拒んだ。夜のうちに温度が氷点下に下がり、私たちの靴はすべて床に貼りついていた。靴はその所有者以上に外に出て寒さに触れることを恐れているようだった。私は祭りで生まれて初めて綿菓子のとろけるような甘さを味わった。そのとき、景品で金魚をもらった。かわいそうな生き物は、ビニールの袋の中で三人の小さな子どもが過食を強いるのに耐えて生き延びたが、ある週末に出掛けて家に戻ると、水道管が凍り、金魚は氷の中に閉じ込められたまま死んでいた。母は魚が生気を取り戻すかもしれないとでも考えているかのように氷を溶かしたが、死体は壊れて、トイレに流そうとしたがトイレも凍ってしまっていて流すことができなかった。

これらがトレーラーハウスでの生活の思い出だ。私は自分の生活について疑問をもたず、疑問をもつことを学んでもいなかった。でも、学ばないようにしていたわけではない。私はビッグ・アミナッタやジム、父についてさえ尋ねなかったと思う。昨日も明日もなかった。私の日常は繰り返しで、小さな行動や些末な出来事によって区切りが付けられていた。ときおり経験する感動に奮起し、子ども時代の一連の不幸なできごとに耐えた。

教員養成コースは、母に教育関連の旅行を企画する意欲を与えた。その過程で、母はフォース・ロード橋の設計にかかわる建築家と出逢った。彼の誘いで、私たちは海岸道路からフォース湾の上を横断する地点まで車で行き、母の友人は私たちを橋に案内した。30分後、橋の半ばに差し掛かったとき、立ち止まって景色を見た。ほんとうに素晴らしい眺めだった。私たちは何マイルも何マイルも遮るものがない海の上に危なっかしくぶら下がっていた。私は鉄の手すりにしがみつき、柵の間から白い波穂や目の前を飛んでいくカモメを見詰めた。

数分が過ぎ、私たちのガイドはコーヒーやジュース、クッキーが待っている橋の反対側に行くよう急がせた。みんなが移動を始め、私もついて行こうとしたが、柵から頭を抜き出すことができなかった。頭を抜こうとするたびに耳が柵にひっかかった。

その後、1時間、ずっと景色を眺めるしか選択肢はなかった。助けと緊急機材を呼び寄せ、二人の男性が私を救出するために派遣され、柵がこじ開けられて私は助け出された。

シエラレオネでは、父が刑務所から釈放された。2カ月後には隣国ギニアに置かれたAPCの亡命政権に加わるために国を出た。ギニアではコイドゥを拠点とするレバノン人のダイヤモンド業者のヘンネ・シャマルに提供されたダイヤモンドからの資金によって実際に武器や人員を集めていた。シアカ・スティーブンスとヘンネは、植民地時代の行政制度のもとでスティーブンスが鉱業担当大臣をしていた時代からの知り合いだった。シャマルは、かつてはSLPP支持者だったが、忠誠の相手を変えて将来の新しい権力に組みすることを公にしていた。

彼らは、必要とあれば、シエラレオネに侵攻して、軍事政権を武力で倒す計画であった。親AP

Cの軍人で、ワシントンのシエラレオネ大使館で快適な亡命生活を送っていたジョン・バングラ大佐は軍隊を訓練するために戻っていた。父の仕事は兵士の軍医官として働くことで、兵士が生活し、訓練を受けている奥地の潜伏場所で行動を共にした。父はすべてを手離し、見返りを期待せずに診療所までも学校時代の友人のドクター・トゥレーに譲った。父は母に携帯用の医療キットを送ってもらい、それをチェ・ゲバラの演説のコピーと一緒に荷造りして奥地に向かった。

いっぽう、母はより多くの時間をアリスティアと一緒に過ごすようになった。ある肌寒い夕方、ロンドンへの旅行から戻ったブライアンは私が一人、トレーラーハウスで眠っているのを見つけた。テーブルの上には母からのメモがあり、「アミナッタをよろしく。私たちはコンサートに行きます」と書いてあった。その夜は、建築家の業界団体の一つが催す同じイベントにブライアン自身が参加する予定だった。他に選択肢がないので、私をベッドから連れ出して、ちぐはぐな洋服を着せてコンサートに連れて行った。アバディーンの洒落たホテルの一つでは、正装した男たちがカクテルパーティに集まっており、ドアマンは玄関で私が入ることを許してくれなかった。私たちは次にどうしたらいいのかが分からず、ドアのところに立っていた。

「さあ、子どもをここに連れてくるのよ。急いで」とフロントデスクで私たちの会話のすべてを聞いていた受付係が言った。続く4時間、真夜中を過ぎてからブライアンが迎えに来てくれるまで、私は彼女の机の下の床で眠り、3マイルの道のりをブライアンに肩車してもらって家に帰った。

その後まもなく、ブライアンとソニアはトレーラーハウスを出て、私は1990年代初めにBBCで一連の番組を始め、ブライアンから手紙をもらうまで、彼のことはすっかり忘れてしまっていた。ニッグでトレーラーハウスに住んでいたシエラレオネから来た小さな女の子と同じかどうかを尋ねるブライアンからの手紙をいまももっている。古い写真の暗いコピーが茶色の封筒に入っていた。それはアビモアのスキー場で過ごしたクリスマスに写した写真だった。

手紙の上には電話番号が書いてあり、ブライアンはいまもスコットランドに住んでおり、アバディーンの北の海岸沿いのエルギンで暮らしていた。私たちみんながどうしているだろう、としばしば考えて、何度か母の行方を探したが成功しなかった、と書いてあった。

電話のダイヤルを回すとき、私は明るい気分だった。何年もたって電話をするのはわくわくした。でも、彼が電話に出た途端、事前に予告もせずに電話をしたことが間違いであったことに気付いた。私が名前を告げると、電話口の男性の声が感情の高まりで震えていた。

私は自信があるように話したが、暗い過去、馴染みがあると同時に混乱した土地に戻っていく感情を経験していた。恐ろしい、後戻りするには遅すぎるという感情。過去のあまりに多くの部分がベールに覆われていた。たとえ、どんなことを聞かされようとも、彼は私が答えを提供することを期待しており、多分、私には期待に添うことができないだろう。

１９７０年代に、ブライアンが母の友人や知人に尋ねたところ、誰も何も覚えていなかった。最後にある女性に辿り着き、かなり自信をもってモーリーンが外国で暮らしていると教えてくれた。彼は子どもたちのこと、そして、よく子守りをした少女のことを尋ねた。西アフリカのどこかで少女は姉や兄と一緒に体を切り裂かれて亡くなった、とその女性は言った。20年後に私の写真を新聞で見るまで、ブライアンは私が生きているとは思ってもいなかったのだ。

第15章

「ここに立っていてね。もし、誰かを見たら教えるのよ」と祖母は言って、私に寄り添い、肩のところでアノラックを整えた。祖母は煙草と「パルマ・ヴァイオレッツ」〔すみれの香りの菓子〕の匂いがした。祖母は青い布のコートを着て、毛皮の帽子を被り、茶色のファスナーの付いたブーツを履いて、私が立っているところから離れていった。大きなハンドバッグを肩から掛けていた。言われた通りにしていると、ミトンに閉じ込められた手が暑かった。帽子の中で頭がむずむずした。道路が曲がっている先に、祖母が花壇に屈み込んでいるのが見えた。大きなハンドバッグから紙袋を取り出して脇の通りに置いた。次に小さな園芸用移植ごてを取り出して、花壇用の植物を掘り始めた。帽子の下のかゆみはひどくなっていた。祖母はマリーゴールドを掘り起こして、一つずつバッグに入れた。

私は爪で頭を掻いて、イライラを追い払った。祖母のほうを見ると、まだ忙しくしていた。

「迷子になったのかい」

私のすぐ前に緑がかった茶色の制服を着た8フィートぐらいの男の人が立っていた。

「お嬢さん。一人ですか。お母さんはどこ。」

私はじっと立っていた。どうするべきかは教えられていたが、このような出来事には役に立たなかった。考えようとしたが、どうすればいいのか分からなかった。静かに立って男の人を見つめていた。私は知らない人と口をきいてはいけないとも教えられていた。じっと立って、黙っていた。

「迷子になったんだね。ついてきなさい。お母さんは遠くへ行っていないはずだから。何ができるかを一緒に考えてみようね」。彼は手を差し出した。

彼の手を取ることは問題外だった。私の思考は麻痺していた。周りの世界は私の脳の3倍の速さで動いていた。連れて行かれることを恐れたが、どうのように抵抗すればいいのかが分からなかった。前に進むことも後ずさりすることもできず、立っているところに釘付けになり、膀胱と腹に最初の警告が高まるのを感じた。

「あなたのお子さんですか。可愛いですね」と言って、公園管理人は祖母と私を繰り返し見て微笑み、そして、眉をひそめた。「まあ、被害はなかった」「散歩にはちょうどいい、素晴らしい日です」と言った。

「ええ、まあ、そうですね。気持ちがいいです」

手を繋ぐために祖母のほうに手を差し出したした。祖母と私は、同じところに立って私たちを見送っている公園管理人から離れた。肘のところに重いバッグが下がっていて右腕を邪魔したが、祖母は角で振り向き、できるだけ自然に手を振った。

ゲアン・テラスに戻ると、祖母は厚着をしていた私の服を脱がせ、コートを脱ぎ、台所で食事の支度をする前に、セーターとカーディガンのアンサンブルの上に上っ張りを着た。祖母は淡い黄色と白のチェックとライラック色の上っ張りを持っていた。家から外に出るときやブルーのコートを着るとき、あるいは、アストラカンの襟がついた茶色のウールのコートを着る特別な機会以外は、いつも上っ張りを着ていた。祖母は結婚するずっと前には、ローズ・ストリートの婦人帽子店で働いていた。カールした髪、小ぶりな鼻、柔らかい目が魅力的で、金持ちの顧客から、しばしば帽子のモデルを頼まれることがあった。店では高価な品の間で何年も働いていたので上品な服装を好んだ。かつての女主人が好んだスタイルを真似て、スカート、靴下、パステルカラーのセーターの細かい点にまで気を配っていた。ところが金持ちの女性と違って、祖母は家事をするために注意深く組み合わせた装いを上っ張りで隠さなければならなかった。

私は台所の隣のピンクのタイル張りの浴室で風呂に入った。祖母はライフブイ石鹸で体を洗ってくれた。私はそれまで浴槽を使ったことがなかった。コイドゥではシャワーで、湯はなかったが水槽に太陽が照っていたので水はいつも生ぬるかった。トレーラーハウスの設置場にはシャワー棟しかなかった。祖母は二つの部屋を行き来して、私から目を離さないで、同時に夕食の用意をした。

6時きっかりに、祖父は旅行代理店から戻った。薄く切ったパンとマーガリン。熱くて甘い紅茶。膨らんだ大麦、挽肉、茹でたジャガイモか熱湯で茹でたタラが入った自家製スープ、そして、最後にバタースコッチ風味の「天使の喜び」がデザートに出た。朝食の粥は祖父が作ると言い張り、前の晩にベッドに入る前にカラスムギを水に浸しておいたが、それ以外の料理は祖母が一人で作った。

夕食の時間になると母の車が外に止まった。その日の授業が終われば、私を迎えにきて、一緒にテーブルに着いた。私たちは、ほとんど黙って食事をした。食卓でしゃべることを祖父は許さなかった。祖母は窓の下の流しとテーブルの間を何度も往復し、皿を洗った。

「アム。茶色いパンと白いパンのどちらがいいかな」毎日、同じ質問に同じ答えだ。

「おじいちゃん、白いパンをください」

もじゃもじゃペーターと親指をしゃぶる子どもの親指を大きなはさみで切る仕立屋の物語の隣に、私の詩集が置いてあり、その中には、アフリカ出身の肌の黒い人をからかう三人の悪い男の子についてのバラードがあった。反対のページには、野蛮な、戸惑いの表情が描かれた、人間とはちょっと違う、ゴリウォークのような人物のスケッチがあった。少年たちは、かなり洗練された技法で描かれていたが、小さな黒人の少年は、まん丸な頭と大きな丸い目、そして、横縞の服で、子どもが描いた絵のようだった。残酷な行為を罰するために手品師が白人の少年たちを巨大なインクの池に沈め、全員を黒人にしてしまった。

祖母は私のことを「私の小さな野蛮人」と呼ぶのを好んだが、私は本の中の真っ黒い男のようにはなりたくなかった。茶色いパンを食べるのを拒んだ。鶏は白い胸肉以外は食べようとしなかった。「茶色いパンを食べると茶色くなる、白いパンを食べると白くなる」と私自身のマントラを唱えた。私自身の考えだったのだろうか。

祖母は、「マザーズ・プライド」のパンを一枚、包み紙から取り出して、マーガリンをつけて、私のために小さく切ってくれた。

食事が終わると、祖父はエキスプレス紙を読み終えるために居間の自分の椅子に戻った。祖母は皿を洗い、母が拭き、台所が片付くと、暗い中、橋を渡って私たちのトレーラーハウスに帰った。

第16章

春が来ると、祖父の菜園では何列も並んだ水仙が、そよ風の中で音のない旋律を演奏する管楽器のマーチングバンドのように震える。スコットランドに来て1年近くが過ぎた。夕方の時間が長くなると、ルバーブやラズベリー、ブラックカラント、野菜などを育てている菜園で祖父は何時間も過ごした。夏の終わりには果物を収穫して、沸き立つ鍋やガラスの瓶に囲まれて、祖父は科学者のように一日中台所に閉じ籠った。

祖父の目は小さく、鳥のような青で、長い乾いた指で私の頬をつねった。服装は丘の色でまとめ、ツイードの上着にはハリエニシダで覆われた斜面のように小さな黄色い糸のネップがあり、しっかり折り目のついたズボンは灰緑色のギリュウモドキと同じ色合いだった。祖父を訪ねて行くと、だらしなく唇にキスをし、後で私が手の甲で口を拭いているのには気付かなかった。食事のときには、自分のニシンから羽根のような骨を抜いてから私の皿に分けてくれた。

私のことを取り替え子だといったのは祖父が最初だった。後で母に意味を尋ねた。

「取り替え子ですって。それは、ゆりかごから人間の赤ちゃんを盗んで秘密の世界に連れて行ったときに、代わりに置いておく子どものことよ」。妖精は森や谷間の奥深くにある丘の洞穴に住んでいて、妖精に会った人はほとんどいない、と母は言った。夜になると妖精は家事に疲れた主婦のところに来て、前の晩に残しておいたコップ1杯のミルクと引き換えに家全体を上から下まで掃除する。翌朝、主婦が起きてくると鍋はピカピカで、小さな妖精は痕跡を残さずに立ち去っている。

祖母はよく妖精の話をした。例えば、流しに洗い物が残っていて、祖母が他の仕事で忙しいようなとき、「まあ、妖精がやってくれる」と言った。実際には、次の朝、祖母が食器を洗っていたのだが。私が魚かミンチ肉を食べないと、私のプリンを妖精にあげる、と言って脅した。

私は隠れた世界の妖精だった。この考えがあまりにも気に入ったので、自分のことを取り替え子だと言い始めた。

数カ月の後、学校に行った最初の日に、私は立って、教師と新しい同級生に取り替え子だと自己紹介した。この話に興味をそそられた教師は部屋から出て、スコットランドのおとぎ話の本をもってきてみんなに読み聞かせた。教師が、疑念をもたずにベビーベッドをのぞき込む母親が見つけた生き物の絵を見せ、私たちはその挿絵に見入った。そこで見たものに、教室にいた他の子どもたちと同じように私は怖くなった。長い突き出た鼻の野獣が柔らかい赤ちゃん用の毛布にくるまってへつらうようなそぶりをし、恐ろしい、悪意に満ちた視線が女性を動けなくした。

妖精は妖精みたいじゃない。妖精の話をいくつも聞いていた。妖精はミルクと引き換えに主婦の家の掃除をしたが、台所のテーブルにミルクの入ったコップを置くのを忘れたり、感謝の気持ちを忘れると不機嫌になり、焼いたばかりのパイを床に落としたり、バターを作る攪乳器をひっくり返したり、猫を脅かしたり、小麦粉の容器の中で遊んだりした。夜に農夫の馬を盗んで魅惑の王国の奥深くに乗って行き、明るくなる前に厩舎に戻した。朝になって農夫が馬を見ると、とても疲れていて畑を耕すことができなかった。妖精は魔法をかけ、戻ることができない場所に誘い込む。妖精の隠れ家から逃げることができても、妖精との経験によって耳と口が不自由になり、妖精の世界について知っていることを話すことができなくなる。

祖父が歯痛に苦しんだとき、ペンチで自分の歯を抜いた。歯医者や医者にかかったことがなかった。ある週末、学校から戻っていたシェカが、下の歯を舌で突っついて、ぐらぐらさせることができるのを見せてくれたことがあった。食事の後、祖父が糸をもってきて、シェカを居間に呼んだ。祖父はぐらぐらする歯を糸で結んで、片方を居間の扉の取っ手に結びつけた。祖父の指示に従って、シェカは口を開けて、驚きで硬くなって部屋の真ん中に立っていた。祖父はシェカに踏ん張っているようにと言い、前に進み出てドアを力いっぱい引いた。

ドアは音を立てて閉まり、ドアに付いて歯が凧のように部屋の中を飛んだ。私たちは抜けた歯を拾おうと駆け出し、気味の悪い点検をし、歯にボロボロの歯茎がついているのを見たときには、とてもいいことがあったような気がした。シェカは台所で口をゆすぎ、湿った脱脂綿のちいさな固まりで傷口の血を止めた。このようにして私たちの乳歯は次々と抜かれた。私の番が回ってきたときは、歯が抜けた後、祖父の椅子に座って歯茎の柔らかい、金属のような味のする穴に舌の先を入れて触った。祖父は歯をトイレットペーパーに包んで私にくれた。その夜、妖精がその歯を小さな暖かい6ペンス銀貨に変えてくれた。

子どものころには祖父と母の間の断絶について、ほとんど気付いていなかった。二人が一緒のときには、よそよそしい無関心さで接していた。母が私をゲアン・テラスに迎えにくるときは、いつも訪問をできるだけ短時間で切り上げた。感情や個人的な事柄について議論することを嫌う性癖を母は祖父から受け継いでいた。二人はお互いに相手を不可解だと思い、痛みを静かにやり過ごし、相手と目を合わせないようにしていた。二人は祖母を仲介者として、祖母を通して会話をし、祖母もそれを許した。祖母は憤りを吸収し、怒りをふるい分け、過去の傷の塩辛い沈泥によって魂を息苦しくしていた。家族の平安を守るためなら何でもした。

当時、母はアバディーンを去ったことを後悔していなかった。将来の夢をアバディーンで叶えられるとは思っていなかった。母の友人たちは失望に終わることを心配した。いまや茶色い肌の子どもを三人連れて、アバディーンに戻っており、夫は6000マイルも離れた刑務所から釈放されたばかりだった。母と祖父の間では停戦が成立していたが、二人の関係の中心には暗い空間があった。

父はギニアの奥地で武装蜂起の準備を続けていた。手紙と私たちの学費は届いていた。その間、母は父がコイドゥに戻って診療所を再開していると考えていた。二人の関係は明らかに保留状態だった。母は大学で資格をとるための勉強と、興味を持った活動を続けていた。たくさんの友だちに囲まれ、生活はかなり整然としており、幸せそうだった。

4月17日、フリータウンから遠く離れたダルの国境の前哨部隊で若い兵士の集団が上司たちを逮捕し、監禁し、無線を統制した。この反乱はフリータウンにあるムレータウンの兵舎にまで広がった。ウィルバーフォースとジュバでは男たちが商店を襲撃し、武器や弾薬を盗んだ。夕方までには、兵卒が、ジャクソン＝スミスと警察庁長官のウィリアム・リーを含む将校たちを全員、パデンバ・ロード刑務所に閉じ込めた。二人は激しく殴られて、独房の床に横たわっていた。後に「兵卒の反乱」として知られるようになる事件の主導者たちは、勝利を祝い、記者会見を開いて、給与と雇用条件に抗議して反乱を起こしたことを発表した。反乱を起こした集団は、自らを「腐敗対策革命運動」（ＡＣＲＭ）と呼んだ。

父はシアカ・スティーブンスの特使としてギニアからフリータウンに向かった。政権の乗っ取りはＡＰＣの計画を先取りしたもので、ＡＰＣ指導部は早急に対応する必要があった。父は途中でフリータウンからギニアのコナクリへ向かうモハメッド・バシュ・タキと会った。タキは、ＡＣＲＭの兵士二人と一緒だった。軍を担当する兵士は、運動を指導するためにジョン・バングラ大佐をギニアから呼び戻して、ゲンダ大佐をバングラの次席にするべきだと主張した。ＡＰＣからするといい兆候だった。

同じ夜に、フリータウンで父とバングラ大佐は、国家改革評議会（ＮＲＣ）の文民委員会事務局長のカミ・シディク同席のもとに、若々しいＡＣＲＭの指導部と会った。父がシディクに初めて会ったのは、私たちが里帰りするために乗っていたオレオール号の船上だった。シディクは経験を積んだ公務員で、礼儀正しい人で、新しい総督代行のバンジャ・テジャン・シーとの交渉を主導していた。若い兵卒たちは将校に復讐することと高級車を徴発するという無理な要求以外には、いかなる優先課題も持っていなかったが、少なくとも自分たちの手に負えない状況にあるということに気付くだけの判断能力は持ち合わせていた。彼らは文民統治に戻るという提案に同意した。前年にはシエラレオネの政治状況は変化していた。SLPPのリーダーはアルバート・マルガイから、父が短い期間、コノート病院に勤務していたときに保健大臣だったサリア・ジュス・シェリフに代わっていた。どのようなモデルの文民統治であるべきかは誰にも分からなかった。何度も夜遅くまで議論が繰り返され、前年の選挙で当選したすべての候補者がそれを決めるために首相府に招集された。反乱から9日後にシアカ・スティーブンスが再び首相に任命された。首相に次ぐポストに関する発表を誰もが待った。

2日後の4月28日に、私の父モハメド・ソリエ・フォルナが財務大臣の宣誓をした。父が政党活動をするようになって1年しかたっておらず、狭い政界の外で父のことを聞いたことのある人はほとんどなかった。噂の工場がひそひそ話を作り出し始めた。父は優秀で、野心的で、冷酷だと言われた。32歳という若さに人々は驚き、党のために尽くしてきた政治家たちの間では先を越されたことに対する憤慨が渦巻いた。野党は結束の印として、スティーブンスが野党のリーダーに閣僚ポストを提供することを期待した。クレオールは、たいていは無関心を装っていた。最初の予算を2週間以内に作成しなければならない新任の大臣は新しい家に籠った。

父の大臣就任を知らせる電報が届いたときに、ゲアン・テラスにいて、祖父の頭をよぎったことを知りたかった。祖父が冷たく扱った黒人の男がいた。祖父が諦めさせようと努めたにもかかわらず娘の夫となり、彼の家を出たり入ったりする肌の黒い孫たちの父親で、いまでは閣僚だった。これは祖父にとって最悪の悪夢だったが、そのことで何かが変わることはなかった。親に逆らった娘をいまなら許すだろうか、許せるだろうか。祖父はそのことを考えただろうか。

偏見であったが、それは論理に基づくのではない。水の流れを通して小石を見るように、偏見はイメージを歪める。そして、水のように指の間から滑り落ち、それをしっかりと捕まえることも、格闘することもできない。それは、いつも別の隙間を見つけることができる。あらゆるものに浸み出し、最後に流れ出してしまったとしても、すべてを湿ったままにする。何も変わらないが、濡れたところの輪郭に少しだけシミが残る。

これらの質問をするには、私は幼すぎ、母は何も尋ねなかった。私は、その後、12歳になるまで、祖父とも祖母とも再会しなかった。そして、再会したときには、明らかにもっと重要な何かと折り合いをつけていた。ずっとたってから、祖父に尋ねたことがあり、祖父はいろんなことを話してくれたが、この件についてだけは話さなかった。

第17章

私たちは、ほとんど記憶にない新しい家と新しい都市に戻った。フリータウンを離れてコイドゥに行ったのは、私が1歳半のときだった。田舎での生活を思い出させてくれたのは、いまではさらに大きくなっているビッグ・アミナッタとオールドイングリッシュシェパードのジムだけだった。かわいそうなジム。12カ月もの間、放置されていた跡がはっきりと目に見えた。私たちが到着した次の日、ジムが重症の疥癬に罹っているように、混乱して大儀そうに地面をさまよっているのに気付いた。ジムを見たとき、以前、飼っていた犬だということをようやく思い出した。記憶が甦ったが、決して十分には表面には出てこなかった。私の犬のジムだと知っていると思う瞬間も、未知だと思う瞬間もあり、泳いでいるような、一つの命が別の命に漏れ出しているような感覚になった。ジムのほうは私をまったく覚えていなかった。

ウィルバーフォースの閣僚公邸は、アフリカの基準でも広大だった。急勾配の屋根と重層の部屋で特徴付けられる植民地時代の住宅と違って、コンクリートの家はP字型で、一方は平らで反対側は曲面の壁とバルコニーになっている。庇の下とベランダの上の屋根を支える柱はトルコ・ブルーで、それ以外は目も覚めるような白に塗られていた。正面には丘陵と海の景色が見える、傾斜になった庭があった。家への道は裏側にあり、空き地が広がり、そのはずれには、男子宿舎として使われたコンクリートの小屋といくつもの砂利の山があった。砂利の山はきっと独立のころからあり、整備のための資金が底をついたか、最後にここに住んでいた人たちが急いで出て行ったために、その辺り全体が未完成に見えた。政府の悲しい現状を考えると、どちらも十分あり得ることだった。

ちょうど雨が降り始めた。街は燃焼し尽くし、疲れ果てて、緑と命を再び取り戻すためには地面の奥深くまで届くような豪雨が必要だった。夜中にちょっとの間降る夕立は車やペンキを塗った家の正面や窓枠に汚れを残す程度だった。1年が過ぎ、ずっと前に祭りは終わり、大衆は多くを耐えた。人々は長く続く失望の気むずかしさに、あまりにも慣れ始めていた。

6月の終わりに、父は議会で予算演説を行なった。純白の地に前身頃と袖口と裾に巻き付くような金糸の刺繍が施された伝統的な長衣を着て、お揃いの丸い帽子を被っていた。父は昼夜を分かたず演説の草稿を書いた。

マルガイ政権の時代には、政府はあまりに目に余る浪費をしていたため、納入業者は価値のない「借用書」の受け取りを拒み、納入時に即金での支払いを要求した。ジャクソン・スミスはいつもながらの熱心さで閣僚の資産を調査し、汚職の証拠を見つけると不届き者に盗んだ金を弁償させた。人々は権力者が権力を失うのを見て楽しんだが、実際に取り戻された現金はほとんどなかった。ジャクソン・スミスは税金を上げ、国際通貨基金に二度目の借入を願い出た。我が国は900万レオンの債務を抱えていた。

そのころ、信用取引で新しいプロジェクトを始めるようにリーダーたちを説得する西側の資金提供者にとって、我が国のような新興国は好餌だった。独立から5年が過ぎ、工場や道路、ホテルの建設が国中で盛んだった。建設事業は雇用を創出し、モノを生産し、国が発展していると感じることができたので、事業費が水増しされ、あるいは毎年、返済が膨らみ、一人ひとりの男も女も子どもも国さえもが何年にもわたって借金を負わされているにもかかわらず、人々の間で人気があった。大臣も請負人も発注先も満足していた。取引きで得た分け前で家を建て、ぴかぴかの派手な自動車を買った。だが、貪欲な手が金のアヒルの首を絞めた。自動車が壊れると修理のためのパーツがなく、熟練した整備工はいなかった。建設が始まった家は完成しなかったので、荒廃した建設現場となり、鉄の梁が散乱し、外壁がないために部屋の中が外から丸見えで、まるで人形の家のようだった。ホームレスが住み着き、苔(こけ)がビロードのカーテンのように下がる部屋で舞台上の役者のように観客の前で暮らし、茶色や黒のアフリカ・カササギの群れが羽根を広げてうるさく騒ぎ立てていた。

大好きだった三角パック入りのチョコレート牛乳はなくなっていた。会社が破産し、政府に未払いの貸付を残したまま生乳処理工場は閉鎖された。休暇に湾で波乗りをして過ごしたラムレーの海岸沿いの半島の先にはケープ・シエラ・ホテルが建っていた。この近代的な施設にはプールがあり、豪華な宴会場や屋外ダンス場があったが、客室は一年のうち半分ぐらいしか利用されていなかった。

父は議会の演説で、ケープ・シエラ・ホテルを、大金を掛けた馬鹿げた大建築物と呼び、「アバディーン岬から私たちみんなを嘲笑(あざわら)っている」と言った。次の日の新聞は一面トップにバンダナのような大きな見出しを付けて、自信あり気に笑みを浮かべて議事堂に入る父の写真を添えて報じた。父の最優先課題は、借入と破産の循環を断ち切ることだった。増税はしない。次の優先課題はダイヤモンドの密輸に終止符を打つことで、鉱山の治安を確保する代わりに開発事業のための財源としてのみ使う税をダイヤモンド会社に追加課税することだった。周到な予算ではあったが楽観的だった。予算は典型的な国際投資家を安心させ、シエラレオネの人々の信頼を得た。

父はたぐいまれな知性と、ゆるぎない自信を兼ね備えていた。ほんの数カ月で新しい仕事を習得した。かつてアメリカの大学で教鞭をとっていた、IMFのシエラレオネ代表のブライアン・クインが父にサミュエルソンの『経済学』を貸してくれた。財務省での日々と夜の時間を顧問チームと一緒に過ごし、ちょうど医学生だったときに両親の安アパートの居間でしていたのと同じように、情報を頭に詰め込んだ。父のように有能な人には、それは不可能な仕事ではなく、シエラレオネは経済が未発達の小国だった。他にどんな選択肢があっただろうか。アフリカの生まれたばかりの国家の政府だった。大学卒業者や専門教育を受けた人はわずかしかいなかった。アフリカではあるもので間に合わせるより仕方がなかった。多くの国ではそれは悲惨だったが、爽快な気分になることもできた。苦闘の中にも、このときのように、突然、あらゆることが可能だと思えるような瞬間があった。

しかし、家庭では再会の後の束の間の期待感はすでに消えていた。1968年までに両親の結婚生活は無数の細いひびの入った鉢のようになり、休暇を無事に過ごすことさえできそうになかった。

両親は1年以上、別れて暮らし、それぞれが他の人との関係をもっていた。母はアバディーンから到着して、寝室に2本の櫛と美白クリームの瓶を見つけた。

両親は二人の結婚の避けることのできない結末を演じていた。二人の戦争は沈黙と回避を武器に闘われた。怒りに駆られた対決による安らぎさえなく、もがき苦しむ感情を中心に展開する強烈な場面も、不安定さを繋ぎ止める何か確固としたものもなかった。

ある朝、私たちは全員一緒に朝食をとった。父はコーヒーにたくさん砂糖を入れるので、母に砂糖壺を渡してくれと頼んだ。母は何も聞こえなかったかのように平然と食事を続けた。父ははっきりと、抑揚のない声で繰り返した。突然、耳が聞こえなくなったような母以外の私たち全員が顔を上げた。母の目はテーブルクロスのどこか真ん中辺りを見据えてシミを調べているようだった。私は椅子から立って、片足を床に付けて砂糖壺に手を伸ばしたが、ちょっと遠かった。近くに引き寄せようとしたが指が壺の縁を取り損ねた。壺はぐらついて倒れ、砂糖が白いテーブルクロスの上に散らばった。ほうら、ごらん、といらだった母は吐き出した。私は自分の椅子に戻り、砂糖を拾い始めたが、母は新しい壺をもってきて、もとの壺があったのとちょうど同じ肘のところに置いた。

母は家族の中で外国人と結婚した最初の人だった。父は家族の中で恋愛結婚をした最初の人だった。二人の結婚から情熱が滲出し、色褪せた穀物の殻が残されたとき、父は母に別のものを差し出した。アフリカの結婚と母が軽蔑を込めて発音したのは、男性も女性もそれぞれがやりたいことをするのだった。母は愛され、大切にされるのが当然だと考えるヨーロッパの女性で、このような妥協は許せなかった。

父と結婚したときには妊娠していた、と他人があからさまに言うのを、母はいつも否定した。時代が変わって、女性には、結婚するか、一人で暮らすか、旧姓を残すか、自分のキャリアを追求するか、未婚で出産するか、多様な選択肢ができたが、母は年月がたつにつれて自分の立場を維持することがむずかしくなった。母は自分の世評を時代遅れのやり方で守ろうとしている、と私はいつも思っていた。しかし、そのうち、母の動機は別のところにあるのかもしれないと思うようになった。母は、人から、とくに私たちから、彼女の結婚が大胆な行動で、真実の愛から生まれたものであると見てほしかったのだ。勇気のある、抗しがたい愛、神話の愛だった。しかし、殺風景な真実は異なった現実をほのめかしていた。それは不吉な結婚で、残念だが初めからひびが入っていた。

あの休暇中、母は古い友だちや新しい友だちと何日も一緒に過ごした。母は快活だった。太陽を愛し、肌はすぐにピンクと金色に輝き、髪には虹色の縞が輝いていた。父が近くにいると口を一文字に閉して部屋の隅を凝視していた母だが、友人たちと一緒のときは輝いていた。

父は公務に専念した。経済顧問とイスラエルに飛び、イスラエル政府が建設した石油精製所を買い戻すよう説得した。精製所は高価すぎ、シエラレオネにはほとんど石油がなかったので無用だった。父は朝早く起きて、長い時間を財務省で過ごした。夕方にはヒル・ステーション・クラブでテニスをし、私たちはコートの端に転がってきたボールを拾った。週末にはみんなで海岸に行き、ケープ・クラブで古い難破船の上で遊んで午後を過ごした。あの休日には、まだ船は形をとどめており、私たちはキャビンで遊び、操縦ハンドルを回した。やがて優しい波が船体を壊し、バラバラにし、砂の中に錆びた金属の突起物しか見つからなかった。

あの休暇は、ほとんど記憶から消えてしまったが、不思議なことに、休暇の前後のことははっきりと思い出すことができる。多分、家庭での雰囲気が記憶することを妨げているのだろう。海岸にいる私や、日焼けした肌の上で貴石のようにきらめく塩の結晶などの写真を見た。別の写真では、閣僚の公邸の庭を望むバルコニーに寄りかかって、笑っている私の顔に乱れた髪がかかっている。間違いなく幸せなイメージだ。だが、それと対をなす記憶がなく、イメージは真空の中に存在する。

第18章

ミリクは、スパーループの家の給仕で、私たちが到着したときには、すでにそこにいた。彼が写っている写真はなく、ミリクというのも本当の名前ではない。

毎朝、彼が食卓の用意をし、朝食の給仕をした。前日のうちに粉ミルクを水で溶いたミルクが冷蔵庫で冷やしてあった。ミルクの冷たさがチョークのような匂いを隠し、ほんとうの牛乳のようだった。毎朝、「ライス・クリスピー」を鉢に入れると、ミリクが「ミリク？」と尋ねた。「ミルク」と私たち三人のうちの誰かが訂正した。「ミルク。それはミルク。『ミルク』と言って」。私たちは唇をきつく結んで「ムムム」と言い、舌を上の歯に付けて、最後の音節をはっきりと発音し、大げさに「ムー・イルク。ムー・イルク」と言った。

「ミ・リク」と彼は注意深く繰り返した。「ミリク」。どんなに彼が頑張っても、また、私たちがどれほど彼をからかっても、余分な子音を滑り込ませずに言うことができなかった。そのうち、私たちは諦めたが、私たちの間で、そして、ときにはニックネームとしてミリクと呼んだ。私たちがからかうのを彼は愛情の印と受け取った。そのうち、彼の本名を使うことをやめ、いまでは、それを思い出すことさえできない。

ミリクは、昼間は台所で働き、アマラとアマドゥの二人の料理人と一緒に仕事をした。洗濯物をより分け、家の裏手で大きな金たらいを水道の下に置いて手で洗濯した。別のときには裏の扉のそばの階段に座ってビック・アミナッタと一緒に鶏の羽根をむしった。二人の頭上でハゲワシが旋回し、一羽ずつ舞い降りて、屋根の端にはおこぼれを待つハゲワシの長い列ができた。夕方になり、公用車のベンツが私道に見える直前に、ミリクは清潔な白いシャツに着替え、父が呼ぶと、ただちにグラスと冷えたビール瓶を盆に乗せて運んだ。それ以外のときは台所の隅の丸椅子に座って、父の靴の同じところを丸く力を入れて靴がクワガタの背のように光るまで磨いた。

私はミリクが好きだった。彼は、ビッグ・アミナッタのように、そして、ときはアマドゥとアマルさえもそうしたかもしれないように、私に短気を起こすことが決してなかった。私たち三人の子どもたちは、ほとんどいつも台所か家の裏で過ごし、台所の扉の上に繁っていたマンゴーの木に登り、硬く緑色の果実を集めて塩を付けて食べた。ミリクは、お腹を壊すといって注意した。「どうして」と私は大人の言うことすべてに対するのと同じ質問をした。

ミリクはただ肩をすくめて、「知っていても分からないことがあるのです」と応え、私には何も言うことができなかった。

ときには、私がいつまでもそばにいるので、お話をしてくれることがあった。その中には「ミスター・スパイダー」の話があった。この寓話は、アメリカでは二世紀前に愚かなアフリカ人の奴隷たちの物語として伝えられ、貪欲と利己心から行動し、小さな罪を犯す人物がブレア・ラビットとして知られるようになった。ガーナでは、それが「蜘蛛のアナンシー」だった。他の物語で私がほんとうに気に入っていたのは、悪霊あるいは森の霊と人間との出逢いについての、はっきりした意味もない、まとまりのない話だった。

「背中にこぶがある男がいました」とある日、ミリクは台所の階段に座って、喉を掻き切ったばかりの鶏を手に語り始めた。

「こぶですって」と確認した。

「はい、こぶです。背中にこぶのある男がいました」

私はもう一度、訂正しようと思って、再び話を遮って、「せむし」と言った。

「はい」。ミリクは、私が知っている多くのシエラレオネ人と同様、英語を訂正されても気を悪くしなかった。彼は鶏をやけどしそうなぐらい熱い湯に投げ込んで、そのまま続けた。「その男にはこぶがあったので、村の誰もがそのせむしのことを知っていました。ある日、この男は歩いて畑から帰る途中、小道の脇で用を足すために立っていると、悪霊たちが彼を見て、『もし、あれがあれの上に付いていれば、あれを取り去ろう。もし、付いていなければ付けてやろう』と言いました」

「こぶがぶら下がる、こぶの木の下にある丸いダンス広場に連れて行き、彼の周りで踊って歌を歌いました。

『廻れ、廻れ、
踊っていて誰かに会ったら、みんながあなたを殴るだろう

廻れ、廻れ、
そこに吊るそう、みんながあなたを殴るだろう』」

「どういう意味なの。誰があなたを殴るの」と私は尋ねた。

「悪霊たちの歌だから、意味なんかありません」

「何か意味があるはずだわ」。ミリクの物語を楽しんだが、私は「白雪姫」や「シンデレラ」のように、すべてのディテールがちゃんとした場所に目的をもって収まっている、聞き手と語り手を必然的で道徳的な結論に導くような物語に慣れていた。翻訳の過程で歌の何かが失われたのかもしれないなどとは思いもしなかった。

「悪霊たちが歌っていた歌だというだけですよ。心配しなくてもいいのです。悪霊たちは、『もし、あれがあれの上に付いていれば、あれを取り去ろう。もし、付いていなければ付けてやろう』と言ったのです」。そして、大声を上げて、彼のこぶを取って、こぶの木にぶら下げた。男は村に戻り、村人たちはまっすぐになった彼の背中を見て驚いた。

ミリクは、鶏から一握りの羽根を取りながら一呼吸した。濡れたニワトリの羽根の匂いが大嫌いだったが、それでも立ち去りたいとは思わなかった。

「その村のチーフの息子もせむしでした。息子がその男を村で見かけて、駆け寄ってきて、何をしてこぶを取ったのかを尋ねました」。ミリクはちょっと休んで、私に近寄った。「悪霊と人の間に起きたことは秘密にしなければならないのですが、この男はチーフの息子に話してしまいました」

「チーフの息子だったという理由だけで」

「はい、彼がチーフの息子だったのと、秘密を守らなければならないことを忘れてしまっていたからです。そこで、チーフの息子は同じ場所に行って、小道を離れると、悪霊が彼を見つけ、円形のダンス場に連れて行って彼らの歌を歌いました」。ミリクは歌を歌うところを省略した。歌について、それ以上、質問に答えたくなかったのだろう。

「そして、彼らは『もし、あれがあれの上に付いていれば、あれを取り去ろう。もし、付いていなければ付けてやろう』と謳って、彼に近づき、背中のこぶを取ってこぶの木に放り投げました」

「チーフの息子は心から喜び、お父さんに変化を見せるために急いで村に戻りました。彼は悪霊たちに何かお礼をしたいと思いました。最初の男は貧しかったので何もしていませんでした。でも、チーフの息子はお金持ちでした。彼は悪霊にお礼をしてはならないこと、悪霊は自分たちの考えで行動するということを知りませんでした。お礼を言いに行ったりすると悪霊たちの感情を傷付けてしまうのです」

「チーフの息子は上等の伝統的な布地を買って、悪霊のところに行き、悪霊たちを呼びました、『貧しい男のこぶを取ってくれました』と言い、『彼は何もお礼をしませんでした。でも、私の父は裕福ですから、この上等の布地をもってきました』と説明しました」

「悪霊たちは静かに聞いていました。いいですか、彼らは腹を立てていました。誰も悪霊にお礼を言ってはならないのです。そこで、悪霊たちはチーフの息子を円形ダンス場の真ん中に連れてきて、悪霊の歌を歌いました。そして、『もし、あれがあれの上に付いていれば、あれを取り去ろう。もし、付いていなければ付けてやろう』と叫びました。そして、こぶの木のこぶをつかみ、彼の胸に付けました。どうだ。そして、もし、悪霊たちが何かをしてくれたら、黙っていなければならない、と男に言いました。贈り物をもって戻ってきて、お礼を言ったりしてはいけないのです。お礼を期待して何かをするのではないからです。悪霊たちはチーフの息子を帰しました」

私は待っていたが、ミリクは黙って、鶏の皮から折れた羽根の先を取り出そうとしていた。

「次はどうなるの」と尋ねた。

「何もありません。お話は終わりです」

「でも、そんなの不公平だわ」と私は憤慨した。「お礼を言った男が罰を受けたのよ。もう一人の男はどうなったの。悪霊の秘密を破った人は」

「何も」と言ってミリクは落ち着いていた。「彼は元気に暮らしましたよ」

「でも、何か意味があるんじゃないの」

「それは、もし胸にこぶのある人を見たら、その人は伝統的な布地でこぶを買ったということですよ」。ミリクは笑った。油が浮いた水の入った鉢を持ち上げて、水を庭に捨てた。数羽のハゲワシが大きな羽根をパラシュートのように波打たせて舞い降り、音もなく地面に着いた。「死んだ鶏を買わないのと同じように、悪霊を探しに戻ったりはしないものです」と言ってミリクは話を終え、ちょっと頭を下げて、台所の暗い出入口から消えた。

私はミリクの話を何カ月も後になってアバディーンで思い出した。私たちは10月にスコットランドに帰り、英通貨のスターリングに対するレオンの価値があまりにも下がって引っ越す余裕がなかったので、トレーラーハウスに戻った。トレーラーハウスで暮らすアフリカの大臣の妻と子どもたちについての記事を掲載した地方紙さえあった。母はコースを修了するために大学に戻り、メムナは寄宿学校を辞めて、私と同じセント・マーガレット校に転校した。生徒が親の迎えを待つ間、寒くて雨が降り、木の葉が風に舞い、蹴り上げて出窓の前を渦巻いていた。

私たちの学校では、先生のお話で一日が終わった。教室に本をもってきて、先生に読んでもらうことができ、先生の周りを囲んで座っているとき、スコットランドの妖精たちは意故地なシエラレオネの悪霊たちとそっくりなのではないかと思った。そして、先生に背中にこぶのある男の話をしてほしいと頼んだ。先生は「ノートルダムのせむし男」の話だと思った。違う、と私が言い、悪霊がでてくる話だと説明した。先生は眉をしかめて、黙っているよう注意した。悪霊について話したり、悪霊が登場するお話をすることはなかった。先生はそれ以上は聞いてくれなかった。

肉屋のバンがゲアン・テラス38番地に止まって祖母の急ぎの注文を配達してくれたとき、後のドアから覗いて、頭のない鶏がずんぐりした脚を上げて、背中を下にして横たわっているのを見た。台所の調理台では祖母が夕食のために鶏を調理していて、調理鋏で垂れ下がった皮を切っているところだった。死んだ鶏を買ってはいけない、と私は祖母に言った。

「ねぇ、どうしてそんなことを言うの」。祖母は驚いて私のほうを見た。「私が自分で鶏を殺すとでも思っているの」

ミリクの柔らかい目鼻立ちが記憶に甦えり、声が聞こえた。一瞬、刺激の強いアフリカの匂いを嗅いだ。祖母に説明するのはむずかしかった。知っていても分からないことがある。

2カ月後のフリータウンで、父は数分間寝過して朝のシャワーを浴びる時間がなかった。数分後、誰もいない浴室で爆発が起き、爆風で外壁に大きな穴が開き、隣の寝室の壁に床から天井までひびが入った。父が浴室に入ると煙が充満して何も見えず、部屋の反対側で空調機の残骸らしいものが床に落ちていた。明るくなり、警察が到着し、犯罪の証拠があると言った。翌日の新聞は財務大臣の命を狙った犯行と報じた。

公の場では、父は事件を深刻に考えていないふりをして、ただの設備の不具合だったと説明した。警察は特別捜査官を派遣したがったが父は耳を貸さず、公金がかかりすぎると言って断った。しかし、犯人が法によって裁かれるかどうかは疑問だ、と友人たちに個人的な気持ちを明かしていた。シアカ・スティーブンス首相は公用で国外に出掛けるときには父を代理に任命していたので、クレオール語で「私があなたに与えた仕事のために誰かがあなたを殺そうと考えた」と冗談を言った。父はギニアから戻って以来、初めて腰に銃を携帯した。

スコットランドでは、夜が長くなり、暗闇が数時間の昼間の光をさらに短くした。毎朝、目が覚めると、霜の妖精が私のためにどんな模様を窓ガラスに残してくれたかを見るために、ただちに窓のところに走った。数週間後には、また、靴が床にひっつき始めた。

第19章

母が私たちに結婚指輪を見せてくれた。黄色い、かすかに光る輪だった。メムナが指にはめた。姉には大きすぎたが、マニキュアをチェックする大人の女性のように手を前に差し出した。母は長女のしぐさに笑った。

私たちが三人だけのときに、「お母さんはお父さんと結婚しているんじゃないの」と私が尋ねた。

「もうしてないと僕は思う」とシェクが応えた。「いまは、ウィンおじさんと結婚しているよ」

「それじゃ、お父さんは」と私が言った。

「分からない」とシェクは言って、立ち上がって出て行った。

母がメキシコから戻った。メキシコはロック・スターや俳優たちが新しい相手と結婚する前に、脱皮するようにパートナーを捨てるために行くところだ。ニュージーランド人の国連職員で母よりも十六歳年長のウィンストン・プラットレーと母は結婚した。ウィンが休暇でフリータウンにいたときに二人は出逢い、父が海外に行っている間に、英国高等弁務官の夕食会で隣り合わせになり、その直後に二人の関係は始まった。ウィンストン・プラットレーは私たちの後を追ってアバディーンに来て、彼と一緒にいる限り、ふたたび働く必要はない、と母に約束し、求婚した。彼の申し出は、母の性格からして、ロマンティックな点でも実際的な点でも満足すべきものだった。

それは1969年の夏で、英国は猛暑の真っただ中だった。ニール・アームストロングが月面を歩くのを、世界はぼやけた白黒テレビで観た。アメリカでは反戦デモの参加者が、月面歩行はインチキで、ベトナムでの殺戮から人々の注意をそらすためにテレビのスタジオで演じられたのだと主張した。

母の新しい夫の任地はナイジェリアだった。母はトレーラーハウスを片付け、黄色いミニを売った。母がアバディーンを去るのは二度目で、また何人かに別れの挨拶をした。私たちはラゴスに飛び、大使館関係者や石油会社の職員によって植民地化された居住区にあるウィンおじさんの広大な家に移り住んだ。騒然とし、汗まみれの群衆が集まるラゴスから離れて、白いペンキが塗られた木の家は素晴らしく手入れされた芝生のある庭と満開の花に囲まれていた。制服を着た料理人や庭師、運転手、雑役夫がいた。家の中には絨毯や磨いた木の床があり、独立した食堂と2階に行くための広い階段があった。

家はとても大きく思われたが、私たち一人ひとりのための部屋はなかった。母は主寝室に入ったが、私たち三人は反対側の部屋を一緒に使った。その部屋にはベッドが二つしかなかったので、ソファを2階まで運んで、2つのベッドの脚のところに置いて、そこで私は眠った。

私たちが到着して数日が過ぎたころ、母が私たちを呼び、居間で母の周りに集まった。母は何か重要なことを話そうとしていた。「ウィンおじさんはあなたたちのお父さんになったのよ。あなたたちは彼をどう呼びたいかしら。これまで通りウィンおじさんと呼んでもいいし、もし、あなたたちがウィンと呼びたいのなら、それでもいいわ。でも、もし、あなたたちがそうしたいのなら、お父さんと呼べば素敵ね」。母は私たちを代わる代わる見た。

私は、ちょっとの間、考えた。ウィンおじさんは好きだし、誰かを「お父さん」と呼ぶのはいい気分だった。

「シェカは」

「お母さん、僕はウィンと呼ぶよ」。兄の選択に私は驚いた。大人をファーストネームで、何も言葉を加えず、装飾もなしに呼ぶ兄は勇気があると思った。何も言葉を加えないのは失礼なように聞こえた。ちょうど帽子を被らないで教会に行くようで、私には決してできなかった。

「いいでしょう。メムナは」

姉は「ウィンおじさん」を選んだ。次は最年少の私の番だった。

「アムは」

お父さんと呼ぶ、と言うと、母はうれしそうだった。特別の笑みを見せ、突然、輝くように顔を紅潮させ、私を抱きしめ、私の鼻を柔らかい胸に押し付けた。「Good gurrl!」とrの音を転がすように発音して、「いい子だこと」と言った。

努力した。ほんとうに努力した。でも身に着かず、忘れてしまい、覚えていても、うまく言葉を発することができなかった。だから、私はお父さんと呼ぶのをやめて、これまで通りウィンおじさんと呼んだ。お父さんと呼ぶのと同じ程度に適切ではなかったかもしれないが、問題はなかった。

ナイジェリアではビアフラの戦争が最悪の事態になりつつあった。2年前に東部のニジェール・デルタに住むキリスト教系のイボが国の他の地域からの独立を宣言し、ナイジェリア連邦を解体させると脅した。アフリカの多くの国家はゴウォン将軍の率いるラゴスの軍事政権を支持し、英国は武器を提供した。タンザニアとコートジボワールはビアフラの要求を承認し、フランスは分離派に武器を送った。

ラゴスの政府の軍事力はイボの人々に対して、素早く大打撃を与えたが、ビアフラの人々は独立するという夢を諦めることを拒んで、2年間、もちこたえた。戦争によって食料生産は途絶え、商店からはものがなくなった。ビアフラの指導者のオジュクはナイジェリア連邦を経由して届けられる援助物資を拒んだ。新年を迎えて戦争は正式に終わり、オジュクはコートジボワールに逃れた。それまでに百万人以上が飢えによって静かに亡くなった。

ラゴスにいた私たちは、戦闘から遠く離れていたが、戦争の気配は感じられた。秘密警察が海に投げ捨てた遺体が海岸に打ち上げられたり港の中に浮かんでいることがあり、腕が肘のところで縛られ、最後の拷問によって残された傷が膨張した体に明らかに残っていた。

毎週、日曜日にはシェカ、メムナ、そして私が下着だけになって順番に階段の一番上の、母が机や書類、ミシンなどを置いていた場所に並んだ。母は私たちを前からと後ろからチェックし、小さな赤い吹き出物ができていれば、膝に置いた徳用サイズの容器からワセリンを軽く塗った。数分たつと白い小さな点が現れ、母が押し潰すと、クリーム状の太った数ミリぐらいのウジが出てきた。私たちは「食人バエのおでき」と呼んでいた。洗濯ものを干しているときに虫が衣服の繊維の中に卵を産み、靴下にいたるまで、すべての衣類に使用人がアイロンをかけていても、たまに卵がアイロンの熱を生き延びて私たちの皮膚の中で孵化する。粘着性のあるワセリンは酸素を遮断するので幼虫が空気を求めて出てくる。後で、スコットランドでもらっていたのと同じように、お小遣いとして女王の肖像のついた3ペンス・コインをもらった。

9月にはコロナ・スクールに入学し、最初の日に私たちの服装がまったく間違っていたことが明らかになった。色は同じだったが、みんなのは幅の広いギンガムチェックで、私たちのは細かいチェックだった。私たちは転校生で、友だちがいなかっただけでなく服装が違っていた。他の生徒たちは友だちに取り囲まれて安全な場所から私たちをちらちらと見た。一列に並ぶ教室の隣の運動場に整列したが、誰も話しかけてくれなかったので、私たちはみんなを無視しているふりをした。

コロナの生徒には大多数の黒い顔に数人の白い顔が混じっていた。男の子も女の子も、ほとんどがナイジェリア人だったが、学校の評判がよかったので外資系企業で働く人々の間では第一の選択肢だった。

私の担任のミセス・サミはどこか南洋から来た人のようだった。息子のエディは私と同じクラスで、私は彼の隣に座らせられた。エディが友だちになりたがっていることがすぐに分かった。エディの肌はお母さんと同じバターのような色だった。なぜ彼が私と友だちになりたがっているのか、彼の隣の机には誰も座っていないのはなぜだろうか、などとは考えなかった。エディのお母さんが担任だということについては心配していなかった。当時、私には二つの願望しかなかった。第一は兄や姉に追い付くこと。そして、第二は男の子になることだった。

学校が始まって最初の数週間は、いつも何かの課題が出された。家から黒目豆をもってくるように言われたことがあった。次の日には、それを吸い取り紙と水と一緒に容器に入れて、豆が芽を出すのを観察した。容器の中で芽が光の方向に競い合うように伸びた。次に私たちは虫をもってくるように言われた。週末の間中、私は床にパンくずを置いて、ジャムの瓶をもって隠れていたが、蟻の行列を家の中に引き寄せただけだった。月曜日の朝、学校に行く用意はできていたが虫を入れる容器は空っぽだった。運転手の到着を待っているとき、白い壁を小枝が歩いているのに気付いた。近寄ると目も覚めるような緑色の生き物で、完璧な丸い頭と黒い目、ほっそりした脚、新しい葉っぱのようにカールした羽根が付いていた。学校で、ミセス・サミは、私が持って行った昆虫はカマキリだと言い、交尾の後、メスはオスを食べてしまうことを説明した。私たちはミセス・サミを凝視した。誰も彼女が話したことを信じなかった。

母は義父と結婚したとき、教員養成コースを辞めてしまったが、新しく学んだ技能を無駄にはしなかった。毎日、学校から帰ると、私たちの補習をした。この追加の勉強で私は書くことを学んだ。シェカとメムナがペン習字の練習をし、母が二人を手伝っているとき、私は勝手に文字を書き連ねて遊んでいた。ある日、腹ばいになって、何も書いていない紙に丸い紐のような文字を三つ写した。「見て、お母さん」と姉が叫んだ。「アムは字が書けるよ。単語を書いたわ。CATと書いたのよ」

机のところで兄の勉強を見ていた母が見ようとして近づいた。「なんて賢い子でしょう」母が褒めてくれたので、自分が何をしたのかもよく分からなかったが、太陽に照らされたトマトのように熱くなった。この単語を書いたのはまったくの偶然だったが、書くことができるんだ、とたったいま言われたのだ。私は何も言わずに微笑んだ。きっと母には分かっていると思っていた。そのときから母は書き方のクラスに私も加えてくれ、その日から私は書いて、書いて、書いた。

数年の間に、同じようにして自転車に乗れるようになった。低い壁にしがみつき、苦労しながらグラグラするペースで前に進もうとしていると、突然、手が滑ってちょっとした斜面で自転車が前に進んだ。片方の足を地面に付けられるようになるまでに数秒かかった。

私の勝利を不完全な段階でみんなに発表したのは、またしてもメムナだった。自転車に乗ってる。ただちに家族全員がそれを見るために出てきた。だから私は自転車に乗った。そうするしか仕方がなかった。みんなに見せるために自転車で行ったり来たりした。

家では、よりいっそう関心をもって義父を見るようになった。彼は概して遠い存在で、私たちの日常の世話を母と使用人に任せていた。ある日の午後までは、私は彼にほとんど注意を払っていなかった。子どもたち三人だけで庭で遊んでいると、男が生垣の間から入ってきた。男は若くなく、足が細く、肌はがさがさだった。大きな輪とひょうたんをもっていた。彼が庭を横切るところを私たちが見ているのに気付かないようで、気にしていなかったのかも知れない。2本あるヤシの木の1本の下で、輪を取り出し、輪の中に体を滑り込ませて腰のところに置いた。どうなるのかと思って見ていると、反り返り、気合いを入れて、猫のように木の幹のスロープを一気に登って。上に辿りつくとナイフを取り出して樹皮に深くV字の切り込みを入れ、その下にひょうたんを結んだ。木に登るときよりも、もっと素早く木から降りた。腰に巻き付けた輪を緩めて次の木に巻き付けた。木から降りてきたときにはヤシの樹液がいっぱい入ったひょうたんをもっていた。

夕方になって義父が帰宅したとき、何を見たかを話した。ウィンおじさんは、男は泥棒だと言った。私たちはスリルで目をパチクリさせた。泥棒ですって。

「今度また、あの男を見たらどうすればいいの」と私たちは揃って尋ねた。

「私に言ってくれれば、撃ってやるよ」。階段の上の引き出しに義父はマスケット銃を入れていた。ある日、シェカが見つけて私たちに見せてくれた。銃は1丁ずつ柔らかい布で包まれていた。持ち上げてみると手にずっしりと重かった。義父はほんとうのことを言っていると感じた。ヤシの樹液泥棒を二度と見ないようにと願った。私の責任で男を死なせたくなかった。

それ以来、義父が家の中を動き回っているときも、開いた鞄から新聞を取り出して読んでいるときも、ビールを飲んでいるときも、私は注意深く観察するようになった。立っているときには手を腰に当てており、両手の場合も片手の場合もあることに気付いた。歩いているときも、とくに何かを探しているようなときには、同じ姿勢だった。成長期の私には堂々としている感じだった。家の中を義父の真似をして歩きまわり、やがて学校でも同じ歩き方をするようになった。

コロナ・スクールでは教室が並んでいる廊下の端にトイレがあった。ある日の午後、授業の途中でトイレに行った。トイレに向かって歩いているとき、片手を腰に当てて新しい歩き方の練習をしていると、とても意地の悪い四人の年長の女の子がトイレの個室のそばに立っていた。取り乱しているのを見せない決意で、本気だという顔をして両手を腰に当てて歩いた。彼女たちは笑い出した。はじめは草の間を広がる野火のパチパチという音のように、くすくす笑いが女の子から女の子へと伝わり、やがて誰かが大っぴらに低い声で笑った。私は走りたかったが何とか歩くのを止めず、重い足を前に進めた。手は腰に当てたままだった。彼女たちが大きな声で笑い始めるのと同時にトイレに駆け込み、暗がりの中に座って、鐘が鳴り女の子たちが次の授業に行くのを待った。

次の朝、脚に化粧水をすり込みながら、母に何があったかを話した。母は目の粗い櫛を取り上げて、アフリカ人特有のチリチリの絡まった髪を注意深く解きほぐして整えた。櫛が髪に引っかかるたびに私はたじろいだ。母はワセリンの整髪油を手にとって、もつれた髪にすり込んで梳けるようにし、分け目を変えて両側を梳いてツヤが出て滑らかになると、おさげに結った。その間中、いじめっ子たちの意地悪にどれほど苦しめられたかを説明した。話し終わると、母は「アフリカの女の子なの」と尋ね、アフリカの子たちだったので、そうだと言った。

「アフリカの女の子たちとは、もう話さないでもらいたいわ」と言って、母はおさげにリボンを結んで髪を結い終えた。

母は私の背中のほうにいたので顔を見ることはできなかった。母の言うことが理解できたかどうか分からなかった。「意地悪な女の子たちとかしら」

「アフリカの女の子みんなよ」と言って、リボンをチョウチョ結びにした。

この話が何を意味するのかが分からなかったので、「誰とでもダメなの」としつこく尋ねた。

「誰であってもダメよ」。髪は結い終わっていた。私を母のほうに向かせて、体を曲げて肩に手を置いて、母は私の顔を見つめた。「半分は白人だということを忘れないでいてほしいの」と言って私の頬を撫でた。「あなたは、あんな女の子たちよりも優れているのよ。あんな子たちと話したり、遊んだりしないでね。それから、あんな子たちから嫌な思いをさせられてはダメよ」

あの朝のことは忘れていたが、何年も後になって、引き出しの中に埋もれた書類の山の間に手紙をみつけた。手紙は母から父に宛てたもので、二人が離婚する直前か、そのすぐ後に書かれていた。「あなたは私が植民地時代の精神構造をもっていると非難します」と母は書き、怒りを込めてそれに反論する。ページの下のほうでは、反対に父を白人嫌いと責める。手紙を読み、手紙を手にもってそこに立っていると、両親の結婚の端から押し寄せていた蠢く妖怪が初めて垣間見えた。

もはや茶色いパンと白いパンの違いではない。私は5歳だった。私と学校にいる女の子の間の違いを理解し始めたというより、違いに気付き始めていた。そして、その同じ違いが、どれほど私と母を引き離していたことか。

シエラレオネでは、母の白い肌は敬意と同じぐらい侮蔑の対象になった。貧しい人は母が教育を受けており、白人であることから、母を尊敬した。しかし、母と同じような人の間では、黒人の夫を選び、肌の黒い赤ん坊を生んだ女性には居場所はなかった。都市から遠く離れ、コイドゥの沸騰寸前の緊張の中で、彼女の肌は身を隠すための群れのいないアルビーノの鹿のように、絶望的に歴然と天敵に対して自らの存在を叫んでいた。

ナイジェリアでは、母の肌はエリートの一人としての印となり、母を大衆と区別した。それは経験を拡散し、あたかもガラスの後ろから冒険を見るように眺めることを可能にする遮蔽物のようだった。母は義父に付いて世界を旅するが、決して、人間の汗の匂いや、支配者や社会集団の慈悲によって生きたり死んだりする一般のアフリカ人の感染するような苦しみには再び近づかなかった。

学校が始まり、私はこれ見よがしに黒人の女の子にはそっぽを向いていた。すぐに喧嘩になった。ミセス・サミの前で、女の子たちが意地悪で、そのうえ彼女たちはアフリカ人だ、と言って自己弁護した。アフリカ人という言葉に軽蔑を込めて言い、ミセス・サミが十分理解してくれると思った。その日の残りを教室の外のベンチに座っているように言われたときには、信じられなかった。

クリスマスの何カ月も前から、学校では学期末の劇の練習が始まった。私たちは「ハンメルンの笛吹き」をすることになり、メイン・ホールで配役が行われた。全校生徒が役に就くことになっていた。それはミュージカルで、メムナとシェカは聖歌隊に入っていたので全幕を通じて舞台に立つ栄誉を与えられた。

クリスマスが近づき、母とウィンおじさんは普段にも増して、毎晩、出掛けた。外出しないときは、いつも自宅に客を招いた。夜になって執事が私たちを風呂に入れて私たちがベッドに入ると、母はディナーやカクテルのために着替えて、おやすみを言いにきた。母は蜜柑やライムのような鮮やかな色のドレスを着て、小さな、お揃いのバッグをもっていた。日焼けした肌が首のラインで際立ち、宝石が輝いた。

「お母さん、きれいだ」と私たちは愛情を込めて言った。

母はシェカとメムナに先ずキスをし、扉の近くにいた私にキスをして、私たちの唇と鼻に「ケアレス・コーラル」という名の口紅の跡を残した。長椅子の低い端に腰を下ろして、私をベッドに入れてシーツを整えた。母が部屋を出て扉を閉めると、香水の香りが空気の中に漂った。

ある日の午後、シェカが私たちを2階のベランダに呼んだ。、緑色に塗られた床には紙の小さな山と小枝が集められていた。シェカは手にマッチ箱をもっていた。メムナと私は何が起きようとしているのかを知っていたので、しゃがんで顔を小さな焚火に近づけた。シェカはマッチのピンクの頭を紙やすりの部分で擦って紙の端に火をつけた。紙が茶色になり、疑問符の形をした煙の渦が空気の中に立ち上り、ものが燃えるいい匂いがした。匂いがあまりにもよかったので、ときどき匂いを嗅ぐためだけにマッチを次々と擦り、姉はマッチの燃えカスを食べたことさえあった。

週末にはヨット・クラブに行ってサンタの小さな洞穴を訪ねた。ラップランドの気温は30度を上回っており、湿度が高く、作り物の雪が窓枠を滴り落ちていた。私はスカートをはいていたのでサンタから青いプラスティックの人形をくれた。メムナはたまたまショートパンツをはいていたので水鉄砲をもらい、私がどんなに頼んでも交換してくれなかった。「男の子になりたくないくせに」と言って、私は泣いた。

公演の夜、私は笛吹きの後について踊り、最後のシーンでは舞台の袖に隠れていた。舞台ではハーメルンの人々が子どもを探し、子どもたちが永遠に戻ってこないことに気付いて、絶望から嘆き悲しみ叫んだ。町の人を演じた子どもたちは上手だった。洞窟の扉が閉じた後、子どもたちはどこに行ったのだろう、と思っていると、足が不自由な男の子が一人だけ外に残された。子どもたちが山の奥深くにある不老長寿の魅惑的な王国で育つことを想像し、笛吹きの魅力も永遠だと信じた。

私が立っているところから、子どもたちを見ているすべての親を見ることができた。母の顔を探した。母に手を振りたいと思ったが、私たちは洞窟の中にいて入口は大きな岩で閉ざされていることになっていた。カーテン・コールの後で、みんながステージから降りて観客のところに駆けていって両親を探すまで母を見ているだけで満足した。

次の学期が終わりに近づいたころ、学校から帰って部屋で遊んでいると階下から声が聞こえた。低く滑らかな声で、自分の顔と同じぐらい馴染みがあった。私たちは居間の開いた扉から中が見えるまでバルコニーに身を乗り出した。伸ばして足首を交差させた脚、グレーのズボン、黒っぽい靴下、よく磨かれた紐つきの短靴が見えた。お父さん。私たちは階段を駆け下りて部屋に飛び込み、父に抱き付いた。

父は公用でラゴスを経由した。立場上、父は世界のいろんなところに出掛けた。一年の間に医者からアフリカでもっとも聡明で最良の一人と称えられる財務大臣に変身していた。世界の銀行会議での父の演説には大きな拍手が送られ、世界銀行やIMF、豊かな国のカルテルに対抗する貧しい国のために発言した。父は我が国とアフリカ大陸の黒人の偉大なホープである、と新聞や「ウエスト・アフリカ」誌は紹介した。私たちは1年以上も会っていなかった。

程なく私の6歳の誕生日がやってきた。母は全力を尽くして庭でお祝いの会を企画した。これは母の得意分野だった。兄の誕生日にはチョコレートのロールケーキで消防車をそっくり一台作った。私の番になったとき、誰を招きたいか尋ね、エディを含めて私たちが知っている子ども全員に招待状を出した。「小包回し」ゲームのために何枚も重ねた紙で包んだ包みを用意して、明るい色の飴を庭の色鮮やかな南国の花の間に隠した。起きた瞬間からプレゼントの山に囲まれるまで、砂糖で動く渦巻きのように一日が過ぎ、午後のフィナーレには庭の端に行って這いまわって隠された菓子を探した。次の朝、私は朝露でねばねばしたオレンジ・ドロップに蟻がたかっているのを見つけ、蟻を払い落して、何もなかったかのようにそれを舐めた。

3日後の午後の早い時間にミセス・サミが私を教室の片隅に呼んだ。義父の運転手が待つ建物の正面に連れてこられると、シェカとメムナはすでにそこにいた。ゆっくりと運転して家の門のところで曲がった。これはめずらしいことではなかった。母はときどき私たちのために旅行を計画し、学校を早退させることがあった。だが、家に入ると、何かとてもよくないことが起きているのが明らかだった。父が廊下に立っていた。2階では母が三つのスーツケースを荷作りしていた。

父と会うことの喜びと母が泣いている情景が私を圧倒した。すぐに母が私にキスをして、さようならと言った。私は鼻を母の首に近づけて、最後に母の肌の甘い砂糖の香りを、そして、顔に塗るクリームや香水の香りを嗅ぎ、涙の塩を味わった。私たちは大きなメルセデス・ベンツのオープンカーの後部座席に着き、私は兄と姉の間に座って、音を立てて吹き付ける風をやり過ごすために首を後ろに傾けると、涙が溢れた。

母の唇が動いたが何を言っているのかは聞こえなかった。私の周りの人は誰もがとても忙しく動き回っていた。父は前の座席に座り、車は門を出た。母は一人残されてポーチに立っていた。私は手を振ってさようならと言うことさえできなかった。

道路に出て車が速度を上げると、暖かい風が顔に吹き付けた。大騒ぎは、ちょっとの間、私のみじめさを追い払ってくれ、顔を上げた。泣くのをやめた。並木道、人、家が通り過ぎた。黙って周りを見、ちゃんと座ると、顔を濡らしていた涙が乾いた。上から下まで周りのすべてを見ることができた。頭をゆっくり廻して消えていく道路を見つめ、枝を通して格子のように見える空を見上げた。一瞬、すべてを忘れることができた。私は抵抗できないぐらい大きく車に感動した。

ラゴスのホテルで、みんなで一つの部屋に1泊した。父が私たちの荷物からパジャマを取り出し、寝る支度をした。白いタイル張りの浴室で父が私の歯磨きを手伝おうとしたが、一人でできるところを見せた。みんながおやすみを言った後、静かにシーツの間に横たわり、父が自分の小さなスーツケースを引っかき回して探し物をするのを見ていた。父は私に背中を向けていたので、私が眠っていると思っていた。父が夜に使う物を取り出している手が見えた。力強い指の先はヘラのような形をしていた。父が注意深くスーツケースを閉じて床に置き、音を立てないように静かに歩いて洗面所に向かうのを目で追った。私は何も考えていなかった。単純なプロセスに執着し、取り組んだ。心に焼きつくまで、じっと凝視することを通して学校で文字や数字を覚えたのと同じように、父を再び、記憶しようとしていた。トランクスだけを身につけて部屋に戻ってきた父を私は見ていた。私の隣のベッドのシーツの間に滑り込むときに、私が目を開けているのを父は見なかった。

第20章

その日は光と闇の間を漂い、家々や木々から色が引いた。庭はモノクロームの色調のグレーにゆっくりと変化した。太陽の金色は弱まり、銀色の光になった。そして、昼間の光が落ち、感覚の序列が微妙に変化した。暗闇の音。どこか私の近くで一人ぼっちのコオロギがブーンという音を立てた。サッカーの応援に使うラットルのように大きな音だ。暖かい風はうるさく、羽根によって掻き乱された。こうもりが起き出すとき、鳥が枝に降りてきて、蝶が地面に舞い降り、蛾が飛び上がる。湿度の高い夜で、湿気が私の腕を覆った。

夕べの物売りの声が道路から聞こえてきた。売り手はみんな子どもで、夕闇の中、頭に鉢やバスケットを乗せて、レチタティーヴォを歌いながら、家々を回った。「揚げもの、揚げもの」「灯油はいかが」「ニシンはいかが」「揚げた米菓子」。灯油、雑魚。売り子たちの中には、ちょっと前まで一緒に砂利の山を飛び越えて遊んでいた友だちもいた。彼らは大急ぎで家に戻って売り物を取ってきて、歩道で他の売り手に加わり、重いバスケットを頭に乗せて、太鼓腹を抱えた尊大な老人のように、タンパク質不足の栄養障害で膨らんだ腹を突き出して、ゆっくりと歩いた。

父は、トライ先生のところに住んでいたとき、他の居候と一緒に、学校が終わってから家で薪を売っていた。彼らは、まず、森で薪を集めなければならなかったが、遊ぶのに忙しくて面倒な仕事をする暇がなかった。夜には売る薪がなかったので、森の伐採場から運んで来て町へ入る主要道路に停めてあった手押し車から薪の束をいくつか盗んだ。男の子たちは海の底にいるウナギのように、闇に紛れるために裸になり、捕まらないように体に食用油を塗った。そんなにまでして、ようやく間一髪で逃げることができた。この話をしてくれたとき、怒り狂った薪の持ち主に追いかけられながら、川岸を素っ裸で這って逃げる姿を思い出して、父は大声で笑った。

砂利の山の温もりの残る石の上に座って父が公用車で帰宅するのを待った。私はたいてい、そこで父を待ち、今日は期待で緊張していた。父に言わなければならない、とても重要なことがあった。

台所では、まだ、それほど暗くはなっていなかったが、アマドゥとアマラが蛍光灯を点けた。アマドゥとアマラ。二人の調理人がほんとうは一人の個人だとずっと思っていた。誰もがアマドゥとアマラのところに行って聞いてごらん、と言い、決して、アマドゥかアマラではなく、アマドゥとアマラだった。アマラは夕食のために米を研いでいた。外に出て、でんぷんの含まれた牛乳のような水を庭に流し、台所で水を含んだ米をふるいにかけて石を選り分けようとしていた。

サンティギは台所の扉の外で燃え盛る炭を入れる大きな旧式のアイロンをかけていた。蓋の下で火を焚いて、絶やさないようにしなければならなかったが、誰もがこの型のアイロンの方がいいと思っていた。電力を使える家庭は限られており、とくに雨期には雨が電線を引きずり下ろし、稲妻が電信柱を取り囲んだ。サンティギ・カマラは額が広く、炭のように黒い肌で、門歯がやや尖っているので歯が誰か他人のもののようで、やさしく微笑むときにも歯を見せることを恥ずかしがった。

母がいなくなって拡大家族が再びかたちを見せ始め、いとこやおじたちがログボンコやマグブラカからやってきて住み着き、男子宿舎と大きな家の1階を占領した。親戚の出入りにはほとんど気付かず、彼らは私の視界の周辺に影として留まった。

もっとも若いいとこの一人のアルバートは、彼のトレードマークになっていた前髪にアフリカの櫛をさした姿で、大学の本を持って幹線道路から脇道に逸れて戻ってきた。彼は私に気付かず、私は声をかけなかった。誰とも話したくなかった。今日、あることが起こった。義母が私を叩いたのだ。それまで、誰も私を叩いたことがなかった。

私たちはナイジェリアから我が家に到着し、数週間のうちに大きく忙しい家のリズムにそのまま溶け込んだ。私はカメレオンのような子どもで、新しい環境に自分をただちに同化させることができた。変転する子ども時代は、私を変化に対して疑問をもたない、受け身の人間にした。両親、家族、家、国、学校が私の周りで回転したが、私は真ん中にじっと立っていた。

2年間にスパーループの家では変化があった。ビッグ・アミナッタは結婚するために北部へ戻っていた。ミリクはいまも台所で働いており、ミルクをちゃんと発音できなかった。作り変えられた領域の中で、彼といると心が休まった。私はミリクとの再会を喜んだ。ミリクはビック・アミタッタの仕事の一部を引き継ぎ、私たちが夜に歯を磨くのを監督し、就寝時間になると電気を消した。

飛行機の中で父は新しい妻がいること、そして、義母が私たちの世話をすることを話し、車が大臣公邸に近づくと彼女が家の前に立っていた。父は彼女をヤボメおばさんと紹介し、私は「こんにちは」と言ったが、とくに印象について考えることはしなかった。私はほとんど何の問題もなく、気付くことさえなく、義父を私の人生に同化させたので、ヤボメおばさんとも同じようになるだろうと思っていた。初対面では分からなかったが、こんなに間違っていたことはかつてなかった。

サンティギは何枚も重ねた毛布を取り除き、アイロン台を片付けた。ジムの次に飼ったアポロがサンティギの足元の泥の中にアポストロフィの格好で寝ていた。無気力にだらっと横になっている犬をサンティギが動かすと、ピリオッドの形に丸まってふたたび眠った。サンティギが家に入り、彼の後ろで網戸が音をたてて閉まった。

義母との問題は、それより数日前の朝に始まった。私はミリクを探していたので、台所の扉を開けて、アマドゥとアマラに「ミリクはどこ」と尋ねた。

二人の料理人は台所の反対側で夕食のためのオクラ・シチューを作っていて、二人とも探すようなそぶりを見せなかった。「ミリクはここにいません」とアマラが応えた。彼はよく切れるナイフでオクラの両端を切り落とし、小さく刻んでいた。ねばねばした糸がナイフから下がった。

「ねえ、私はミリクを探しているの」と繰り返し、彼がどこにいるかを教えてくれるのを待った。「ミリクはもういません」とアマドゥが言った。アマドゥは私を見ないで、頭を下げ、目は手元をじっと見ていた。

ミリクは男子用宿舎に部屋をもっており、普段はどこへも行かなかった。アマラはミリクが用事で出掛けていると言ったのかと思ったが何かがちょっと違っていた。「どこに行ったの」と尋ねても返事はなかった。「ねえ、いつ戻ってくるの」。イライラして声のピッチが急上昇した。

アマラはナイフを置き、私をまっすぐ見た。私が愚かだとでもいうように、ゆっくり話した。「ミリクはいないの。ここから出て行ったの。家族のところに帰りました」

「どうして。なぜ。いつ私たちと一緒にここで暮らすの」。私の声は大きすぎたが、二人を悩ませたくなかったので哀れっぽく言った。私の頭の上で目配せが交わされ、大人の協力関係ができ、二人は何も言わないことにしたようだった。「明日、帰ってくるの」と私は期待を込めて尋ねた。

アマドゥが首を振って、「ミリクは戻ってきません」と言った。

その後で、ミリクに何が起きたのかを話してくれるよう、誰かを説得することはできなかった。朝食のときにヤボメおばさんに尋ねた。義母はテーブルの上席に座って、指輪をした指を鳴らしながら使用人たちに忙しく指示を出していた。席を立って寝室に行き、着替えをして外出する前には私の質問に気付いた様子さえ見せなかった。ゆっくりと時間が過ぎたがミリクは帰ってこなかった。

学校が始まった。新しいブルーと白の制服。ザラザラの灰色の紙でできた真新しい練習帳が用意された。練習帳には線を引いたものや算数用の升目があるものがあり、裏表紙には時間割の表が紫色のインクで印刷されていた。教室で使う石板をもらった。私はそれまで自分の石板を持ったことがなく、石板を持つことを誇らしく、洗練されていると思った。

イスマイルおじさんが古いランドローバーを運転して学校に送ってくれた。彼は父の異母兄弟だった。モモドゥおじさんも相変わらず仕事でやってきた。モモドゥを含む兄弟たちは色が黒く顔立ちが整っているという、フォルナ家の人々に共通の特徴があったが、イスマイルの顔はひょろ長く、そばかすがあり、生姜のような茶色の肌に不揃いな顎鬚で、年寄りの咳のように声を胸から吐き出して笑った。父の影響がイスマイルおじさんを落ち着かせることを期待したパ・ロケが彼を我が家に送り込み、父が学費を払って大学に行かせていた。

ある日の午後、学校から戻って、古いランドローバーから飛び降りて台所の扉に向かった。ヤボメおばさんの指示で、サンティギとモーライ、そのほか数人が、私の後ろでランドローバーから米袋を下ろしていた。アマラは階段に座り、手を延ばして私の腕をつかみ、「びっくりすることがありますよ」と言って、頭を台所の扉のほうに向けた。

台所のテーブルのところに、普段の半ズボンではなく長いズボンとシャツ姿で、それ以外は何も変わらないミリクが座っていた。土産をもってきていた。透明のオレンジ色の紙で包んだ小さな茶色ののど飴だった。彼に抱き付き、周りで飛び跳ね、鞄の中のものを自慢した。外で砂利の上を歩くヒールの音がし、ランドローバーの扉が音を立てて閉じられた。ミリクは帰ろうとして立ち上がった。ほんの短い間しかいなかった。聞きたいことがたくさんあったがミリクはいなくなっていた。

次の日の朝、朝食のときにヤボメおばさんにミリクが訪ねてきたことを話した。義母は紅茶茶碗を置いて台所に行き、そこにいた人々に、もし、またミリクが来たら決して家に入れてはならないと言い渡し、もし彼の顔を見たら、ただちに知らせるようにと付け加えた。私は義母の後を追って扉のところに立って聞いていた。アマドゥとアマラを面倒なことに巻き込んだのではないかと心配した。なぜミリクが戻ってこられないのかはまだ分からなかった。でもミリクを追い出したのが義母だったということが分かり、私の心に義母を嫌う気持ちの固まりが生まれ始めた。

私たち二人は対立するようになった。何についてだったかははっきりと覚えていないがミリクのことではなかった。不平がたくさん溜まっていた。彼女は私の髪を梳くとき、涙がでるまでプラスティックの櫛で引っかき回し、すべての毛の束をきついコーンロウに結ったので、同じ髪型が一週間近く崩れなかった。生え際の毛があまりにも強く引っ張られていたので中国人の目になった。

コップに水を入れてもってくる、氷を取ってくる、台所に伝言する、ハンドバックを探すなど、義母は私に限りないほど多くの仕事をさせ、間違っていないことが分かっていても私の宿題を点検すると言い張り、「セブン・シーズ」の肝油を熱烈に信じて日曜日の朝には家にいる人みんなに飲ませた。義母は私たちの家族に加わったばかりだったが、みんなに命令した。

外で座って父の帰りを待っていたあの日の朝、どのようにして言い争いが始まったのかは分からないが、私が義母をアフリカ人と呼んだときに終わった。「外に出て枝を切っておいで」。義母の目は怒りで丸く、口はこれまで見たよりも小さかった。「枝を見つけたら、ここにもってきなさい」。義母は私を鞭打つつもりだった。母も父も、これまで私を叩いたことがなかった。父は職場にいて、ヤボメおばさんは真剣な目的意識をもって私を打ち負かそうとしていたので、義母から逃れるために外に出た。後ろでハイヒールが床にあたるコッコッという音が聞こえた。

マンゴーの木の向こうの長く伸びた草の間に若木を見つけ、枝を折った。もっとも安全な賭けだと思ったので一番小さな細い枝を選んだ。それをもって義母のところに行くと、葉っぱを取り除いて、私に手を出すようにと言った。

枝は火のような唸りを伴って空気を切った。後でヤボメおばさんは顔を拭いて泣くのをやめるように言った。肩が抗しがたいほど上下するのを止めるために、いっそう強くこらえて喘いだが、義母をもっと怒らせるだけだった。最後には私を一人にして足を踏み鳴らして立ち去った。

父はいつもより遅かった。眠りにつく植物がさらさらと音を立て、訪れる露を避けて葉っぱを閉じるのが聞こえた。昼間には小さなシダが、蝶が羽根を閉じるように、ちょっと触れただけで閉じた。シダは家の周りのいたるところに生えていて、クレープ・ペーパーを細く切ったような小さな紫色の花をつけた。葉っぱの先をくすぐって、一区画全体が波のように閉じるのを見るのが好きだった。シダは灰色っぽい葉っぱの裏側を見せ、雲が地面に影を落としたような感じだった。

薪を燃やす霞んだ煙が夜に咲く花の夕べの香りと混じり合った。紫色の漏斗のような朝顔の花弁は紙のようにねじ曲がって一つずつしぼむ。花は生きているときよりも死んだ後のほうが美しい。ヤモリが蚊を捕まえるためにちょっと頭を動かし、半透明の瞼を黒い虹彩のうえに閉じて、じっと静かになる。

一日中、一人で当てもなく歩き回った。マンゴーの木の後ろの伸び放題の草の中に深く入り込んだ。どこかで手を伸ばして草をかき分けたのに違いない。打ち捨てられていた有刺鉄線が草の中に蛇のように隠れていた。埃まみれの手のひらに薄い切り傷ができていた。血と痛みは後からやってきた。

手のひらの生命線をちょうど横切るように深いケロイドの傷があるのを、いまも感じることができる。当時は深い切り傷で、黒い血がゆっくりと皮膚の下から滲み出ていた。しかし、私の怒りも黒く、深いところにあり、家に戻って義母に傷の手当てをしてもらうことはできなかった。

傾いたヘッドライトが視界に入り、車が近づいてきたときにはほとんど暗くなっていた。私は砂利道の斜面を走って父のところに行った。誰よりも、とくにヤボメおばさんよりも先に父を捕まえたいと思っていた。父の帰りは遅く、疲れているようで、瞼にはシワがより、目の周りにはクマができていた。父は鞄をちょっと振った。普段は父の鞄をもつのが好きだったが、このときはあまりにも悲しすぎた。父の前に立って手の平を父の顔の前に力いっぱい伸ばした。父は手を取って「痛かっただろう。かわいそうに。手当をしなくては。どうして怪我をしたんだ」と尋ねた。

「ヤボメおばさんのせいよ」とできるだけ重々しく言って、父をちらっと見た。父を待っている数時間の間、私自身の真実を自分に信じさせるまで、その日の出来事を心の中であれこれ考えた。手に怪我をしたのは若木の近くだった。もし、枝を切りにいかなかったらどうなっていただろうか。義母が言わなければ決してそこへは行かなかった。どう考えても、義母が責められるべきだった。

「ほんとうに」。父は信じていないようだったので、私はもっと詳しく説明した。彼女は私を叩いた、枝で叩いた。彼女が傷を負わせたと言い張った。手が切れたのはすべて彼女のせいだ。怒り、痛み、裏切りが、父は私の言うことを信じるべきだ、という決意をさせた。

「私から話すよ」と父は約束し、二人でゆっくりと家のほうに歩いた。

その夜は電気が消された後も眠れなかった。消毒し、包帯を巻いた手をシーツの上に置いて復讐を誓った。父がヤボメおばさんに何を言っているか、彼女は私を鞭打ったことをどれだけ後悔しているかを想像することができた。家に留まることを許してもらうよう父に懇請しているだろう。眠りについたときには、翌朝、目が覚めたときに、ヤボメおばさんがまだ家にいるとはとうてい考えられなかった。

第21章

私は義母との戦争に心を奪われていたので、我が国では何かが異常だとはすぐに気付かなかった。

それは土曜日で、私たちは市場にいた。屋台から屋台へと回って、家族のために驚くべき量の食料を買うヤボメおばさんの後ろにサンティギ、メムナ、シェカ、そして私が巨大な動物の尻尾のように続いて、人混みの中を歩いた。義母が歩くと私たちも歩き、止まると私たちも止まり、義母は買ったものを私たちに一つずつ手渡した。イスマイルおじさんはランドローバーで待っている間、コラの実を噛み、カスを吐き出し、周りの人と挨拶を交わし、マンゴーやプランティーン、ヤムイモ、鶏の入ったバスケットを積み込むのを待って、車を運転して家に帰った。フリスコ社のワックス・プリントや手の込んだガラ染め、バティック、織物や型染めを買い物客が競い合って手に入れようとする。ときどき視線を上げて、ヤボメおばさんの衣装と頭飾りに目をやりながら、俯いて歩いた。私はいまも怒りを大切にし、ガチョウが卵を温めるように敵意を殺さないように暖かく保ち育てていた。義母が私にしたことを理由に父はなぜ彼女を追い出さなかったのか。市場には行きたくなかったし、彼女がいまもここにいて、みんなを監督しているのかが分からなかった。

鶏売り場の前にいることは匂いから分かった。鶏は6羽ずつ籠に入れて積み上げられていた。脚が縛られていたので脇を下にして横たわっているしかなかった。鶏はとても居心地が悪そうで可愛そうだと思った。売り手が若い雄鶏を引っ張り出した。ヤボメおばさんは首を振った。売り手は籠を開いて鶏を戻した。鶏は仲間の上に下ろされ、仲間の鶏は喧しく鳴き、意地悪なくちばしで突っついた。メムナと私は家で2羽のひよこを飼っていた。1羽は目が見えず、もう1羽は発育が悪かった。台所で飼っていたので、ひよこがいつも足元で邪魔をし、かわいそうな目の見えない1羽が走り回ってそばを通る人の足の指をつついたので、料理人から嫌がられた。

次の店では女性がヤムイモを売っていた。女性のそばの地面には幼い子どもがいて、しぼんだ乳房が揺れると、ときどきそれをつかんだ。ヤムイモを包んだ新聞紙は、電球のような白い乳房を肩が剝き出しのイブニングドレスで持ち上げている白人女性がビールの宣伝をしている広告だった。

売り手は、鶏をちょっと振って私の関心を引き、目の前で逆さにもった。鶏の喉から泡を吹くような小さな音が聞こえた。仕方なく手を差し出して脚をつかんだ。脚は暖かく、乾いていて、予想に反して柔らかく、鉤爪は死んだ男の爪のようだった。サンティギは買い物袋をぶら下げるように、それぞれの手に鶏をもっていた。鶏は羽根を広げて、すでに死んでいるようだった。私は腕を巣のようなかたちにして鶏をその中に落ち着かせた。人混みを歩いている間、人々から鶏を守った。鶏は王女と使者のように私の腕の中で運ばれて幸せで、とても落ち着いているようだった。

注意が鶏に集中していたので、前方をちゃんと見ていなかった。私は目の前に人々の背中が立ちはだかるまで、人だかりには気付かなかった。

人の輪の中の地面に一人の男がいた。両腕を電柱に巻き付けて、もう一人の男の蹴りを避けるために蟹のように慌てて逃げようとしていた。男は裸足で、ゴム草履は捨てられた紙くずと群衆の足の近くにあり、衣服は破れてシミが付いていた。蹴っていた男は悪態をつき、歯の間からシッシッという音を出していた。蹴ろうとしていた男はあまり上手ではなく、相手があまりにも敏捷に動くので空振りばかりで、あるときは、ほとんどバランスを崩しそうになり、自分で地面に転ぶかと思われた。二人とも20代の初めだった。攻撃者は赤いシャツを着ていた。

それまでにも喧嘩は何度も見ていたが、これは違っていた。シエラレオネ人は、喧嘩騒ぎを見ると、たいていの場合、頼まれる前に仲裁に入る。

このときは誰も動かなかった。制服を着た兵士が二人、木陰にいて、そのうちの一人はライフルをもっていたが、二人とも何もしなかった。

新しい男が乱闘に加わった。この男ももう一人とまったく同じ服装で、赤いTシャツに古いショートパンツを着けていた。地面に倒れて泥の中でリンボー・ダンスをしている男のほうに大股で近づいたが、反対側から来たので男には見えなかった。振り下ろした足が強烈な蹴りとなって男の顔の側面を襲った。割れる音が聞こえた。襲われた男の叫びは突然止まった。顎が粉々になったのだろう。彼は動くのをやめ、見物人のほうに這い寄り、小さな声で何か言った。一瞬、男の恐怖と涙を見た。顔は歪んで怪我をしていた。ウスバカゲロウの幼虫から逃れようと必死になっていた不自由な体の蟻の記憶が、突然、甦った。

一方の腕で鶏を守り、もう一方の腕で人々の間をかき分けて進んだ。群衆の肌合いを感じた。赤ちゃんを背負った女性のしなやかなお腹、上半身が裸の労働者のつるつるした硬さ、私をつかもうとする絡まった衣服。解放されたとき、初めて迷子になってしまったことに気付いた。肉売り場のそばにいた。積み重ねられたピンク色の豚の耳、黒い腎臓の山、大きな青緑色の舌、蝿が青いサテンのようにあらゆるものを覆って低い音をたてていた。私は走り続けた。突然、パイナップルの模様に囲まれた。結婚披露宴のために、お揃いの衣装を着ているのだ。反対方向にまわった。パニックで喉が締め付けられ、暑い空気が顔に吹き付けて目が乾いた。私の周りでは、途切れることなく人々が背中に荷物を担いで運んでいる。サンティギかメムナかシェキを探したが、誰も見つからず、知っている人もいなかった。売り場が限りなく続いている。

ゆっくり歩いて考えを集中した。今度はできるだけ早く歩いて前に進んで、ランドローバーを止めた場所と思う方向に向かった。汗で頭から額がチクチクするのを感じた。酸素が足りない感じで、器官をやけどするような暑い空気を吸い込み、深い不規則な呼吸をした。

イスマイルおじさんはまだそこにいて、ボンネットの上でくつろいで寝転んで空を見ていた。彼と並んでバンパーに座った。私に気付き、起き上がって私を見下ろした。いつものように私をからかうのかと思ったが何も言わなかった。コラの実を手渡してくれた。コラの実は苦くてあまり好きではなかったが、噛んで、少し齧り、残りを返した。日なたで一緒に待った。

他の人たちが戻ってきた。もちろん、みんなは私を探していた。ヤボメおばさんが目の前にいて感情を顔に表していた。私はトラブルに備えて身を引き締めた。イスマイルおじさんがそばに立って伸びをし、義母のほうに近づいた。二人の間で短い言葉が交わされた。イスマイルおじさんはテムネ語で話した。私のことだったのだろうか。義母は私にはうんざりしていたのだろうか。私がそこに存在しないかのように、義母は私をちらっとも見ないで通り過ぎた。

義母との距離を保ちながら、荷物をランドローバーに積み込む手伝いをした。車の中のベンチの間のスペースに入りきらない物は屋根に縛り付けた。そして、車に乗ってベンチに座る場所を確保した。イスマイルおじさんは車の後ろに回ってドアを閉め、運転して家に帰った。後ろのドアを閉める前にドアの間からかたまりを渡した。私は鶏をしっかりと抱き、絹のような羽根や心臓の鼓動に触れ、いくつもの袋の上の隙間に注意深く押し込んだ。

第22章

記憶は打ち捨てられた、異なった色の四角いモザイクのようなもので、意味のない断片だ。子どもの物語の場所のような「ジンジャー・ホール」という二つの単語は、上から下まで白一色の男、別の男の前腕に咲いている赤紫の傷、赤いTシャツを連想させる。

周りで起こっていることを私は見ていたが、実際には理解できるほど見ていたわけではなかった。多くの欠けた部分を集めて全体像を創ることができず、それができたのはずっとたった現在になってからだった。1970年当時は部分を見ていたが全体を見ていなかった。

気が付かなかった、近所の人に何が起きていたかを見ていなかった、逮捕や炎上する家、夜明けに撃たれた子どもについては何も知らない、首相の拡大する権力を指摘することができなかった、周辺に迫ってくる影はちらっとも見えなかった、と人々は言う。目が見えず、耳が聞こえず、口がきけないようにされ、無知だったのだと言い訳をする。実際に起きていることさえ知らなかった事柄に対して、どのように抵抗することができたというのだろうか。

両親やペット、そして、自分自身の世界の中で起きていることしか見ないような周りの人々を通しての疑似体験のような人生を生きていた子どもだった私でさえ、保護壁の後ろにいても嵐がやってくるのを十分に感じていた。サイクロンの真っただ中にいた父もまた、それを見ていた。

黒い肉体のやけどは黒い地面に映える華やかなピンクの花のように鮮やかだ。廊下の椅子に辛抱強く座っている年配の男性を私は見つめていた。彼の前腕いっぱいにバラ色の包帯が巻いてあった。両手も包帯でぐるぐる巻きにされていた。暴漢が彼をベッドから道路に引きずり出して、命乞いをすると鼠径部を蹴った。懇願すればするほど高く笑った。暴漢たちは彼の息子と同い年で、無理やり跪(ひざまず)かせて救いを求めて祈らせた。そして、手に灯油をかけて火が点いて燃え上がるまで彼に向ってマッチを擦った。私は手の包帯を見つめた。それはピンク色で、鶏の爪が包まれて丸くなっているのを思い出させた。老人は助けを求めてやってきて、父の書斎に入って扉を閉じた。

シエラレオネの首相の座に就いたころまでに、シアカ・スティーブンスは遺恨に駆られ、それが幼子の顔に付ける部族の印のように彼の魂に深い傷跡を残していた。ギニアのセク・トゥーレ大統領の賓客としてコナクリのヴィラ・アンドレで贅沢を楽しんでいる間に、じっと考える時間は十分にあったはずだ。スティーブンスの敵のリストは長かった。権力を奪ったデービッド・ランサナ、SLPPの政敵、ジャクソン・スミス、自身の陣営にさえ敵はいた。イブラヒム・タキは他の人たちと一緒にギニアに逃れるのを断ってフリータウンに留まり、首相のお気に入りリストから外されていた。

首相府に入ると、スティーブンスは自らの地位を確実にする試みに着手した。まず、NRCのために働いた人を民間人と兵士の区別なく逮捕するよう命じ、連立政権という束の間の見せかけを捨てて野党の党員を投獄し始めた。国会の野党議員は次々に法廷に引き出された。6カ月後に残っていたSLPPの議員はたった四人だった。

地方の町や村でAPCに反対票を投じた人々は目に見える復讐に晒(さら)された。ある村ではSLPP支持者のチーフが裸で人々の前を歩かされた後、こん棒を持った暴漢に襲われ、野党の選挙運動をした男性は手足を縛られ、車のトランクに押し込められて、家から何百マイルも連れ回された。カンビア県ではSLPPに投票した人が縛られて、APCの青年たちのいかさま裁判にかけられた。ボーではパラマウント・チーフが殴られて、警察署に引きずっていかれた。コノとケネマの補欠選挙では、赤いTシャツを着て手斧と酸性の液体で武装したAPCの若者が早朝に車列を組んでやってきて投票所を襲撃し、有権者は震え上がって逃げた。車列は全速力で到着し、走り去った。臆病者になることを拒む人々と暴漢との間では残虐な戦闘が展開した。1969年末の少しの間、無政府状態の瀬戸際にあり、動揺が広がった。

怒りが高まっていたにもかかわらず、スティーブンスは暴力を批難することを拒んだ。政権の穏健派が首相府を訪れて国が無秩序化するのを食い止めるよう要求した。スティーブンスは高級なイタリア皮で覆われた高い背もたれの回転イスから、襲撃がなぜ始まったのかを知らないと人当たりのいい決まり文句を言った。窓の下には首相府の前庭があり、赤いTシャツを着てバンダナを巻き、掠奪者として残忍で自信に満ちた若者たちがたむろしていた。請願を持って首相を訪ねる代表団を押しのけ、唾をはき、対立する人には、たとえ自分たちの政党のメンバーであっても、猫のように睨み付け、シュッと音をたてて野次った。同じ若者たちがポートロコ代表のS・I・コロマの家のベランダや居間でのらりくらりしていた。暴力に関する最悪の報告のいくつかはここで始まっていた。

ソリエ・イブラヒム・コロマは、肌の色の黒いアフリカ人で、セク・トゥーレのスタイルを真似た白い背広を好んだ。訪問客を待たせる部屋のテーブルにマキャベリの『君主論』を置いておくことを面白がり、「アグバ・サタニ」、サタンの第一弟子、というあだ名を大っぴらに楽しんでいた。SIと親しみを込めて知られていて、恐怖を大きくすることに芝居じみた喜びを見い出し、シエラレオネでは暴力というと彼の名前が引き合いに出された。

APCが政権について数ヵ月が過ぎ、暴力が頂点に達したとき、若い財務大臣はポートロコに行き、直接、SIと対決した。二人の間には共通点があった。どちらもボー・スクールの出身で、父が奨学金を得て入学したとき、SIは監督生だった。当時から上級生のほうはあまり出来のよくない生徒で、その将来は中学校の五年生を終えた段階で頭打ちだった。SIは知力の足りないところを野心で補った。冷酷さとシアカ・スティーブンスへの粘り強い献身によって党内で出世し、青年組織を個人的に指揮することによって権力基盤を築いた。しかし、西洋の教育を受け、選挙の前にスティーブンスから懇請され、重要なポストを与えられた、父モハメド・フォルナのような年下の人間に先を越されたことにSIは強い怒りをもっていた。二人の間では父の方が上級の閣僚で、しかも、父はその夜にSIのポートロコの邸宅で、閣僚仲間に対して、暴漢たちに止めさせるよう命令し、SIには国に恐怖をもたらす権利はないと言った。

2ヵ月後に父は返事を受け取った。1月の暖かい早朝、人目につかないメルセデス・ベンツがフリーダム紙の事務所の前で止まった。それまでにも野党系の新聞社が襲われることがあったので、窓の下の部分は板で囲われていた。その朝は武装した男たちが建物の正面に向けて自動小銃を乱射し、埃と石積みが飛び散り、窓が粉々になり、砲弾が何発か建物の外のパイプに当たって跳ね返った。早朝のラッシュアワーに車を運転している人に売るために新聞を取りにきたフランシス・ビアレーという20歳の若者が窓の向こうにいて、首と胸を撃たれた。犯人の車は急いで走り去った。

1時間もしないうちに、フリーダム新聞社の建物の前の歩道に200人もの人が集まった。亡くなった青年の血にまみれた体を何人かが持ち上げて、人や車が行き交う中を首相府まで運んだ。みんなは玄関で待ち、首相を乗せた車の車列が現れると、群衆が車を押し始めた。誰かがフロントガラスに石を投げ、他の人も後に続いた。首相の運転手はちょっと速度を緩め、再び速度を上げて群衆の前を通り過ぎて、坂を下った。

次の日には予定されていたAPCの大集会に首相は参加しなかった。暴力に反対する首相の立場を支持する父と政府の穏健派の仲間も大集会からは遠ざかっていた。しかしS・I・コロマは大集会で参加者に向かって演説した。演壇に立ち、フランシス・ビアレーの殺害は人々を政府に敵対させようとする野党の見え透いた試みであると断言し、その試みは決して成功しないと誓った。

バーサ・コントン校の運動場は剝き出しの土の小さな三角形で、教室の裏にあり、ちょうど首相府に面していて、ほとんど太陽を浴びることのない一本の木が自慢だった。休憩時間や昼食のときには、馴染みになっていたサイレンの音が始まると、首相の車列が到着し、出て行くのを立って眺めた。

学校では紙を用意することができなかったので、旧式の石板を使って算数の勉強をした。バーサ・コントンでの教授法はヴィクトリア風で、毎日、机の後ろに立って共用の入門読本の引用を暗唱し、国の名前や首都の名前、使徒の名前を復誦し、あるいは教師を喜ばせるために国歌を歌った。間違いは許されなかった。遅刻をしたり、お漏らしをしたり、フランスの州都の名前で口籠ったり、練習帳に落書きをすると、鞭で打たれた。たとえどんなに些細な違反でも鞭で打たれた。私たちは国内で最高の学校の一つで学ぶことができる特権を与えられた幸せ者だった。

首相府の柱廊式玄関で身を潜めている何台もの装甲車は灰色でつやがあり、血を吸って膨らんだダニのようだ。最後のオートバイが門を通過するときに、外からほんの一瞬、ちらっと見えた。

父が財務大臣に就任した最初の一年は、国にとって初めての黒字だった。国の最優先課題は保健サービスと教育で、子どものための無償の初等養育か、もっとも基本的な水準の保健サービスさえ提供されていない政府の病院か、どちらかに資金を充てることができた。どの子どもに追加の食べ物を与えるべきかを決めなければならないお母さんのように、シエラレオネのような貧しい国では下さなければならない判断だった。

父は医者だったが閣議では教育への支出の重要性を強く主張した。読み書きのできる人の割合はあまりにも小さく、もし衛生についての基本ルールだけでも知ることができ、子どもたちに予防接種を受けさせなければならないのはなぜかを理解すれば、同じ資金を病院に使うよりもより大きな成果を得ることができる。

シアカ・スティーブンスは、個人的な防護のために、喜んで追加の資金を前払する英国の会社から水増し価格で予算を使って装甲車を買った。やがて、スティーブンスは首相に対してのみ忠誠を誓う国内治安部隊と特別治安部の二つの私設軍を創設した。随意の無償開発資金とソフトローンと引き換えに国をかつて債務に陥らせたような借入契約には今後いっさい署名しない、と世界の金融界の代表者に向かって確約することを、スティーブンスは財務大臣に求めた。そして、財務大臣が国外にいる間に、財務省を支配して自身で車輌購入契約に署名した。

スティーブンスは、公には聡明で若い大臣である父を子飼いとして扱い、右腕だと称え、治療のためにヨーロッパに行くときや、国賓として外遊するときには首相代行の任に就かせた。私はバーサ・コントン学校の門のところに立ち、声援を送る生徒の群れの中で父が車で移動するのを見ていた。車が止まり、父が降りてきて、近くにいる教師や子どもたちと握手した。私は背が低くてちゃんと見ることができず、一生懸命つま先で立った。「お父さんよ」と隣にいて倒れないように肩を貸してくれていた男の子に言った。

その子は信じられないような顔をして私を見た。「違うよ」と言って肘で私の脇腹を強く突いた。首相は裏ではつねに財務大臣を密かに傷付け、彼に決断を下させて後で覆し、閣議の承認を回避し、恣意的な支払いの指示を出した。新入りのリンバ〔第三の民族集団。北部州と首都周辺に多い〕の警官を昇進させ、リンバの軍人たちを司令官に任命し、急に必要になったといって2マイル足らずの砂利敷きの道路を600万レオンもの費用をかけて作るための借入をした。道路は町の交通渋滞を緩和するのには何の役にも立たなかった。父と建設大臣のM・O・バシュ・タキは、スティーブンスに抵抗して、内容を精査せずに彼の要求に署名をすることを拒み、閣僚たちにもそのような事業を拒否するよう説得した。

父は、不満を直接スティーブンスにぶつけた。パ・シェキは「国父」と呼ばれることを好み、怒りを笑いで隠した。「なぜ、そんなに心配するのか」と冗談を言った。「こんな債務は孫の代まで返さなくてもいいんだよ」。どんな人でも買収でき、どんなリーダーでも役得の分け前にあずかれれば喜んでいる、とスティーブンスは信じた。政権は発足して数カ月もたつと内部に分裂が生じ、スティーブンスは挑戦的な閣僚を出し抜くための新しい戦術を使うようになった。

父はスティーブンスからただちに首相府での会議に出席するようにという電話を受けた。父が到着すると、警察長官のジェンキンス・スミスを含む数人の警察官と、二人の仕官に付き添われた軍司令官のジョン・バングラがいた。この話はジェンキンス・スミスから聞いたのだが、首相が自分で選んだ警察官に権限外の昇進をさせようと一連の命令を出すようになって、スミスはすでに父に助けを求めていた。

「ドクター・フォルナ、よく来てくれた。座ってくれたまえ」と言って、執務机の前の椅子を勧めたので、父は部屋にいたみんなを背にして座ることになった。財務大臣が座ると、「私たちの一連の会議について話しておきたい。軍と警察のコミュニケーション・システムを連動させることに決めたのだ」とスティーブンスは言った。

それはまったくの嘘だった。そのような会議は開かれたことがなく、部屋にいた誰もがそれを知っていた。警察も軍もコミュニケーション・システムを共有したいとは考えておらず、反対に、それぞれの独立性を維持したいと思っていた。スティーブンスが話していた計画は新しい請負業者からの提案で、３００万レオンという莫大な費用がかかるものだった。ジェンキンス・スミスによると、スティーブンスがまだ話しているときに財務大臣が割り込み、強調するために手のひらでテーブルを叩いた。彼は腹を立てており、このようなことが起きることを予想して会議にやってきたのだろう、とジェンキンス・スミスは思った。大臣はスティーブンスに、現在のコミュニケーション機器の供給業者は10分の1の価格を示しており、そのような取引は許可しないと単刀直入に言った。

スティーブンスは笑って割り込みを無視して何事もなかったかのように振る舞った。「君をここに呼んだのは」と言って、唇を後ろに引き、一言ずつはっきりと発音して、「我われ三人は」と言って、ジェンキンス・スミスと准将を代わる代わる見て、「何度か会合をもったからだ」と続けた。

父は、今度は拳で激しく机を叩いて、スティーブンスと同様、前言を繰り返した。部屋にいた他の人は無言だった。

警察長官が立ち上がって帽子を取り、挨拶をして、踵を鳴らしながらドアに向かった。他の人もそれに続き、部屋には財務大臣と首相だけが残された。廊下に出ると、軍の通信担当将校がジェンキンス・スミスの手をしっかりと握って、「ありがとうございます。大物たちが空騒ぎをする場にいても何もできませんから」と言った。誰も、たったいま見た場面を信じることができなかった。

この取引で儲けようとスティーブンスは考えていたに違いないと誰もが疑っていた、とジェンキンス・スミスは私に話した。将来、もし捜査されることがあれば、ほぼ確実に財務大臣が罪に問われた。しかし、スティーブンスは父の大胆さによって出し抜かれたのだった。

しばらくして、父が一人で公邸にいたとき、浴室で早朝に警報が鳴り響いた。ある男のことを覚えている。肌が黒く痩せていて、マンゴーの木の下に一人で座って待っていた。食事を運んでくる使用人とは話すが、父が家から出てくるや否や飛び上がって車の扉を開け、公用車の助手席に座り、肘を窓枠に乗せて、父と一緒に出掛けた。とくに目鼻立ちを覚えているわけではなく、もちろん名前の記憶はない。マッチ棒のように痩せたシルエットや半袖の制服、私が兄と姉と一緒に遊んでいるときに我が家の裏にあった木の根っこに座っていたのを覚えている。

私はジャネット・ソープのことも覚えている。彼女は財務省での父の信任の厚い秘書で、私がオフィスを訪ねると、机の後ろにある冷蔵庫から冷えたファンタやヴィントの瓶を出してくれたので、私はすぐに彼女に好意をもった。たまに贈り物や自分で作った食べ物をもって家に立ち寄った。ジャネットは未婚で、真面目な印象が魅力的で、堅苦しい雰囲気があり、時代遅れの女家庭教師のように膝の上で手を組んだ。ジャネットは上司を気に入っており、父はしばしば彼女に私たちのことを話し、心を許して、ふたたび、子どもたちと暮らす計画だと言った。子どもは母親と一緒にいるほうがいいと彼女は考えており、父の政治生活は三人の幼い子どもたちのために十分な時間を残さないので、父の計画には反対だったが敢えて黙っていた。それでも父を気の毒だと思っていた。閣議から戻ってくると、高まる欲求不満を父が漏らすのを聞いてくれたのはジャネットだった。

ある朝、父が役所の建物に着くと、数人の職員がドアの外に群がっており、みんなに押されて前に進み出たのはジャネットだった。父のボディガードがスティーブンスに密告しているという噂が事務所内で広まっていることを話した。この男が父の会話や会議のすべてを毎日、スティーブンスに日報として送っているのが見つかったというのだ。

かつて改修してバーサ・コントン学校の校舎として使われていた建物には、埃を被ったファイルが山積みにされていた。書類には首相官房の特別情報調査員の名前、住所、給与体系、支払い条件などが記されていた。内閣の文書や財務省の記録を含む、政府の公文書がほとんど破棄されたあの日から、いくつかのファイルは30年の歳月を生き延びていた。それは革命統一戦線（RUF）の反政府武装集団が奥地の秘密基地から10年近く続いた戦争を首都に持ち込んだ日だった。不幸に対して責任をもつエリートに復讐すると言って、RUFは一般市民に対して恨みを晴らした。国内を首都に向かって進攻する途中で男や女、子どもの手や唇、耳、生殖器を切り取り、抵抗する者は焼き殺した。腐敗し、堕落した制度への軽蔑を現わすために、首都にある政府の建物や裁判所に火を付けて国民の歴史を煙にした。

かつて私たちの教室だった仮設の文書保管所に残された、黄色く変色し、シミのついた書類には何十という名前があり、忘れてしまった父のボディガードの名前もどこかにあるのかもしれない。これらは首相のスパイ網で、月給として840レオンが払われていた。それは、ほとんどのシエラレオネ人が1年間に手にするよりも大きな金額で、教師や看護師、公立病院の医師でさえ、それほどの高給はもらっていなかった。隣人や家族、友人、あるいは上司を裏切って得る、当時としては高い収入は、都合のいいことに、これらの人を保護するために支払われたものでもあった。

バシュおじさんとイブラヒムおじさんは、ほとんど毎日、家に訪ねてきて、意気軒昂だった。バシュはすぐ近くの別の閣僚公邸に住んでいた。二人は、まだスティーブンスのいじめの対象になっていない、医者でスティーブンスを新聞紙上で批難するのを恐れないライターのサリフ・イースモンや、卓越したクレオールの弁護士のサイラス・ロジャー・ライトと一緒に来た。ラミ・シディクは公務員で、1968年にAPCが亡命から帰還するときに貢献したが、スティーブンスは逮捕状を出すことによってそれに報いた。父は閣僚の一人の家に警官を送りこむようなことはいくらスティーブンスでもしないことを知っていたので、彼のために自宅に安全な場所を提供したことがあった。彼らは庭に面したベランダに座って、父との議論に没頭した。

スティーブンスはいわゆるトンコリリ・グループをバラバラにしようとしていた。スティーブンスの選挙での勝利に大きく貢献したイブラヒム・タキを第1次政権から排除して後方席に追いやった。野党の国会議員を殴ったり拘留していることに関して、イブラヒムは議会での自由な立場を利用して公の場でスティーブンスに挑戦した。スティーブンスはイブラヒムに情報大臣の地位を与えたが、政府の地位がイブラヒムを押さえつけられると首相が考えたのであれば、間違っていた。1年後にスティーブンスは忍耐を失い、内閣改造でイブラヒムはふたたび後方席に戻された。

父は選挙で大勝利を収めたことによって、スティーブンスにとってかけがえのない存在になった。兵卒によるクーデターのとき、若い兵士は、最初にモハメド・フォルナを国の指導者にと要求したという噂が広がっていた。父が断ったのでスティーブンスが選ばれたというのだ。しかし、兵士たちはメンデのマルガイの後には北部出身のテムネに国を率いてほしいと考えていた。

スティーブンスは部族政治を本能的に理解していたので、選挙では北部の票に助けられ、そのことをスティーブンス自身も知っていた。彼は裏切り者であり、八方美人だった。あるときは母親との関係でバイだと言い、また父親との関係でリンバだと言ったが、リンバ語を話すことはできなかった。また、メンデの人々にはモヤンバで育ったことを強調し、クレオールにはフリータウンで教育を受けたことを話した。小さな、権利をもたない警察官と軍人の集団を通して有効な支援の核を作ることができるという知識に基づいて、権力を握ると警察と軍で戦略的に多くのリンバを昇進させた。スティーブンスが関係を主張することのできない主要な民族集団がテムネで、権力を掌握していなかった政権初期には北部の支援に頼った。

スティーブンスは自らの政権内の北部人を疑って、スパイを送り込んでタキ兄弟と父の間の議論について報告させた。三人は我が家でしばしば会うようになった。やがて会話はベランダから1階の父の書斎に移った。

そのうち、家族でさえも誰を信じていいのかが分からなくなった。近所の人や仕事を探している若者、地元の問題について話し合うために選挙区からやってくる人たち、かつて患者だった人、支援者と名乗る人など、ひっきりなしに訪問客があった。しかし、その中の誰が下心をもっているのか、誰が偽りの信頼を得るために来ているのか、人の出入りを報告するのか、使用人に人の悪い質問をするのか。それを判別するのは不可能だった。

私たちが家に戻る前年の1969年の春、父はボー・スクールの同窓会年次総会に主賓として招かれた。父は大臣や国会議員など卓越した卒業生の中でももっとも傑出していた。週末の記念式典のはじめに基調講演をした。1時間にわたる講演で、暴力を政治的武器として使うことに反対である、と感情を込めて語った。会場に座っている人々の多くに言及して、学校は国のすべての地域からきた生徒を結束させたが政治はお互いを対抗させる、と述べた。

S・I・コロマはボー・スクールでの記念の催しに参加しなかったので、財務大臣の講演を直接には聞かなかったが、講演の内容は1時間もしないうちに彼の元に届いた。翌日、前触れもなく、スプーループの公邸にやってきた。もの柔らかな物腰で、ドクターのお時間をほんの少しいただけないか、と請うた。ドクターの言ったことには間違いがあるのではないだろうか、と言った。ドクター・フォルナは長期間、英国に滞在し、多分、それは長過ぎたのではないか、とSIは指摘した。ここはイギリスではないと言い、ちょっと笑って、アフリカの政治はまったく違っている、と滑らかに続けた。アフリカでは政治と暴力は不可分だ。残念だが、しかし……と言って肩をすくめた。真っ白なスーツからありもしない糸くずをとる癖があった。彼は笑顔を見せた。ドクター・フォルナには気が付かなかったが財務大臣の間違いは彼が知識人であることによるものだ、と結論付け、「知識人」という言葉に軽蔑が込められていることが分かるように発音した。

1970年3月、フリータウンのイースト・エンド地区にあるジンジャー・ホールで赤いシャツを着た若者がフラーの経営する商店と、フラーとメンデの住民の家にダイナマイトを投げ込んだ。襲撃は早朝に行われ、多数が寝ているときに炎に包まれて亡くなった。町や家から逃げることができた人々は敢えて戻らなかった。何日か後に行われた市議会議員選挙にはSLPP支持者はほとんど投票所に行かなかったので、APCは票をさらって前代未聞の勝利を収めた。

第23章

私たちはパ・ロケに会うために、車でマグブラカに行った。内陸への旅は冒険だった。悪路で片道数時間かかり、運転手のスレイはときどき徐行しなければならなかった。干ばつの後の川岸に芽を出す種のように、道路沿いに村が並んでいた。

マイル91で飲み物を買うために車を止めると、道路脇の露天商が車に向かって飛んできて、皮を剝いたオレンジや天日で炒った渋皮のついたピーナッツ、マンゴー、ポーポー、パイナップルを差し出した。オレンジを買うと売り手が頭を切ってくれた。車のトランクに入っていた空のバスケットは家族に持って行く果物で一杯になった。周りの人だかりは増え続けた。物売りもいたが、多くはただ見ているだけだった。自動車、私たちの服装、とくに兄と姉と私の肌の色が人々をその場に釘付けにした。フリータウンから離れた地方では、薄い色の肌を見ると17世紀の貿易商にちなんで「オポルト」あるいは「ジョン・ブル」と子どもたちが囃し立てた。子どもたちは顔を窓ガラスに押し付け、私たちもまた、じろじろと見られることに鈍感だと思っているようだ。

1、2週間前の午後、父が幼い小鹿を連れて帰ってきた。母鹿は狩猟の事故で死んだ、と説明した。母鹿が体で小鹿を庇っていたのを誰も見ていなかった。私はまるで魔法にかけられたようだった。小鹿の世話をする係になりたい、とすぐに考えた。手を伸ばして小鹿に触った。小鹿の毛は滑らかで、触ると皮膚が震えたが、撫でられるのを嫌がらなかった。

私たちは他の動物も飼っていた。数匹の犬は私のものだと思っていた。最近まではマングースも飼っていた。犬を追いかけ回す与太者で、食卓から砂糖を盗み、カーテンを駆け上がり、とうとう一匹の犬が勇気を出して尻尾をくわえて庭に引きずり出したので、どこかへ行ってしまった。

マングースの次はシェカという名のオウムで、兄を喜ばせるためにオウムに兄の名前を付けた。シェカにピーナッツを与え、壊れた鍵のついた籠にいれて紐で結えておいたが、毎朝、シェカが床の上を歩きまわっているのを発見した。結び目は注意深く解かれ、紐は籠のそばに落ちていた。翼の下にある赤い風切羽が切ってあったにもかかわらず、羽根が元通りになり、やがて鳥は開いた窓から空に飛んで行った。

私たちの動物がいなくなるのを残念に思わなかった。動物たちが恒久的に据え付けられたものだとも考えなかった。だが、小鹿は弱々しく、他の動物たちと違っていた。小鹿は父の1階の書斎で飼い、我が家に来た最初の夜には私が牛乳の入った鍋を注意深く運んで、そばに座り、牛乳の表面でピチャピチャ音を立てるのを聞いた。

私たちは幼く、興奮していた。私たちは小鹿の近くにいたかったので、同じ部屋で小鹿もゲームの仲間に入れて遊び、無意識に小鹿を脅えさせ、夕方になると小鹿は落ち着かない様子を見せ始めた。私は牛乳を入れた鉢をもってドアのところに立ち、小鹿が部屋の中をよろよろ歩くのを見ていた。小鹿は膝をついて、ふたたび立ち上がれないようだった。一本の足を立てると、もう一方が折れ曲がった。牛乳の容れ物を置いて、ヤボメおばさんを呼びに行った。義母は小鹿をちょっと覗いて、村に古くからある知恵で、「死にたいのだよ」と言った。

朝になると、小鹿は床の真ん中にそっと倒れていた。寝ているのかと思い、牛乳を入れた鉢をそばに残しておいた。後で戻ると牛乳はそのままだった。私はまたヤボメおばばさんを呼んだ。そのときでさえ、小鹿が死んでしまったことをすぐには理解できなかった。

私の脳の左半球のどこかで、動物の生存本能について誰かが話してくれたことを覚えていた。でも、私たちは母鹿のいない小鹿が自分の意志で死のうと思うまで苦しめた。これまでにした恐ろしいこと、ヤボメおばさんを追い出そうとしたことについて思いめぐらした。義母がベッドに横たわって死ぬ決心をすることを恐れていたのではないが、それでもやはり悪いことをしたと思った。

私たちは昼にマグブラカに着き、パ・ロケの家の前で車を止めた。家には赤いペンキが塗られ、雨戸と窓枠はブルーだった。窓にはガラスが入っていなくて、眼窩のような空っぽの穴だった。父が英国から戻ってきたら私たちみんなで住むために父の兄弟が建設を始めたので、誰もが「モハメドの家」と呼んだ。父がフリータウンで勤務するようになり、空家になっていたので、パ・ロケが引っ越すことにした。道路に面して建っている家の中でまともな漆喰の正面があるのはこの家だけで、おじやおばの家も含めて、他の家はみんな粘土レンガ造りで、土間の床を朝と晩に掃いた。どの家にも電気や水道、屋内配管がなかった。裏手の藪に便所があり、藁屋根の小屋の中に悪臭のする穴が開いていて、座っていると腿の筋肉が硬くなった。私たちの訪問ではこれだけが残念だった。

パ・ロケが長い上着を着て出てきた。彼はほとんど笑わなかった。

「こんにちは」

「ようこそ」

「お変わりありませんか」

挨拶を交わして家に入った。みんなが座るまでに一呼吸があり、マントラのような挨拶が始まった。私はテムネ語が話せなかった。肩を丸めて顎を突き出し、半分聞きながら半分夢を見ていた。

父のところに人が来て挨拶し、しばらく座って別の場所に移った。誰も決して急いでいるふうではなかった。遠隔の地では時間がゆっくり流れる、と言われる。マグブラカでも時間はほかのところとほとんど同じ速さで過ぎたが、肌合いが違った。テムネ語には曜日の名前がなく、何年という数がなく、日や10年、世紀、千年紀を意味する言葉もない。時間の経過を現わす言葉は、今日、明日、昨日だけだ。ほかのすべては、この三つの地点との関係で考え、それを前後に2、3日延長する。アフリカの田舎での生活にはつねに災害の危険があるので、人々は予想不可能な将来をあれこれ推測するよりも、ここでいまを生きようと考えるのだろう。

旅にどれぐらいの時間がかかるか分からないので、客の訪問を見越して食事を用意したりしない。客が到着できるかどうかさえ確かではない。ずいぶん時間がたってから、パ・ロケの若い妻たちが食事を運んで来て、三人の子どもたちは小さな部屋の真ん中の床に座って大きな皿に盛ったご飯と野菜シチューを食べた。

父は1967年にマグブラカにパ・ロケを訪ねて、政治の世界に入りたいと思っていることを伝え、助言を求めた。父が何をすべきかを助言する資格はない、と祖父は応えた。長老が新しいチーフを選び、奥義を伝え、チーフがその地位にある限り指導した過去の世代に、パ・ロケは属していた。彼らは何百年も続いた伝統に基づいて統治した。助言をないがしろにするチーフは秘密結社のポロや長老評議会に引き出される。パ・ロケは、いまも毎日、集会所で地域の問題について聴取した。英国人がやってきて、自分たちの指導者は自分たちで選ぶべきであるという制度を新興国に授けたが、彼らは有無を言わせず法令によって統治した。多くの人が混乱したのも無理はない。

3年間にわたって、父は助言を求めてパ・ロケを訪ねた。政府での経験にひどく失望し、シアカ・スティーブンスへの信頼を失っていた。首相は非常に巧く操作する人で、つねに策謀に忙しく、父は閣僚の中で危険なほど孤立していた。パ・ロケは父の話に耳を傾けた。この老人には父の話はそれほど新しいことではなかった。国は噂で騒がしく、新聞で報道される話もあった。何をするにしても注意を怠らないように、そして、スティーブンスには用心深く、とパ・ロケは息子に忠告した。首相は怨恨をもっており、他の人がそれを明らかにしていた。彼は必ず決着がつくまで闘うだろう。

私たちの食事が終わると、パ・ロケの別の妻が次の皿をもってきた。私たちはいとこを探しに外へ行き、父と息子が座って一緒に食事をした。いま振り返ってみると、その日の二人の議論の重要性に気が付く。パ・ロケが堂々と振る舞っているのを見たのは、あの日が最後だったので、あの日以外ではあり得ないと思う。そのとき、祖父はすでに80歳をかなり超えており、程なく脳卒中で倒れた。次に家族で祖父を訪ねたときには体の一部が麻痺し、部屋の隅のベッドに横たわっていた。訪ねるたびに祖父は痩せていたが、麻痺していないほうの手はそれまでとまったく変わらなかった。

午後にはマグブラカとパ・ロケに別れを告げて、義母の村の近くにあるブンブナの滝を訪ねるために北に向かった。滝はシエラレオネのほぼ中央に位置し、トンコリリとセリ、ロケルの三つの川が合流する地点にあり、水は100マイル以上も離れたフリータウンを通って大西洋に流れ込んでいた。村から藪の中の曲がりくねった小道を歩いて、滝の下まで行った。

村人は滝に畏れをもっており、水際には魔法がかけられていると言う。人々はそこに一人で、あるいは夕暮れに行くことを避けた。後で集会所に座っていると、夜が近づいているときに一人の女が水を汲みに行った話を誰かがしてくれた。女が大声で叫びながら村に走って戻ってくるのを人々が聞き、彼女は砂埃の中に倒れていた。はじめはほとんど口がきけなかったが、やがて周りに集まった人に何が起きたかを話した。悪霊を見たと言った。悪霊が水の上で踊っていたと。

その女性は集会所で私たちと一緒にいたので、私は彼女をちらっと見た。20歳ぐらいで、いくぶん陰気な顔をして、腰巻き布をウエストの辺りにだらしなく結んで壁にもたれていた。この話が語られる間、彼女は何の反応も見せなかった。

いっぽう、私は魔法にかかったみたいだった。「悪霊は何に似ていたの」と尋ねた。

「大きな足が一本だった。一本だけ大きな足が。水のすごく遠くにいたの」。きつく編んだ髪を一つ解き始めた。ちょっとの間、髪を触るのを止めて手を振って肩をすくめた。

「その悪霊だけど、アンテロープのような耳で大きな歯が口から飛び出し、鼻の穴は洞窟みたいに大きかった。違うかしら」。この話をしてくれた村人は彼女のほうを向いて、頭の両側に耳のように指を置き、指を口にもってきて2本の牙を作った。

彼女は語り手を見て、返事もせず、違っているとも言わなかった。「ほかには何をしていたの。悪霊はあなたを見たの」と私はせき立てた。

「分からないわ。ずっとそこにいなかったから。それを見るとすぐに逃げた。それだけです」

「でも、あなたに何か言わなかったの」

彼女はちょっと思案して、少しの間、編んだ髪を弄んだ。「笑っていたわ」とようやく言った。「笑っているのが聞こえました」

私は彼女が見た悪霊を想像してみた。

平らな湖に独り立ち、自慢の足で優雅にコマのように回転するシルエット。その美しい場所で、一人で楽しんで、笑うことによって喜びを感じていたのだけは確かだ。女性が大声で喚き、逃げ出して悪霊を怖がらせたのであって、反対ではなかったのではないかと思った。彼は毎日、夕暮れになると一人で踊っていたのだろうか、と思った。

「悪霊を見たかったな。悪霊が見たい。悪霊が水の上で踊っているのが見たい」。次に機会があれば、次にブンブナを訪ねるときには、自分で彼を一目見ようと密かに心に決めた。一人で、誰にも気付かれずに水のところまで行けるかどうかを考えた。帰り道は分かるだろうか。

この話をしてくれた男は、くすくす笑って「無理だよ」と言った。「悪霊なんか見たくないよね」。私に向かって指を揺らして首を振った。「もし見たら何か悪いことが必ず起きるのだから」

8月になると、ヤボメおばさんの誕生日のプレゼントを買うために、私たちは父からお金をもらってパターソン・ゾコニス百貨店（PZ）に行って贈り物を探した。義母は服装にはとても気を使っていて最高のファッションを身に付けていたので、しばらく探して靴売り場でクリーム色とライムのような緑の厚底靴を見つけ、急いでお金を数えて買った靴をバッグの底に隠してデパートを出た。

義母と私の関係は少し改善し、彼女を無視し続けることの罪の意識を何とか克服していた。ある日の午後、一人で庭にいたときに藪の向こうから特徴のある声が聞こえた。振り返ると声の主が柵の向こうから私を呼んでいるのが見えた。ミリクだった。藪の中を這って彼に近づいて小さな声で話していると、菓子をくれた。数分後にはミリクは来たほうに戻って行った。

次の月にシェカとメムナの誕生日があり、家では二人の誕生日を祝うために同じ日に大きなパーティが計画されていた。両親は私が除け者にされていると思わないかと心配し、お祝いに私も加えた。長い間、私はその日を自分の誕生日だと信じ、その日は私だけの誕生日で他の誰の誕生日でもなかったと確信していた。

その日はみんなが起きる前に始まった。私は姉と同じ部屋を使っており、ようやく明るくなり始めたとき、義母が私を揺すって起こした。義母は支度をして降りてくるようにと言い、私が階下に降りると、すでに車のエンジンをかけて待っていた。私たちは二人っきりだった。前の席に座ってスプーループを進み、ウィルバーフォースの兵営の環状交差路に来た。どこに行こうとしているのかは分からなかったが、なんだか冒険が始まるように感じて、何も尋ねなかった。

英国高等弁務官の公邸がヒルコット・ロードの上の丘の斜面に建てられていて、家の一部が道路のヘアピンカーブの上に突き出していた。私は毎日、学校の行き帰りにそこを通っており、芝生と色鮮やかな木々に囲まれたその家が大好きで、そこに住めばどんなだろうと想像した。いつかあの家を買うとみんなに言った。義母が車を高等弁務官の家の門に着け、長い砂利道をポーチまで行く間、私はどこにいるのか気付かなかった。

高等弁務官のステファン・オルヴァーがドアを開け、ヤボメおばさんに挨拶をし、私のほうを向いて、「お嬢さん、私の家がごらんになりたいのですって」と言った。

高等弁務官は13歳ぐらいの息子を呼んで私を案内するようにと言った。印象深い説明を聞きながら30分ほど次々と素晴らしい部屋を案内された。すべての部屋を開け、1階も2階も、少年の部屋も見た。そこには飛行機の模型が10機以上、天井から吊り下げられており、暑さで元気をなくしたハエのように見えた。見学の最後に義母が待つ高等弁務官の執務室に戻った。

部屋の角にある机から、オルヴァー氏は前に座るよう私に手招きし、何か飲み物をと言った。すぐに使用人が冷たい飲み物を盆に乗せてもってきた。高等弁務官は家が気に入ったかと問いかけた。はい、とても、と応えると、いくらぐらいなら払うかと尋ねた。家を私に売ってもいいというのだ。私はちょっとの間考えた。家のタンスの引き出しには2レオン入っており、小遣いは週に50セントだった。すぐには答えられなかったが全財産を差し出すことにした。高等弁務官は大きな声で笑った。そのときまで私たちの会話は完全に厳粛に行われていたが、あの瞬間に、はじめから誰も私を真剣に受け止めてくれていなかったことを悟った。

朝の遅い時間にベランダに集まって、曲芸師がまず水の入ったコップをもち、次にご飯を盛った皿をもって横とんぼ返りをするのを見た。曲芸師はコップや皿を何度も回転させ、最後には大股開きをしたが、ただの一粒の米も落ちなかった。私たちが土曜日を過ごした海岸のケープ・クラブで宙返りをする男を見たのを思い出した。彼は飲み物を運んでわずかなお金をもらっていた。客が小銭を投げ、彼は蟹のように体を反りかえられて口でお金を拾った。私がそれまでに見たなかでは最高の演技者で、あたかもニジンスキー自身が登場して、芝生を舞台に踊っているようだった。

昼食になると、子どもたちはみんな輪になって座り、義母はブロンドの女性がジャケットに印刷されたレコードをかけ、みんなで「ハッピイ・バースディ」を歌った。ほんとうは兄の誕生日で、小さな白いスーツに淡いブルーのシャツを着て、お揃いの蝶ネクタイを締めていた。

午後、遅くなって父が帰ってきた。父はテラスでちょっと義母と話し、庭に出てきた。私たちは一緒にゲームをするよう説得し、父は上着と靴を脱いで、長い間、私たちを楽しませてくれた。その素晴らしい日は私のものだったように思われ、心の中に奇跡が生まれ、まだ、たくさんの知識や失望によって汚されていなかった。でも、それは単なる幻想だった。

その日は私の誕生日ではなく、もちろん、誕生日に近かったわけでもない。そして、あの日に私たちの生活が永遠に変わった。父は抗議のために政権を去った。APCは大統領を行政府の長とする共和制に移行するという決議に賛成し、一党制の国家になる途を進むことが避けられない、と父を含む多くの人が信じた。新しい大統領制に反対する閣僚は次の選挙で党の公認を与えられない。家を出るとき父はシアカ・スティーブンスのもっとも上級の大臣であったが、家に戻ってきたときには政権の主要な敵対者になっていた。そして、床に着くころには、家は私たちのものではなく政府のものだったので、家を家庭と呼ぶことさえできなくなっていた。

第24章

6年間に八つの家で暮らした。最初はシェットルストンの平屋で、もちろん、私は覚えていない。保健省から借りていたフリータウンのアパート、ちょっとの間住んだウィルバーフォースの兵舎の小さな家、そして、父が軍を辞めて引っ越したPZの向かいの小さな風通しの悪いアパート。これらの住まいも覚えていない。そして、コイドゥの家と診療所、母のトレーラーハウス、ラゴスの義父の外交官住宅。最後がスプールループの大臣公邸。公邸からは、家族、おじ、いとこ、アマドゥとアマラを含む使用人、犬、全員が24時間以内に出て行った。

新しい、九番目の家は、テングベファルカイにあった。フリータウンの後ろの丘の一つにある台地で、ウィルバーフォースに行く古い鉄道が通過する地点にあり、かつては小さな村だったところが徐々に都市に吸収されていった。橋の下の人々が「下の方」と呼ぶところには、水が滴り落ちる流れの周りに人々が暮らす小さな荒れ果てた小屋が密集していた。新しい家の階段からバシュおじさんとエイミーおばさんの家の階段まで、ほんのひとっ飛びだった。2軒の家は短い路地を挟んで建っていて、土を固めた敷地を共有していた。豪勢な大臣公邸の環境とは大違いだった。

フリータウンからコイドゥ、プジェフムからカバラまで、国中どこでも二人の主要な閣僚の辞任の衝撃を和らげようとしていた。とくにトンコリリでは地元の人はショックを受けた。8月にAPC総会で英国から分離してシエラレオネを共和国にする案に賛成票が投じられた後、父とイブラヒムとバシュのタキ兄弟はマグブラカで一連の緊急会合をもった。辞任を決定した後、三人は内陸部に行って地元のチーフたちにそのことを報告し、ポロ・ソサエティーの長老と話し合ったが、ニュースは必ずしも好意的に受け容れられなかった。アフリカでは誰も自主的に政治から遠ざからない。長老たちは、一生懸命、同郷の人たちを助けて権力の地位に就かせたのだから、助けられた者はその地位にとどまる恩義がある。シエラレオネの多くの人が民主主義はパトロン制度の一形態に過ぎないと考えていた。自分たちが支持する人を政府の職に就かせ、代わりに世話をしてもらう。抗議として辞任するということ自体、筋が通らず、誰にでも理解されることではなかった。

フリータウンでは、誕生パーティの日に父の辞表がいくつかの新聞に掲載された。ヤボメおばさんが私を起こして高等弁務官の家に連れて行ってくれたときには、新聞はすでに売り場に出ていた。早朝に英国高等弁務官の自宅を訪問した本当の目的は何だったのだろうか、と何度も考え、最近になって義母に尋ねたが、訪問したことさえも覚えていなかった。そこで、ずっと前に退職していたステファン・オルヴァーに手紙を書いたが、過去の出来事であり、この件に関して話したいとは思っていない、という返事が届いた。

タキ兄弟の辞表は短く、あまり多くを伝えていなかったが、父はなぜスティーブンスに仕えないかを克明に記していた。フリープレス新聞社での若者の死、ジンジャー・ホールでの暴力と威嚇、ポートロコでの殴打など、過去2年間に国中を襲った暴力の責任がスティーブンスにあると述べ、政府の資金の使用や乱用についての意見の違いを詳細に明らかにし、スティーブンスが世界銀行に嘘をついたこと、首相の浪費によって準備金が危機的な状況にあることなどに言及している。そして、コノにおける一連のダイヤモンドの密輸の裏にスティーブンスが関与していると糾弾し、しかし、もっと悪いことがあるという。

スティーブンスは絶対的な権力以外の何も求めていない。すでに閣議に諮らずに意思決定をするのを常としていた。近年はシエラレオネが英国の女王を国家元首とする制度から離脱するという考えに取りつかれていた。公式行事の儀礼では英国の女王に敬意を表することになっており、スティーブンスはこの慣習に我慢がならず、個人的にないがしろにされていると考えた。また、女王の代理の総督が公の場に現れると国歌が演奏されるのは、自分から注意を奪おうとしているのだと感じていた。数カ月前の首相府での晩餐会のとき、スティーブンスが入場するときに国歌を演奏するよう命じた。警察音楽隊長は命令に従って「高く我らは汝、自由の国を賞讃する」と歌い始めた。数分後、総督が到着すると、明らかに当惑している外国の賓客の前で同じ国歌が全曲、ふたたび演奏された。

「この子どもじみた虚栄心の誇示は些細なことのように見えるかもしれない。しかし、医学の訓練を受けた者には、これらの事例は誇大妄想の病的現象の現れである。それは、海のように深い個人的な不安な気持ちの上に出ている氷山の一角である。この性向が飽くことを知らない権力欲と合わさると、国に大惨事を招くだけである」と父は書いた。

父は、シエラレオネを共和国にするというスティーブンスの計画が暗い野望を隠すものであると信じていた一人だった。憲法改正の機会を得て、首相は権力を想像もできないほど拡大しようとしていた。何が起きようとしているか、そして、スティーブンスの本心、すなわち、演技の習得によって隠すことに成功していた冷酷さと残忍さについて人々に警告したい、と父は考えた。スティーブンスはユーモアと魅力で何百、あるいは何千もの人を騙した。スティーブンスは騙されやすい人につけ込むことを楽しみ、村のチーフであれ国際共同事業体であれ、騙された人が部屋を出ると補佐官に向かって冗談を言った。「雨に濡れた豹を見て、子猫ちゃんだと思う人もいるんだ」

父たちが辞表を出す数日前にスティーブンスは国賓としてローデシアを訪問し、比較的ランクの低いカウサ・コンテ南部州担当大臣を首相代行に指名した。そのころ、父が世界銀行の会議のために出国するや否や、スティーブンスは父を政権からはじき出すという噂がすでに父のもとに届いていた。数週間前からジャネット・ソープが父の辞表の草稿をタイプしていた。9月になると、政権に留まることによって達成できることはない、と父は考えるようになっていた。

危機に一人で対応しなくてはならなかったカウサ・コンテは、取り乱し、うろたえた。徹底した政府支持者のジョゼフ・バース・ウィルソンとクリスチャン・カマラと一連の慌しい会議を開き、二人の閣僚をAPCから除名することで面目を保つ決定をした。次の日にはフリータウンのヴィクトリア公園に5000人が集まり、集会では反体制の閣僚も演説した。カウサ・コンテは先手を打って集会を阻止しようとして、前夜遅くに警察長官のジェンキンス・スミスを自邸に呼び出したが、そのような目的のために警官を動員することはできない、と言って首相代理の試みを妨げた。

日曜日の朝、父とタキ兄弟、サリフ・イースモンは、最近、世界保健機関の事務局次長の仕事を退いてシエラレオネに帰っていたドクター・ジョン・カレファ＝スマートと一緒に演壇に立った。まず、ジョン・カレファ＝スマートが話し、人々は辛抱強く聞いていた。そして、父モハメド・フォルナが演壇に立ったときには轟くような拍手が数分間続き、公園の空高く、100ヤードも離れていない首相府の重く垂れこめたカーテンまで届いた。赤いシャツを着た40人の暴漢が現れて、群衆に向かって壁の外から石の雨を降らせた。乱闘が始まると、周辺で人々が四散し始め、一人の男の目を石が直撃した。少しの間、大規模な暴動に発展しそうだったが、赤シャツたちは到着したときと同じような早さでその場を離れ、車に乗って立ち去った。

数日後に、新しい政党の結成が発表された。新しい政党は統一民主党（UDP）と呼ばれ、二党に分かれた部族政治に終止符を打つ第三の政党になり、3カ月後に迫っていた総選挙でスティーブンスとAPCを打ち負かす計画だった。

混乱が続いている間、スティーブンスは帰国を遅らせて、新しい政党が結成されるや否や、安全な隣国のリベリアから戻った。飛行機が着陸して数時間後に国民に向けてラジオで非常事態宣言をし、ただちに、すべての集会を禁じた。

UDPは脅しに服従することを拒んだ。議会の命令なしに非常事態宣言を出すことは違法であると父は抗議した。挑戦行為として、拡声器でヴィクトリア公園での集会に支援者の参加を呼び掛けて、UDPの車輌がフリータウンを巡回した。フリータウンへのすべての道路は通行禁止になっていたにもかかわらず、ふたたび何千人もが公園の入り口にやってきた。公園内では人々は武装した警官に取り囲まれたが、警官は護衛監視に専念し、集会を解散させようとはしなかった。政党はまだ正式に登録さえされていなかったが、毎日、何百人もの人が党員になるためにやってきた。政府系の新聞のデイリー・メール紙は、人々は金をもらって党員になっている、という記事を掲載したが、実際は逆だった。フリータウンの人々や地方の人々、クレオールやテムネ、メンデさえもが党員になり、かつてAPCの党員だった人や生まれてから政党に所属したことのない人も党員リストに名前を記入し、登録料を払った。人々はシアカ・スティーブンスとAPCを一掃したいと強く思っていただけなのだった。

UDPの本当の神経中枢ははじめからテングベファルカイの私たちが住んでいたところだった。一日中会議がもたれ、夜中まで続いた。人の出入りは途切れなく続き、馴染みの顔や会ったこともない人がやってきた。多くの人はただ入党を希望しているだけで、イースト・ストリートの事務所へ行くよう案内された。政党のシンボルは太陽と月だった。テングベファルカイではオレンジ色のスプレーで党のシンボルが描かれた車が出入りした。フリータウンのいたるところで党のシンボルを目にするようになり、壁にも土の上にも描かれ、Tシャツにも印刷された。太陽と月は光の源であり、統合の象徴であった。国のどこにいようとも、さらに世界のどこにいても、昼であれ夜であれ、誰であるかに関係なく、空を見上げると黄色い太陽と琥珀色の月があり、それは誰にとってもまったく同じである。

第25章

6歳のときには暗がりを怖いとは思わなかった。少しも怖くなかった。でも、徐々に恐れるようになった。大人になるころには恐怖が大きくなり、夜に目が覚めるとすべての電灯を点け、ホテルや新しい場所ではベッド・ランプを点けたままにするようになった。あるとき、夜に一人でいることができなくなった。夜の時間をくつろいでいるふりをして、じっと座り、2階や台所、あるいは、テレビの人工的な音や光が届く安全区域の外に行かなければならないような用事は避けた。その後は、眠る代わりに意識を失ったり取り戻したりしながら、恐れで体がこわばり、冷たくなって横たわり、起きているのか眠っているのかの境が分からなくなり、起きていても眠っていても恐れが忍び寄るまで悪夢の中で悪鬼に肉体を与えていた。いわゆる暗闇を恐れるのではなく、暗闇が隠しているものに対する恐怖だと思う。邪魔をされた感情からくる恐れで、五感の一つが使えなくなることによる損失だ。それは見ることができず、どこからくるのかも分からない。しかし、物音はいっそう大きくなる。一人が十人のように、十人が一人のように聞こえる。声はこだまし、増幅される。足音が人間のものではなく、あたかも超自然的な存在のものであるかのように、どこからともなく忍び寄り、突然消える。それが誰であろうとも、あなたがどこにいるかを知っている。

テングベファルカイでは、彼らは夜陰に乗じてやってきて窓に石を投げる。最初は夕食のときで、石は屋根に当たってトタン屋根に反響した。食事を中断して待った。次の石がぶつかる音は家族の意識を回復させた。1階の庭ではサンティギとアマドゥとアマラが皿に盛ったご飯の周りに集まっていたが、金属の門のところに駆けて行って敷地の入り口の戸締りをした。辺りに石が落ちてきた。外の小道では高い壁に叫び声が跳ね返り、暗闇の中に消えた。ゴム草履を履いて歩く音がして、さらに石が家の正面に当たり、その一つが開いていた窓を壊し、窓ガラスが地面に落ちた。

父は部屋を出て家の正面のバルコニーに逃れた。狩猟用のライフルをもっていた。私たちは父の後を追った。誰かが下にいるとすべてが見える位置から父は露地を見下ろした。椅子を引き寄せ、ライフルを膝に乗せて座った。父が背後にいるよう手招きしたので壁と父の背中の間に無理やり割り込んで次に起きることを見るために待った。怖いとは思わなかった。興奮していた。やがて、膝が震え始め、父の方に鼻を押し付けていると、腿と腹がくすぐったくなった。露地は静かだった。彼らはもう戻ってこないのか、これが始まりなのかが分からなかった。もし戻ってきたら私たちが待っており、彼らが後悔するようなやり方で父が対応することが確かだった。

新しい政党についての発表をして以来、UDPの指導部は常に脅威にさらされていた。イースト・ストリートの事務所には毎日、殺害予告の電話があった。赤シャツはすべての集会や示威活動の場に現れて、野次り倒し、押しのけ、唾を吐き、集会場所に向かう途中のUDP支持者を襲った。同じ若者たちが事務所の前をスピードを上げて通り過ぎ、登録の順番を待っている人を嘲（あざけ）った。家に石が投げられた次の日に、ジョン・カレファ＝スマートを伴って会いたい、と父は総督のバンジャ・テジャン・シーに伝えた。ジョン・カレファ＝スマートはムレータウンにある兄弟の家にいて、一家はひどい脅威にさらされていた。

テジャン・シーはシアカ・スティーブンスとは意見の相違があったので、小声で同情の言葉を言った。北部人のテジャン・シーは長年のＳＬＰＰ支持者だったので、スティーブンスは彼を政権に入れたくないと考えていた。１９６８年以来、テジャン・シーは総督代行を務めていたが、スティーブンスは常に総督という肩書に付随する栄誉を与えることを拒み、それを知っているテジャン・シーを非常に怒らせた。財務大臣在任中、父はしばしばテジャン・シーに不満を聞いてもらっていたが、今回はＵＤＰのリーダーたちとその家族の保護を依頼した。テジャン・シーは何ができるか考えてみると言った。首相はこれまで以上に警察に対して強い支配力をもっており、首相の承認を得ずに何もできない、と警告した。テジャン・シーは立ち上がって元の同僚たちと握手をした。状況は明らかに危険になっており、総督はただちに首相に話してみると約束した。

テジャン・シーは約束を守り、すぐにシアカ・スティーブンスと会った。この会見が終わると即座に首相府から発表があり、シエラレオネ総督代行を務めていたバンジャ・テジャン・シーが正式の総督に任命された。その結果、ＵＤＰに加わった人々はいっそう孤立した。翌日の夜、暗くなってから暴漢が家の周りに集まって家に石を投げ、その後、毎晩、投石が続いた。

ＵＤＰの仲間は増え続けた。人々は道路封鎖を迂回するために裏道を通って内陸部からフリータウンにやってきて、我が家や事務所に辿り着き、手伝いを申し出た。新しく到着した人たちの中には、家の周りを赤シャツから守り、夜警をする人もいた。これらの人々は一緒に暮らすようになり、硬いベランダで眠り、昼間は三、四人で集まっていた。私の世界では見たことのない人々だった。これらの人をじっと見て、知っている大人たちに注意を集中した。義母とエイミーおばさんは休みなしに調理をし、大きな鍋でご飯を炊き、みんなに食べ物が行き渡るようにした。

警備の人は必要だったが、UDPの幹部はフリータウンへの新たな人の流入を止めるべきであると決定した。できる貢献には限りがあり、状況は手に負えなくなっていた。首都への人の流れを減らすための唯一の方法は、リーダーたち自身がメッセージを携えて地方に出向くことだった。父が選ばれて、SIの選挙区のポートロコ、そして、その少し北にあるルンサーに車列を組んで出掛けることになった。プロの暴漢たちが頑張ったにもかかわらず、集会には何千人もが押し寄せた。この成功に駆り立てられた党の世話人たちは父のお膝元で、大歓迎が保証されていたマケニやマグブラカを訪問する計画を立てた。

私たちは学校をやめ、海岸へも、ケープ・クラブへも、テニスクラブへも行かなくなった。その代わり、自分たちだけで遊び、子どもっぽいゲームを繰り返した。ある日の午後、メムナが居間の真ん中に立ち、瞼を硬く閉じて数を数えた。シェカと私は急いで出口を見つけ、シェカが洗面所に消え、私は台所と貯蔵室に向かって階段を下りて1階に急いだ。私は空っぽのバスケットの山の後ろに捨てられていた米袋か、ヤシ油の巨大な容器の後ろに隠れようと思っていた。

階段の下にもっといい場所を見つけた。壁に取り付けられていた掛け釘に吊るされた長いコートだ。後ろに隠れるためにコートを脇へ押しやると、すでに何かがあった。ちょっと後ずさりした。畑で麦を刈るときに使うような、湾曲し磨きあげられた刃のナタが10本以上、壁に立て掛けてあった。私はそこにじっと立って、少しの間、息を止めて斧を見ていた。これを隠さなければならないと思ったが、すぐには何もできなかった。誰も触ったことが分からないように元通りにした。そして、急いで貯蔵室に入り、他の二人が見つけてくれるまで長い間待った。私が見たものについては兄や姉に話さなかった。なぜ、あそこに短剣があったかを私は知っており、それを私が発見したことを誰かに知られたら、どんな面倒に巻き込まれるかと心配した。どういうわけか、この情報は心の中に留めておかなければならないということが直感的に分かった。

数日後、我が家の敷地の入り口近くの赤土の上で遊んでいた。太陽はすでに沈み始めており、数時間後には空が暗くなった。露地に声が聞こえたので、誰がやってくるのかと思って見上げた。露地は人で溢れ、狭い通路は洪水の水が大量に流れ込んでいるみたいだった。三人は家に向かって飛び出した。階段の最下段に辿り着くと、エイミーおばさんが私たちの体を押して階段を登らせた。

私は庭が見下ろせる窓のところに行き、大勢の赤シャツが敷地に押し寄せるのを見た。男たちは瓶や警棒、手斧で武装していた。ボランティアの警備員は不意打ちを食らった。二人の侵入者のうちの一人が警備員の一人を壁に向かって追い詰めた。男は顔と頭を庇い、少しうずくまり、壁のほうを向くと、背中にこん棒が振り落とされた。白い服の男が群衆の中に飛び出した。男のシャツの前に血が飛び散り、赤い刺繍のように見えた。我が家の敷地は戦場になり、家にいた男はみな侵入者と取っ組み合った。お互いに腕を組み、ダンス・フロアにいるカップルのようだった。男たちの頭と挙げた腕の上には埃が大きな雲のように渦巻いていた。

台所では、家に押し入ろうとする者を撃退しようと考えて、女たちが湯を沸かしていた。背が高く、痩せて、とても黒い肌の女性が私を押し退けて騒動をじっと冷笑するように見ていたが、振り向いて階段を駆け降りて庭に出て、スティレット・ヒール〔ヒールが剣のように細長いハイヒール〕の靴を片方、巧みに脱ぎ、赤シャツの顔を殴った。赤シャツは叫んで手を頬にあてた。女性は勇気を得たようで、私が最後に彼女を見たときには靴を振りまわしながら争いの中に入って行くところだった。

私はメムナとシェカの横からそっと離れ、階段の最上段に行ったが、誰も気が付かなかった。階段を下りて、台所と貯蔵室を通って外階段に辿り着いた。そっと外に出て、背中を壁にぴったり押し付けて立っていた。争いからは数フィートのところにいた。

周りがよく見えるように首を長く伸ばしたが、すべてがあまりにも混乱していて何が起きているのかを理解するのはむずかしかった。埃の雲の中から二人が私に向かって突進してきた。一人は赤シャツだった。誰だか分らなかったが、もう一人が私を捕まえ、抱きかかえて家に戻り、2階へ連れて行った。ヤボメおばさんは私がいなくなったことにさえ気付かなかった。

襲撃があった日、父は家にいなかった。義母が私を叱り、私は義母の言葉を聞いていたが、実際には彼女の眼差しに釘づけになっていた。それまでに見たことがなく、理解することができなかった。私をこらしめてもよかったが、そうはしなかった。義母の怒りの中心にはむなしさがあった。

大集会の前夜、父の車列がマケニに着いたとき、UDPを禁止するという発表が届いた。スティーブンスはその日の早朝に党幹部の逮捕状を出した。しかし、警察長官が、見え透いた政治的行為のために警官隊を使うのを許可することを拒んだので、スティーブンスは軍の出動を要請した。首相がどのようにして軍の司令官を命令に従わせたかは分からないが、それに成功した。ＵＤＰと私たちの家族にとって、それが転換点となった。父は情勢を読み間違え、ジョン・バングラはスティーブンスの競争相手であり、ＵＤＰ幹部を逮捕するために部下を派遣することはないと考えていた。数日の間に、父は二度も裏切られた。まず総督に、そして、軍のトップに。

父はあまりにも多くの支援者に囲まれていたので、マケニに派遣された将校たちは、ほとんど一日中、父に近づいて命令を実行することができなかった。夜になって若い側近が上司をマケニの医師の家に残して別れて程なく、ガールフレンドのところに向かう車のラジオでニュースを聞いた。若い活動家は全速力で引き返した。二人には逃げるだけの時間があった。辺りには地元の支援者がたくさんいるので、2、3日は守ってくれるだろうが、それ以後は、多分、国外に逃れることができるだろう。側近は父がいる家に着くや否や階段を掛け上がった。

父は側近の話を聞いたが潜伏するという考えには反対だった。数分の後、リンバの仕官の分遣隊が家の玄関に到着し、中に入ることを要求した。父は家の持ち主である医師に承諾の意を示して頷き、扉が開かれた。

軍はドクター・モハメド・フォルナとその側近の逮捕状をもっていたが、家から出ると大勢の挑戦的な支持者に囲まれ、行く手を阻まれた。兵士と支持者が対峙した。やがて抗議のために集まった支持者を一人残らず逮捕するよう指揮官が命じた。そのため、パデンバ・ロード刑務所への5時間の旅では五十人以上が父に付き添った。その中にいなかったのは若い側近だけだった。側近は確認されず、混乱のさなかにこっそりと逃げて、数日後には国境を越えてリベリアに入った。

第26章

逮捕の直前、統一民主党（UDP）の支援者を乗せた車列がマケニの集会に行く途中で、集会を妨害しようとするAPCの赤シャツたちを乗せた車とすれ違った。ヘイスティングズを通過するAPCのランドローバーのボンネットには別名を「オモレ」という悪名高い赤シャツが横になっていた。二つの集団は激突し、続く喧嘩騒ぎでオモレが車から叩き落とされ、自分たちの車に轢かれた。オモレは怪我をし、殺されたという報告さえあった。スティーブンスはUDPに責任があるとし、新しい政党を禁止し、その場にいなかったUDP指導部を逮捕する言い訳に事件を利用した。

二百人以上が逮捕され、その多くはパデンバ・ロード刑務所に拘留された。軍はマグブラカに行き、フォルナの村であるログボンコにも行った。家中を捜索し、パ・ロケを尋問した。ドクター・フォルナの兄弟だという理由で、モモドゥおじさんとイスマイルおじさんを捕え、マグブラカの近くのマファンタ刑務所に他の十人以上と一緒に収監した。フリータウンでは逮捕された指導部の運命に関するさまざまな噂が流れ、国外に移送されるという説の中にはギニアの悪名高い拘留センターであるキャンプ・ヤヤに移送されるという噂もあった。

ＵＤＰ指導部の弁護士は人身保護令状を出し、被拘留者を告訴するか釈放するかの決定を裁判所に要求した。テングベファルカイで父の帰りを待っていると、犯罪捜査部（ＣＩＤ）の捜査官がやってきて家宅捜査をした。捜査官がマットレスを切り裂き、椅子の詰め物を引っ張り出している間、外では赤シャツが道路をうろうろして、反ＵＤＰのスローガンを繰り返した。

捜査官が部屋を回って、私たちの持ち物を、おもちゃや衣服などまでも調べている間、私たちは庭で待った。捜査が終わると、ＣＩＤの捜査官たちは台所の包丁や支援者の一人から父を保護するために贈られた聖水の瓶を勝利の印として掲げて立ち去った。捜査責任者は聖水の瓶の首を注意深くもって、群衆に向かって酸が入っていると言った。ヤボメおばさんはＣＩＤ本部に出掛けて私たちの所持品の返還を要求した。受付にいたすべての捜査官の前で、義母は瓶をもち、袖をまくりあげて聖水で手を洗った。それでもデイリー・メール紙は酸の入った容器が押収された、と報じた。

ドクター・フォルナの子どもたちを誘拐するという噂があった。義母はそれを自ら選んだ護衛の一人から聞いた。義母は直接、警察庁長官のジェンキンス・スミスのところに出向き、家には私たちのほかには誰もいないので助けてほしいと言った。いつもの威厳と糊の効いた制服にもかかわらず、長官は疲れて、あきらめているようだった。長官は首を振った。状況は長官の手に負えなくなっていることを認め、私たちを保護するためには何もできないと言った。「フォルナ夫人、どうぞ、家を出てください」と助言し、「私たち二人のためにも」と付け加えた。

数日後の夜に、赤シャツが家の外に集まって窓に石を投げ始めた。義母は寝ている私たちを車の後部座席に連れて行った。庭で車のエンジンをかけ、門が開くと同時にヘッドライトを最高光度に上げ、高速で露地を抜けて道路に出た。

私たちがドクター・オル・ウィリアムズの家に着き、ドクターの妻を起こすまでに、義母は深夜に私たちを受け容れてくれそうな人の家を一軒ずつ回って扉をノックしていた。人々は戸口に立って同情の言葉をつぶやき、必ず何か理由を付けて私たちを立ち去らせた。かかわりたくないというのがあまりにも明らかで、ヤボメおばさんは何もしてもらえなくてもお礼を言って車に戻った。どこに行く当てもなくウィルキンソン・ロードをラムレーに向かって走っていたとき、ドクター・オル・ウィリアムズの家の近くを通ったので助けを求めることにした。ヤボメおばさんは引き返して街灯のない急な坂を登り始めた。ロアーパイプライン・レーンの途中で急に右に曲がって短い私道に入り、大きなコンクリートの家の屋根付きポーチの下で車を止めた。

ドクター・オル・ウィリアムズの妻のムリエッタがドアのノックに応えたが、ムリエッタと義母はそれまでにたった一度しか会ったことがなかった。ムリエッタは父が閣僚になったとき財務省の事務次官で、シエラレオネで初めてこの地位に就いた女性だった。社交的で、陽気であると同時に政治的洞察力が鋭かった。父は彼女をとても尊敬していた。ムリエッタの夫はシエラレオネで最初の外科専門医でコノート病院に勤務していた。義母は戸口に立ち、涙が頬をつたっていた。危険を冒していることは承知していたが死に物狂いだった。「オル・ウィリアムズ夫人、子どもたちを連れてきました。泊めていただけないでしょうか」とだけ言った。

オル・ウィリアムズ夫人は夫を連れてきて、一緒に義母を落ち着かせて話を聞いた。

「いま、子どもたちはどこにいるの」と、義母が話し終えるとムリエッタは尋ねた。

「車の中よ」

オル・ウィリアムズ夫人が車のほうを見た。私たちに会ったのは初めてだった。私たちはパジャマのままで、後ろの窓からのぞいていた。オル・ウィリアムズ夫妻は私たちが車の中で待っていることに気付いた。ただちに事の重大さを理解した二人は私たちを家に招き入れた。

ヤボメおばさんは私たちと一緒に残らなかった。私たちがオル・ウィリアムズのところにいる間、義母は家々を転々としてテングベファルカイの自宅に戻るのは昼間だけだった。毎日、午後になると、ロアーパイプライン・レーンの家の屋上にある、庭を見下ろす大きなサンルームで私たちは待った。午後遅くには、義母が私たちの衣類や漫画、大好きなライス・クリスピーの小さな箱をもってやってきた。この家にきて1週間が過ぎたある日の午後、待っていたが義母は来なかった。

ムリエッタは昼間、役所で仕事をし、私たちの世話を年老いた使用人のパ・クックに任せた。夕方には急いで家に帰り、私たちの安全を確認した。ムリエッタは誰にも秘密を洩らさなかった。フリータウンでは誰も私たちがどこにいるのかを知らなかった。ヤボメ・フォルナだけがムリエッタとの唯一の接点で、義母が訪ねてこなかった日にムリエッタは恐怖を感じた。ムリエッタはいろいろと問い合わせてヤボメがエイミー・タキと一緒にCIDの監房に拘留されていることを知った。数時間後にオル・ウィリアムズ夫人は警察長官のところに出向いた。長官は逮捕については明らかに何も知らず、できるだけのことをすると約束した。長官の執務室を出るとき、ムリエッタはドクター・フォルナの三人の子どもたちが家にいることを告白する決心をした。「神様のお恵みによって私を助けてください。ヤボメにどうしたらいいのかを尋ねる伝言を届けてください」と彼女は懇願した。ジェンキンス・スミスはムリエッタに勇気をもつようにと言って励ましたが、どちらも必ず将来に起きることの予兆を読み取っていた。

義母は1日で釈放された。サンティギや他の使用人も逮捕され、サンティギはCIDの監房でひどく殴打された。義母はテングベファルカイの家に戻ることをきっぱりとやめた。それまで以上に頻繁に動き回り、一晩以上を同じ家で過ごすことはなかった。親類や使用人が逃げ、私たちの古い家は空家になった。エイミー・タキは釈放されるや否や、子どもたちをフリータウンから連れ出した。家は襲撃され、所持品はほとんどすべて盗まれるか破壊された。UDPが所有した車輌は押収され、イースト・ストリートの事務所は荒らされ、党員リストを含むすべての書類が没収された。

10日の間に、義母の顔に疲れが見え始め、ムリエッタはいつもの優雅さにもかかわらず、しかめっ面になり、顔が引きつった。秘密、二人のうちのどちらかが尾行される恐怖、予期せぬ訪問者によって発見される不安など、二人は同じ結末を予測していた。見え透いたゲームを永遠に続けることはできなかった。スティーブンスかS・I・コロマの手下が調べ上げるには、それほど時間はかからない。刑務所でさまざまな話や噂、暴力拡大の報告を聞いた父は、子どもたちを連れて国を出るようにと記したメモを好意的な監守にこっそり渡した。

私たちはパスポートもビザももっておらず、手持ちのお金もなかった。ヤボメは危険を冒して街に行って、バークレイ銀行の口座から貯金を引き出すことはできなかった。ムリエッタ・オル・ウィリアムスは知恵者で、知り合いの長いリストをもっており、政府と公務員の仕事の経験から、フリータウンのほとんどすべての人と連絡をとることができた。ムリエッタは私たちの国外脱出を助ける覚悟だった。もし、必要なものがお金なら、そこに行けば手に入れることができる唯一の場所を知っていた。ムリエッタは街にあるダイヤ・コープの事務所に向かった。スティーブンスの下で、ダイヤモンドの密輸が採掘地域に混乱をもたらし、政府の歳入に損失を与えていたが、首相は見て見ぬふりをした。1970年になると、首相自身が違法な採掘の多くを支配しているというのが公然の秘密だった。その前年に何百万ポンドもの価値のあるダイヤモンドがダイヤ・コープの飛行機から盗まれ、その奇襲の背後にスティーブンスがいたと広く信じられていた。襲撃の前夜にブルックフィールド・ホテルで共謀者たちの会話を聞いた人があり、イブラヒム・タキは強盗と密売買への首相の関与を証明する文書をもっていると主張した。ダイヤ・コープの代表のジョージ・バーンはムリエッタを知っており、彼女の訪問に驚き、喜んだ。ムリエッタは背後のドアを閉じた。彼女が先ず「私のところに子どもたちがいるの」と言ったのをバーンズは覚えている。

私たちは父の外交旅券でラゴスからフリータウンに来た。父の旅券は多分、すでに押収されていただろうし、現在の苦境では役に立たなかった。さらに、ヤボメがイギリスに行くにはビザが必要だった。ムリエッタは次に英国高等弁務官のところに行った。受付で、ムリエッタは急用で高等弁務官と話しがしたい、と告げた。

ステファン・オルヴァーはムリエッタが窮状について話すのを注意深く聞いた。誘拐の噂や、なぜ、いま私たちをかくまっているのか、国外に逃れるためには高等弁務官の助けが必要であることを述べた。三人の子どもの母親は英国人であり、子どもたちは英国の臣民だ、ということを強調した。ステファン・オルヴァーは状況を注意深く見守っており、S・I・コロマのような人物の評判をよく知っていた。今回の逮捕は外交団にとってもショックだった。数時間のうちに高等弁務官は6カ月間有効な緊急パスポートを私たちに、そして、義母には訪問ビザを発給してくれた。

私たちがキッシーのフェリー乗り場からルンギ空港へ向かったのは霧に霞む早朝だった。丸木舟でやってきた通勤者は靴を手にもって水の中を歩いていた。空港に向かう5、6台の車がフェリーの到着を待っていた。子どもたち三人が車のところで待っている間に、オル・ウィリアムズ夫人は乗船券売り場に歩いて行った。もし、誰かが私たちに気付いて質問を始めたら、私たちの母のモーリーンがヨーロッパに行く途中の乗り継ぎで立ち寄るので、数時間を母と一緒に過ごすために空港に向かう途中だと言う計画だった。

フェリーの汽笛が聞こえ、最後の乗船者が乗り込んだ。1分後には出発、というときにヤボメが一人で歩いてやってきた。ヤボメはムリエッタと席を代わり、ムリエッタは車から降りた。私は驚いて、ムリエッタが行ってしまうのが悲しくて「ムリエッタおばさん、一緒に行くのでしょ」とるさくせがんだ。ムリエッタは指を唇に当て、60ポンドを義母のハンドバックにそっと入れて、私たちみんなを抱いてさようならを言った。

ムリエッタはあらゆることを考えていた。空港では空港管理者のハンシルズ氏が出迎えてくれた。ハンシルズ氏は私たちに挨拶をし、その堅苦しい態度からも不安は覆い隠すことはできなかったが、空港ビルの2階にあるVIPルームへ案内し、私たちをそこに残して部屋のドアを閉めた。

部屋は大きく、装飾はシンプルで落ち着いた色で、ベルベットの椅子が小鹿のような色のカーペットに置かれていた。床から天井までの窓には分厚いベージュのカーテンが下がっていた。私はカーテンのひだを広げて後ろに入った。飛行機が駐機場をゆっくりと移動しており、巨大な昆虫のような機体が白いオーバーオールを着てオレンジ色の棒を振る男のほうに、ちょうど象がサーカスで芸を披露するように、重い足取りで近づいた。カーテンを閉めて部屋の中に戻ってきなさい、と言う義母の声が背後から聞こえた。

エア・フランスの便が搭乗を始めると、ハンシルズ氏が部屋に戻ってきた。ハンシルズ氏は義母の前に座り、上唇を拭った。「フォルナ夫人、私の言うことをよく聞いてください」とわざとゆっくり話した。「飛行機に搭乗すると、そこは国際領域です。シエラレオネの政府には何ら管轄権がないということです」。義母は頷いた。「機内に入った途端、あなたたちは安全です。分かりますか。誰かが力づくで飛行機から降ろそうとしても、拒否し、必要なら叫んでください。機長と客室乗務員はあなたたちが乗ることを知っていますから、あなたや子どもさんたちを飛行機から下ろすことを許しません。飛行機はあなたたちを乗せないでは出発しません。約束します」とハンシルズ氏は続けた。ヤボメおばさんはまた頷いて礼を言った。「幸運を祈ります」と言って、ハンシルズ氏は立ち上がって出て行くときに義母の手を強く握りしめた。

私たちは太陽の照りつけるなか、泡立つような滑走路に走り出た。他の乗客よりも先だったので、席に着いたときには飛行機は空っぽだった。飛び立つまでには少なくとも1時間は待たなければならなかった。私はじっと座って義母に安全ベルトを締めてもらい、前の座席の後ろのポケットを探った。ヤボメおばさんは私に毛布を掛けながら、寝ているふりをするようにと言った。私は瞼をしっかり閉じて、顔を横に向けてヘッドレストにもたれかかった。できるだけ動かないようにして乗客が通路を歩く音を聞いていた。乗客が客室乗務員に話しかけ、席に案内してもらうのや、頭上の収納棚を開き、音を立てて閉じるのを聞いた。じっと耳をそばだてて、誰かが私を揺すって眠っていないことを咎める、そんな異議申し立てを待っていた。

飛行機が移動し始めたので、まず慎重に目を開き、上昇し始めると窓の外を見た。眼下にはマングローブの沼があり、川が蛇のように曲がりながら海に流れ込み、漁船が小さな斑紋のように見えた。飛行機は徐々に高度を上げ、雲が窓を白く塗り、視界が閉ざされた。

ロンドン行きの便に乗り換えるシャルル・ドゴール空港は霧がかかっていた。私は空港の建物にうっとりした。こんなヨーロッパを見たのは初めてだった。人が動く歩道で移動し、透明のプラスティックのチューブが大きな空間で交差し、乗客をそれぞれの搭乗口に運ぶ。そこは明るく、涼しくて、女性の金属的な声がスピーカーを通して案内し、人々はそれを理解して従った。高すぎる値段をつけた免税店でセーターを買った。私たちは何ももたずに、スーツケースやバッグさえもたずにフリータウンを離れた。私は明るい黄色のスカーフとお揃いのセーターを買ってもらい、2時間後にガトウィック空港に着いたときには、夏服の上にそのセーターを着てサンダルを履いていた。

第27章

私たちは最初の夜を、ピカデリー・サーカスを見下ろすアグネス・ホテルで過ごした。メムナはヤボメおばさんと一緒の部屋に泊まり、シェカと私は隣の部屋を使った。窓のところの紐を引っ張ると、チョコレート色のカーテンがさっと音をたてて開いた。大きなコカコーラの広告が一晩中、さざ波のように点いたり消えたりするのを眺めていた。それが私の最初の、そして、忘れがたいロンドンの記憶だ。

次の日は、四人で散歩に出かけた。10月のロンドンは明るく、厳しい寒さだった。ウォータールー橋の上で、新しいアノラックの襟に顎を埋め、指を袖の中にひっこめた。息をするのさえためらった。家では朝になると、アマドゥとアマラが沸かしておいた飲み水を冷蔵庫から取り出した。ときどき、二人は瓶を冷蔵庫から取り出すのを忘れ、瓶が凍って破裂することがあった。そんなときには、区別がつかないガラスの破片と氷を集めるのを手伝った。恐ろしいガラスの破片をよけながら舌に貼り着く氷を舐めるという、おいしい楽しみがあった。イギリスの空気は、その氷のようだった。その日は厳しい寒さで、息をすることは危険をはらんでいた。

息はポットの湯が湧いているように、蒸気の柱になって噴出した。どうしてこんなになるのだろう。不思議だった。義母を見上げて、「ヤボメおばさん」と話しかけた。

声を聞いた義母は振り向いて、質問に応える代わりに立ち止まって、私たち三人に「これからは、マミーと呼んでほしいの。分かった。マミーですよ。これからはヤボメおばさんと呼ばないでね」

メムナとシェカが頷いたので、私も二人と同じようにした。ちょっと待ったが、それ以上、義母は何も言わなかった。何を聞こうとしていたのかを忘れたが、すぐに思い出した。「ヤボメおばさん、なぜ自分の息が見えるの」。私たちはストランドを引き返そうとしていて、私は走ってみんなに追いついた。

「マミー」と義母はゆっくりと言った。「マミー、なぜ、自分の息が見えるの」と言い直したが答えてくれなかった。

夜の時間をシェカと私は部屋にあった回転椅子を回して過ごした。隣の部屋では、義母が長時間、電話で話していた。風呂の時間もベッドに入る時間も注意する人がいなかったので、できるだけ早く椅子を回転させた。私たちのゲームの邪魔をする人はいなかった。夜が更けると順番に部屋の中を駆け、椅子に着地した。正しい角度で着地すると椅子はぐるぐると回転した。隣接する部屋か階下の不幸な客が文句を言ったのだろう。真夜中過ぎに夜勤のポーターが合い鍵で私たちの部屋を開けた。たとえドアをノックしたとしても、あまりにも大きな音を立てていたので聞こえなかった。鍵が回された瞬間、何時間もの騒乱と動きがシェカの胃に避けることのできない影響を及ぼした。記録を破ろうとする最後の努力によって、まだ椅子のうえで回転していたシェクは、さらに回転を早め、次の瞬間、絨毯の幾何学模様を無様な嘔吐のシミで台無しにした。

夜勤のポーターはグレーのモーニング・コートを着た黒い髪の若者で、期待に反して親切だった。彼は緩下剤の瓶をもって戻ってきて、私たちをきれいなシーツの間に入らせ、絨毯の汚れを拭って、朝まで動かないようにと厳しい警告をして電気を消した。

いま、ホテルのロビーに入ると、受付に同じポーターがいるのが見えた。ポーターは笑いかけ、ウインクをして、受付の前にいるカップルのほうを向いた。カップルは淡い藤色の髪だったので、不思議に思ってじっと見つめた。義母は伝言の束を手にもって、一枚ずつ、ゆっくりと目を通していた。私は義母のそばでカップルの銀糸の雲のような髪を見ているうちに質問を思い出した。もう一度だけ尋ねてみることにした。

「ヤボメおばさん」と始めた。義母は伝言を読み続けていた。今度はもっと大きな声で「ヤボメおばさん」と言ったが、やはり返事がなかった。私はちょっとイライラして、三度目に「ヤボメおばさん」ときっぱりと大きな声で言った。義母の注意を引いたことが分かって満足し、ちょっと待った。

しかし、答えてくれる代わりに、私の上腕をつかんで受付の反対側に引っ張っていき、待っている人から離れて、受付よりも低い位置で、誰にも見えないように、突然、足の後ろを強く叩いた。

「マミーと呼ぶようにと言ったでしょ。言わなかったかしら。言いませんでしたか。」

「はい」と私はささやいた。

「何がはいですか」と顔を私の顔に近づけて、さらに問いかけた。

「はい、マミー」と小さな声で答えた。「はい、マミー」

よく分からなかった。義母は私たちにマミーと呼んでもらいたいと言ったのだと思い、私たちに選ばせようとはしていなかったことに気付かなかった。それでも、私の間違いはとても単純なことで、なぜ、それがそんなに大きな問題なのかが理解できなかった。顔がほてり、ふくらはぎがずきずき痛み、鼻の穴がちくちくして泣き出しそうだった。ロビーを横切り、周りがだんだん霞んでくる中で、やさしいポーターが私を見ていた。ちょっと目が合ったが、彼はすぐに目を逸らした。

2日後に、私たちはアールズ・コートのサービス付きアパートに引っ越した。グレンベック・コートの管理人のコバリー夫人は、なぜだか分からないが、私たちが事務所に立ち寄ったその日から、私たちの家族を気に入り、助けて守ってくれた。夕方になると、夫を暖房の効きすぎたアパートのテレビの前に残して、「ベビーチャム」かシェリーをもって私たちのアパートにやってきた。マムの前で「それでは、これをちょっといかが」と言って酒の瓶を振って、体を揺すりながら居間に入ってきた。

いまでは、知らない人の前では義母をマミーあるいはマムと呼ぶよう、私たちは細心の注意をし、コバリー夫人の前でも例外ではなかった。私が一度、「ヤボメおばさん」と言ってしまったときには、コバリー夫人は不思議そうに私をじっと見ていた。幸いマムは聞いていなかった。ふたたび、同じ過ちは犯さなかった。官憲、あるいは他の誰かが私たちに注目して、質問を始めることを恐れて、マムが私たちのほんとうの母親でないことが誰かに知られる危険を冒さないようにした。コバリー夫人は、マムと一緒に座ってしゃべりながら、龍のように鼻から煙を出して煙草をふかし、マムがほんの少し舐めるように飲んでいる間中、ずっとグラスに酒を注いでいた。

私たちのアパートは建物の裏の一階にあった。部屋の向こうには、花壇や鉢植えなどで飾られていない舗装された広いスペースがあり、地下鉄ディストリクト線の線路が見下ろせた。毎分二度、昼も夜も電車が音を立てて通った。寝室は一つしかなく、みんなで使った。完全には暗くならない都会の夜の中で、地下鉄の不慣れな音を聞きながら、私は眠れないでいた。

その考えはテングベファルカイの轍(わだち)のできた細道で犬を散歩させているときに始まった。戦前の読本や私自身のジャネットとジョンの物語から集めた世界、清潔でいつも笑っている子どもたちがたくさんいて、もっといい世界のイメージをもっていた。私はまだ自分の人生を生き始めてもいないのに、すでに何かを懐かしんでいた。不幸というのではなかったが、心のどこかで、私の子ども時代は期待通りではないと思っていた。自分自身を慰めるために架空の友だちを作る代わりに、想像の世界を創っていた。これまでに経験したことさえない過去を懐かしがった。1970年の11月、父が刑務所にいる間、一人ぼっちで汚い都市に立ち往生させられていたくなかった。違った世界、私の本の表紙の背後にいる少年や少女が暮らすのと同じような世界で暮らしたかった。

私のもっていた詩集には、毎晩、ロンドンの通りを歩いてガス灯に点燈する仕事の男についての「点燈夫」という題の詩があった。夜になると、詩のなかの少年がしたのと同じように、グレンベック・コートの正面玄関で、点燈夫がやってくるのを待った。電気は知っていたし、街灯には電球が付いているのが見えていたが、奇妙なことに、電灯がチカチカし、オレンジ色に輝き、義母が夕食のためにアパートに戻るよう呼びにくるまで、自分自身に対して、点燈夫がやってくるふりをし続けた。義母が何をしていたのかと尋ねると、*A Child's Garden of verse*（『子どものための詩の庭』）の本を開いて、梯子(はしご)をもち、半長靴を履いた点燈夫がトレビボル・ロードとちょうど同じようなロンドンの街路のランプに点燈している挿絵を見せた。

勉強が遅れないように、数学と英語の家庭教師を頼んだ、とマムは言った。とても家庭教師に相応しい感じのミス・バードは私をがっかりさせなかった。髪は銀色と紅茶色で、頭の後ろで小さく束ねてシニヨンにし、ちょっと老けた感じだったが、緑と茶の色合いの上質のカシミアを着ていた。ミス・バードは、私の古い本のページから抜け出した時代遅れの女家庭教師のようだった。彼女は心地よくささやき、声を荒げることはなく、一緒に物語や詩を読むと、私の考えを尋ねた。ミス・バードは一緒に算数の問題を解くよりも、ずっと多くの時間を詩を読むのに割き、あの冬に、逃避のためのいくつも鍵を私に与え、シェヘラザードやハックルベリー・フィン、アスラン、ナルニアやグィネヴィア、ランスロットの住人、ドン・キホーテ、赤毛のアン、ベオウルフのような、たくさんの新しい友だちと一緒に隠れる場所を示してくれた。私はミス・バードと一緒に過ごす時間を楽しみにし、もうベーサ・コントン校の大人数の教室にいなくていいことを喜んだ。

シエラレオネでは、ステファン・オルヴァーとジョージ・バーン、ムリエッタ・オル・ウィリアムスは、公式な行事などでお互いに目をとめ、いたずらなウインクを交わした。いっぽう、私たちを空港まで運んでくれた運転手は命からがら逃亡した。フリータウンに戻ったとき、私たちがいなかったので、スティーブンスとその子分たちが彼らの目の前で逃亡したことに気付き、運転手の逮捕命令を出した。運転手はただちに車に戻ると町を出て、走り続けてリベリアのモンロビアに着くと車を売って、少しの間、手に入れた資金で生活した。

UDPへの支援者の多くが、スティーブンスの反民主的な行動に反対する西部地域のクレオールと、父とタキ兄弟に従う北部の人々だった。これらの地域におけるAPCへの被害を最小限にするために、スティーブンスは北部出身のセンブ・フォルナを父の後任の財務大臣に任命し、数カ月後にスティーブンスはこの役職を、もっとも信頼する味方の一人であったクリスチャン・カマラ・テイラーに与え、S・I・コロマをモハメッド・バシ・タキの後任の開発大臣にした。政府は、いまでは過激主義者たちの手中にあった。APC女性局のトップで、スティーブンスの愛人の一人であったナンシー・スティールは、UDP幹部を壁の前に並ばせて射殺するべきであると提案した。11月に予定されていた選挙は翌年の2月に延期された。

スティーブンスは、UDPをCIAの資金を得ている「反逆者集団」であると非難し、父の主張をすべて否定した。政府系の新聞であるデイリー・メール紙は、10万レオン相当の武器が我が家で発見されたと一面で報じ、勾留に関する記事は2インチの長さで、最後のページに掲載された。議会で非常事態宣言を支持する票が投じられ、スティーブンスは逮捕と勾留の新しい権限を自らに与えた。そして、その直後に軍隊ではテムネが粛清され、六人の兵卒がUDPを支持し、政府転覆を計画したとして告発された。

11月になると、裁判所はUDP幹部の人身保護令状を却下した。勇気と決断力に欠ける司法の特性が多くの人の心を沈ませたが、わずかに残っていた野党SLPPの議員が一人ずつ国会で立ち上がり、父やその他の人々を違法逮捕し、新しい政党を禁止するためだけに非常事態を宣言したとして、スティーブンスを強く非難した。

12月には刑務所に勾留されていた人々のなかで最初にサリフ・イースモンが釈放された。彼は健康を害しており、それが釈放の理由だったが、それでもいい知らせであることには変わりなかった。フリータウンでは、クリスマスまでにすべての拘留者が釈放されるという噂があった。

ロンドンでは、私たちは徐々に新しい生活に適応していた。子どもたちは家事の手伝いをすることを学んだ。朝には部屋に絨毯掃除機をかけ、コーヒー・テーブルに「ミスター・シーン」の家具のつや出しをスプレーし、食事の前には食卓の用意をし、終わった後には皿を洗ったり拭いたりするのを手伝った。メムナと私は女の子だったので家事の多くを二人がすることになった。これは私が出逢ったことのない論理形式だった。私は、それまでの生涯をずっと男の子になりたいと思ってきたが、男の子であることの有利な点は、ショートパンツをはいて手すりを滑り降りるだけではないことに、このとき気付いた。家事の目新しさは数日でなくなり、テレビを観るほうがいいと思った。これまでテレビのある生活をしたことがなかったので、「Basil Brush」から「Hawaii Five-0」まで、すべての番組に釘付けになったが、コマーシャルがいちばん好きだった。「スーパー・ヒーロー」のトイレ洗浄剤やしゃべるチンパンジーも好きだったが、「パクソ」の詰め物を使わなかったために逮捕された主婦が、「二度とやらないことを約束します」と言って謝りながら、警官に連れて行かれる話がとくに気に入っていた。これが私の消費文化への入門だった。はじめは番組の間の冗談やコントだと思って広告を観ており、何かを売ろうとしているのだと気付くまでには少し時間がかかった。この関係が分かると、階段用のミニ絨毯掃除機、トイレの水を青くするキューブ、春の花の香りがする芳香剤、どれだけ多くのものが必要か、ほんとうに必要としているのかに気付いた。毎日、新しいリストを作り、スーパーマーケットでは全部買ってくれとマムにせがんだ。

手伝いの分担を怠けていたので、しばらくして、また小枝を探しに行くことになった。メムナも困っていた。メムナは姉なのだから、妹に対して責任がある、とマムが言った。メムナはマムの考えの不公平さに腹を立てていた。私は腹を立てると同時に申し訳ないと思っていた。私たちは道路を行ったり来たりして、初めは気乗りがせず、やがて、切羽詰まって、小枝を切り取ることのできる木か藪を探した。最後には、それぞれが1インチほどの黄色いイボタの枝をもって、義母のところに行った。マムは私たちがふざけていると思い、自分で小枝を取ってくるために外に出たが、トレボビル・ロードには木も緑もなかった。

クリスマス休暇の前、最後の勉強のときにミス・バードからプレゼントをもらった。ウエッジウッドの小さな皿で、まん中に野の花の枝が描かれていた。私からはレースの縁飾りのついたハンカチをプレゼントした。

クリスマスの朝、目が覚めたとき、プレゼントが詰まった靴下と、小さなアパートを圧倒するような脅威になっている、無数の輝く電球で飾られた大きなツリーに気付いた。義母は知っている限りのやり方で親切を示すことがある。こんなにたくさんのプレゼントを見たことがなく、最初の1時間は、プレゼントを開くのに熱中して我を忘れた。プレゼントの山の中に、一つ、「アムへ。ダディより愛を込めて」と書いたものがあった。テディベアだった。マムが買って包んだことを知っていたが、それがほんとうに父から届いたのだというふりをした。バカであることが幸せな気分にしてくれたので、私はバカなふりをした。私たちと一緒にクリスマスを迎えられないことを残念がらないように、マムが新しく買ったインスタマチック・カメラで父に送る写真を撮るために、クリスマス・ツリーのそばでポーズをした。

信じられないことに、クリスマスには雪が降った。スチロール樹脂のような、哀れなスポンジのような、柔らかい雪片が傷ついた空から落ちて、庭に膜を作った。私は外に走り出て、嘘っぱちの喜びで叫び、雪をかき集めて汚い山を作り、小石を二つ埋め込み、無表情な石を一列に並べて壊れた歯に見えるようにした。

雪に飽きて、アパートに入るために階段を上り、いつも少し開いているコバリー夫人の部屋の扉の前を通ると、コバリー夫人はプレゼントを私の手に握らせた。

アパートに向かう途中で、プレゼントを確かめた。コバリー夫人はプレゼントを包んでいなかった。それは、青いプラスティックの鹿で、尖った小さなひずめと硬くて小さい角が付いていた。すぐに「ベビーチャム」の鹿だと分かった。

その後何年も、コバリー夫人のことやお酒が好きだったことを思い出すときには、ベビーチャムの鹿をクリスマスにくれたことが面白かったので、いつも家族の誰かがそれを話題にし、私はどういうわけか腹を立てた。コバリー夫人に腹を立てていたのではなく、怒ってはいなかった。彼女のことはかなり好きだった。あのぞっとするような青い鹿のことを考えると、あのプレゼントが私をどれだけ惨めな思いにしたかを自分で認めなければならない、それだけだった。そして、もし、それを認めてしまうと、ロンドンでの最初の数カ月についての他のことにも直面しなければならなかった。

10か月後に、引き出しの奥に銀色の星の模様のつやのあるブルーの包装紙で包まれたパッケージを見つけた。小さな包みは、ナイフやフォーク、セロテープ、紙ナプキンなど、ごちゃごちゃしたものと一緒に食器戸棚の引き出しに押し込まれていた。そのうちの一つは、中身が何か分かるように角がちょっと破られていたが、それを見た途端に、赤い「オールド・スパイス」のひげそり用クリームだということがすぐに分かった。小さな紙には丁寧な活字体で「ダディへ。たくさん愛をこめて。アミナッタ」と書かれ、子どもっぽいキスが添えられていた。

第28章

私たちがロンドンに到着して程なく、グレンバック・コートに訪問客があった。大柄な男の人で、あまりにも背が高かったので、ドアのかもいの下を通るときには頭を下げなければならなかった。突然の訪問であったが、たくさんお土産をもってきた。私の包みを開けると、黄色いフェルトのくちばしのあるピンクのふわふわしたアヒルだった。ダッキーという名前を付けた。大きな男の人は、膝に座るようにと言って、お茶を飲んでいる間、私をくすぐったり、ひねったりし、さらに脚をもって逆さ吊りにして、怖さや楽しさで叫ばせた。後で、この人のレインコートを着ると、洪水のように私を飲み込み、脚の周りの床を混ぜ返した。名前はティニー・ロウランドで、ティニーおじさんと呼んでくれと言った。

その前年、ガーナやザンビアの政府と同様に、シエラレオネ政府は、近い将来、国有化することを視野に入れて、シエラレオネ・セレクション・トラスト（SLST）の賃貸契約について再交渉することを決め、新しい事業のパートナーを探していると発表した。シエラレオネ国内では、SLST は評判が悪く、多くの人が時代遅れになった植民地時代の恐竜とみなしていた。楽に富が手に入るという約束が、私たちの小さな国に、世界中の大勢の富豪が富をさらに増やす方法を探してやってきた。その一人がロンロー〔英国の複合企業〕のティニー・ロウランドだった。

ロウランドは財務大臣時代のモハメド・フォルナに何度か会って、内陸部で新しい採掘の機会を探るための、あまり大きくない合意に署名していた。しかし、ロウランドは、より大きな分け前、すなわち、基本的にはSLSTとデビアスが所有する利権を注視していた。父は、将来、シアカ・スティーブンスと競い合う人物と言われていた。いまは刑務所に入っていても、そして、UDPが禁止されている組織だとしても、ロウランドのような実業家はアフリカ政治の情勢は砂漠の砂丘のように急激に一夜にして変わることを知っていた。「いかなる条件も永久ではない」というのが、我が国が気に入っている金言ではなかったか。

採掘業界は、シエラレオネの、そしてアフリカのいたるところの、政治のあらゆるニュアンスや変化に影のように寄り添う。それが既得権だからだが、当時は、既得権という言葉は広く使われていなかった。採掘業界は、すべての政治的な結果を、数量化できない、理解さえできないようなかたちで具体化するのを助ける。鉱物の利権に関する交渉が行われてからでないと、シエラレオネのような国では何も変わらない、というささやきや噂があった。シアカ・スティーブンスの挑戦者という評判の人物の家族が困っていると、すぐに喜んで助けてくれた。アンガス・ホテルで過ごした夜、グレンベック・コートのアパート、ロンドンでの私たちの支出の多くはデビアスが支払った。そして、ティニー・ロウランドという巨人がやってきて、グローバル資本主義の名の下に、有名なビジネスにおけるパーソナル・タッチを子どもの足首をもって逆さにして揺らしながら、ここで実践した。

ティニーおじさんとロンロー帝国は、間もなくガーナの金鉱でのより大きな征服の挑戦に誘われて前進するだろう。ひとまず、新年の最初の日に、シェカをサセックスの学校に連れて行くために、ティニーおじさんは車を貸してくれた。運転手付きの白いメルセデスで、グレーの制服を着た運転手もまた親切な若者で、兄が神経過敏とむかつきで学校の駐車場で吐いたときには、兄の頭を支えてくれた。

政治犯で元大臣の家族が亡命してロンドンで立ち往生している、というので、私たちは関心を集めた。グレンベック・コートのアパートには、ひっきりなしに訪問者があった。英国人やレバノン人、そして、シエラレオネ人の実業家がやってきた。その中には、APC時代の父を支援してくれた人もあり、将来のために取り入る機会に関心があるだけの人もいた。フリータウンから直接やってきた学生活動家も、UDPに転向したAPCの元メンバーもいた。一斉検挙を逃れてモンロビア経由でロンドンに戻ってきた者もあった。彼らは学生宿舎で法律の学位や会計学の試験を目指した。集会を開き、英国政府と、共感してくれる英国の国会議員に、シエラレオネで何が起きているかを知らせ、しばしばグレンベック・コートに立ち寄り、少しずつ収集する情報を交換し、私たちが何か新しいことを耳にしたかどうかを確かめた。

刑務所に勾留されて3カ月が過ぎたが、父と他のUDP幹部は起訴もされずに弁護士との接触や面会も許されなかった。パデンバ・ロード刑務所は収容能力の限界に達していた。逮捕が国際的に報道されると、人権団体のアムネスティ・インターナショナルが父を著名な「良心の囚人」の一人として発表した。

私たちは待った。ロンドンに来て最初の1カ月は観光客のように行動した。トラファルガー広場に行き、オックスフォード・ストリートを端から端まで歩き、新しい衣料を買い、びくびくしながらハロッズの中を歩き回った。国会議事堂前広場に立ってビッグ・ベンが時を告げるのを待った。ビリー・スマートのサーカスがアールズ・コート・アレーナにやってきたときには、マムは私たちに切符を買ってくれた。でも、時間がたつにつれて観光旅行の熱は冷めていった。いつでも家に帰る準備はできていたが帰ることができなかった。

誰かの家の客のような、これまで通りの生活を続けることもできなかった。マムは仕事が必要だと考えた。秘書養成コースを受講することにして、ブルック・ストリート事務所に登録した。アールズ・コート駅にあったポスターのきりっとした女の子のように、チェックのミニスカートにエナメルのブーツ、庇のついたチェックの帽子といういでたちで義母が仕事に行く姿を想像した。メムナと私は寄宿学校に入れられ、シェクはすでに新しい学校での生活を始めていた。ミス・バードに別れを告げ、受難節の学期と呼ぶことを後で教えられたのだが、それに合わせて私たちはホーリーの町のハイツリーズ学校に入った。

あの夜、初めてメムナとは別の部屋で眠った。メムナは七人の他の女の子とブルー寮に入り、私は最年少組の三人と一緒にピンク寮で眠った。私たちはフランネルの寝巻を着て、背の高い鉄製のベッドに座って、ポーランド人の寮母のミセス・ピーブルズが電気を消しに来るまで、黙ってお互いを見つめ合っていた。少しの間、冷たいシーツの間に横になり、キャンドルウィック刺繍のベッドカバーの下で、月の光が壁に映し出す模様を見ていた。数分が過ぎると、他のベッドから鼻を啜る音や啜り泣きが聞こえてきた。私も泣き始めた。私たちは、お互いに一言も話しかけず、誰もドアのところにやってこなかった。泣き声を枕に押し付けて、そのうちに泣き寝入りした。

「ロンドンのシエラレオネ高等弁務官事務所における、昨夜のクーデターとその失敗に続いて、警察は西アフリカのシエラレオネの学生革命家たちを捜している……」

昼のニュースで報じられたこの発表があったとき、私は学校にいた。私たちのグレンベック・コートのアパートによくやってきた若い活動家のうちの十人全員がUDPの党員で、ポートランド・プレイスのシエラレオネ高等弁務官事務所を占拠し、シアカ・スティーブンスの辞任と政治犯全員の釈放を要求した。その中には、1967年の選挙に関する危機の間、私たちを泊めてくれた、母の古い友人のビアンカ・ベンジャミンや、イブラヒム・タキと結婚したシネーおばさんも入っていた。次の朝、タイムズ紙は活動家たちの写真を掲載した。学校の寮にいて、新聞もテレビもなかったので楽しみを逃してしまった。後で分かったのだが、マムはそれをすべて知っていたが、もしマムが逮捕されて刑務所に送られたら、私たちが帰ってきたときに世話をする人がいなくなるのを心配して、家に留まった。

早朝、学生たちは、何ら疑いをもっていなかった管理人に高等弁務官事務所の建物に入れてもらった。おもちゃのピストルを振りまわして、高等弁務官事務所の職員を集めて、誰もいない部屋に閉じ込めた。次の部屋では、学生の一人が高等弁務官の机の前に座り、机の上の電話でフリータウンの首相府を呼び出し、首相と話したいと言った。交換手は高等弁務官自身からだと思い、首相に電話を繋いだ。学生は、ポートランド・プレイスの建物は占拠され、職員は人質に取られていると伝え、政治犯と引き換えに人質を解放すると伝えた。スティーブンスは電話を切った。

2階では監禁されている職員が窓からハンカチを振り、通行人に向かって叫び、やがて一人が警報を鳴らした。いっぽう階下では侵入者が記者会見を開き、テレビカメラと新聞記者に向かって、我々がシエラレオネの新しい亡命政府だと発表した。30分後に警官が到着し、建物の占拠を解いたが、混乱の中、大勢のテレビ取材班やジャーナリストに紛れて逃げた首謀者を捕えることはできなかった。

英国はストライキに悩まされており、あの1年の間に4000件のストライキがあった。郵便局の職員はストライキをしており、炭鉱労働者は非公式に職場を放棄し、フォードの労働者はピケを張るといって脅していた。高等弁務官のところでの突飛な事件には、何週間にもわたって停電の脅威やインフレの深刻化について書いていた報道陣を楽しませる、非常に滑稽な要素があった。高等弁務官は数週間前に英国内で二人目の妻をもったことでニュースになっていた。学生たちは頭がよく、大胆で、高等弁務官がフリータウンに呼び戻されていたため事務所の責任者になっていた次席だけでなく、英国の警察をも出し抜いた。

しかし、学生たちの幸運は長続きせず、逮捕され、メリルボーン治安判事裁判所に連れて行かれ、裁判官は保釈金を150ポンドに決定した。訴訟は1年近く続いた。スティーブンスは学生をシエラレオネに送還し、政府の奨学金を停止する命令を下した。学生たちは、下院に、そして上院に訴えた。上院は全員を条件付きで釈放し、英国での政治亡命者の保護を与える決定をした。

学生たちの抗議行動がシエラレオネでスティーブンスにどのような影響を与えたか、誰に確かなことが言えるだろうか。しかし、高等弁務官事務所でのドラマの1週間後に、首相は、パデンバ・ロード刑務所に拘留されていた、UDP幹部を含む政治犯のほぼ全員を釈放する命令を下した。その中には、ジョン・カレファ＝スマートとモハンメド・バシ・タキも含まれた。しかし、私たちにとって喜びは束の間だった。釈放された人のリストに父の名前はなかった。父は刑務所に残された。

1年後、英国では炭鉱労働者のストライキが続き、全国で停電が繰り返された。ミカエル祭の学期には、ロウソクを灯して夕食をとり、靴下を履いて首にスカーフを巻いて眠った。パデンバ・ロード刑務所では、昼も夜も電球が一つ灯されたままの部屋で眠り、目覚めた。義母はブルック・ストリート事務所での訓練を諦め、ソーホー・スクエアにあるユダヤ人の建築家の事務所で常勤の秘書の仕事に就いた。グレンベック・コートのアパートを引き払い、道路を何本か隔てたフィルビーチ・ガーデンの屋根裏アパートに引っ越した。マムとメムナと私は引き続き一つの部屋で暮らしたが、シェクには、実際には物置きだったが、小さな個室が与えられた。時間が過ぎるとともに、私たちの新しいアパートを訪ねる人は少なくなった。数週間のつもりで英国に来たが3年間も留まることになった。

第29章

1971年7月6日、淡いブルーの航空書簡が届いた。住所の上の右側には、赤い鷲の絵と「シエラレオネ、鉄とダイヤモンドの土地、9セント」という文字が印刷されていた。宛名は「シェカ、メムナ、アミナッタ・フォルナ」で、グレンベック・コートのアパートに届いた。父からだった。開くと、いちばん上に紫色のインクで刑務所の楕円形のスタンプが押され、父の囚人番号であるD／6／70が記されていた。刑務所の検閲官のサインを見て、父が刑務所に入れられていること、そして、その意味について考えた。

閣僚たちの公邸では数人の囚人が庭掃除をしていた。私たちは2階の寝室の窓から囚人たちが鎌で草を刈るのを見ていた。木綿の上着と、かつては白かったと思われるズボンはサイズが合っていなかった。囚人たちは裸足で、表示のない刑務所のランドローバーに詰め込まれるまで黙って働いた。囚人は恐ろしく、ぞっとするような人たちだと思っていたが、そうではなく、小柄で、痩せて、年寄りだった。それでも、私たちは囚人たちがいなくなるまでは外で遊ばなかった。囚人たちが働いていた庭に出て、何かは分からなかったが、多分、彼らが芝生に残した犯罪性の証拠のようなものを探し、大量に切り取られた草の山を見つけ、そのなかに飛び込み、笑い、日が暮れるまで転がって遊んだ。次の朝も同じところに行き、前日と同じように草の山に飛び込むと、無数の赤と緑の毛虫がうごめいて草が生きているようだった。

街への行き帰りに道路脇で囚人たちの集団を見た。足を鎖で繋がれて、溝を掃除したり道路のくぼみを補修していた。義母が父からの手紙を読み終えたので、「お父さんは刑務所に入っているのだから、道路の補修や誰かの庭で働くのね」と尋ねた。

「どういうこと」と義母は聞き返した。腰まで裸で、ぎらぎらする太陽の下で、動く影のようだった人々を見たのを思い出した、と言った。

「いいえ。心配しなくていいのよ。お父さんはそんなことはしなくていいの」

「どうして」

「お父さんは、そのような種類の囚人ではないからよ」

「どんな種類の囚人ではないの」

「道路を補修しなければならないような種類よ」。フリータウンのデイリー・メール紙は、できる限り、父を犯罪者だと思わせるように記事を書いているが、義母が言おうとしていたのは、父が犯罪者ではないということだった。それでも、父が大勢の人が見ている前で労働を強いられているという想像は私を不安にした。恐ろしいイメージを放っておくことができなかった。

学校では、日曜日には教会に行って、灰色の肉と色のない野菜の昼食を食べた後、両親に手紙を書いた。列を作って暖房のない教室に行き、教師が紙を配る間に、机の前に座って万年筆にインクを入れた。誰もが罫線を引いた白い紙をもらったが、海外から来ている生徒には薄い半透明の紙が配られた。

父は6フィート×8フィートぐらいの広さの独房で眠った。高い天井にある鉄柵が付いた小さな開口部からしか自然光が入らなかったが、部屋の真ん中に吊るされた電球は昼も夜も灯っていたので決して暗くなることがなかった。長い年月を明るい電灯の下で暮らした拘留者は、刑務所を出るまでに視力を完全に失う。ドアの真ん中に覗き穴があり、看守はそこから中を覗いたが、父には外を見ることができなかった。独房には毛布と便器以外は何もなく、便器は1日に1回だけ空にされた。最初の日に父は裸にさせられ、囚人服が配給された。独房では1日に2回、皿に盛ったご飯とシチューをあてがわれ、2週間後からは、毎晩1時間だけ運動のために独房から出ることを許された。シャワー棟に連れて行かれて、体を洗うためにバケツ1杯の水をもらうまでに、丸々1カ月が過ぎていた。やがて、弁護士を通して本を頼むことができるようになり、本が届くことがあった。モリス・ウエストやエドウィン・ファディマンの小説、そして、ソ連の強制収容所で死を待つ人のための病棟と囚人の生活と警察国家の中心にある癌が相似する、ソルジェニーツィンの500ページの大著『ガン病棟』。数カ月後には便箋が与えられた。

父は手紙で、一生懸命勉強するようにと言い、成績がよかったときには褒め、親指をしゃぶるのを止めたかと尋ねた。みんなには止めたと言っていたが夜にはこっそりとしゃぶっていた。ゴールディーとオレンジーという金魚について尋ね、学校でいま仲良しの女の子の名前を覚えていた。返事を書いて、家に帰らせてほしいと哀願した。私はイギリスにアレルギーがあり、肌は乾燥して土色で、唇にはひびが入っているので舐めずにはいられず、それが問題を大きくし、髪の毛はちりちりになり、指はぼろぼろの爪から血が出ている。寄宿学校から逃れられないのが嫌で、イギリスにいることが嫌で、私の中ではこの二つは同じことだった。

父は、当時のアフリカの人々の多くと同じように、英国の教育制度に揺るぎない信頼を寄せていた。これらの人々は成功の鍵は英国の教育にあると信じ、とくに寄宿学校で教育を受けることが最高だと考えていた。ボー・スクールに行ったことが父の人生を非常に大きく変えた。父は私に弁護士になってほしい(学位を取る直前に法律を諦めてジャーナリズムに変えた)と思っており、私たちの中ではもっとも優秀だったメムナには父と同じように医者になることを希望した。兄にはどんな期待をもっていたのかを思い出すことができないが、同じように高い期待であったであろう。大人になってから、独立後の英連邦の国で育ち、帝国の子どもだった友人たちと話すと、似たような経験をしていたことが分かる。両親の多くは家をもたず、休暇に外国に行くことは稀か、聞いたことがなく、親の収入の大半が子どもの教育に充てられており、それが将来の安定のために支払う代価だった。何年もたってから、私たちに教育を受けさせるために両親が払った犠牲と、なぜ両親がこの特別な夢を大切にしたのかが分かった。でも、子どものころには罰を受けているように感じていた。

ハイツリーズ学校で、ある日曜日に手紙を書くクラスの監督として新しい教師がやってきた。名前はミスター・ニューマンで、大きなグレーの口髭があり、銀色の眼鏡をかけていた。授業が終わると、いつものように列を作り、封筒の表に両親の住所を書いてもらった。私の順番がきたとき、ロンドンの住所を言った。ミスター・ニューマンは、もしロンドンに住んでいるのなら、なぜ、航空便用の紙に手紙を書いたのかと尋ねた。

「父はシエラレオネに住んでいます」とできるだけ最小限の消極的な返事をした。

「では、お父さんのシエラレオネの住所は」

「知りません。母が知っています。私たちは手紙を母に送り、母がそれを父に送ってくれます。それが母のやり方なのです」

「でも、ちょっと馬鹿げた時間の無駄だよね。それに切手だって無駄だし。いったい、どうしてここから手紙を投函しないんだ。おばかさん」。私はミスター・ニューマンがかなり気に入っていた。ほんとうに好きだった。ミスター・ニューマンはとても面白くて、おばかさんと言ったときには、ほんとうはそうは思っていなくて、彼独特の言い回しだったのだ。でも、学校では、教師も生徒も、誰も父が刑務所に入っていることを知らなかったし、手紙を学校から直接フリータウンに送ることができない理由をミスター・ニューマンに言うことができなかった。

私は、親友の一人のカロラインと週末をウィンチェスターの近くの彼女の家で過ごし、お返しにフィルビーチ・コートの家に招待した。カロラインは頭がよく、小柄で、すてきな組み合せのきちんとした服装で、イギリスの子どもが備えている大人のような作法を身に付けていた。

「はじめまして、ミセス・フォルナ」。カロラインは自信をもって、正式に手を差し出した。マムが握手をするまでに一呼吸あった。マムはにこやかにカロラインにあいさつをしたが、顔には読み取ることのできない表情があった。

カロラインの家では予備の寝室で眠った。カーテンや羽根布団、カーテンの上の飾り布、化粧台の上の敷物、クッション・カバーなど、すべてが小枝模様の黄色い壁紙と調和しており、部屋の隅には洗面台があり、香りのいい小さな石鹸が鉢に入れられていた。カロラインに泊まりにくるよう誘ったときには、私が泊まったのと同じような部屋に案内することを想像していた。だが、我が家では建物の軒下の一つの寝室をマムとメムナと三人で使っていた。就寝の時間になったとき、カロラインが眠る場所がないことに初めて気付いた。私は居間の長椅子で眠り、カロラインが私のベッドを使った。私たちの友情にはなんら影響を与えなかったが、それ以来、誰も自宅には招かなかった。

「みんなここにいるのに、どうしてお父様はアフリカにいらっしゃるの」とカロラインは尋ねた。

「なぜお父様に会いに帰らないの」

誰かが、直接尋ねたのは、それが初めてだった。もちろん言い訳をすることもできたが、しなかった。数分の後、運動場の湿った芝生に座って、秘密を守れるかとカロラインに尋ねた。父が刑務所に入っていることを話し、私自身、細かいことは分からなかったが、できるだけ詳しく説明した。私が話し終わると、カロラインは「私にも父についての秘密があるの」と信頼を示すような低い声で言った。

話し過ぎたのではないかと心配になり、なんらかのかたちで安心させてほしいと強く願っていた。

「父は人殺しなの」

カロラインの顔をまともにじっと見た。もちろん、そんなことを聞くとは思ってもいなかった。

「誰を殺したの」

他の寄宿生が運動場で「こおり鬼」のゲームをして遊んでいたとき、カロラインが話してくれたのは、こんな話だった。カロラインの家族はカメルーンで暮らしており、お父さんは石油会社の重役だった。家族は首都近郊の熱帯雨林の近くで、その辺りを調査し、掘削の機会を探していた。やがて、新しい石油の埋蔵が発見され、整地をして作業が始まった。

カロラインは詳しく話した。「ある日、アフリカ人が家に来たの。大勢だったわ。父と話したいと言って。村人で、その土地でずっと暮らしていたと言ったの。土地を失ったので行くところがなく、食べるものもないということだった。とても貧しかったの。父に助けを乞い、何か食べるものをくれと言ったわ」

「どうして、あなたの家にきたの」

「父は会社の代表だったから助けることができると思ったのよ。他にどこに行けばいいのか分からなかったから。ただ、お願いをして、何とかしてほしいと言っただけ」

「村人は、ほんとうに長い時間、そこに立っていたわ。母はとても嫌がっていた。村人たちが花壇を踏み荒らしている、と母が言ったので、とうとう父が外に出たのだけど、村人とは話さなかった。父は出て行けと村人たちに言ったわ。私たちの土地から出て行くようにと言い、村人たちは立ち去ったの。年寄りや女性、子どももいたわ」。カロラインは話すのを止めた。

カロラインがふたたび話し始めたとき、お父さんがお母さんを階段から突き落としたのか、ベッドに毒蛇を入れたのかなどと想像を巡らした。「でも、それでは、お父さんは人殺しにはならないでしょう」

「村人たちは立ち去り、戻ってこなかったのだ。あの人たちはどうなったの、と父に尋ねても知らないと言ったわ。でも、私たちのところで働いていたアフリカ人の一人が、みんな死んでしまった、と教えてくれたわ。何も食べるものがなくて餓死したの。全員がよ。子どもたちまでも」。カロラインは目に涙を浮かべていた。「それで分かったかしら。あなたのお父様は刑務所に入っていらっしゃるかもしれないけど、私の父は人殺しで、そのほうがもっと悪いわ。あの人たちがどうなったかなど、父にはどうでもよかったの」

カロラインは正しいのだろうか、と思った。とにかく、カロラインはお父さんを人殺しと呼ぶ。私たちは両親を不名誉から守り、私自身がほとんど理解していない大人の秘密を世界に対して隠している子どもだった。カロラインは決して私の信頼を裏切らなかったし、私も同じだった。

最初の手紙の後、父は三人に別々の手紙を書き、私たちは毎月の初めに手紙が届くことを期待するようになった。それでも、遅れることがあり、あるときには、4カ月も父からの手紙が届かず、私たちの手紙も父に届かなかった。ロンドンのアパートに航空便が届くと、マムは私たちが週末に戻ってくるまで取っておいた。私は父からの手紙を読んでくれとマムにせがんだ。医者である父が書いた字は読みにくいからと説明したが、ほんとうはからだを丸めて、ただ聞いていたかったための言い訳だった。

私たちが別れた日から、母からは何の連絡もなかった。母が義父と結婚してメキシコから戻ったとき、メキシコでの離婚はシエラレオネでは認められていない、と父は母に手紙で伝えた。父はフリータウンの裁判所に出掛けて離婚手続きをすませ、ナイジェリアの裁判所を通じて親権を請求した。このような手続きを経て、父はラゴスに来て、私たちを連れて帰る要求をしたのだった。母には私たちを父に渡すしか選択肢はなかった。それ以来、あらゆる激動の期間を通して、母からはいっさい連絡がなかった。

ようやくグレンベック・コートに母からの手紙が届いた。東アフリカから投函された3通のクリスマスカードだった。カードの絵は同じアーティストの彩色画で、マサイ人が描かれていた。義母は私たちを集めて一人ずつカードを手渡した。後で、「お母さんを覚えているかしら」と私に尋ねた。

寄宿舎にヘレンという友だちがいて、この子は、メムナ以外では、ただ一人、私と同じ色合いの肌だった。ハイツリーズ学校に入学してすぐに、ヘレンがお母さんは白人で両親は離婚していると言った。ヘレンはお母さんと白人の新しい義父と一緒に暮らしていて、お父さんの違う二人の妹がいた。でも、ヘレンと弟だけを寄宿学校に入れていて、それは両親が二人を近くに置きたくないからだ、とヘレンは言う。

「あなたも同じ理由なの」とヘレンは尋ねた。腕のかさぶたを剥がしていた。痛そうだった。「違うの」。そのときは、ほんとうは父と一緒に暮らしているのだけど、父はアフリカにいるので、実際には一緒にいられないのだと説明した。ヘレンは私を見て肩をすぼめた。

かわいそうなヘレン。私はヘレンのようにはなりたくなかった。ヘレンには落胆しているような様子があり、友だちはほとんどいなかった。学期が始まってしばらくして、みんながホームシックを克服しても、ヘレンは夜に泣いていたと聞いた。ヘレンの体のアウトラインは見えたが、顔は壁のほうを向いていて、ベッドから体を乗り出して彼女にささやいたが返事は返ってこなかった。

第30章

ベストウエイで買ったサモサの入った紙袋をもって家に向かっているとき、車のブレーキの音が私を夢想から目覚めさせた。前方で赤い車が急に止まった。

「汚らわしい。あいつを見ろよ」。車には20代の男が三人乗っていて、みんな髪の毛が短く、ピンク色の地肌が見えていた。憎しみで口を曲げた。「くそ、汚らわしい野郎。違うか。お前はどうしようもなく醜悪だ」。ヒステリックな笑い声が私の耳の中で砕けた。

周りを見回すと前方にすごく背が高くて痩せた男が集中的に浴びせられる嘲りに抗するように背中を丸くして大股で歩いていた。見たこともないような長いロープみたいな黒い髪が垂れていた。

男のそばでエンジンを吹かし、男の歩く速度に合わせて車をゆっくり走らせた。「お前なんかクソ黒んぼめだ。そうじゃないか」。車を無視して男は歩き続け、何も聞こえないように振る舞った。私は彼の後に付いて行った。エンジンが轟音をたてて車は立ち去った。

グレンベック・コートに住んでいたころ、マムとコバリー夫人は一緒に座って「Love Thy Neighbour」という番組を観て、二人で涙を流していた。他には、「The Liver Bird」が母のお気に入りだった。私は学校でときどき「The Black & White Minstrel Show」を観た。いちばん好きな番組ではなかったが、歌と踊りを楽しみ、豪華な舞台とタップ・ダンスが気に入っていた。でも、男性の奇妙にテカテカした黒い顔と白い唇に困惑させられて、すぐにはそれが黒人男性を演じているとは気付かなかった。

あるとき、地理の時間に教師に促されて、みんなの前でシエラレオネから来たと言ってジュニア・アトラスで場所を示した。地図では旧植民地はいつもピンクに塗られていて、シエラレオネはピンクの小片の一つだった。教師はアフリカでの生活や先住民の暮らし、世界市場のためにカカオ農園で働いたりコーヒーを栽培したりすることについて話した。あるとき、農園でのゴムの採取の説明を続け、茶色い肌の人が腰布とターバン姿で木の幹にV字の切れ目を入れている写真を見せた。ゴム農園に行ったことはあるか、と教師が尋ねたので、ないと答えた。教師が話したアフリカの特徴については、まったく思い当たらなかったので、ほんとうにアフリカの話かどうかを疑い始めた。同じようなことが何度か起きた後で、このイギリス人は、しばしばスリランカをシエラレオネと同じ国だと思って話しているのに気付いた。

私の2列前に座っていた、まだらブロンドの女の子が手を挙げた。「アフリカでは子どもが生まれると、両親は赤ちゃんを頭から床に落とすというのはほんとうですか。だからバスケットなどを頭に乗せて運べるので、私たちにはできないのです。それはアフリカの人の頭が平らだからではないでしょうか」

「なんですって、そうね……私には分かりません」とミス・マーティンは言った。

「マミーが、そうすると言っていました」と女の子は絶対的な自信をもって応えた。

「さあ、あり得ることかも……。どちらとも言えません。とても恐ろしいことをするように聞こえますが……」とミス・マーティンは手を胸に当てて呟いた。

「マミーがそう言ったのよ」と女の子は繰り返し、さらに「お父さんも言いました」と付け加えた。

私は手を挙げて、「いいえ、そんなことはしません」と言った。「アフリカの人の頭は平らではありません。シエラレオネでは子どもをわざと頭から落とす人はいません」

女の子が座っている椅子から私のほうに頭を回転させると、チャイナ・ブルーの目が信じられないというように私を見た。「それじゃ、どうしてあんなにたくさんのバスケットを頭に乗せて運ぶことができるの」。女の子は本を取り出して、赤ちゃんを背負った女性が六つか七つのバスケットを重ねて頭に乗せている挿絵を指さした。

答えは分からなかった。私も、どうするのかと思っていた。「分からないわ」と言った。「それじゃ、私が正しいわ。ミス・マーティン、そうでしょ」。ページボーイの髪を反対方向に揺らした。

「まあ、そうかもしれないわね」と地理の教師は同意した。

次にミンストレルのダンスで階段を降りて膝をつき、腕を広げて、観衆に笑いかける場面を観ていると、「君のお父さんは、あの人に似ているの」と隣の男の子が私に尋ねた。

たったいま起きたことで混乱していたが、ロンドンの道路で私の前を歩く男性が気の毒になった。赤い車が戻ってきた。男たちは街区を一周した後、私たちの周りを野犬のように回っていた。クラクションが吠え立てた。

「やい、サル」

「顔を見せろ。サル男」

男たちは、まだ私に気付いていなかったが、もし気付いたら、私もまたいじめられるだろうと心配だった。アパートは荒れ地になったアール・コート展示場の駐車場の先で、かなりの距離があった。私は震えて、自分の呼吸する音が聞こえた。頭を下げて歩き続けた。

1972年の冬、ウガンダから男性や女性、子どもたちがヒースロー空港に到着するのをポータブル・テレビで観た。映像から、木綿の服を着て英国に着いたときの私たち一家のことを思い出した。これらの人は新聞で「アミンのアジア人」と呼ばれ、多くが薄いズボンと上着を身に着けていた。白黒のニュース映像で紹介された彼らの到着は寒気がするようでもの悲しかった。

ちょっと後のことだが、休暇で家に戻り、マムが仕事で留守のときに、アパートから閉め出されてしまったことがあった。メムナとシェクは一緒にどこかに行っていたので、私は戸口の段のところに座って待った。地下に住んでいたガーナ人の女性が居間で待つようにと言ってくれた。私が出窓の台のところに座って道路を眺めている間、彼女は用事をしていた。

部屋からはラジオの大きな音が聞こえていた。何かについての討論番組だった。男の人が「黒人をニガーやワグ、クーンと呼んでもいいですか」と街頭で質問した。私はとんでもない、と思った。ワグやクーンという言葉は聞いたことがなかったが、ニガーの意味は知っていた。なぜ、こんな質問をわざわざしているのかが分からなかった。でも、驚いたことには、多くの人が問題はないと答えているようだった。

「奥さま、黒人をニガーやワグ、クーンと呼ぶのは許される、とお思いですか」

「かまわないでしょう。私の父はいつもワグと呼んでいました。だって彼らはそうなんじゃないんですか。大した意味はないのでしょ」

「黒人をニガー、ワグ、クーンなどと呼んでもいいと思われますか」

「これは我々の国だ。もしいやだったらパキの土地に帰ればいい」

「……黒人はニガーワグクーンじゃないのかね、あんた」

「……棒や石は骨折させるかもしれないが、言葉は少しも傷付けない、ちっとも」

「……ニガーワグクーン、……ニガーワグクーン、……ニガーワグクーン……」

私はアパートの住人の女性を見た。彼女はラジオから聞こえる言葉には気付いていないようで、買ってきたものを取り出して冷蔵庫に片付けていた。

ハイツリーズ学校で、ショートパンツ以外、何も身に着けずに、『ジャングル・ブック』のモーグリの役を無理やりやらされて屈辱感に苦しんだ。私たち全員をぞっとさせたのは、私が膨らんでいない胸をさらけ出さなければならなかったことだった。私たちはまだ、人種や階級の違いを意識する年齢ではなかった。

8歳から9歳になろうとしていた年長組の最初の年に、新しい生徒が入ってきた。週単位の寄宿生で、週末には乗馬のために自宅に戻り、毎週、午後を2回、ヒックステッドというところで訓練を受け、競走に参加するために学校を休んだ。スーザンという名前で、それまでに出逢ったことがないような、世知にたけた自信家だった。スーザンと私はすぐに友だちになった。

数週間後には家で大きなパーティを計画しており、みんなを招待する、とスーザンは私にささやいた。それを聞いたのは私が最初だった。

スーザンのお父さんは裕福な実業家で、サセックスにあるプール付きの大きな家に住んでいた。お父さんは、クラスの全員を招待してもいいと言い、夜になると映画を観るためにプロジェクターとスクリーンを借りる計画だった。寄宿学校に何週間も閉じ込められた後で、私たちは期待で興奮していた。

パーティの2週間前の月曜日にスーザンは学校に招待状をもってきた。昼食後に招待状を渡すと言ったが、午前中は机の上に封筒の山が積み上げられていた。私は近くに座っていたので、きれいにイタリックで手書きされた宛名を見ることができた。あんな招待状を受け取ったことは、かつて一度もなかった。

昼食のための支度で忙しくしていると、スーザンが私の腕をつかんで他の生徒を先に食堂に行かせた。

「どうしたの」と尋ねた。お腹が鳴っていたので急いで食卓に着きたかった。

「ごめんなさい。でも、パーティに来てもらえないの」とスーザンは私の目をまっすぐ見て言った。私はスーザンをじっと見た。正しく理解できなかったのか聞き違えかと思ったが、スーザンのとても真剣な表情に、私は怖くなった。「でもどうしてなの。他には誰が行かないの。パーティはもうしないの」

「お父様なの。お父様があなたは来てはいけないと言うの」

「あなたのお父様が私はダメだとおっしゃるのね」

「お父様は黒人が嫌いなの。黒人を家に入れないって。ごめんなさい。ほんとうに」

私たちのクラスには、私以外に黒人の子どもはいなかった。マリウス・ジョージアデスはキプロス人でオリーブ色の肌だったが、間違いなく白人だった。スーザンが言おうとしていたのは、私以外は全員が誕生パーティに行くということだと気付いた。私があっけにとられたのは、彼女のこともなげな言い方だった。「お父様に話してくれたの。私があなたの友だちで、親友だということを」

スーザンは頷いた。「じゃあ、もう一度お父様に話してみて。あんまりだわ。お父様は私のことをご存じでさえないのに」。私はどうしてもパーティに行きたかった。パーティに行けないなんて信じられなかった。そして、スーザンの説明を理解することができなかった。それは、私にとって、誰かにブライトンへの行き方を訪ねてリンゴは緑だと言われたように、意味をなさないように思えた。

その日、スーザンは招待状を配った。私はそばに立って見ていた。誰もが興奮していて、私が招待状をもらわなかったことには気付かなかった。週末の後、スーザンが学校に戻ってきたので彼女のところに駆けて行って、「お父様に聞いてくださった」と尋ねた。

「ええ、でも、お父様は考えを変えなかったわ」

「分からない。どうしてなの」

「お父様の説明では、私が赤ちゃんのとき、乳母車に乗せて庭に置いていたら、三人の大きな黒人が来て、割れた瓶で私を殴ったからなんですって。私は体中に切り傷ができて、病院で縫ってもらった、と言っていたわ。もちろん、私は赤ちゃんだったから何も覚えていないけど、お父様はそこにいたのよ。それが理由でお父様は黒人が嫌いなの。だから分かるでしょ……。分かるわよね。もしあなたの赤ちゃんが襲われたら」

何と言っていいか分からなかった。言いたいことはたくさんあったが、どこから始めればいいのかが分からなかった。私は黙って頷いた。

土曜日の朝食の後、パーティに行く子どもは食堂から出るように言われた。何人かの友だちが私のそばを通るときに「行かないの」とささやいた。「ええ」と声を出さずに言って肩をすくめた。友だちはいぶかしげに私を見て、急いで出掛けた。午後は寄宿舎のベッドに横になって一人で本を読んで過ごした。夕食後、砂糖と太陽で興奮状態の女の子と男の子が、いろんなリコリス菓子の詰め合わせやアニスの実のキャンディ、色鉛筆の入った紙袋をもって帰ってきて、鳥のようにおしゃべりをしていた。

私の部屋では、パーティに行った二人が申し訳なさそうに私に笑いかけて、「別に大したことを逃しはしなかったわよ。ただのパーティだったから」

「そうよ。実際、それほどよくもなかったし」ともう一人が言った。

それが問題ではないことは分かっていた。二人は自分自身、それとも私のどちらを慰めようとしていたのだろうか。

2日後にスーザンが学校に戻ってきたとき、私のためのお土産の袋とブルーのペーパーナプキンに包んだバースディ・ケーキをもってきた。それをベッドのそばの洋服を吊るす椅子に置いて、そのままにしておいた。

人通りの多いアールズ・コート・ロードと人通りの少ないワーウィック・ロードの間の一方通行の道で、私たち二人以外には誰もいなかったが、静けさが嘲笑いとクラクションのやかましい音に取って代わられた。

これがどのように終わるのかを心配し始めたときに、追跡されている男が、私をじっと立ち止まらせるようなことをした。胸を突き出し、顎を上げるように腕を後ろに振り上げて車に向き合った。車に乗った男たちが見せろと要求した、その顔を見せた。それは薄い髭と隙間だらけの歯の、不気味で頬がこけた顔だった。醜い顔だったが、いい醜い顔だった。「放っといてくれ。お前らは、どうして……俺を……」と怒鳴った。そして、話すのを止めて壁のほうを向いて手で顔を覆った。

車を手にしたならず者たちは、エンジンを唸らせ、スピードを上げて走り去った。この男に何か言いたかった。走り寄って何か優しい言葉をかけたかった。でも、どうすればいいのかが分からなかった。男はまだ私を見ておらず、後ろを振り向かなかった。背中を丸めて、ただ歩き続け、大股の足取りは消えた。もし小さな女の子に自分が屈辱に耐えているところを見られたことを知ったら、事態は悪くなるだけだと気付いたので、私は押し潰されたサモサの油っぽい袋をもって、そのまま家に向かった。

第31章

道を歩いているとき、どんな道でもいいのだけれど、道路の端まで息を止めておくことができたら、父が刑務所から釈放される、と自分に言い聞かせた。あるいは、もし橋を渡ろうとしていて橋の下を電車が通ったら、父は釈放されると。ときどき、そこにずっと立って次々と電車が通り過ぎる間に目を閉じて願い事を溜め込んだ。3年にわたって、最初にバースディ・ケーキを切るときに、誕生日の特別の願い事の機会を使って3回、父を帰してもらえるように頼んだ。満月のときと新月のとき、そしてどんな月のときにも、同じ願い事をした。クリスマスには、もし、マムがプディングに隠した6ペンス銀貨を私が見つけたら父の自由をくださいと頼んだ。他の何かを望んだことはなかった。

時がたつにつれて、私の挑戦は増えた。目をつぶって誰にもぶつからないで道路の端まで行く、踏み石を一つ置きに飛んで、その間にダンスをし、もし10ヤード行けたら、12ヤード、あるいは15ヤードなら、何とか奇跡的に父の自由を手に入れることができる、と自分に約束した。やがて、条件を引き上げて、舗装道路の穴、あるいは車のスピードを落とさせるための道路上の段差に向かって自転車のスピードを上げた。もし転倒しなければ、もしサドルに留まることができれば、父は刑務所から釈放されるだろう。ある日の午後、一人でアパートにいたとき、台所に立って、焼け焦げた指の爪から焦げたベーコンの外皮のような匂いがするまで、一度、二度、三度とガスの火の輪から出る氷のように青い炎の上にゆっくりと手をかざした。

かつて国外追放が罰として使われたことがあった。離れ離れの生活、我慢の生活、待ち続ける生活。はじめは元気と希望に溢れているか、それは終わりのない時間の経過以外の何ものでもないので、蛇口から落ちる滴が下の花崗岩を削るように、復元力をすり減らす。国外追放は魂に対する消耗戦で、緩慢な処罰で、効果がある。

沈滞が我が家に広がり、お互いの関係を傷付けた。兄と姉と私は喧嘩の引き金になるような言葉や視線、仕草なしに同じ部屋で一緒にいることができなくなった。義母には週日は勤めがあり、義母がいないときには、私たちはあてこすりやあざけりの辛辣な新しい楽しみの幼い言葉遣いを磨いて、敵対し合った。みんな仲良くするように、とくに兄には妹たちの世話をするようにという父からの手紙でさえ、お互いを傷付け合う悪循環を断ち切ることはできなかった。父からの手紙には逆効果を生むことさえあったと思う。これまでのように一緒に時間を過ごすことができなくなり、三人の関係は壊れた。年長のメムナとシェカは二人でいるのを好み、私はたいてい一人だった。

休暇中のある午後、アパートは寒く日が陰っており、暖房は止めてあったが、空気を暖めるほど春の日差しは強くなく、弱々しい光が窓ガラスに縞を作っていた。メムナとシェカは一緒に出掛けており、私はマムと一緒にアパートにいた。向かいの小さな公園に入る鍵がアパートのどこかにあるはずだった。かつて、私たち三人はみんな、公園の遊びグループに所属していた（いまは私だけだが）。私たちは冒険遊園地やロンドン動物園に行き、土曜日には子どものための映画クラブに通った。重い鉄の公園の鍵は台所のいつものところになかったので、私は義母を探した。それに、公園に行くには義母の許可が必要だった。

マムは横向きに、ドアに背を向けて、寝室で横になっていた。ズボンとセーターを着けて、スリッパは脱ぎ捨てられて絨毯の上に重なり、カーテンは大きく開けたままだった。いつもはカバーをかけて眠るが、昼寝をしているのかどうかは分からなかった。

「マム」と小声で言った。返事はなかった。できるだけ静かに引き返すことにした。ドアを閉じようとすると声が聞こえた。「アム。あなたなの。どうしたの」。マムの声はくぐもっていた。

私は忍び足で少し戻って謝り、2、3歩進んだところで、ちょっと立ち止まった。マムの様子がヘンだった。顔が汚れて、目は光っていた。「マム、どうしたの」。大人が泣くのを見た記憶さえなく、そのときまでマムが泣くのを見たことがなかった。ふたたび尋ね、声のピッチが高くなった。両手を脇に置いて、マムのそばに立っていたが、どうすればいいのか分からなかった。

ロンドンで一緒に暮らすようになって、マムが美しいと思うようになった。アフロ・ヘアに大きな丸い輪のイヤリング、厚底の靴というスタイルのマムは、私にはダイアナ・ロスそっくりに見えた。以前はマムのベッドに座って出掛けるために着替えをするのを見ていた。「マミー、マミーが死んだら、それをもらっていい」と何でも気に入ったものがあれば尋ねた。お気に入りは、特別の機会に着るアプリコット色のベルベットのパンツ・スーツだった。メムナも同じことをして、競争で部屋にあるものを指さした。マム、あれをもらっていいかしら。美しい銀の腕輪だった。マム、あれをもらっていいかしら。香水の瓶だった。マム、あれをもらっていいでしょ。小さいころには、ぼろ布の三方を縫い合わせて、毛糸を編んだ手を付けて、マムのためにハンドバッグを作った。なぜ、マムが決してそれを使わなかったのかが分からなかった。

「心配しなくていいのよ。アム。何でもないわ。ちょっと頭が痛いだけ。それだけ」と言った。

「アスピリンをもってこようか」と尋ねた。

「もう飲んだわ。アム。お茶ならいいかも。お茶をいただくわ」

台所に行ってガスに火を点けた。1分後に、やかんが音を立てて怒り始め、笛を鳴らすために息を溜めた。カップと皿を取り出して、「「PGティップス」の箱からティーバッグを出した。注意して、ゆっくりと紅茶をベッドの脇に置いた。マムの顔を見ると、まだ濡れていた。

「ところで、どうしたの」とマムは言った。泣いていたからマムは不機嫌になるだろうと思ったが、私は何も答えず、マムはそれ以上、何も言わなかった。

ベッドに入ってマムの横で丸くなって抱き付いた。

医者はマムには休暇が必要だと言ったが、飛行機は気が進まないとマムが言ったのと、1973年の7月までには貯金をすっかり使い果たしていたので、ニューヨーク行きの、世界で2番目に大きな定期客船に乗り込んだ。大西洋を横断するのに5日を要し、私にとっては拘束されない、自由な5回の昼と晩だった。最初の朝、緩やかな揺れの後、マムは寝台から起き上がれなくなり、航海の間中、親切で心配症の客室係の世話になりながら、ほとんど横になって過ごした。メムナとシェカもまた船酔いし、ちょっとの間、私は一人で自由な時間を楽しむことができた。

ニューヨークで2日間だけ過ごして、ボストン行きのグレーハウンド・バスに乗り、ハーバード大学で教鞭を執っていたジョン・カレファ＝スマート一家のところに滞在した。

アメリカは失望させず、来たときと同じルートで5週間後に家に戻った。帰りには、マムは船内でバランスをとりながら歩くことができるようになり、ポーツマスに着く前の晩には旅の終わりの特別な晩餐会に私たちと一緒に参加した。私たちはテーブルで幸せそうに笑ってポーズをとり、記念写真を父に送った。

9月になって学校に戻る数日前に、父から手紙が届いた。私への手紙は「私の親愛なるアミナッタ。アメリカとSSフランス号からのやさしい手紙をありがとう」と始まっていた。写真の私をきれいだと言い、土踏まず支えを着けていたか、矯正歯科に行ったか、と尋ねることによって、ちょっと手紙を台無しにした。どこから見ても通常の手紙だったが、でも、何かが違っていた。手紙を受け取ったときにそう感じたのか、マムから私たちにニュースが告げられたのかは覚えていない。でも、イギリスにいる間に届いた手紙の束の中から、その手紙を取り出すと、明らかに他とは違っている。淡いブルーの便箋は馴染みのある父の筆跡で覆われている。父はビロのボールペンを使っていた。そこにあるものではなく、ないものが私の目を引いた。便箋のいちばん上に紫色のスタンプがなかった。検閲官の署名も、囚人番号のD／6／70もなく、差出人の住所としてパデンバ・ロード刑務所が記載されていなかった。

第32章

外の湿度が飛行機のすべての窓を曇らせ、私にとって故郷の最初の眺めになるはずの風景がぼんやりしてしまっていた。外の気温は30度半ばで、ドアが開くと、暑い息のような、湯気の立つような空気が機内の涼しさに取って代わった。私の後ろに座っていたイギリス人の家族はフリータウンが初めてで、大きく息を吐き出した。西アフリカへようこそ。

父はイブラヒム・タキと一緒に釈放された。看守が独房の扉を開け、パデンバ・ロード刑務所の入口に案内し、賑やかな道路に放り出した。二人は最初に通りかかったタクシーを止めた。運転手は二人に見覚えがあり、一文無しだったが、テングベファルカイまで喜んで連れて行ってくれたので助かった。その夜はレコード・プレヤーを借りて、サンティギにビールを買ってこさせ、ジョニー・ナッシュが「さんさんと太陽が輝く、晴れた日になるのだ」と歌うのに合わせて踊った。二人はとうとう自由になって、まるで王様のような気分だったことだろう。拘留者の中で、モハメド・フォルナが釈放されるのは最後になる、とシアカ・スティーブンスは断言していて、その通りになり、自由になったのは刑務所での生活が3年になる数日前だった。イブラヒム・タキを別として、U

DP関係者は何カ月も前に、あるいは何年も前に刑務所を出ていた。イギリスでは、マムが学校に手紙を書いて、学期が終わる前に国に帰るための許可を求めた。私たちがフィルビーチ・ガーデンズに戻って最後の夜には、一晩中、引き出しを空にし、持ち物をスーツケースに詰め込み、残しておきたいくないものを入れるスペースを探した。真夜中を過ぎてからベッドに入り、早朝に起きて国へ帰る飛行機に乗るためにいちばんいい服を着た。

太陽の光の中に踏み出し、飛行機のタラップを降りて、競ってただ一つのターミナルビルに向かう乗客の群れに続いた。私たちの前方数ヤードのところで一人で立っている男性のそばを飛行機の乗客が行き過ぎた。遠くにいるその人を見た。見て、目をそらせ、また見た。私はバッグを落として、そのままにした。前に飛び出し、最初に彼のところに行った。私が最初だった。私は、永遠に、そして意地になって、この事実を誇りにし続けた。すぐにみんなが父の周りに集まり、ハグをし、キスをした。

父が逮捕されたとき、私は6歳と4カ月で、いま9歳と7カ月だった。ロンドンにいた間、父の写真さえ見なかったが、なぜだか顔立ちがどんなだったかを忘れることはなかった。実際、父をよく覚えていたから、どれほど変わってしまったかが分かった。刑務所のでんぷん質の食事と運動不足が父を太らせた。肥満というのではないが、以前よりも大きかった。パイプを吸い、濃い顎髭を蓄え、額が少し禿げあがっていた。4週間の休暇の間、髭を剃って私が覚えている父により近くなるよう父を説得した。父はやがて言うことを聞いて、ある夕方、家に帰ってきたとき父には髭がなかったが、その結果に私はがっかりした。もちろん、かつて私が知っていた父によく似ていたが、明らかに変わってしまっていた。

そして、私もまた変わっていた。私自身の中の最大の変化に気付いたのは、キッシーの家でサンティギやモーライ、エステル、ムスなどのいとこが私たちを迎えるために待ってくれていたときだった。口を開いてクレオール語で話そうとすると、時の経過が私から子どものころの言語を奪い去っていた。周りの人が話していることは完全に理解することができたが、それに応えようとすると、学校の劇で舞台に立っているときに台詞を忘れてしまったみたいで、頭が空っぽだった。違うやり方を試してみた。ある考えをクレオール語に置き換えて一語ずつ覚えたが、うまくいかなかった。

私たちの新しい家は質素なコンクリート造りで、スパー・ロードやウィルバーフォースからずっとずっと遠く離れた、フリータウンの工業地帯であるイースト・エンドのキッシー地区のサムエルズ・レーンにあった。1階には家主夫婦が住み、私たちは2階のアパートで暮らした。アパートを借りる条件として父は数週間をかけて2階を改装し、家具とベッドを買って、みんなで暮らせるようにした。家は深い溝の端に建っていて、下には小川が流れ、屠殺場まで続いていた。

12月になると季節風のハルマッタンが吹き、建物の正面に赤い砂ぼこりの層を作った。風の強い日には、砂埃が水平線を消し、丘の眺めや家の形さえも分からなくした。

帰国して程なく、私たちはパ・ロケとその家族を訪ねた。私が、そしてみんなが、過去の内陸部への旅をどれほど楽しんだかを思い出し、心が痛んだ。

父は刑務所に入れられる前に、低木を切ってパ・ロケの家の隣に家を建て始めていた。家は3寝室の平屋で、近隣の家と同じ簡素なスタイルで、私たちの家がコンクリート・ブロック造りだという点だけが違っていた。マグベッセー・ストリートで水道を引いた最初の家だった。残された仕事はあったが、ほとんど完成していた。

パ・ロケは発作による麻痺で、主室の隅に置いた低い折りたたみ式ベッドに寝ていた。私たちは列を作って、一人ずつパ・ロケのそばに立ち、挨拶の言葉をつぶやき、パ・ロケは小さな声で父にささやいた。パ・ロケの状態についてのニュースは刑務所にいる父に届き、1年以上が過ぎて釈放されると、まっすぐにトンコリリにパ・ロケを見舞った。

1970年に父がAPC政権に逆らったとき、家族全体が首相の怒りの対象になった。マグブラカでは、フォルナ家は脅され、武器を探すという理由で警官によって家宅捜索され、かなりの数の関係者が逮捕されるか拘束された。政府は私たち全員を完全に押し潰す決意だった。

父はパ・ロケに対して責任があると感じていた。隣に家を建てるということは、私たちがより多くの時間をマグブラカで過ごし、パ・ロケは安楽に横になっていることができることを意味した。横になっているパ・ロケは、とても長く、平たいように見えた。父が折りたたみ式ベッドの角に座って、麻痺したほうの手の不自由な指を握っている間、祖父はつぶやき、いい方の手で何かの仕草をしたが、私には何を言っているのかがよく聞こえなかったし、分からなかった。

コットン・ツリーに近い、シアカ・スティーブンス・ストリートと改名された、町の中心の道路から少し脇にそれたウォルポール・ストリートに父は事務所を構えた。すべての新しい硬貨と紙幣には大統領の顔が現れ、切手も同じだった。すべての建物のロビーには大統領の写真が掲げられたが、ウォルポールの父の事務所だけは違っていた。二階の扉にはインターナショナル・コマース・エンタープライゼズと書いた看板を掛け、その奥の事務所は、実際には2部屋だけだったが、新しいペンキの匂いがした。私たちは父の机の後ろに座って、椅子を回転させた。床に置かれた段ボール箱の中に、父が政府の仕事をしていたころの重い木と真鍮の名札を見付け、埃を払って父の机に飾った。名札はちょっと滑稽で、小さな事務所にはあまりにも大袈裟だったが、私はうれしくて、父が私たちを昼食に連れて行ってくれている間、そのままにした。

6年間のギャップがあったので、父は臨床医には戻らないと決めていた。医学の進歩から取り残されていることを心配していた。また、政府の敵対者として知られているので、どれだけの患者が来てくれるかが分からなかったのかもしれない。刑務所にいる間に米の取引には見込みがあると考え、釈放されるやいなや、事業計画に取り掛かった。1カ月か2カ月が過ぎたころ、元政治犯で、電力公社の公務員の仕事を失い、就職口が見つからないという若い男から父に接触があった。アブ・カヌは専門の会計士で、父は会社の会計として雇うことを承諾し、はじめは少ししか給料を払えないと釘を刺した。

少しずつ事業は拡大し、数カ月後には、内陸部に店舗を2店ほど開き、米以外の売買も始めた。近い将来には、父がよく知っていて国が必要としている医療機器や医薬品をヨーロッパから輸入する計画であった。父の机には医薬品会社のカタログが、ビニールで包まれたままの注射器と父の古い金属の聴診器が箱に入ったまま置かれていた。私が作る準備を進めていた動物病院のために注射器を1本もらいたいと言うと、父がいいと言ったので、いくつかあった中からかなり大きいのを選んでポケットに入れた。

しかしインターナショナル・コマース・エンタープライゼズは、すぐに妨害に直面した。父の会社と取引をする業者が私服警官の訪問を受け、尋問されることが日常的に起きるようになった。

父が事務所に入ろうとすると、ウォルポール・ストリートの反対側の弁護士事務所で働く弁護士が呼び止めて、ついてくるようにと言った。父を2階の事務所に招き入れ、窓の前に立たせた。街路全体が見渡せた。弁護士は、坂になった道路の上の、交差点の反対側にある赤レンガの教会を指さした。教会の正面には父の建物があった。小さな中庭があり、事務室に続いており、門のすぐ先の日陰には二人の男が座っていた。以前、父を少し知っていた若い弁護士は、道路のずっと下のほうの、インターナショナル・コマース・エンタープライゼズの事務所と道路の同じ側にある建物を指さした。低層の建物で外壁は黄色に塗られ、中には医院があった。金属の格子ドアは道路に向かって開き、中にはまた男が二人座っていた。政府職員で、父が釈放された日からずっと父を監視していた。さらに秘密情報部の職員が法律事務所のある建物の1階の受付で順番を待つ顧客に混じって座っていた。そこから父を監視し、また、父と昼食に行くために事務所を訪れたり、チェレラムズ・スーパーマーケットに行く途中で立ち寄ったり、海岸から家に帰る途中で父を迎えにきたりする家族全員を監視していた。私たちは自宅でも隣のナンシー・スティールの家のベランダに見える影によって、監視されていた。

釈放されて何日かが過ぎた8月に、父はケープ・シエラ・ホテルで催された内科医の年次舞踏会に参加した。ホテルの庭の屋外ダンス場には、百名以上の医者と地元の著名人や外交官が集っていた。この話は、元ドイツ大使とその妻で、父が閣僚だったころに親しくし、父に敬服していたカールとヒルデガート・ミュンハから聞いた。カールと父はお互いに新しい国の将来を担う優秀な若者だと自負していた。カールが外交官生活から引退して数年が過ぎた2000年に、イギリスからミュンヘンの近代的な郊外を訪れた。

父は遅れて一人で会場に着き、礼装で舞踏会場の入口に立っていた。いちばん近くにいた客が父に気付き、テーブルからテーブルへと沈黙が伝わった。父が刑務所から釈放されたことは知られていたが、それほど早く父が公の場に姿を現すとは多くの人が考えていなかった。父は微笑んだが、誰とも話さずに部屋を横切って隅のほうのテーブルにいた友人のグループに加わった。ニュースがテーブルからテーブルへと伝わるにつれて、興奮したささやきが沈黙に取って代わり、人々は首を伸ばして父を一目見ようとしたが、父は背中を客のほうに向けて座り、振り向かなかった。

夜も更けて、バンド・リーダーが「淑女にパートナーの選択を」と告げた。ヒルデガルトが立ち上がって、「私はモハメドと踊ります」と宣言した。カール・ミュンハは部屋を見渡して古い友人に頷いたが、それ以上は何もしなかった。自分のキャリアの棺に最後の釘を打ち込んだ、と言って妻をからかったのを思い出した。ドイツはシエラレオネにとって重要な援助拠出国で、ドイツ大使の妻が国の主要な政治的反体制者と踊るというのは大胆な宣言で、モハメド・フォルナはドイツ大使のようなヨーロッパの主要国から尊敬されるべき人であるということを、ヒルデガルトは公に示したかったのだ。ダンスはスローワルツで、二人がダンス・フロアを横切って移動すると、部屋にいた人すべてが注目した。

後で父はヒルデガルトを彼女のテーブルまでエスコートした。カールが立ち上がって、腕をしっかりとつかんで挨拶をした。「モハメド、後生だから国を出てくれ。できるだけ早く。殺されるぞ」とささやいた。

父はカールの忠告に対して「私のことは心配しないでください」と応えた。「状況はそんなに悪くはないよ」。ときには刑務所はもっとも安全な場所だと冗談を言い、二人は握手をして別れた。

父に忠告を与えようとしたのはミュンハ夫妻だけではなかった。公務員の仕事を辞めてスーパーマーケットを経営していたラミ・シディクも同じことを言った。父が刑務所に入っている間に、シアカ・スティーブンスは計画的に専制政治の組織を築く準備に着手しており、アブ・カヌでさえも、どこか新しいところで再出発したほうがいいのではないかと考えた。

国内には、大統領にのみ忠誠を誓う二つの異なった準軍事的な組織があり、ギニアの部隊が中心になっていた。これらの組織は、その後、特別治安部隊（SSD）として統合され、「シアカ・スティーブンスの犬」として人々に知られるようになった。軍は徐々に弱体化され、適正な昇給や弾薬と武器を与えられなくなった。このような変化は、軍の最高司令官ジョン・バングラの影響力を弱めた。

1971年3月、大統領の私邸が攻撃された。大統領はベッドに入っており、命の危険を感じたと発表し、銃弾が寝室の壁にたくさんの穴を開け、蚊帳と寝具を引き裂く間、飛び散る銃弾から身を守るものを探した様子を説明した。しかし、翌日の新聞に掲載された写真では、窓ガラスが1、2

ヵ所で割れているだけで、さらに不利な噂が流れ、消えることを拒んでいた。スティーブンスは自宅にいたのではなく、その直後に大使の地位を与えられて国を離れた、フォーラー・ベイ・カレッジの教授の家にいたというのだった。

翌日、ギニアのミグ戦闘機が首都の上空を旋回した。ジョン・バングラは政府の転覆を試みたとして逮捕された。バングラは、その夜、酒を飲んでおり、部下の何人かに説得されて、国民に向けたラジオ放送をし、その中で軍が状況を掌握していると発表した。大統領の消息が分からなかったので、無政府状態が広がるのを防ぐという目的のためだけに放送をした、とバングラは言い張った。それでも、裁判所は有罪判決を下し、死刑を求刑し、絞首刑が執行された。

1971年4月、シエラレオネは共和国を宣言した。法案はスティーブンスによって急いで議会に提出され、絶対的多数の議席を使って、指導者が憲法を無視して権力を握ることを阻むために設けられた安全装置そのものを無効にした。判事のオココロ・コールが最初の大統領に任命され、翌日にオココロ・コールが辞任し、スティーブンスが大統領職に就いた。父の政治的な大敵のS・I・コロマは副大統領に、そして、父のもう一人の主要な敵対者のクリスチャン・カマラ・テイラーが財務大臣に任命された。総督のバンジャ・テジャン・シーは英国に逃げ、終生をロンドン郊外で暮らした。英国政府は見せかけに満足して抗議をしなかった。輝きを失った帝国の宝石にすぎないシエラレオネが究極的にはなくなればいい、と英国は考えていた。

国の財政黒字と外貨準備はなくなった。父が辞任したときに、世界銀行の抜け目のない事務担当係が上司に覚え書きを送り、前任の大臣が政府内の汚職を指摘している状況下で、シエラレオネに対する借款を継続すべきか否かについての意見を求めた。銀行は借款を継続したが、すぐに、シエラレオネの財務省は対外債務の返済を履行できなくなった。私たちがシエラレオネに戻ったころには、スティーブンスの肖像が印刷された新しい紙幣は国外のどの銀行でも交換できなくなっていた。

国にはスパイがうようよしていて、あらゆる会話やささやきを大統領に報告した。新聞社は政府の管理下に置かれるか、閉鎖された。法的手続きなしに実行される逮捕や拘束、殴打が頻繁に繰り返された。政府に反対する意見を口にすると命の危険があるということを人々は学び、反対や批判の声はなくなった。西側諸国はそれを「無害な独裁制」と呼んだ。アフリカにとっては、それで十分、アフリカの人々にとってはそれで十分、というわけだ。

1973年5月、非常事態が続いていたとき、スティーブンスは、UDPのころから3年間も延期されていた総選挙を実施した。以前にも増して残忍極まりない選挙運動で、SLPPは暴力を恐れてすべての候補者の立候補を取り下げ、投票日にはAPCの候補が無投票で当選した。百人の赤シャツがポートロコからフリータウンまで、S・I・コロマの再選を祝って「競争なし、競争なし」と歌いながら移動した。APCは国会で唯一の政党となり、シエラレオネは一党制の国家になった。

スティーブンスはその権力が絶対になった時点で、思い切って父を釈放したのだった。

第33章

瓶の蓋の悪霊が砂埃の中でぐるぐる回っている。私たちは、それを見るために2階のバルコニーにもたれかかっていた。悪霊の肩や頭のてっぺんには無数の瓶の蓋があり、紐でぶら下げられて、何層にもなり、顔を隠し、踊っている足の周りの地面にタキのように垂れていた。悪霊が体を回転させたり捻ったりすると、金属の蓋がぶつかり合った。背後には、そして、その周りには、小さな子どもとカンテラをもった若者が踊っていた。私は悪霊をじっと見下ろした。渦巻く瓶の蓋を通して、その下にいる男の手やシャツの袖、ベルトのきらりと光るバックル、素足がちらっと見えた。恐ろしい生き物の下には、私と同じように肉体をもち、血が通う普通の人間がいることは分かっていたが、紛れもない、ぞくぞくするような恐怖を感じた。

悪霊が踊りを終えると、私たちが投げた硬貨や紙幣を小さな男の子たちが集めた。町を横断する幹線道路のウィルキンソン・ロードでは、車が急に方向を変える場所がある。そこには女性の悪霊が住んでいて、自分の赤ちゃんを道路に横に並べて、スピードを上げて走ってきた車がその一人を轢いてしまうと災いが起きる、と地元の人は言う。私たちは幸運の見返りに、不幸を避け、いたずら好きの悪霊をなだめるために硬貨を与えた。新年までの休暇の間、それぞれの秘密結社の悪霊が町を行進し、声援を送り、足元にお守りやお金を投げる群衆のために踊る。

我が家ではクリスマスを祝った。マムはクリスチャンで、最近、サイモン・ピーターと名前を変えて裏階段に座って聖書の一節を一音節ずつ読んでいるサンティギもクリスチャンだった。クリスマスの2日前に、トマト味のジョロフライスや乾燥したオクラを砕いてご飯にまぜたバラーを大鍋でゆっくり煮て、胡椒を効かせた鶏肉と串に刺した肉を庭で薪で焼いた。街に出かけて、パターソン・ゾコニスの店にプレゼントを買いに行った。店には買い物客の姿がほとんどなく、底をついた商品からは選択の余地はあまりなかった。入口には、らい患者たちと、象皮病で両脚が恐ろしく膨れてほとんど歩くことのできない男が座っていた。店に入るときには、床にしゃがんでいた年配のハンセン病患者に少しお金を渡した。手のひらと親指が1本だけあったが、指は病気のためになくなっていた。店を出るとき、ハンセン病患者は、また私に礼を言い、歯がないような笑いを浮かべて、私の名前を尋ねたので、答えた。「どのフォルナさんでしょうか」と彼は尋ねた。「どちらのフォルナさんですか」

私はためらった。ときどき学校で名前のことでからかわれるとき以外は自分の名前に誇りをもっていた。私の前に座っている男性を見て、分析することができない理由で、答えようか隠そうかと迷った。潜在意識のどこかでフリータウンで壁の後ろに隠れていた最後の数週間の記憶が蒸気のように湧き上がった。

地方都市では、父と一緒だと、どこへ行っても、人々はいまでも暖かく挨拶してくれた。でも、ほとんどが貧しい人だった。夕方の早い時間にガソリンスタンドで待っているとき、道路の反対側で騒ぐのが聞こえた。数人の男が手押し車を押していたところ、一人が滑って足首を車の下に挟まれた。私たちが車の中で待っている間に父が道路を横切って助けを申し出た。男の足が自由になり、手早く応急手当てをすませた後も、父に気付き、握手を求めてくる人が絶えないので、私たちは長い間、そこに留まった。父が私たちと一緒のときは、私は自信をもち、まったく平然としていられたが、いまは一人で、私の名前を知りたいという、ぼろを纏い、汚い縁なしの帽子を被った物乞いと向き合って、私は不安の真っただ中にいた。

「ドクター・モハメド・ソリエ・フォルナ」とほとんど唇を動かさずに答えた。聞き手の顔を見ないで、相手がどんな反応をするかを言い当てようと努力せずに、自分の名前を言うことができなくなったのは、それが始まりだったことが分かっていなかった。

ハンセン病患者は、指のない手をぎこちなく差し出して握手を求めた。「あなたに神の祝福がありますように。お父さんに神の祝福がありますように。みなさんに神の祝福がありますように」

クリスマスの朝にはプレゼントを交換した。私へのプレゼントの中には紫色の表紙に星が三つ付いた、中が艶のあるライラック色のサイン帳があった。そして、木の数字が付いた小さな簡単なビンゴ・セットもあった。他のもっと気に入った贈り物に夢中になっていた間、ビンゴ・セットは脇に置いたままだった。

クリスマスと誕生日を最近からさかのぼって何年にもわたって、指で数えることができる。ほんとうのと謎の6歳の誕生日、肌寒いオルヴァー学校の正面廊下でプレゼントとケーキの入った袋をもって待つマムが私を驚かせてくれた7歳の誕生日、ずっとさかのぼって、私が3歳か4歳ぐらいで、まだ母と暮していたころとその前後のほかのすべての誕生日とクリスマスまで。これらは子ども時代の記憶の基礎となる要素だった。それは多分、これらの日を意味のある日にして、子どもたちがそれを蓄積し、将来、幸せだったときの記念に心にもち続けるように、両親が一生懸命努力するからだろう。

けれど、あのクリスマスに私の周りで実際に起きていたことについて、悲しいほど何も知らなかった。私たちは中断されていたところから再開した。母と父、そして私たち三人さえもが、微笑んで、何事も正常であり、概ね成功しているふりをしていた。家に戻れたこと、父と一緒にいられること、そして、完全な家族になれたことがとてもうれしかった。父がなぜ刑務所に入れられたのかの詳細はまだ理解していなかった。マムを含む、誰にも尋ねなかった。とくにマムからは、ちゃんとした答えがもらえると期待していなかった。父が犯罪者でないことは十分理解していたが、ロンドンで父について話すことに関する秘密や、シエラレオネにおける私たちの状況が変化したことの意味を十分には理解していなかったが、ずっと長い間、小さな秘密の後ろめたさを心に秘めていた。

あの休暇に、新しいサイン帳にメッセージを書いてくれるよう、家の中を回ってみんなを説得した。義母は書くことを躊躇して、サイン帳にはもっと著名な人に書いてもらうようにと言ったが、最後には、「最初に成功しなくても、何度も何度も努力しましょう」と書いてくれた。

次に、父にサイン帳を持って行った。父はコーヒー・テーブルにパイプを置いた。父が書いている間、ビニールの袋を手に取って煙草の匂いを嗅いだ。ちょうど、食べごろの美味しいフルーツケーキのような匂いがした。父がサイン帳を返してくれたので、読んでみると、「栄辱は身分にあるのではない。汝の本分をよく果たすこと、そこに名誉があるのだ」と書かれていた。

父は「M・S・フォルナ」と署名し、「父」と付け加えた。父のメッセージを何度も繰り返し読んだが、意味がよく分からず、なぜ私にとって意味があるのかが理解できなかった。正直に言うなら、マムの分かりやすい諺のほうがいいと思った。何年かたってサイン帳の綴じ糸が切れてバラバラになったので、父が書いたページを切り取って大切にしていたが、父が何を言おうとしていたのかを十分に理解することができなかった。

でも、いま振り返ると思い出す。ほんの短い間、二人だけで一緒にいて、とても重要であると同時に取るに足りない出来事を目撃したのだ。

日曜日には、ラムレー海岸に行くのが私たちのお決まりの外出だった。マムはあまり海岸が好きではなかったが、それでも私たちと一緒に来た。父と子どもたち三人は水が大好きだった。フリータウンの西の端にあるラムレーは素晴らしい海岸で、週末には多くの人がやってきた。海岸は2マイルも続いていた。私が海岸の長さを知っているのは、ある日、それがみんなの話題になったとき、父が距離計をセットして海岸線に沿って車を走らせたからだった。最初の1マイルを過ぎたとき、振り返ると遠くにホテルが建っている半島に沿って海岸が続いていた。1マイル。道路の終わり近くに辿り着いたときには、さらに1マイルが過ぎ、海岸が2マイルの長さだということが分かった。

午後の遅い時間だったが太陽はまだ高く、物売りが溶けた氷を入れた盆に飲み物の瓶を載せて運んでいた。家族全員が亀のように水に浸った。私はサンダルを車のトランクに入れたままだったので、父と一緒にそれを取りに戻った。水際の砂は冷たかったが、水際から離れると海岸はやけどをしそうで、砂丘の上と、裸足の足を切りそうに鋭く尖った草が生えている海岸沿いでは父に背負ってほしいとせがんだ。トランクの中のクーラー・ボックスとタオルの間に無理に押し込められたサンダルを探している間、父は車の座席に座って、開いたドアから足を出して待っていた。

海岸通の遠くから抑揚のないサイレンの音が聞こえた。オートバイが2台、道路のタールから立ち込める歪んだ空気の中から現れた。オートバイには黒い車と白いメルセデスが続き、その後ろには3番目の車と2台の警察のオートバイが続いた。大統領の車列だった。道路の反対側のバーに座っていた人は話すのを止めて車列を見た。路上でピーナッツを売っていた子どもたちは道路脇によけた。物売りは荷物を降ろして立ち上がった。ドライバーは車を縁石のほうに寄せてエンジンを切った。大統領がやってきた。

車列はゆっくりと近づいてきて、サイレンの音がだんだん大きくなった。車列の前を少年が隊形を組んで走ってくるのを初めて見た。少年たちはショートパンツと開襟シャツ姿で、長い鞭をもっていた。最下層階級の若者たちだ。道路の真ん中を小走りに近づいて、車輌を脇に避けさせた。6フィートの鞭が空気を切り、地面を突き刺し、近くにいる人の足に向かって打ち下ろされた。起きろ、大統領のために立ち上がるんだ。しゃがんでサンダルの留め金をかけていたが、まっすぐに立ってオープンカーのほうに向き直った。

車列が通り過ぎるとき、シアカ・スティーブンスを目の前で見た。大統領は、薄い色の皮の室内装飾を施した車の、制服を着た運転手の後ろに一人で座っていた。白いスーツを着て、クリーム色のパナマ帽を被っていた。顎やぶら下がって揺れる下唇、狭い額は切手やすべての紙幣の顔と同じだった。周りの人が拍手をし、手を振った。私もみんなと一緒に手を振った。大横領はそれに応えて手を振った。私たちはみんな、もう一度手を振った。

「パ、万歳」

「パ・シェキ、パ・シェキ」

スティーブンスは道路の両側を見た。私を見ているような気がしたので、肩をまっすぐにして胸を張ったが、大統領は見ていないようだった。視線が脇にそれ、少しの間、そのままにして、反対側を向いた。

車列が速度を上げると、人々が息を吐き、座って中断された会話の続きをした。私は父のほうを向いた。父は片方の腕を背もたれの上のヘッドレストに乗せたまま、同じ姿勢で座っていた。

「大統領だったわ」と私はしなくてもいいのに指さした。「シアカ・スティーブンス」

「そうだね」と父は応えて、体を動かして立ち上がった。

「でも、前にはお父さんを知っていたのでしょ。お父さんのほうを見ていたと思うわ」

「そうだね」と父は同意した。答えを期待し、待ちながら父を見た。私は固執して「どうして、挨拶をしなかったの。こんにちはと言うべきだったわ」。メムナとシェキに大統領に会った、と言いたかった。

父はトランクを閉め、鍵をかけた。そして、回り込んで、運転席のほうのドアに鍵をかけ、私たちは砂の上を歩いて戻った。

「大統領は私を覚えていないと思うよ、アム」とだけ言って、他の人たちのいる砂浜に向かった。

第34章

1月にイギリスに戻った。未成年者の単独渡行として、子どもたちだけで飛行機に乗った。もちろん、空港で私は泣いた。父がひとたび自由になればハイツリーズ校に行かなくてもいいと想像することを自分に許し、フリータウンでブルーのチェックの制服を着て、アニー・ウォルシュ校の女の子になることを夢見ていた。最後の夜には、以前、難破した漁船が放置されていたケープ・クラブの隣のアルメニア・レストランで、家族のお別れの夕食会をし、お気に入りの「クッバ」を食べた。父はリラックスし、ジョークを言った。

次に会ったとき、父は白い靴を履いて学校の玄関に立っていた。土曜日の朝の休憩のときだった。私たちは父が訪ねてくることを知らなかったが、ガトウィック空港から直行して私たちをハイツリーズ校に迎えにきた。父は校長や他の教師に会い、途中でホーシャムにある寄宿学校にシェカを迎えに行って、一日を過ごすために私たちはブライトンに向かった。午後遅く、父が占い師に相談している間、私たちは小さなテラス・ハウスの前で待った。炎のような色の髪がまばらな中年の女性が父を送ってドアのところに出てきて、私たちに挨拶した。その場を離れると、占い師が何を言ったのか教えてくれとせがんで父を困らせた。「私には三人の子どもがいる、と言った」と父が答えて私を感動させた。

父と一緒に空港に行き、そこでロッカーに入れてあった一時預かりの荷物から私たちへのプレゼントを取り出した。パスポート用写真のブースで父は写真を撮り、その後、私たちはお互いの上に重なるようにして、見えないカメラのフラッシュが光るたびにポーズをして、全部で4枚の写真を撮った。

釈放されて以来、父は国外に出る許可を得られなかった。そして3月の半ばには、ダイヤモンドの取引にかかわっていたとされる米国大使館職員と接触したとして再逮捕された。米国人の家の前に止めてあった車が父のものではないことが証明されるまで、父はCID本部で一晩、拘置された。父は数カ月前に、その車を下取り交換していた。一夜の拘置の後、ヨーロッパへの旅行の申請が受理された。父はラミ・シディクのところに立ち寄って別れを告げた。「私の忠告を聞いて、戻るな」と古い友人は言った。

刑務所から釈放された後の父の人生についての断片を集める作業をしているときに、古い手紙や、父が訪問したり泊まったりした人々との会話のテープ、アイルランドで家族の友人と過ごした何週間かの記憶を引き出して、何時間もかけて、1974年の春の父の旅行を再構築した。

1974年9月にシェクが私立中学校を卒業するので、父はエルスツリーにある高い教育レベルで有名な学校に入れる決意であった。兄は入学試験を受け、校長は入学を許可するつもりで、最終的な決定の前に父との面接を求めた。父は多くのことを尋ねられ、母の所在に関する質問もあった。

学校は親権争いに巻き込まれることに神経質になって再確認を求めた。父が勾留されていたときにカードが届いたのを最後に母からは音沙汰がなかった。私たちの人生を、そして、父の人生を巻き込んだ多くの出来事や直面した難題の中でも、あの面接の前ほど不安だったことはなかった、と一度だけ父が私に告白した。

父はセント・オールバンズで、ブライアン・クインと妻のメアリーのところに泊まった。クインはイングランド銀行でエコノミストとして働いており、英国での私たちの身元保証人を引き受けてくれていた。父の長年の親友で、フリータウンから届く手紙はいつも開封されて不器用に封をし直されている、とクインは忠告し、他の多くの人と同様に、シアカ・スティーブンスのもとにあるシエラレオネで暮らし続けるのなら身の安全が心配だ、と付け加えた。しかし、父は他のみんなを安心させようとしたのと同じように、クインをも安心させようとして、スティーブンスに会って、もはや政治的な野望はもっておらず、新しい事業を育てることに邁進する計画であることを伝えたと付け加えた。当時は刑務所から釈放されたばかりで、よく知っている人々とは冗談を言い、自らを「失業中、元勾留者、元国会議員、元閣僚」と呼んで面白がっていた。クインは父の話を聞いて頷いたが、それでも不安は消えなかった。

学期が終わり、休暇に入ったので、私たちはアイルランドに飛び、家族の友人でダブリン郊外で暮らすレカブス一家のところに行った。父はそこに私たちを残して、短期間、米国を訪ねた。ニューヨークで、公民権運動時代の芝居の「ア・レーズン・イン・ザ・サン」を観た。

芝居の評判と、ブロードウェイで上演された最初の黒人女性作家で34歳の若さで亡くなったロレイン・ハンスベリーの名声にもかかわらず、私は同作を知らなかった。この芝居は2001年の6月に、15年もの歳月を経てロンドンのヤング・ヴィックで再演された。

小さな講堂の暗がりの中で舞台を観て、アフリカ系アメリカ人の家庭の娘であるベネアタと付き合っている若いアフリカ人の学生のアサガイに強く惹かれた。ベネアタの家族はゲットーの外での生活を目指しているが、アサガイは自分の国の独立を夢見ている。ベネアタの家族は白人居住区に新しい家を買おうとしており、それが邪魔されるように見えたとき、ベネアタはアサガイに向かって次のように言う。

「独立」。それでどうなるの。詐欺師や泥棒、ただのバカ者たちが権力の座に就いて、それまでと同じように盗み、略奪する。違いは新しい独立の名の下に、それが行われること。それらの人はどうなの。

絶望しているベネアタには前進は幻想であって人類は破壊の終わりのない循環に閉じ込められているのだ。それに対して、アサガイは応える。

それは循環ではなく一本の長い線だ。分かるだろう、幾何学のように無限に到達するのだ。私たちには終わりが見えないから、どのように変化するかも見ることができない。奇妙だが、変化を見る人は夢を見る人で「理想主義者」と呼ばれる。そして、循環だけを見る人は「現実主義者」

と呼ばれる。

ベネアタの兄のウォルターは心を動かされておらず、アサガイがいなくなると、最後に「あいつにいつか、何が起きるかを知っているだろう。地下牢に座って永遠に閉じ込められて、鍵はやつを捕えた者がもっている」と言う。

父はアサガイを自分と重ね合わせて見ていたのだろうか。劇作家の言葉は、私の心の核心に届いたのと同じように父の心を打ったのだろうか。そのとき、父はあらゆる警告にもかかわらずシエラレオネに戻るべきかどうか迷ったのだろうか。戻る以外のことはまったく考えなかったのだろうか。

閣僚時代に何週間も過ごした米国で、古い友人と連絡をとり、ジョン・カレファ＝スマートを訪ねて温かく迎えられた。逮捕から3年が過ぎ、UDPの元党員は各地に散らばっているか刑務所に勾留されていたので、連絡は途絶えがちだった。欧米に行くことができた人々は、はじめは何度か会合をもったが、1974年までに党は消滅した。カレファ＝スマートはハーバード大学の公衆衛生学教授の地位を辞してアフリカ政治の争いの中に戻る意志はなかった。父との会話はビジネスについてで、医薬品や医療機器の会社と接触するうえでの助言を求められた、とカレファ＝スマートは覚えていた。

次の夏の終わりには父と一緒にフランスで休暇を過ごし、私たちはフランス語の練習をし、父はフランス語を学ぶという計画を立てた。「そよ風のバラード」がヒットチャート1位になり、私たちの大好きな歌で、歌詞をすべて覚えていた。4月の終わりにロンドンに帰り、シェカが新学期を迎えるために必要な洋服を揃え、どんどん大きくなる私の足に合わせて靴を新調した。私たち一人ひとりに父からタイメックスがプレゼントされた。私にとって最初の腕時計だった。休暇の終わりにヴィクトリア・ステーションの近くの二流の中華料理店で、みんなで食事をし、私たちは電車でホーリーに戻った。

後で知ったのだが、ロンドンで父は、故国から追放された元総督のバンジャ・テジャン・シーをクリックウッドの自宅に訪ねていた。シーは失った地位のことを考え、ふたたびシエラレオネの政治の中心に戻るのを夢見ていた。何年も後に、私自身が同じ家への道を辿った。そのころには、元総督は90歳に近いと思われた。１９３０年代の二戸建て住宅の居間の端に置かれたハイバック・チェアに座っていた。他の椅子は壁際にうやうやしく半円形に置かれていた。元総督は、BBCが放送した私の政治レポートに気付いて、私の事務所に電話をかけ、自宅に来るようにと誘った。当時、私は、その人が誰だかも知らなかったが、好奇心から誘いを受けた。メムナとシェキに電話のことを話し、一緒に来ないかと誘った。シーが会話を支配し、長ったらしい口上とちょっとの間のお世辞を繰り返した。私のレポーターとしての能力を褒め、レポートの解説の一部を覚えていてくれさえした。私に政治的野心があるかどうかを探ろうとしているようだった。しかし、数分遅れでシェカが到着すると、父のイメージと長男に関心が移り、それまでの私たちの会話への関心を失い、兄に注意を集中した。数週間後、ウエストミンスター寺院で催される、女王から新しいいくつかの栄誉を授かる儀式への金ぴかの招待状が届いた。

ずっと昔父が訪ねたときに二人が何を話したのかを知るため、6年後にシーを訪問した。彼は驚くような話をしてくれた。１９７０年代初頭に、ヤーセル・アラファトやマッド・マイク・ホアーと接触をもったというのだ。ホアーは悪名高い南アフリカの傭兵で、その名前はコンゴとの不名誉な関連と、ルムンバの殺害に至った戦争で長く記憶されている。元総督によると、アラファトはスティーブンスを退陣させるために40人の戦闘員をパレスチナで訓練すると申し出た。父が刑務所にいる間にシーは秘密裏に計画を練っていた。二人が会ったとき、計画をすべて父に話し、もし、父が役割を担うことに関心があれば、シエラレオネに戻る前にふたたび自分を訪ねて計画を検討するよう強く促した。

医薬品会社を訪ねるために、父はロンドンからフランクフルトとコペンハーゲンの郊外へ行った。そこで、グリーンランド人の窮状を目の当たりにし、デンマークの「忘れられた帝国」について、後に友人に語った。父は一人ぼっちで、シエラレオネを離れている間中、寂しさが付いて離れず、子どもたちがいるときだけそれを追い払うことができる、と言っていた。

帰途につく前に、フリータウンへの便を待つ間、乗り継ぎでふたたびロンドンに立ち寄った。元財務大臣で元UDPリーダーが町に来ているというニュースがロンドンの学生グループに伝わり、かつてUDPを支持した若い活動家たちが我先に空港に急いだが、父は彼らを避け、急いでターミナルビルの外へ出た。クリックルウッドでは、シーが父の再訪を待っていたが、ロンドンにいた4日間、父は元総督の自宅を訪ねなかった。

シーの話は、それまでに知っていたこととはいっさい共鳴しなかったが、何年にもわたる無政府状態や略奪行為の後で、私たちが話したときまでに、シエラレオネのダイヤモンドの青白い輝きが大勢の外国人傭兵を引きつけていた。そこで、シーが私に話したことを実証してくれる人を見つけ出すために電話をかけ続けたが、当時の出来事ともっとも関係が深かった人たちでさえ、誰もヤーセル・アラファトやマッド・マイク・ホアーを巻き込んだ１９７４年の陰謀と噂を聞いた人はいなかった。

結果として、シーにふたたび同じことを尋ねる機会はなかった。インタビューのたった3日後に、シーは家の外の歩道で倒れて亡くなった。

第35章

父が辞表を書き、それが新聞で公表される以前、かつての仲間の命令によって父が逮捕される前、元の友人の指示によって父が3年間を刑務所で過ごす前には、父は家族のための家を建てる計画をしていた。刑務所では、何時間もかけて設計図を描き、それを何度も描き直した。父からの手紙には、あまり遠くない将来、家族全員が暮らすことになる家についての記述があった。父の事業から収益が出るようになると、すぐに建設に取り掛かり、キッシーの借家から引っ越す計画で、1974年7月には、食卓の周りに座って私たちに計画を説明し、この計画に対する父の熱意が私たちに感染し、裁縫室やピアノなど、新しい要素を付け加えるよう促した。

シエラレオネでは雨季だったが、あと10日で私たちの夏休みが始まる。たった10日だ。もちろん当時はその10日間の大切さを知らなかったが、その日々をほとんどひとコマずつ覚えている。家についての話をしたことを覚えている。ラムレーで泳ぎ、水中には藻がいっぱいあり、小さな赤ちゃんクラゲがいて私たちを刺し、体中にはっきりした小さな跡ができたことを覚えている。私は父に肩車されて、降りるのを嫌がった。「吼えろ！ ドラゴン」の歌が全国で大流行し、バーでも路上でも、深い溝の向こう側にある飲み屋からも、四六時中、流れていた。我が家ではビンゴに熱中し、賑やかなゲームをほとんど毎晩楽しんだ。しかし、新生児の口唇裂のように、完璧さを損なう一つの傷があり、それがミス・ドボルザークだった。

前年のクリスマスに、ウォルポール・ストリートの事務所で、父は私たち三人にアレデード・ドボルザークという若い女性を紹介し、父の手伝いをしている弁護士だと言った。ミス・ドボルザークは陽気で快活で、名家の出身だった。彼女をミス・ドボルザークと呼び、その日は、そして、それからもマムが一緒でないときはいつも私たちと一緒に昼食をした。

ミス・ドボルザークは次の夏にもまた事務所にいた。ケープ・シエラに食事に行ったとき、私がロブスターを食べたことがないと言うと、笑いながら注文するよう勧めた。ウェイターが3匹のロブスターを私の足元に置いた。そのうちの1匹を選んで、父のほうを見て、それでよかったのかどうかを確かめた。父は微笑んでいた。ロブスターを食べ終わるまで、その儀式の目的が分からなかった。食べ終わってはじめて、私の皿に乗っていたロブスターは30分前には私の足元で生きていたことを知った。その後、泳いでいると雨が降り出した。両腕に鳥肌が立った。私が寒いと文句を言うと、ミス・ドボルザークが白いカーディガンを脱いで肩に掛けてくれた。

その日の夕方、袖に何かをこぼして小さなシミができていたので、マムにシミ取りを手伝ってほしいと頼んだ。マムは誰のカーディガンかと尋ねた。そして、私たちに話があると言った。メムナとシェクを呼んで寝室に集まった。マムはミス・ドボルザークについて何もかも話してくれた。

マムは話し終えると部屋を出たので、私たちだけがベッドに座っていた。他の二人に「これからはミス・ドボルザークと話してはいけないのかしら、絶対に」と尋ねた。

「マムは話してほしくないでしょうが、私たち次第だと言ったわ」とメムナが応えた。

「でも彼女が好きよ。いい人だし。でも、どんなふうにして私たちの家族を壊すの。どうしてそんなことができるの」

「お父さんの愛人だからだよ」。シェキの声は大人らしく低かった。シェキの話す調子から、理由はまったく明らかだ、と言っているようだった。シェキはそんなふうに振る舞うことがよくあり、私は自分が愚かだと感じたが、兄の言っていることが全然分かっていなかった。そこに座ってミス・ドボルザークのことと、マムが私たちに話したことを考えた。ほんとうはミス・ドボルザークがかなり好きだったが、家族がまた、二度目に、そして、永遠にバラバラになってしまうことを恐れ、脅えた。このような認識が私の中を身体感覚として駆け巡り、口の中が乾き、耳の中で心拍が高鳴り、胸が押しつぶされそうだった。私たちはミス・ドボルザークには一言も声をかけないことを誓った。

2、3日後に、父に付いてミス・ドボルザークの事務室に入った。ミス・ドボルザークは私に挨拶し、明るいオレンジ色の口紅で微笑んだ。

私はミス・ドボルザークをちらっと見た。私たちは三人とも黙っていて、こんにちはとさえ言わなかった。

ミス・ドボルザークはおしゃべりに忙しく、はじめは気付かなかったが、数秒して、私たちがとても不作法だということを感じていた。でも、父にはすぐ分かって、私たちのほうを向いて一人ずつ順番に見た。父はうれしそうではなかったが、その表情は怒りよりも当惑だった。「子どもたち、挨拶をしなさい」。俯いて、私たち一人ひとりに次々と視線を向けた。「一体、どうしたんだ。ミス・ドボルザークに挨拶をしなさい」

誰も返事をしなかった。私たちはお互いを見て、下を向いた。私はそれまで父を無視したことがなかったので緊張したが、いまでは父に対して怒っていた。自分を抑制するためにつま先を床にしっかりつけて、私たちの約束を最初にやぶるのは、決して自分ではないと誓った。

ミス・ドボルザークは、私の揺れ動く勇気に感づいていたはずだった。ミス・ドボルザークは直感的に誰がもっとも弱い環(わ)かを知っていた。その意味では彼女は頭がよかった。彼女の視線が私の上にあることを感じた。すると彼女は私に手招きした。「こっちにいらっしゃい、アム。ねぇ、こちらにいらっしゃいよ。何があったのかを話してくれるわよね。そうでしょ」

父は私の後ろに立ち、ミス・ドボルザークがしゃがんで私の両手をとって、私の目をまっすぐ見た。彼女と目を合わせることができなかった。うな垂れていた。「どうしたの。何があったの」

「……」

「アム」。父の声は抑制され、話し方には抑揚がなかった。「ミス・ドボルザークに応えなさい」。それでも私が返事をしないでいると、父のいらだちが吐き出された。「どうしたんだ。何があったのだ」。私は父のほうを見ないようにした。

ミス・ドボルザークが割って入った。体を起こして、父の腕に手を置き、「そっとしてあげて。どうでもいいことだから。あなたはあちらに行って。後で会いましょう」

家に帰る車の中で父は黙っており、顔に憂いの色を漂わせていた。父が私たちに説明を求めるのではないかと心配したが、父は運転を続け、ギアを入れ替え、一方の手の指をハンドルに置き、家の方向に回して、起きたことについては何も言わなかった。

*

波の上に仰向けになって目を閉じ、瞼の後ろに現れる暗いオレンジ色の太陽の光を見ていた。波が寄せるたびに、水が足にかかり、ふくらはぎを登った。眉をひそめ、集中し、クヌート王のように波の動きが止まることを願ったが、波は繰り返し私の上に覆いかぶさった。服を着て海岸を去ろうとしたとき、父をからかって、潮の流れを止めてほしいと言った。父は、はじめは難色を示した。「やってみて、やってみて。お父さん。やって。お願い。やってみて」と父を駆り立て、くすくす笑いながら、後ろから父を押して水際まで行かせた。

それが土曜日だった。

日曜日。マムと父とメムナとシェキと私は、ジュバのヌハドおばさんの海の家に行った。あの日のことはあまり覚えていない。ヌハドの娘で私たちと同じ年頃のマンディは、青いゴムボートで遊んだことを覚えている。ヌハドの親友のサラ・テジャンもそこにいて、そのことを覚えていたが、海岸での平凡な一日だった。ヌハド・コービンは人目を引く金褐色の髪のレバノン人女性で、政界を動き回る、裕福な社交界の名士で女主人だった。父はヌハドを何年も前から知っており、ヌハドは父と一緒にいるところを見られても気にしない勇気をもつ、残された数少ない一人だった。ヌハドは父とミス・ドボルザークの関係を知っており、好ましくないと思っていた。それは、夫婦の貞節について何か特定の考えをもっていたからではなく、ヤボメを知っていて、ヤボメが好きだったからだ。私たちの家族を招いて、ヌハドとその娘と一緒に海岸で一日を過ごして、父とヤボメの間に広がりつつあるように見えた仲たがいを癒すのを助けようとした。私たちがピクニックの後片付けをしていると、平たいレバノンパンがシェカの大好物なので残りをもらえないか、と父がヌハドに尋ねた。平凡な一日の、この取るに足りないディテールをヌハドは覚えていた。

月曜日。ミス・ドボルザークをコベントリーに行かせたこと、あるいは体裁を保つことに失敗したことを私たちは忘れていたようだ。なぜなら、高い壁で囲われ、庭の大部分を占めるテニスコートが付いた、ミス・ドボルザークの両親のピンクのコロニアル・スタイルの家で、私たちはテニスをした。私は父と反対側のコートでシェカと一緒に父を相手にプレーした。ミス・ドボルザークは冷たい飲み物が載った盆の隣に立ち、サイドラインのところから試合を見ていた。ボールが私の横を通り過ぎたので、ボールに向かって動いた。すると、私の足はコンクリートの杭のようになり、持ち上げるのに苦労した。夢の中に閉じ込められているように感じ、走ろうとしたが私の脚は走ることや、脳の命令に従うことを拒んだ。腕を上げてボールを打とうとしたが、ラケットをもつことさえむずかしかった。ボールを逃した。ボールは音をたてて私の横を通った。シェカが私のほうを見た。どこか遠くで、ボールから目を離さないようにと父が言うのが、かすかに聞こえた。父の声にはイライラしたような響きがあり、父を喜ばせたいと思ったが、疲れてプレーを続けられなかった。コートの横の木のベンチのところまで行って座り、目を閉じた。ミス・ドボルザークが近づいてくるのがぼんやりと見え、「モハメド。どうしたのかしら。この子は病気よ」。コートの反対側で、父はラケットを投げて心配そうに顔をしかめ、急いでやってきた。

私は家に帰って少し横になると、気分がちょっとよくなった。ベッドのうえで、*My Family and Other Aimals* という本を夕方まで読んでいたら、シェカがドアから首を出して、腕が吹き飛ばされた男がいるから来てみないかと言った。

次の日には雨が降り始め、家には人影がなかった。夕方になると居間に立ってゲームの準備を始めた。椅子を隙間なく半円形に並べて、ひらひらする四角い紙、印の付いていないカード、袋に入った木の数字、ピンクの頭のマッチ棒を揃えた。外では夜に背を向けて、蛍光灯の明滅する光の下に二人の男が立って私のすることを見ていた。二人の目はじめじめしてひんやりした井戸のようで、模造のワニ革の靴を履いていた。私はカードとマッチを置いて、二人に何か用事かと尋ねた。

男たちをその場に残して主寝室に父を呼びに行く。居間を通って玄関を過ぎ、廊下の端に閉じたドアが見える。ドアは艶のある茶色だった。私は手を握って拳のようにして、ノックしようとしていた。

CIDのプリンス・バーとニューラブが家にやってきた夜に、父を部屋に呼びに行ったのは私だったと、生涯、ずっと信じていた。でも間違っていた。外で家の正面に立っていたモーライは、CIDの車が到着するのを見て、すでに男たちと話していた。モーライが二人を家の正面まで案内して、脇の階段からベランダに上がっていくのを見ていた。モーライは二人の後について行くかわりに、反対の方向に走って、裏階段を使って台所を通り、家に入って、私がコーヒー・テーブルの上でマッチを数えている後ろを通った。一瞬の後、頭を上げると、男たちが待っているのに気付き、何を探しているのかと尋ねた。モーライは主寝室のドアを手のひらで叩き、警告した。CIDからやってきた職員に、ドクターは不在だと言わせてくれと懇願した。しかし、父はそれを断り、部屋から出てプリンス・バーとニューラブと対峙し、ちょうど寝室の扉のところに行こうとしていた私と廊下で出逢ったのだった。

第2部

第36章

不思議だ。どうして25年前にそのままにしておいた、ちょうど同じところから始めることができたのだろうか。その間ずっと、いとこのモーライと会ってなかった。

モーライは緑色のツイードのズボンに、編み上げ靴を履いていた。ズボンは、たくさんの古着と一緒に私たちの国のようなところに援助物資として送られてきたもののようで、熱帯の気候に相応しいかどうかなどはあまり考慮されていなかった。モーライは額に玉のような汗をかいていたので、ティッシュを渡した。彼は紅茶茶碗を木のテーブルに置いて、額をティッシュで押さえた。

「ドクターが連れ去られた次の日に、とても具合が悪くなったのを覚えていますか。お父様の身に起きたことのために」。モーライは頭を振り、舌打ちをして、何か熱いものに触れたように指を弾いた。どれもが見慣れた仕草だった。「ああ、あの日。あれはひどい日だった」

モーライが空を見上げるように肩を反らせて、ゴム草履を引きずって、微笑みながら、いつもゆっくり歩いていたイメージが甦った。すでに50歳近くになっていた。最近の数年間にモーライはすべてを失った。二つの家が反政府武装勢力によって焼かれ、妻と四人の子どもと一緒に家の裏の低木の茂みに隠れて、近所の人々が一列に並ばせられて、一人ずつ前に押し出され、麻薬で頭が狂った子ども兵士に手を切断されるのを見ていた。モーライの目は潤み、濁っていたが、信じられないことには、微笑みは残っていた。

「マラリアだったわ」と私が言った。

「ちょうど次の日だった」と私を無視して同じことを繰り返し、強調した。「ちょうど次の日だった。なぜだったのだろうか」。プリンス・バーとニューラブが家にやってきた次の朝、私が病気になったという話は家族の神話になっていることに気付いた。私は40度の暑さの中で、悪寒がして震え、朝食に食べたドロドロの甘すぎるシリアルの記憶にむかついた。ベッドに横たわって毛布がほしいと言った。モーライが毛布をもってきてくれたとき、彼の足元に吐いた。父はテニスの試合から私を家に連れて帰り、1日か2日、様子を見るつもりだった。熱帯性のインフルエンザかもしれないと思ったが、マラリアのようだったので心配した。いまになって気付いたのだが、病気のことが分かっていたのは、私と、そして父だけだった。

父の逮捕でパニックになり、私は忘れ去られた。結局、診療所の医者に診てもらった。マムは一日の大半をCID本部で過ごしていたので、メムナが付き添ってくれた。医者はくるみの殻のような深い皺が刻まれた顔で、私は詳細な処方箋を書くのを見ていた。処方箋を手渡し、メムナにも私と同じ手当をするようにと言った。メムナは患者ではなかったので、私たちはすっかり驚いた。

そのころまでには、ニュースは新聞で広く報じられていた。財務大臣のクリスチャン・カマラ・テイラーの家が爆破され、続いて父が逮捕された。かつて私たちが暮らしたスパー・ロードの家だった。当局はクーデター未遂だと言った。異常に西洋的な考え方をもっているに違いない医者は、私の病気は心因性だと決め付けて、偽薬に違いない、チョークのような錠剤の束を持って帰らせた。ずっとたって大人になってから、マリへの撮影旅行の後で、マラリアに罹り、症状が出るやいなや、私にはそれがマラリアだと分かった。

「ほんとうにマラリアだったのよ」と私は繰り返した。父がすでに診断していたからではなく、20年後にふたたび発病したからそれが分かった、とモーライに言った。モーライはにっこり笑って、「とにかく、あのときはマラリアだと思ってたんだ。覚えているよ」。モーライ自身も1週間か2週間後にマラリアに罹り、医者に診療費を払うことができない人々の熱を下げるための地元の治療法に従って、はっかの練り歯磨きを胸に塗った。モーライは私の額にも少し塗ってくれた。でも、いままでは、モーライはこの話の異なった解釈が好きで、それはほんとうではなかったが、私もそれが好きだった。

最後にここにいたのは1991年で、戦争の噂さえなく、内陸部では小競り合いが何度かあったが、ちょっとの間でも必然の運命を喜んで無視する一般の人に対して、シアカ・スティーブンス大統領の後継者のジョゼフ・サイドゥ・モモ准将は、状況の深刻さを過小に知らせた。焦土と化した国に私は戻ってきた。無政府状態と内戦がダイヤモンドによって煽られ、子どもたちによって闘われ、それが人々の日常だった。生きた犠牲者の手を切り落とすという、反政府武装勢力の忌まわしい特徴的行為が、アフリカのもっとも新しい戦争の国際的な象徴になった。手があるべきところが切り株のようになった手で鍬をもつ農民、残された前腕で赤ちゃんをしっかりと抱く母親、肘から先を切り落とされた美しい少女――私はロンドンの自宅で、それを写真や映像で見ていた。

これらのイメージは私の心の中で何度も甦った。私は何と出逢うかを知らず、強く結び付けられている国に戻り、同時にその出逢いを恐れた。私のこれまでの人生は、この国と絡み合っていた。しかし、シエラレオネは熟知していると同時に言い表せないほど馴染みがなかった。知っているが分かっているとは言い難い。しかし、一つだけ確信していたことがあった。それは、25年前に私の家族に起きたことは、ほんの始まりにすぎなかったということだ。私たちを打ち壊そうとした力は、最終的にはすべてを破壊した。

サンティギが挨拶に出てきた。サンティギはずっと義母のそばを離れなかった。60歳を過ぎていると思われたが、驚いたことには、まだ30歳ぐらいだと言い張った。三人の子どものうち最年少の私が30歳を過ぎていることをマムは指摘したが、サンティギの主張は変わらなかった。サンティギは明らかに髪を染め、入れ歯だった。モーライとサンティギは自信に満ちた若者だったと記憶していた。感情の激発、サングラス、秘密の煙草、スラングの表現などが私たちに感銘を与えた。モーライは私を「妹」と呼んで、いつも笑わせた。少しの間、サンティギは近くで、手すりに寄りかかって私たちを見ていた。そして、いなくなり、モーライが私たちのためにもってきた2羽の鶏を台所に運んで仕事に取りかかった。

2羽の生きた鶏は大切な客のための貴重な贈り物だった。さまざまな食料の中でも、とくに鶏が不足しており、それだけにより貴重だった。週の終わりまでには家族や近所の人から10羽以上の鶏をもらったが、ほとんどが雄鶏だった。家の外の私の寝室の窓の下にある小屋で鶏は喧しく鳴き、喧嘩をしたが、ある日の午後、料理人が鋭い包丁をもって庭に出て行った。私は夫のサイモンを伴って帰郷していた。人々は象徴的な捧げものによってこの事実を認めた。ふるさと。だが長い間、ふるさとに戻ったようには感じられなかった。私にとって、ふるさとは何年も前に、1970年代の半ばになくなってしまっていた。

CIDの係官が家宅捜索のためにやってきたとき、私はまだ毛布にくるまってベッドの中にいた。彼らは私たち全員を居間に集めたが、私はベッドに残された。蚊帳のベールの中から一人の男が私の部屋を探すのを見ていた。もう一人の男がドアから首を出して何か言った。私の部屋を捜査していた男は文句を言いながら私の本をパラパラめくり、1冊ずつ背表紙をもって振り、表紙を下にして床に落とすとページが開いた。譜面台から私のリコーダーを取り上げて、今度は注意深く元に戻した。そのときは気が付かなかったが、私の動物病院を保管していたベッドの下は見もしないで、男はすぐに部屋を出て行った。

その後は静かだった。私は部屋のドアを開けて裸足でこっそりと出た。両親の寝室では空っぽの引き出しが歪んで開いていた。洋服ダンスには何着かの服が、まだハンガーに掛ったままで、マットレスはベッドと床の間にはまり込み、茶色い薬の瓶や木の舌圧子、ガーゼの包帯など、ひっくり返された父の医療鞄の中身が散らばっていた。マムは片付けをし、いとこたちが手伝っていた。誰も話さなかったのを覚えている。私たちは黙って仕事をしていた。シェカは自分の部屋で、オブジェのコレクションを棚の正しい場所に戻していた。メムナと私は自分たちの部屋を片付け、すべてのものを元の場所に戻して完璧な状態にし、CIDの捜査の痕跡を消し去った。捜査官はその後も何度も戻ってきたが何も見つけることができなかった。あるとき、マムの香水を押収し、家を立ち去るときには得意げに銃を掃除する液体だと言った。彼らの愚かさを笑ったが、何かを見て笑える状態ではなかったので、いくぶん捨て鉢になっていたのだと思った。

モーライとはそのとき以来、顔を合わせていなかったが、決して忘れることはなく、どのいとこよりも特別の好意をもっていた。内戦が最高潮に達していたときに、子どもたちを学校に行かせるための助けを求める手紙がモーライから私に届いた。モーライの教育は中断されたが、教育の価値を断固として信じていた。戦闘が苛烈を極めた間も、彼がいま住んでいる小屋の庭にある黒板を使って子どもたちに教えていた。

義母が現れて私たちに加わった。義母は私がロンドンからもってきたカフェインレスの紅茶を啜っていた。このころには血圧と体重を心配していた。義母はモーライにテムネ語で心を込めた挨拶をし、家族のことを尋ねた。その後、忙しく会話と笑いが交わされた。モーライは大きな歯を見せてニコッと笑い、膝を寄せて腕で包み、控えめな態度で首を横に振った。マムが何か言い、それに抗議をしているということぐらいは分かった。モーライは私のほうを見て訳してくれた。「ヤボメおばさんは私が酔っ払いだったころのことを思い出させようとしているのです」と笑いながら、はずかしそうに言った。

「酔っ払いですって」と私は、ちょっと確信がもてずに微笑んだ。

「そうです。酔っ払いです。あの後ずっと、私はすごく酒を飲みました。フリータウンを離れてカマクウィエに引っ越しました。そのころ、ヤボメおばさんが私をごらんになりました。当時のことをおっしゃっているのです。4年間、酒浸りでした」。マムがまた、テムネ語で口をはさんだがモーライは最後まで話した。「4年間、ただ酒を飲むだけでした。でも、私たちはふたたび闇の中に戻るようで、どんなふうに感じていたかをいま話すことができません」

＊

私は一つの千年紀の最後の年を、新聞記事を大量に調べ、手紙を書き、父から私への手紙を読み返し、初めて父が他の人に書いた手紙を読んで過ごした。過去の主要なプレイヤーと目立たないプレイヤーを探し、亡命政治家や父の大学時代の友人から話を聞いた。30年ルールに基づいて機密指定が解除された英国外務省のファイルを2週間にわたって詳細に調べ、ワシントンまで出掛けて世界銀行を訪ね、英国外務省よりも数年前に公開されていた国務省のシエラレオネ関連のファイルを読んだ。アパートを借りて、毎日、2時間をかけてメリーランドの国立公文書記録管理局に通った。何百枚、いや何千枚ものコピーをとり、日付を付けてファイルした。10本以上のテープを分類し、書き起こして、いくつものレバー式アーチ・ファイルに保存した。何冊もの赤いA4のノートが私の手書きの記録でいっぱいになった。それ以上、先送りにすることができなくなったので、新しい千年紀の1月に決心を履行するためにシエラレオネに戻った。

シエラレオネへの直行便はなくなっていた。サイモンと一緒にバンジュールに行って、殺風景な海岸のホテルで2泊した。着いた次の日にヌハド・コーバンが暮らす郊外に行った。ヌハドを含む多くの人がシエラレオネを逃れて、比較的安全なガンビアに行った。ヌハドはいまも美しく、銅色の髪、日焼けした肌、きちんとマネキュアをした指など、目を奪うような優雅さは損なわれていなかった。ヌハドが暮らす平屋の庭で、オレンジ色のハイビスカスの花に囲まれて座った。ロンドンとバンジュールの間の電話で、ヌハドは1974年の出来事について知っていることを少し話してくれ、私たちが話した数時間の間に話に肉付けをした。

1974年7月30日、早朝に爆発が起き、数時間後にはカマラ・テイラーの壊れた家を見るために人々がスパー・ロードに群がった。ヌハドは爆発があったところの近くに住んでいた友人のサラ・テジャンに付き添っていた。カマラ・テイラーの家にも庭にも非常線は張られておらず、勝手に歩き回っていた見物人以外は誰もいなかった。ヌハドは粉々になった窓を見るためにバルコニーに上がり、家の外から寝室を覗き込んだ。何かがおかしいと感じた。ただちに気付いて、そのことを一緒にいた友人に話した。

ベッドがきれいに整えられていたのだ。枕に頭のくぼみさえなかった。上のシーツには皺一つなかった。壊れたガラスがベッドのうえにあり、片づけられていなかった。どの部屋も同じだということは明らかだった。あの夜にはあの家で誰も眠らなかったのだ。そのことは誓ってもいい。

ヌハドはテーブルの上を指でなぞって家の見取り図を描き、寝室の位置や爆発によって破壊された石積みを示した。家の見取り図は完全に覚えている。2階の寝室はすべてベランダに面しており、1階もまったく同じだったが、家の裏は曲線になっていた。ダイナマイトがバルコニーに投げ込まれたのだった。

「あの家では誰も寝ていなかった、と後でみんなが言っていたわ。だから、誰も怪我をしなかったのだと。かすり傷さえしなかった……。でも、ガラスはいたるところに飛び散り、爆発は1フィートかそこらのところで起きていたのよ。夕方までに、ひそひそ話が街中に広がったわ」

ヌハドは上体を反らして一呼吸した。私に煙草を勧めて、自分の煙草に火を付け、国産の銘柄であることを詫びた。あの夜、カマラ・テイラー一家が現れたとき、息子が状況を詳しく話し、事件が起きたときベッドで眠っていたと言い張るのにヌハドは気付いた。そして、ヌハドは、逃げることができた息子に無事でよかったと伝えた。彼の髪について付け加えたこと、アフロ・スタイルの髪にガラスが飛び込まなかったのは幸運だった、と言ったことをヌハドは思い出し、言ってから少し馬鹿げていると思った、と話した。

ヌハドはその週の終わりごろに自宅で捕えられ、CIDの事務所に連行された。小さな部屋には悲しみが溢れていた。中には数人の男がいた。誰も口を開かなかった。部屋の隅にある椅子を勧められて座った。机のうえの名札にはバンベイ・カマラ、CID副長官と書いてあった。評判でだけしか知らない男だった。沈黙が続いた。若い女性が連れてこられ、机の前の椅子に座らせられた。男たちの一人が彼女に尋問を始めた。質問の骨子と女性の脅えたような応えから、彼女が従姉妹か義理の妹か、何らかのかたちでモハメド・フォルナと関係があるのだと思った。その女性は検挙された人々のうちの一人で、パデンバ・ロード刑務所に留置された。女性は懇請し、男の一人が彼女の顔を荒々しく殴った。女性は喚き続け、泣き声が殴っている男をさらに激怒させ、急に静かになるまで殴り続けた。ヌハドは脅えながら、それを見ていた。これ見よがしのこの恐ろしい行為の目的は達成された。

バンベイ・カマラは指を鳴らして、男たちの一人に、ヌハドのためにビールをもってくるように言った。ヌハドは断った。バンベイ・カマラはヌハドを無視して、命令を繰り返した。最初の女性は連れ出されて、次の女性が部屋に連れてこられた。恐怖で縮み上がっているのがヌハドに分かり、殴打でひどく傷付き、悪臭を放っていた。ヌハドは壁のほうに顔をそむけた。

その日の午後、ヌハドは供述書を書いた。短い声明で、モハメド・フォルナの友人であり、最後にモハメド・フォルナを見たのは、彼と家族が彼女の客として海岸に来たときだった、と明言していた。供述書を書いた後、自宅に帰ることを許された。家族の誰かが電話をして問い合わせ始めたからだと、ヌハドは想像した。

ヌハドは、毎朝、1週間にわたってCID事務所に出頭させられ、毎朝、待たされて、陰険な視線や計算された悪口、性的な皮肉、さまざまな暗示的な脅しにさらされた。やがて、政府の中の友人がパスポートを取り戻してくれ、その後、身の安全のためにできるだけ早く国外に逃げるように、と母に言われて、いつも夏を過ごすラ・パロマに飛び、4カ月の間、フリータウンから離れていた。

翌日、私とサイモンは朝6時にバンジュール空港に到着し、フリータウン行きの便を昼まで待った。乗客リストに名前を書き込んでもらうために果てしない行列に並び、荷物検査でまた並び、コンクリートの柱の台座に座って待った。

ようやく搭乗案内があり、駐機場を歩いて飛行機のところに行きタラップを上った。ウエストコースト・エアラインの機体は、外見はまずまずだが内部はまったく別だった。座席はぼろぼろでシミが付き、多くのシートベルトが壊れていて、頭上の荷物棚は木製で開かず、手荷物は機体の後部の隙間に投げ込まれた。

離陸前に座席に座って待っていると、二人のロシア人パイロットがコックピットに入っていった。不安定なアフリカの国を出入りするために老朽化した機体を調達して、一体、どんな条件で彼らをここに連れてきたのだろうか、とちょっとの間、考えた。

2時間の飛行の間中、汚い窓からマングローブの沼やジャングル、ずっと続く素晴らしい海岸線をじっと眺めていた。手のひらに汗をかいた。墜落するのではないかと怖かった。そして、到着するのと同じように、あの国に戻ることに神経質になっていた。着陸するために旋回していると、かつて野菜畑だったところに、軍用テントやヘリコプター離着陸場、国連の青いマークが付いた白い装甲車が畑のように並んでいた。空港全体に飛行機は一機しかなく、ゆっくりと走行して止まった。

以前は多くの人が集まっていた古い正面玄関の中では、三人の税関職員が私たちに対応した。職員と私たちの間にはベンチがあり、スーツケースが置かれていた。鍵の番号を合わせようとしたが、スーツケースを開けてほしいという素振りはなかった。官帽をかぶって頰に部族の印のある係官が、手を振って止まるよう命じ、単刀直入に言った。「私たちのために何をもっている」

私はちゃんと理解できたかどうか、よく分からなかった。「洋服や個人的なもの以外は、何も入っていないわ。家族を訪ねるために来たのです」

「そうじゃない」。私の明らかな愚かさを係官はいやらしい目つきで見た。「我々のために何をもっている」。自分の胸を叩いてから、他の税関吏にも、という身振りをした。

「レオンはもっていないわ」と私は言い逃れをした。係官はくすくす笑って、「おー、どんな通貨も受け取るよ」と言って仲間にも冗談を聞かせた。「スターリング、ドル、ははは」

躊躇した。誰かに賄賂を渡さずに税関や入管の手続きをするのは不可能だった。バッグにはテープレコーダーとノートが入っており、サイモンはプロ用のカメラ一式をもっていた。係官は邪魔をすることができ、もし、上司に訴えたら、要求を倍にし、もっと多額を私から取るだろう。バッグの中を探ると、1ポンド硬貨が出てきたので、不承不承、それを係官に渡した。彼はそれを調べて仲間の一人に渡し、仲間はそれをポケットに入れた。税関吏がチップを要求するのはとくに何も新しいことではない。変化は係官の態度だった。あまりにも恥知らずの汚職で、隠そうともしなかった。その男は正しい振る舞いというものがあることを知らないようで、気にさえしていなかった。

フェリーは沈んでなくなったので、フリータウンへの最後の行程にはヘリコプターを使い、ラムレー海岸の先に着いた。ヘリポートは陸軍本部の近くで、傭兵が乗り込む攻撃用ヘリコプターは低空飛行をして、銃を突き出して水の表面すれすれを飛ぶ姿は空中に停止する蚊のように優雅だった。

義母は、柵の向こう側で私たちを待っていた。私たちのバッグと、フリータウンでは容易に手に入らない品々を入れた追加のスーツケースを車に押し込んだ。ゲートから出ると、運転手はフリータウンへの近道を行くために右に曲がった。「海岸通りを行ってもかまわないかしら」と私は尋ねた。

「もちろん、かまわないわ」と義母が答え、運転手に指示を与えた。

私はサイモンのほうを向いて、「世界でいちばん美しい海岸よ。2マイルあるの」と言った。

第37章

父が国家反逆罪に問われていたのを初めて聞いたときのことを覚えているが、誰が言ったのか、どのように、いつ、ということは何も覚えていない。その代わり、それを聞いて何を考えたのかは覚えている。この言葉は昔の出来事として学校の歴史の授業で習うことで、レディ・ジェーン・グレイや「反逆者の門」の外で座っている若いエリザベスI世、あるいはエリザベス1世の地に堕ちた貴族であるウォルター・ローリー、火に飲み込まれたジャンヌ・ダルクのことであった。私は、上下院議会の下で火薬の入った樽に囲まれているガイ・フォークスを想像した。いまの時代にも国家反逆罪で裁判にかけられるということが考えられず、それが父と関係があるということが理解できなかった。

1999年、まったくの偶然から、ロンドンでシエラレオネ人の弁護士の名前を教えられた。この弁護士が私に何を話してくれるかは分からなかったが、父が逮捕されたとき、司法長官室で働いていたということだった。そこで、私はロンドンの東端にあるストラットフォードに行き、彼の示した目印の「ライジング・サン」というパブを探した。パブは彼の法律相談所のある通りの角だった。仕事が終わって、日が暮れ始めたころに私たちは会った。車を止めて事務所に向かった。風が刺すように冷たく、雨が降り出した。ガラスの扉を叩くと、60歳に手が届きそうな、にこやかな男性が間仕切りのない事務所の衝立ての後ろから出てきて、掛け金を外して中に招き入れてくれた。

テジャン・サベージとの会話は私にとって転換点となったが、彼はそのことを知らず、彼にとって私は初対面の人だった。この4半世紀の間、我が家は沈黙に覆われ、過去についてはほとんど話さなかった。10代から20代にかけて、メムナとシェキと私は真実の断片を集めるために強迫観念に取りつかれたように探し、立ち聞きをして、何か情報があれば、それを交換した。私たちはこっそりと、いつもこっそりと話した。

誰かと知り合いになっても、私は、その人に自分の身に起きたことを話さなかった。もし友だちになったとしても、最低限の事実よりも多くを進んで話すことはなかった。人々はアフリカの政治には退屈しているか、がっかりしている。アフリカは国を統治することを学習できない失敗国家群であり、人々を気詰まりにする話題だった。でも、私が情報を進んで提供しなかったのは、そもそもあまり情報をもっていなかったからだった。

テジャン・サベージと話した後、私は雨が降る暗闇の中をカー・ラジオで音楽を聞きながら家に帰った。元気づけられていたというのではなかったが満足していた。私の運命を決定した出来事について1時間話し、長年の自己検閲をやめた。私は永久に抑制を断った。

1974年8月、カマラ・テイラー邸での爆発に関する調査結果として、書類の入った箱が数個、犯罪調査部（CID）から法務長官府に持ち込まれたとき、テジャン・サベージは地方裁判所を監督する慣習法の専門家として法務長官府で働いていた。事実とあり得る容疑を判断するのは法務長官府の仕事だった。午前中に全員が会議に招集され、昼までには証拠不十分という結論に達した。

「明らかに多数の決定だった」とテジャン・サベージはゆっくりと、弁護士の正確さで説明した。「カマラ・テイラーが自宅にいたかどうかで証拠が矛盾していました。カマラ・テイラーは自宅にいたと言いましたが、少なくとも四人の証人はいなかったと判断しました。すべてが状況証拠でした。ムレータウンで会合が開かれました。証人の一人は、彼自身が内陸部にいたときにモハメド・フォルナもそこにいたと言いました。国家反逆罪及び国家犯罪法のもとでの国家反逆罪に相当するような証拠は何もなかったのです」

翌日、法務長官は意見を大統領に示すことになっていた。しかし、法務長官府内部から副大統領のS・I・コロマに情報が漏れた。父の逮捕に関する命令を個人的に出したのがS・I・コロマだったことを私は知っていた。その日の午後4時に予定にない緊急の閣議が招集され、ただちに内閣改造が発表された。閣僚の一人が解任され、それが司法長官のルセニ・ブレワだった。新しい司法長官に任命されたN・A・P・バックは、ただちに国家反逆罪の容疑を公表し、省内の人材を避けて、自らが選んだ外部の弁護士を連れてきた。

フリータウンに着いて最初の月曜日、私は軍の検問所を通過するために数百ヤードごとに徐行しながら街の中心に出掛けた。

街は仮設のキャンプで暮らす難民で溢れていた。コットン・ツリーの周りでは、物乞いが通過する車の窓に向かって手を出して数レオンを要求した。歩道のあちこちにいる群衆の中に腕を切断された人がいて、かつて手があったところに丁寧に包帯を巻き、端をきれいに折って留めていた。大統領府の周りには軍の非常線が張られ、大統領と閣僚はフリータウンの丘の上の宿舎に逃れていた。政府の建物の多くは倒壊し、仮設の事務所で業務が行われていた。

私は父の裁判記録を読んだことがなく、記録のコピーを入手したいと思ったが、このような単純なことも簡単ではないということに、すぐに気付いた。

シエラレオネは何十年にもわたって適切に機能する政府を経験したことがなく、20世紀末には、ついに無政府状態に転落した。シアカ・スティーブンスから大統領の地位を譲られたジョゼフ・モモは、7年間、閣僚たちの操り人形のように国を統治した。人々は彼にジョゼフィーン・モモ、あるいは、彼の母語のリンバ語で「愚か者」を意味する「ダンドゴ」というあだ名を与えた。モモ政権はただの一つも整合性のある政策を立てたことはなく、大臣たちにそれぞれの省庁を無審査で運営させ、その結果、従来通り個人の利益が追求された。フリータウンは徐々に深まる混沌の中に滑り落ちた。公務員や教員、医者、看護師には何ヵ月の単位ではなく何年の単位で給与が支払われなくなった。停電は特別なことではなく日常茶飯事となり、水道の水は流れが細くなり、そして止まった。ガソリン不足のために打ち捨てられた車輌が道路に散乱し、野良犬の集団が収集されない生活ゴミの山で宴会をした。公務員は仕事に行かなくなり、家族を養うために副業を余儀なくされ、不満をもつ職員が職場の家具を盗み、売り払った。

1992年4月29日、若い兵士たちが、タワー・ヒルからインディペンデンス・アベニューを下って、大統領府の正面玄関に激突した。モモはヘリコプターでギニアに逃れるまで、恐怖で公邸に縮こまっていた。ハンサムな27歳の大尉、バレンタイン・ストラッサーが、自らがシエラレオネの新しいリーダーである、と国民に向けてラジオで宣言した。新しい全国暫定統治評議会（NPRC）のメンバーは全員が30歳以下で、政府の仕事の経験のある者は一人もいなかった。多くはリベリアとの国境での騒動の拡大に対処するために軍に召集されたばかりだった。何年もの間で初めて、軍が兵士に武器を支給し、若い兵士はそれを使って権力を掌握した。ストラッサーがリーダーに選ばれた唯一の理由は、世界に向かって声明を放送するのに十分な程度に英語が話せることだった。

内陸部では、シエラレオネの村々に国境を越えて奇襲を繰り返していたリベリアのゲリラと、自ら革命統一戦線（RUF）と名乗る新しい集団が合流し、フォディ・サンコーというシエラレオネの元伍長が指揮を執った。RUFは農村部を回って子どもや青年を誘拐して家族を殺害させ、手足を切断させ、薬物を使って戦闘に駆り立て、逃亡を企てる者の足を露骨に切った。BBCワールド・サービスとの衛星電話によるインタビューで、サンコーは腐敗したフリータウンの政治家どもへの復讐を誓ったが、首都から何百マイルも離れた村で暮らす貧しい、もっとも無力な人々に対して憎しみを発散させた。いっぽう、フリータウンでは、NPRCの幹部がAPCの前任者の評判と同じように、流行の車に乗り、豪華な家に住み、夜中まで騒々しいパーティをし、噂では、ダイヤモンドをポケットに詰めて飛行機でヨーロッパに出掛けていた。

地方では、シエラレオネ軍の兵士が、フリータウンで上官たちがしているように権力の果実を楽しむと決めて、暴れまわり、略奪し、レイプし、殺害した。兵士の一団の中には、RUFの反逆者たちと出逢って、共同作戦を実行する者があり、人々は彼らを「兵士（soldier）と反逆者（rebel）を繋いだ造語で「ソベル」と呼んだ。1995年末に、ストラッサーは部下の副議長によって打倒され、イギリスの大学で法律を学ぶために国外に逃れた。国に対するストラッサーの唯一の貢献は、「清掃の土曜日」を導入したことで、毎月最後の週末に男も女も子どもも、すべての人が道路の清掃に参加することを義務付けたことだった。「清掃の土曜日」は、NPRCよりも長く続き、フリータウンの住宅街を車で走ると、ストラッサーの就任前に私が最後に訪問したときよりも道路が目立ってきれいになっていた。

NPRCの新しい議長のビオは、国際社会と銀行組織の圧力で1996年の春に実施することが予定されていた選挙を阻止する決意であった。投票日には、投票所で順番を待つ人々の列に向かって兵士が手投げ弾を投げ、銃を突きつけて投票箱を奪った。人々は妨害に屈しなかった。女性グループが街頭でデモを行なって兵士と対峙した。義母もその一人だった。選挙の日の朝、兵士たちが路上をうろついて、手当たりしだい発砲して、投票しようとしている人を怖気づかせ、多くの人が家の中に閉じこもっていたが、義母は歩いて家を出て仲間たちと合流し、投票所へ行く途中で、家々を訪ねて女性たちを一人ずつ集めて投票所に連れて行った。

しかし、新しく選出された大統領は首都の外での混乱を止めることができなかった。フリータウンは包囲された。恐ろしい切断の傷を負った難民が多数、毎日、大虐殺の話と一緒に到着した。新しい武装集団が登場した。ウエストサイド・ボーイズはトゥパック・シャクールのTシャツとミラー・サングラスを好み、フリータウン近郊の村の人々を恐怖に陥れた。南部ではカマジョーと呼ばれる伝統的な猟師が民兵になって、自分たちの村を守るために立ち上がった。カマジョーは敵の弾丸が弾道から逸れるように衣服を護符や鏡で飾り、RUFとの戦闘では勝利を収めた。何千人もがカマジョーに加わった。シエラレオネはカマジョーを中心とした第2の軍隊をもち、ヒンガ・ノーマンというメンデの防衛大臣が指揮に当たった。1967年、父の宣誓式のときに、前に進み出て式を終了させたのがヒンガ・ノーマンだった。フリータウンでは、新しく大統領に選ばれたカバーとその閣僚たちが、もがきながら進んでいた。命をかけて投票した人々は新しい大統領に非常に失望して、「モモとの違いは、たまたま学校教育を受けている点だけだ」と言っていた。

1997年5月25日はフリータウンに住むすべての人の記憶に刻み込まれた日で、兵士たちがパデンバ・ロード刑務所を襲撃して、拘禁されていた将校たちの何人かを解放した。兵士たちはRUFと連立を組み、二つの勢力は1週間に首都で派手な略奪騒ぎを繰り返した。彼らは錯乱した残忍な子どもが菓子店で好き勝手をするみたいで、欲しいものはなんでも奪い、邪魔をする人は殺した。兵士たちが三度目に家にやってきて、皆殺しにすると脅し、金とアルコールを要求したとき、義母は逃げた。

ケープ・シエラ・ホテルで2日間、砲撃と砲火を耐えた後、義母は米国人のGIに救出されて、荒れ狂う反政府軍を排してヘリコプターでラムレー・ビーチに着陸した。義母は難民として英国に向かい、借り物のハンドバッグ以外には何ももたずに、真夜中のスタンステッド空港に降り立ち、帰国しても安全だと私たちが考えるまで、1年間を英国で暮らした。フリータウンでは、武力によって首都を奪還し、地域全体を脅威にさらし始めていた無政府状態の拡大を止めるために、国際協定の一環としてナイジェリア軍が投入されていた。ダイヤモンド鉱山周辺には小競り合いが続いている場所があり、それを鎮圧するために努力しているが、状況は掌握できている、とシエラレオネ政府は保証していた。10月の暗い早朝、ヒースロー空港のターミナル3に義母を連れて行き、手を振って別れた。マムは急いで出国審査場に向かい、同じ便に乗る友人とのおしゃべりに忙しく、家に帰るのがうれしくて私のほうを振り返るのを忘れていた。外はラッシュアワーの交通渋滞が深刻化していて、家に辿り着くまでに何時間もかかりそうだったので、展望台に上がって陰鬱な空に飛び立つ一群の飛行機の中にマムの乗った飛行機を探した。

1999年1月6日、RUFはフリータウンをふたたび侵攻した。RUFはその猛襲を「殲滅作戦」と呼び、都市を略奪し、何百、あるいは何千もの人を殺害し、重症を負わせ、一般市民を人間の盾として、進行する軍の前を歩かせた。躊躇したり拒んだりする人は生きたまま火を放たれた。犬が道端の死体の山を漁り、狙撃兵の十字砲火に巻き込まれて脅える市民、AK47を得意げに振り回す子ども兵士などの映像が世界中のテレビ視聴者の前に映し出された。反政府武装勢力もナイジェリアが主導する平和維持軍も同様に、平気で処刑するところが報道された。信じられないことには、その間中、ほとんど国際電話が通じた。私がソファに座って義母と話しているときに、部屋の隅のテレビ画面にはメロドラマが映っており、電話の向こうでは、ドアに鍵を掛け、電気を消した家に座っている義母の電話からは爆撃や砲撃の音が聞こえていた。私は受話器にしがみき、私にも義母にも、そうすることで何千マイルも隔てて指と指が触れ合っているように感じ、会話を引き出すことができた。

「マム、電話を切らなくちゃ。さようなら」と私は言った。

「さようなら、アム」と静かに応えた。

「また、電話をするわ。約束する」。また爆撃が聞こえた。マムの部屋にいる誰かが叫んだ。「さようなら」と私は繰り返した。すぐには電話を切らず、マムが切るのを待った。あるとき、夜に電話交換局に砲弾が落ちた。その後1週間は電話が通じなかった。

あの日以来、侵略軍は撃退された。そして、1年後には、何百人もの国連軍と英国部隊の分遣隊が街路をパトロールしていた。しかし、都市ではショックと神経質な不安の状態が続いた。西側の外交官や機関は、シエラレオネを「崩壊」国家という言葉を使って、実際上は、機能する政府がない状況を説明した。政府には独自の手段だけでは国を運営する能力がなかった。

控訴裁判所の記録官の事務所があるロキシー・ビルの階段を上った。私が教えられた名前はトーマス・ゴードンという、アーカイブを担当する事務員で、事務所は建物の1階にあった。マムと私が中に入っている間、モーライは外で待った。階段は暗くてゴミが散らかり、建物の真ん中の井戸からはずっと水が漏れ出し、緑色のぬるぬるしたものが壁のうえに筋を作っていた。階段の下には開かれた窓から投げ込まれたがらくたが積み上げられ、水に濡れて腐っていた。事務所に繋がる廊下にはトイレから吐き気のするような匂いがした。私は息を止めて急いだ。

トーマス・ゴードンはまだ来ていないが、自宅から来る途中だと告げられた。私たちは、彼の机の前の木のベンチに座った。向かい側の机の前に座っている男性職員は、午前11時だというのに、崩れるようにぐっすり眠っている。私たちが待っていた部屋では誰も仕事をしている様子はなく、隣の事務所で、少し前に私たちをこの部屋に案内してくれた女性が同僚とおしゃべりをしていた。私の前の机には大きな旧式の電話以外は何もなかった。床には多くの書類が脈絡もなく積み上げられていた。裁判記録の原本で、多分、何ものにも代えがたい文書であった。私たちは、そこで1時間待った。私は忍耐の限界にきていたが、ヤボメにたしなめられてじっとしていた。

12時を過ぎたころ、向いの机の前に座っていた男が目を覚まし、顔を拭って私たちのほうを見た。

「何かお手伝いしましょうか」と言った。

「ミスター・ゴードンを待っているのです」と義母は洗練された物腰で微笑み、ハンドバッグの中身に関心を示す素振りをした。それ以上、この男性とはかかわりたくないようだった。

「それで、どんな用事ですか」

「何点か写本を手に入れたいと思っているのです」と私が口を差し挟んだ。

「事件の名前は」と事務員が尋ねた。机の上に雑記帳を開いて、鉛筆をもった。何か前進があるかもしれないと思った。

「モハメド・フォルナ他14名」

「そうですか」。彼はちょっとの間思案したが、何も書かずに私をずっと見ていた。事務員はかなり若く、私より10歳は年下だと気付いた。「その書類をどうするのですか?」

「調査をしているのです」と私は答えた。

「どんな調査でしょうか」

「個人的な調査です。家族のことです」

事務員は私を見て、手を上げて人差し指を出した。

「名前は」

「私はアミナッタ・フォルナ」

事務員はこちらをじっと見て、私の髪、西洋風の衣服と仕草を詳しく調べて、顔にちょっと不信の表情を現した。「あなたは奥さんですか」

「誰の」と尋ねた。私は完全に途方に暮れていた。

「あなたが関心をもっている事件の男性のですよ」

「いいえ、違います」とにべもなく、不作法に言った。

事務員は他の質問をしかけたが、しないことにしたようだ。腕を組んで、またうつ伏せになった。その直前に、私たちの会話のある点を思い出した。「トーマス・ゴードンに会うべきです。すぐここに来ますよ」。そう言って、また居眠りを始めた。

私たちは事務所を出て、30分後に戻った。トーマス・ゴードンは事務所に来たが、今度は裁判所の建物に出掛けた、と事務所の人が言った。誰かが彼に電話をすると言ってくれた。やがてトーマス・ゴードンが現れた。彼は山高帽とステッキがないだけで、典型的なクレオールの公務員のようだった。紙を破って私たちの要求を書き、足元の床に積み上げられた書類を、明らかに手当たり次第、探し始めた。数分後には諦めた様子で、二、三電話を掛けた。そして、最後に、議事録のコピーを用意しておくから、明日同じ時間に来るようにと言った。そして、料金がかかると付け加えた。

「いくらでしょうか？」と私が尋ねた。

「さあ、あなた次第ですね」とにっこり笑って、立ち上がろうとも握手をしようともせず、不可解な返事をした。最後に、私たちは1万レオンの「調査」費で合意した。紙幣を数えながら、私が6歳のとき、英国高等弁務官の家を買おうとしたときのレオンの価値を思い出した。当時は、1ポンドは2レオンだった。いまでは3000レオンに近く、レオンはシエラレオネ以外では使うことができなかった。

次の日に事務所に行き、その次の日も、その次の日も、実際、1カ月間毎日通った。トーマス・ゴードンと会うことができたときもあり、会えないときもあった。別の建物にある高等裁判所の記録係のところに行くように指示されたこともあり、そこでは、書類に記入して2日間待ったが、担当部局長宛に、どの書類が必要か、そして、なぜ必要かを書いて提出するようにと言われた。書類がどこで保管されているのかや、それが存在するのかなどを誰も知らないようだった。もし、知っていたのであれば、情報を見せたくないと考えていた。ある時点で、私の努力は無駄だと思ったが、そこから抜け出すこともできないようだった。機能をもたずに形だけが存在するような制度、私以外には大切だと思われないような最終結果とは関連性のない迷路のような過程に私は閉じ込められた。

第38章

その日の遅くなってから家に帰る途中で、ＣＩＤ本部が廃墟になっているのに気付いた。それは1月6日に反逆者たちが最初に破壊した建物だった。ＲＵＦのリーダーのフォディ・サンコーは、かつてその建物に収監され、１９７０年代にパデンバ・ロード刑務所に入れられていた。実際、フォディ・サンコーは父と同じ時期に勾留されていたのだった。フォディ・サンコーはウィルバーフォース・ブロックで、父はクラークソン・ブロックだった。サンコーは釈放されてから、ＡＰＣ政府に復讐すると誓って奥地に退却して、無法者と子どもで構成される、残酷なみすぼらしい軍事組織を育てた。北部出身のサンコーは、私たちの家族と繋がっていると一度ならず言った、と聞いたことがある。一夫多妻のアフリカでは、多くの世帯の規模が大きいので、可能性はほとんどないと思われるが、ゼロではないかもしれなかった。この恐ろしい戦争が、父の運命への何らかの復讐だと言われたことさえあった。父の遺産に権利を主張しようとしたのはサンコーが最初ではなかった。

ＣＩＤの建物の壊れた壁の後ろから出てきた男を見ていると、さりげなく片手でズボンの前ファスナーを閉めるのが何もない戸口から見え、別の男が壁に向かっていた。過去の恐ろしい出来事とあまりにも強く結びついている場所が、いまでは仮設の公衆トイレだということが、ようやく分かった。

父が逮捕された翌日の朝、夜明けにモーライは父と同じように逮捕されていたイブラヒム・タキのために紅茶とパンを盆に載せてCIDに戻った。正面玄関に向かうと、警備員がモーライを押し返したので、外の駐車場で抗議をした。警備員はモーライの両肩をライフルの台尻で強く殴り、盆がぐらついて熱い紅茶が地面にこぼれた。モーライはもってきたものを集めて家に戻った。

数日後にCIDが家宅捜索に来たとき、マムは街に出掛けていた。家に帰るためにキッシー・ロードを通っていると、アブ・カヌの住んでいるアパートと店の前で、菓子と煙草を売る屋台店を所有するフラーの男が、交通渋滞で止まったマムの車に急いで近づいてきた。フラーの男は窓越しに、シューという音をさせて、「ミセス。やつらがやってきて、これからドクター・フォルナの家に行くと言っていました」と教えた。CIDがやってきて、次に私たちの家に向かったのだった。

マムはできるだけ早く車を走らせて家に帰った。家の脇に車を止めて、モーライを呼びながら裏階段をかけ上がった。マムとモーライが主寝室に立っていると、係官が入ってきた。係官はモーライが誰であり、そこで何をしているのかを尋ねた。モーライは使用人で、ベッドのシーツを替えていたと答えた。女性の係官がモーライに近づき、前に立ち、名前を尋ねた。

係官の目がモーライの胸ポケットを見て、モーライの大学の学生証を引き抜いた。学生証の裏に「モーライ・フォルナ、モハメド・ソリー・フォルナ方」と書いてあった。係官はモーライの両頰を強く殴った。家宅捜索が終わったとき、係官はモーライを1階に引きずり下ろして、ランドローバーに押し込んだ。

いつものように、モーライの話には自己憐憫がなかった。一度か二度、苦々しいと言うように笑ったことさえあった。「CIDには機械がある、と人が噂していました」とモーライは言った。「囚人を鞭打つために、それを使ったのです。なんらかの機械仕掛けの鞭打ち機でした。あの部屋に入れられたら、神に助けを求めるしかなかったのです」

部屋は暗くて化学薬品の匂いがした。写真を現像する暗室として使われていたのではないかとモーライは想像した。部屋の真ん中に立ち、頭をいろんな方向に回して、暗がりで物の形をつかもうとした。やがて、警告なしにヒューという音が聞こえ、ふくらはぎや尻、胸を打たれた。いたるところで鞭が空を切り、あらゆる方向からモーライの体に襲いかかった。飛び跳ねようとしたり、腕で顔を守ろうとした。ときどき足を引きずる音と息をする音が聞こえたので、鞭打っているのが人間だと思った。暗い部屋の四隅には、電気コードで武装した男が立っていた。そのうち、外へ引きずり出された。

そして、モーライは尋問された。おじの家で暮らす学生で、何も知らないと弁解した。後ろにいた人が葉巻たばこを吸っていて、火のついた先をモーライの背中に付けた。失神するのでは、と思ったとき、尋問官は諦めた。二十人ぐらいの男が大儀そうに床に横になっている留置場に入れられた。食料もトイレもなく、水が少しあるだけだった。格子の間から人の出入りを見ることができ、次々と容疑者が到着した。知っている人は誰もいなかった。2日後にモーライは釈放された。

体調が悪かった2日間、私はモーライがいないことに気付かなかった。ベッドでうとうとしている間、家の中がとても静かだったのを覚えているが、そのことを軽視していた。私たちが社会ののけ者になったことに気付いていなかった。誰も私たちに近づいてこなかった。毎日やってきた訪問者や友人、際限なく続く請願者、敬意を表するために田舎からやってくる連中、立ち寄って裏ベランダに座って、手製の大きな盤で木の駒を打つチェッカーゲームを何時間もしていた隣人たち。みんな消えてしまった。

マムもまた収監された。彼女を連行したのはプリンス・バーだった。すでに父とイブラヒム・タキはパデンバ・ロード刑務所の独房に移され、誰も訪ねることができなかった。ミス・ドボルザークが父に会おうと試みたが、彼女もまた逮捕された。そのころまでには本格的に検挙が始まり、毎日、何百人もがCIDに連行され、汚い留置場に押し込められて座る場所さえないほどだった。息が詰まりそうだった。汗の匂いがし、下水からは胸の悪くなるような甘い匂いが立ち込めた。高いところに格子が入った窓があり、あまりにも高くて外は見えなかった。義母は椅子に座って一日中待ったが、誰も来なかった。

夕方の早い時間に扉の鍵が外された。また、プリンス・バーだった。パデンバ・ロードに連れて行くと言った。マムの心臓が高鳴ったが、わざとゆっくり「ブラック・マリア」のほうに歩いて、後ろのドアから乗った。プリンス・バーはドアの鍵を掛けて、座席のほうに回った。車はCIDの敷地を離れて、近くの刑務所のゲートに着いた。プリンス・バーは降りろと言った。義母は背の高い、ペンキを塗られた扉を見つめて、プリンス・バーが先に立って中に入るのだと思って待ったが、プリンス・バーの姿は見えなかった。義母が辺りを捜すと、プリンス・バーはブラック・マリアの前座席に座って立ち去るところだった。義母は自力で自宅に戻らざるを得なかった。

第39章

私は車と運転手のドゥラを残して、家までの半マイルほど、轍の跡の残る小道を歩いた。モーライと私は途中で、足を引きずり、前腕が曲がった若い女性と一緒になった。女性は英語で話し、名前はアミナッタだと言い、同じ名前だ、と私が言った。

「知ってるわ。あなたのいとこです」と応えた。

おじやおばの多く、そして、無数のいとこたちが、フリータウンのはずれの大きな敷地で一緒に暮らしていた。昨年、反政府武装勢力が町を占拠した後、マグブラカを逃げ出した。マグブラカとマケニはRUFの北部の本拠地で悪名高い司令官のイッサ大佐とその部下たちの支配下にあった。おばたちの中で最年長のアダマが出迎えてくれた。

歳月とともに、ある顔は私の記憶に焼き付き、他は薄れるようになった。アダマのことは私たちのマグブラカ訪問でよく覚えていた。私たちの間の空気には25年の歳月と二つの大陸、そして、戦争が垂れ下がっていた。

敷地には子どもたちがたくさんいた。ベンチでアダマの隣に座っていた年長の男の子は猫背で、足を床から浮かしてぶらぶらさせていた。瞼は半開きで、頭は後ろに揺れ、口はだらっと開いていた。「知恵遅れなの」。女性が少年の口の端から垂れている涎(よだれ)を布で拭いた。「精神的にも肉体的にも」「生まれたときに何かあったの」と尋ねたが、肩をすくめてちょっと微笑んだ。それが重要だと思っていなかったのではないことは分かっていたが、少年の状態が変えられなかっただけだった。どうすることもできない場合は、それを受け容れることを学ぶ、というのが人々の考え方だった。

マグブラカでは、反政府武装勢力が村をくまなく探り、家々から略奪した。脅えた親たちは子どもを茂みや便所、屋根など、侵略者から安全と思われる場所に隠した。フォルナ一家は、最初はログボンコの古い村に逃れ、森の背の高い木の間に隠れていた。食料を得るために近くの村に行くことさえできず、手に入るものや釣れるもの、育てられるもので間に合わせた。ほんの短期間の停戦のときに、逃げる決意をし、残った持ち物をまとめて、反逆者の見回りから身を隠して、灌木の茂みの中の道を歩いて、一度に数時間しか眠らずに旅を続けた。父と同じ両親をもつ唯一の姉のメムナがフリータウンの義母の家に辿り着いたときには体重が半分ぐらいになり、疲れ果てて、病気で衰弱していた。この知らせをイギリスで聞いたとき、すでに1年以上、メムナの生死さえ分かっていなかった。

私がなぜ、フリータウンに帰ってきたのかを説明した。アダマは頷いた。おじのイスマイルは1975年にシエラレオネを離れて、ふたたび戻らなかった。イスマイルはリベリアかギニアにいるかもしれないが、あまりにも多くの人が国を逃れたので行方を知るのはむずかしい、とアダマは考えていた。モモドゥおじさんはシエラレオネにいた。一家の中でいまもマグブラカに残っているただ一人で、父が建てた家に住んでいた。戦争中、モモドゥはどのように暮らしていたのかと尋ねた。モーライが訳すのを待った。

「モモドゥにはアメリカで暮らす二人の息子がいました」とモーライが指を2本立てて言った。私にはすぐに分かった。シエラレオネでは、土地でも、ヤギでも、妻でも、もちろんレオンでもなく、これが富を得るための新しい手段になっているということが、人々と話しているうちに、いっそうよく分かった。息子か娘が西側への移住に成功するかどうかだけが大事なのだった。

私たちは、家々を回って家族に挨拶をした。どこを歩いても、後に続く人々の集団が大きくなり、その多くは子どもで、親戚の場合もそうでない場合もあった。車のドアのところで、私たちは何度も握手をした。

ちょうど車の後部座席に乗り込もうとしたとき、いま来た坂道のほうを振り向いた。誰かが私たちを追いかけてくるのが見えた。その男性は太陽に背を向けていたので誰かはよく分からなかった。縁なし帽をかぶり、伝統的なシャツを着ていた。男性は急いでいたが、左右に揺れ、でこぼこ道を注意深く歩くその動きから、若くないことが分かった。アルハジおじさん。最年長のおじで、いつも父と親しかった。私たちが診療所を経営していたころ、一時期、おじもコイドゥに住んでいた。勾留されていた期間の後には、米の取引を始めるのを助けてくれた。

アルハジおじさんは私の前で止まり、息を切らせ、心臓を波打たせて、一枚の紙を振っていた。黙って、それを私の顔の前に押し出した。古い写真だった。父の写真。父はサッカー・フィールドに立っていて、半ズボンと開襟シャツ姿だった。信じられないぐらい若く、これまでの人生で初めて、私よりも若かったころの父のことを考えた。写真は父が閣僚だった1968年にボー・スクールでOBの試合があったときのものだった。

運命。父は母親を亡くした。宣教師たちが村にやってきて、各世帯から一人ずつ男の子を新しい学校に行かせるように、とチーフに命じた。おじたちは家に残ってイマームによる教育を受けた。道は二股に分かれた。途中には紆余曲折があったが、彼らの将来が、そして私の将来が別れる決定的な瞬間があった。一方の道は西洋に、もう一方はアフリカに通じていた。

＊

太陽がフロントガラスを通して叩き付けた。ほとんどあらゆるものが不足しているにもかかわらず、交通渋滞やイースト・エンドの人混みは解消されず、私たちは長い車の列の後ろに入り込んだ。小さな子どもが、棒の先をもつもっと小さな子どもを誘導して車の間をかき分けて行き、私の前を横切った。一人の男が歩道の屋台のところに立っていた。両手があるべきところには包帯を巻いた切り口があった。財布をいっぽうの腕で胸のところで固定させ、歯でねじって開こうとした。誰も助けようとしないのに気付いた。屋台の番人を見たが、その表情からは忍耐強いのか無関心なのかが読み取れなかった。一瞬の後、振り向くと、トマトの入った袋を胸と前腕でバランスを取りながら抱えて歩き去ろうとしていた。

アブ・カヌの建物の、照明のない階段を3階まで登り、どちらを向いているのかも分からないような真っ暗な廊下に着いた。父の会計士をかすかに覚えていたが、私たちの再会は不安だった。何を期待できるのかが分からなかった。私が知っていたのは、父の裁判では多くの人が父を裏切り、アブ・カヌもその一人だということだった。

いちばん近い扉をノックし、応えた男性は、アブ・カヌを呼んでくると言った。テープレコーダーとノートの入ったバッグをしっかりとつかんで階段のところで待った。

どこかでドアが開いて閉じた。廊下の反対の端で足音が聞こえた。アブ・カヌが暗がりから現れた。背が高く、がっしりとした体格、丸顔で髪が少し禿げあがっていた。

「アミナッタ・フォルナ」私は頷いて手を差し出した。アヌ・カヌはそれに気付かないようだった。握手をするかわりに私を抱擁し、泣き出した。

数分後、私たちは、建物全体と同じように暗い小さな部屋で向き合って座った。机と椅子が一脚、壁に向かって置いてあった。誰かが椅子をもってきてくれた。アブ・カヌは座って、目を拭いて詫びた。

アブ・カヌは、最初に逮捕された一人だった。カマラ・テイラーの家で爆発があった翌朝、整備工場へ車を取りに行った帰りに連行された。街へ戻る途中で、ブラマの米穀取引業者のところで働いていたソリエ・ダウォという若者を車で送ろうと申し出た。ソリエ・ダウォは脱穀機の購入契約を終える手助けをするために街に来ていて、前日は、ほとんど一日中、父と工場のショールームで過ごしていた。アブ・カヌがキッシー・ロード60番地の店の外に車を止めたとき、二人のCID係官が近寄ってきて話しかけた。アブ・カヌは時計と余分な現金を保管してもらうためにソリエ・ダウォに渡した。すぐにソリエも逮捕された。アブはバンベイ・カマラのところに連れて行かれるまで数日間、独房に入れられた。

「私を助けてくれないか」と犯罪捜査部次長はアブ・カヌに言った。**私を助けてほしいんだ。**

バンベイ・カマラは、アブ・カヌに、若くて利用されたのだと言った。知っていることを話せば罪を免れ、さらに裁判で証人になるかもしれないと言われた。アブ・カヌはドクター・フォルナの会社で働いていただけだと言い張った。バンベイ・カマラは引き続きやさしく、しかし説得するように話した。キッシー・ロードでの会合について尋ねた。アブ・カヌは二人の男がドクターを訪ねてきたのを見たが、数分間話していただけで、何が話されたかは聞いていないと言った。バンベイ・カマラは頷き、アブ・カマラを監房に連れ戻すよう指示した。そのときは裁判所の拘置施設に入れられ、そこで待った。数分後に、尋問室に連れ戻された。

「このときは、部屋がまったく変わっていました」。アブ・カヌは私を見た。「椅子があり、その上にはロープが吊るされていました」。アブ・カヌは手でその様子を示した。「バンベイは座るようにと言いました」。部屋には他に二人の男がいて、後で分かったのだが、一人はニューラブだった。「アブ、また後で」と言ってバンベイは書類をもって部屋を出た。

誰かがアブ・カヌに目隠しをし、天井から吊り下げられていたロープで後ろ手に縛った。椅子は取り除かれた。三度、顔を平手打ちされ、この種の仕事を担当するニューラブだと感じた。アブ・カヌはよろめき、目がくらんだ。背骨の下のほうを蹴られ、その後は鞭が使われた。何度か鞭打たれた後、「私を殺す前に、何を言ってほしいのかを教えてくれ」とアブ・カヌは叫んだ。部屋にはテープレコーダーがあるのでは、という考えが浮かんだ。後で、言ったことを撤回できるかもしれないという考えが痛みの中でよぎった。アブ・カヌは、今度はもっと大きな声で叫んだ。あまり大きな声を出したので、彼らは気力を削がれて少し身を引いたのが感じられた。

バンベイ・カマラが戻ってきて、大袈裟な身振りで殴打を停止させた。目隠しが取り外された。バンベイは椅子を引き寄せて、アブ・カヌに証言の山を見せた。その中には何人かの主要な証人とアブ・カヌが少し知っていたバイ・バイ・カマラのものがあった。「みんながお前のことを何と言っているか分かるだろう」とバンベイ・カマラは話しかけ、首を振り、アブには誰か他の人の罪のために死んでほしくないと言った。

アブ・カヌは証言を書いたことも、誰かが書いたものを読まされることもなかった。誰を巻き込んでいるのかも知らずに、証言に署名した。朝には、アブ・カヌやほかの人の「自白」に基づいて新しい被疑者が連行された。これがＣＩＤのやり方だった。

私がアブ・カヌのところを辞する前に、彼はソリエ・ダウォの居場所を教え、他の被告人の何人かがどこにいると思われるかを、思いきって話してくれた。これらの人々の住所はなく、あそこに行くと見つかるかもしれないという程度の情報だった。ちょっと探さなければならないだろう、と付け加えた。その後はお互いに連絡を取り合うこともなくなった、と言った。12年間も刑務所で一緒に過ごした後では、あまり話すことは残っていなかった。

フリータウンは生きた幽霊で溢れていた。四肢を切断された人、頭が錯乱した反乱者。そして、そこに私がいた。私は自分が幽鬼であるように感じ始めていた。前日、街で古いシティ・ホテルの写真を撮った。ヤボメは屋台の売り手たちとおしゃべりをしていた。そのうちの一人の50代の女性が近づいてきた。アブ・カヌがしたのと同じように、目に涙を浮かべて私を抱擁したが、あまりにも長い間、私を抱いていたので、周りの人が私を放すよう説得しなければならなかった。自分の名前が与える効果や名前に伴う評価には慣れていたが、あまりにも長い年月を経ても、あのような感情が示されることに驚いた。それを戦争のせいだと私は考えた。人々は過去を振り返り、昔のことを思い出し、違った生き方があったかもしれないと想像する。

第40章

ソリエ・ダウォの家に着いたときには、約束の時間に2時間も遅れていた。ソリエ・ダウォは出掛けてしまっただろうと思ったが、ちゃんと待っていてくれた。

ソリエ・ダウォはビニールのカバーを掛けたソファに座って、顔を手のひらで覆い、泣いていた。初めは彼がするままにさせておいた。泣くことは恥ずかしいことではなかった。しかし、ソリエ・ダウォは泣き続けた。

「私のことを『名前をもらった人』だ、とおっしゃっていたのですよ。名前をもらった人です。私がソリエだからです。彼もソリエでした」。アブ・カヌは、父が彼のことを、「弟」と呼んでいたと言った。また、サンティギがロコだったので、サンティギのことを父は「血族」と呼んでいた、とサンティギも語った。

ソリエ・ダウォは長い話をした。大きな声で、ゆっくりと、とても訛りがあったが正しい英語で話した。「私の名前はソリエ・ダウォです」と証言をするように始めた。「ブラマ郡で暮らしていました。私はインターナショナル・コマース・エンタープライゼズで働いていました」。ソリエ・ダウォは、すべての文言を記述するべきだと考えており、私がちょっとでも手を休めると、私のノートを指さした。テープレコーダーですべての言葉を録音しているから大丈夫だと言ったが、ソリエ・ダウォを急がせることはできなかった。ソリエ・ダウォは私たちの家族が彼の母方の親戚だと説明し、ブラマでコマーシャル・エンタープライゼズの代理店をしていたおじのマヌ・ダウォの下で働いていたことを話した。米の販売からの利益をフリータウンの本店に運ぶほど信用されていたこと、全国のいろんな地域から何百ブッシェルもの米の取り扱いを確保したこと、会社の最初の米の脱穀機をボーで購入するときに手伝ったことを説明した。

ソリエ・ダウォの物語で、私が知りたいと思っていたことに辿り着くまでに2時間が過ぎ、書き疲れて手首と指が痛んだ。7月29日に、ソリエ・ダウォは父とウォルポール・ストリートの事務所で会い、ドイツ製の米の脱穀機を見るために一緒にカレッジ・ロードに行った。交渉には半日以上かかり、二人が別れたときには夕方に近かった。

次の朝、脱穀機を購入するための小切手を受け取り、脱穀機をブラマに届ける準備をするために、ソリエは事務所に戻った。ポダポダに乗ってサムエルズ・レーンの家に行って何か食べるようにと言って、父は数レオンを渡した。街に戻る途中、ブラックホール・ロードでアブ・カヌと出逢った。アブ・カヌは整備工場へ車を取りに行く途中で、後でウォルポール・ストリートに行くので、もし、ソリエさえ構わなければ整備工場まで一緒に行って、車で送ると言った。二人がアブの車でキッシー・ロードを走っていると、後ろから車で付いてきていた二人の男に路肩に寄るよう命じられた。

ソリエはバンベイ・カマラに尋問され、会社の代理人で、米の脱穀機を購入する目的でフリータウンに来ているだけだと抗議した。6日後にパデンバ・ロードに連れて行かれた。他の二人の男と同じ房で拘禁されていたが、独房に移された。刑務所の係官は、毛布さえ取り上げ、食事の分量を減らした。独房の床を水浸しにしたので立ったままでいるか、部屋の隅で縮こまっているしかなかった。刑務所に5ヵ月間勾留され、釈放されたときには裁判が終わったばかりだった。

後で部分を繋ぎ合わせるためにメモ書きを熟読した。ソリエ・ダウォはその日、一日中、父と一緒に過ごした。父は仕事が終わってから、夕方、ミス・ドボルザークとテニスをした。それで説明が付く。家に帰る途中で父はラミ・シディクのスーパーマーケットにちょっと立ち寄って、ブランデーを1本買った。私は覚えていなかったが、ラミ・シディク自身が私にそう言った。

同じ日の夕方遅くに、キッシーの家に怪我をした男が運び込まれた。7時ごろだった。夕食の後、私はベッドに横になって本を読んでいた。モーライとサンティギ、ヤボメが、私の記憶を確認してくれた。だが、爆発の何らかの音を聞いた人によると、そして、警官さえもが言っているのだが、カマラ・テイラーの家が襲撃されたのは朝の4時以降だった。モーライとマム、そして、私が、その後、この点についていろいろと話したが、この食い違いを説明することはできなかった。

2日後、アフリカン・ナショナル・カップのナイジェリア対カメルーンの準決勝の試合で街は大騒ぎだった。多くの人がナイジェリアを応援した。一年前の1月に反政府武装勢力の攻撃を終わらせた西アフリカの平和維持軍のリーダーだからだった。カメルーンを応援する人は反逆者と見なされた。

私たちは、バイ・バイ・カマラに会うために、フリータウンの商業地区にある商業銀行の建物に辿り着いた。バイ・バイ・カマラは銀行の役員だと聞いていたが、私が銀行に電話をしたときには連絡が取れないと言われた。そこで、サイモンが、モーライに付き添われて、バイ・バイ・カマラが逮捕されたときに住んでいたキッシー・バイパス・ロード70番地に行った。

その住所には賑やかな道路に面した3階建の建物があった。2階のアパートがバイ・バイの住まいだったが、黒い煤の手の跡が焦げた窓枠から上に伸び、アパートの中は空っぽの廃墟だった。誰かがバイ・バイが住んでいるかもしれない別の住所を教えてくれたが、サイモンとモーライは地元の商店で、再度、尋ねなければならなかった。店主が頷いて、汚れた毛糸の帽子を被り、埃っぽいフード付きの外套を着て、縁石に座っている老人を指した。サイモンは、バイ・バイ・カマラがどこに住んでいるかをその老人が教えてくれるのだと思って近づいた。バイ・バイ・カマラだった。世界の最貧国では、銀行の役員だということに大した意味があるとは限らないのだった。

2日後に、私は銀行の建物でバイ・バイ・カマラと会った。痩身で色が黒く、そのときは色褪せた緑色のサファリ・スーツを着て、刺繍をした縁なし帽を被り、角がひどく擦り切れたブリーフケースをもっていた。話をするために個室を予約しておいた近くのレストランに行った。

私たちはテーブルを挟んで向かい合った。バイ・バイは組んだ手をテーブルの上に載せて、私がノートとペン、テープレコーダーを取り出すのを待った。私の意図は、このインタビューをジャーナリストとして働いていたときと同じように行うことだった。それが義務だと思っていた。「私の父」についてではなく、「ドクター・フォルナ」について話すのであり、私をどちらかというと不偏の質問者として答えてくれるよう促した。それはうまくいきそうだった。人が簡単に誰と話しているかを忘れるということは、いつも私を驚かせた。個人的な記録や書き起こしでも馴れ馴れしさを回避し、父の姓名を使った。このような抑制の外見を強いる必要があった。過去を掘り下げ、受け容れがたいことを聞くかもしれないということを知らずに質問をすれば、私は落胆させられる。ここに来ないでロンドンに留まって、何十年もそっとそのままにされていたことに手を付けないほうが楽だった。私は過去とともに生きる術を発見しており、いま、それを危険にさらそうとしていた。

職業生活を通して政治的には活発だった、とバイ・バイ・カマラは言った。最初はSLPPで、その後、全国民主党（NDP）という、すぐにUDPと合流した新しい政党に1970年に加わった。緊急事態法のもとで投獄され、父と同じ時期に告訴されないままクラークソン・ブロックの拘禁棟に拘束された。

釈放されてからも、目立たないようにしていることができず政治活動を続け、国家非常事態宣言が出されていたにもかかわらず、全国各地を回って政治集会を開いた。1973年末にはフリータウンに戻り、ハビブ・ランサナ・カマラという名の男と連絡をとった。ハビブは元兵士で、UDPとはいっさい関係がなかったが、他のメンバーたちと同時期に刑務所に入れられていた。罪状は軍事的な陰謀に加担したことだった。スティーブンスの偏執狂は強まり、とくに軍の上層部による反乱に神経質になっていた。ジョン・バングラを殺害した後、増大した権力を使ってしばしば粛清を行なった。刑務所の収容人数は定員の3倍に膨れ上がっていた。ハビブは無遠慮なタイプで、軍の倉庫管理人の職を解雇されると、自由と軍隊でのキャリアを奪われたと言って、誰彼なしにスティーブンスとＡＰＣ政府を批難した。誰もハビブの言うことを真剣に聞いていなかったが、誰もが監視されているのだから気を付けろ、と一度、父が忠告した、とバイ・バイは言った。ワラーという米の生産がさかんな地域の出身で、囚人たちが釈放された後、父は事業のためにハビブから米を買おうと言った。ハビブは、たいていはワラーにいて、アブ・カヌが管理するキッシーの店へ米を届けるために、ときどきフリータウンに出てきた。

カマラ・テイラーの家で爆発があったとき、ハビブは妻の一人と一緒にムレータウンの家にいた。本格的な逮捕が始まったとき、ハビブは湾を渡ってルンギに逃れ、２週間後に捕えられるまで村に隠れていた。８月のある朝、手錠をはめられ、殴打され、頭を垂れて、船で連れ戻された。ＣＩＤは政権転覆の陰謀の中心人物として、ハビブを告発し、その後のハビブの供述がアブ・カヌやバイ・バイ、そして、父をも含むみんなを巻き込んだ。

バイ・バイは逮捕され、ＣＩＤの尋問手法に服従させられた。バイ・バイは身を乗り出して、同じ大きさの、丸くて硬い傷の塊のある前腕を見せた。五、六人の係官に尋問された。あらゆる方向から質問が浴びせられ、数時間後には疲れ果てて話し始め、言われたことにはすべて同意した。数日前に私がアブ・カヌと一緒だったとき、アブはまだバイ・バイの裏切りに腹を立てているように感じた。アブ・カヌは誰よりも長い間、尋問に耐えた。バイ・バイはすぐに屈服した。しかし、最後にはハビブもバイ・バイもアブ・カヌも、お互いにお互いを巻き込んだ。裁判所で読み上げられた三人の供述書では、父が資金を提供して購入し、その後、木枠に入れて父の事務所に運ばれたとされるダイナマイトを買いにルンサーに行き、マンゲ川で実験をしたと述べていた。

私の前に座っている男は、謝罪の言葉も羞恥心も交えないで、彼の物語を慎重に、的確に語った。「国家対十五名」事件の裁判で四名の証人のうちで証拠を提出したのはただ一人だったと気付いた。それは、モーライ・サリューという名の元兵卒で、パデンバ・ロード刑務所のウィルバーフォース・ブロックにいた。1974年、バイ・バイは街へ行くバスを待っていたときに、偶然、モーライ・サリューに会った。バイ・バイは次のように説明した。

「ある朝、キッシー・バイパスで会いました。街に行きたいが交通手段がないと言うので交通費を渡しました。ドクター・フォルナに会いたい、とモーライ・サリューは言いました。仕事のことで助けが必要だということでした。軍を辞めさせられて失業中でした。そして、何か裁判に関する問題を抱えていました。私はウォルポール・ストリートへ行くようにと言いました」

バイ・バイとモーライは一緒にポダポダに乗って街へ向かった。モーライ・サリューが先に降りた。バイ・バイの後ろに座っていた乗客が前に寄りかかって、隣に座っていた男はS・I・コロマの情報提供者だと耳元でささやいた。バイ・バイは耳を傾けたが、何日もそのことを忘れていた。その後、裁判の最初の日までバイ・バイがモーライ・サリューに会うことはなかった。

2月の終わりで、死にそうな暑さだった。義母と会うために同じレストランに戻ったときには、汗をかき、それが埃と混じって縞になり、疲れていた。長い一日だった。フリータウンでは何でも、通常の3倍か4倍の時間がかかった。私はサイモン、モーライ、ヤボメの家族全員を動員して、毎日、異なったかたちで手伝ってもらった。義母が三人の男性といるのが見えた。一人はバイ・バイ・カマラだと分かったが、他の二人には見憶えがなかった。レストランには一人の客もいなかった。テーブルについていた二人が名乗った。アルバート・トト・トーマスとウンファ・マンサライで、どちらも国家反逆罪裁判の元被告人だった。バイ・バイが私に会わせるために連れてきた。電話をもっておらず、私と連絡をとる方法が分からなかったので、私たちが会ったレストランに戻ってきた。店主は私たちの家族の友人で、待っていることを許した。私たちが会ったのは昼食時だったので、すでに5時間が経過していた。

ビターレモンを注文し、理解力を集中して二人からそれぞれ話を聞いた。アルバート・トト・トーマスが最初に話した。背が低く、額が半円形で、顔には縦横にしわが刻まれ、口はまっすぐ結ばれ、鼻の下には深い溝があり、細かい線が額に陰影を付けていた。態度は真剣で誠実だった。

1973年当時、アルバート・トト・トーマスは取るに足りない商人で、手数料を取って売り買いをしていた。同時に、SLPPの機関紙「ユニティ」の編集者だった。ユニティ紙はAPC政府から狙われ、廃刊すると脅されていた。アルバートは、APCがシエラレオネを軍によって統治する計画であるという記事を書いて発表したので、BBCワールド・サービスの特派員として働いていたドワイト・ニールズら、他のジャーナリストと一緒にクラークソン・ブロックに告訴されないまま拘禁された。ニールズは選挙が終わって間もなく釈放された。

アルバートは父のことを評判でしか知らなかった。「たった一度、会っただけでした。カンビアで私たちの仲間の一人を警察が逮捕したときで、警察はこの人を拘束して、告訴することも釈放することも拒んでいました。私たちの何人かがドクター・フォルナを訪ねて助けを求めました」。このときスティーブンスは国外にいて、父が数日間、首相代行を務めていた。父はこの人が警察の房から釈放されるようにした。1年後にアルバート・トト・トーマスとモハメド・フォルナは刑務所で再会した。

1974年にはアルバートは漁業の商売を始めるので忙しかった。かつては漁村だったムレータウンに行った。狭い静かな街路で暮らす漁師たちは小舟でラムレーからムレータウンに向かった。アルバートは漁に使う鉛の重りを探していた。ハビブ・ランサナ・カマラと面識があったのでミルトン・ストリートの家に立ち寄り、どこに行けば重りが見つかるかを尋ねた。最初に訪ねたときは留守だったので別の日に出掛けた。8月の初めにアルバートが逮捕されたとき、二度もハビブを訪ねたことの目的をバンベイ・カマラが尋ねたので、ハビブの家が監視されていたに違いない、とアルバートは言った。

アルバートの逮捕を命じたCIDのトップは、ハビブの家でモハメド・フォルナを見かけたかどうかを知りたがった。アルバートは見ていないと答えた。バンベイは、7月29日の夜にハビブがモハメド・フォルナと一緒にいるところを見たに違いない、と言い張った。アルバートがミルトン・ストリートにあるハビブの家を訪ねたのがその日だったかどうかも確かでなく、アルバートは混乱していたが、バンベイはその日に執着していた。家の後ろに誰かが立っていたかもしれないが誰だったかは見ていない、とアルバートが言った。バンベイは自信ありげに反り返って、テーブルを叩いて、それはモハメド・フォルナだったと言った。他の人がそこで、フォルナとイブラヒム・タキがバナナの木の下で会話をしているのを見ていた、とバンベイは付け加えた。

この会話は他の三人が尋問されていた部屋でのことだった。SLPPの会合で会ったことのあるウンファ・マンサライに気付いた。ウンファは手錠をかけられて床に横たわり、CIDの係官が立って全体重をウンファの胸にかけていた。別の係官はウンファの胸の上に膝をついていた。ウンファは叫ぶことも息をすることもできずに、息を切らして喘(あえ)いでいた。その後すぐにアルバートに短い調書が渡された。モハメド・フォルナとイブラヒム・タキが、クーデター未遂事件のあった夜にバナナの木の下で話しているのを見た、と書いてあった。弁護士を雇って後で陳述を論駁することができると考えて、アルバートは気易く供述書に署名した。

すぐに釈放されると思ったが、パデンバ・ロードの独房に入れられた。扉には鍵が掛けられたままで、体を洗うことも運動をすることも許されなかった。食事は1日に1回、ドアの下にある受け渡し口から押し込まれた。国家反逆罪に問われていることを聞くまで、弁護士にも家族にも会うことが許されず、自分自身の不潔さの中に放置された。

次にアルバートが陽の光を見たのは、被告たちが手錠をはめられ、鎖に繋がれて、会合がもたれ、陰謀が企てられた場所の現場検証をするために刑務所から連れ出されたときだった。アルバートはクラークソン・ブロックで一緒だったとき以来、初めてモハメド・フォルナを見た。

訪れた場所の一つがミルトン・ストリートの家だった。男たちは小さな部屋に押し込まれ、政府転覆が計画された会議に参加したと証人たちが主張する一連の供述書が担当係官によって読み上げられるのを聞いた。目的は自白させることだとアルバートは推測し、多くの被告たちが実際に自白した。逮捕された兵士たちのある者は、わけの分からないことをしゃべり、名前を挙げて公然と他人を非難し、食い違う主張をし、自分の命が助かるのなら何でも言った。ＣＩＤの係官が誰の名前を聞きたがっているかは明らかだった。フォルナ。タキ。係官は新しい申し立てを一つひとつ書き留めた。

アルバートは、どちらかというと忘れられていた。何も言わなかった。代わりに窓から家の後ろの、隣の家と低い塀で区切られた何の変哲もない剝き出しの土の庭を眺めていた。そこには女性たちが洗濯や煮焚きをするための小さな小屋があった。人の姿は見えなかった。ハビブの家族はすでに逮捕されていたか、逃げていた。庭には重要な何かがあることに気付いた。

「バナナの木がなかったのです」。アルバートはテーブルに手を広げた。「木は1本もなかったのです。私の供述が不正に作成されたことを証明するために、この事実を後で使おうと思いました」

アルバート・トト・トーマスとバイ・バイ・カマラ、アブ・カヌには共通する雰囲気があった。最初、私はそれを奇妙な無関心だと誤解した。ずっと後になって分かったことだが、それは、ただ、何も期待していないというだけだった。同情や理解を求めていなかった。それぞれが自分の物語を話し、私が彼らを駆り立て、矛盾する点を確認し、質問で中断した。彼らからは私に何も尋ねなかった。話を聞いてもらうチャンスのために半日も待っていたようで、それ以上の何もなかった。私の真実の捜索は、真実があたかも見つけられるために存在しているかのようで、いかにも西洋に特有のやり方だったのではないかと考えた。砂埃の中の蟻の通った跡のように、逮捕や拘禁、殴打がめずらしくないこの国がほんとうに私の国であったなら、私は同じような確信をもつことができただろうか。もし、これが私の国であれば運命に直面した彼らの孤独を共有することができたであろう。

もし私がウンファ・マンサライだったなら、できたかもしれない。

ウンファ・マンサライはウィルバーフォースの兵舎の隣にあったパターソン・ゾコニスの社員用施設で料理人として働いていた。兵士たちがときどきやってきて、台所で噂話をしたり、何か食べるものをもらっていた。当時は反体制的な話題がたくさんあり、とくにウンファと親しかったメンデの仕官たちはAPCをどうにかしなければならないと思っていた、と言った。兵舎の隣にある家でウンファは、29日の夜にカマラ・テイラーの家の爆発音を聞いた。翌日、ウンファは葬儀に行き、夜遅くまで働いていた。家に帰ってCIDの係官がウンファを捜したことを知った。すぐに家を出て、ポダポダでCID本部に行き、出頭したことを係官に告げた。担当の係官がカンビアのババ・マンサライかと尋ねて、手配中の犯人の写真を見せた。ウンファは違うと言い、単純な人違いだと思った。しかし、ウンファは1週間も拘禁され、別の部屋に連れて行かれて「尋問」が始まった。

ウンファ・マンサライは法廷で自分の陳述が読み上げられるまで、PZの敷地内で会合をもち、ミルトン・ストリートの家で共謀者の集まりに参加し、ウォルポール・ストリートの事務所で父と主要な証人の一人であったサイドゥ・ブリマに計画の進捗状況を報告した、と「自白」したことになっているのを知らなかった。

「では、証言を自分で書かなかったの」と彼の言葉を書き留めながら、顔を上げて私は確認した。

「はい」とウンファは答え、私と目を合わせた。

「それを読まなかったの」と尋ねた。

ウンファは肩をすくめて、その質問はする価値がないとでもいうような眼で私を見て、「ええ、読めないのですよ」と応えた。ウンファ・マンサライはヤシの木のようにまっすぐに動かず、その表情は流れる川のように穏やかだった。ウンファには威厳があり、流暢な英語だったので、字が読めないという事実はちょっと驚きだった。シエラレオネの人口のうち読み書きができるのは、わずか10パーセントだということは、もちろん知っていた。もし、読み書きができたなら、ウンファはきっと生涯を使用人として過ごすこともなかっただろう。ウンファの調書を誰も読んでやらなかった。尋問を終えると、テーブルに引っ張っていって親指をインク台に押し付け書類の最後に捺させた。

第41章

父の写真を見た。政府の情報局が出版した「国家反逆罪裁判特集」という見出しの新聞の別刷りだった。私たちの家の裏ベランダの椅子に置いてあった。座ってそれを見つめていた。

写真は上のほうから撮られていて、裁判の始めに高等裁判所に入ろうとする父だった。断固とした態度で、一人で歩いていた。顔を近づけて父の特徴を注意深く見た。顎髭が不揃いに伸び、髪は固まって櫛が入っていなかった。父は連行されたときと同じ、半袖のスーツを着ていた。

モハメド・フォルナ他十四名の裁判は、シェカの13歳の誕生日の2日前の9月10日に高等法院の特別法廷で開かれた。シェカは新しい学校で新学期を迎えるためにイギリスに戻っていた。

シエラレオネ政府を転覆しようと試み、財務大臣のクリスチャン・カマラ・テイラー、副大統領のS・I・コロマ、シエラレオネ軍司令官のジョゼフ・モモを殺害する陰謀を企てたという理由で、父は告訴された。そのとき、スティーブンスは公式訪問でローマにいた。父はさらに、タワー・ヒルズにある弾薬庫とウィルバーフォースの電話交換台を襲撃し、略奪し、乗っ取る計画だったと告発された。イブラヒム・タキと、かつての敵対者で軍の上司だったデービッド・ランサナが父と一緒に被告席に着いた。十五人の被告は多様だった。元パラマウント・チーフが一人、元閣僚が二人、元准将が一人、タンクローリーの運転手、商店員と料理人が含まれ、テムネ、メンデ、クレオールがいて、SLPPとUDPが含まれた。

父のあの写真を次に見たのは義母の家の食卓に座っているときだった。写真は私が覚えていた通りではなかった。25年を経てそれを見ると、父は一人ではなかった。写真には父を囲むようにしてヘルメットを被り、戦闘服を着た男たちが写っていた。数えると十一人だった。兵士が十一人。しかし、兵士はお互いの間に、そして、四人との間に一定の距離を保っていた。父の周りに人がいるにもかかわらず、全体的な印象としては、父は一人だった。

背後にある扇風機が湿度の高い空気を部屋に送り込み、見えない指が何かを探しているように、私の前に置いたさまざまな書類を動かした。テーブルの上には製本した7冊の分厚い記録が積まれていた。表紙は埃を被り、経年によって茶色くなり、ページを綴じている針は錆びていた。被告人の何人かの弁護をした弁護士の一人から、ようやく手に入れた裁判記録だった。

義母は父の弁護を引き受けてくれる人を探したが、何週間もかかり、見つかったのは裁判が始まる前の晩だった。年配の弁護士のイッラを選んだ主な理由は訴訟事件を引き受けてもいいという意志があったからで、現金での前払いを要求した。イブラヒム・タキの妻のシネー・タキは弁護士資格をもっており、夫と他の数人の被告の弁護団に加わり、弁護士たちの中ではただ一人、たった一度だけ勾留されている夫と会うことができた。シネーはあらゆる手を使って、ようやく面会が実現した。それでも、刑務所長は大統領自身からの直接の許可が出るまでシネーが門の中に入ることさえ許さず、入れば逮捕するといって脅した。これがシエラレオネにおける司法の現実だった。スティーブンスがすべてを支配し、大統領の裁可がなければ何も起こらなかった。

罪状の告知に続く数日間、マムとシネーおばさんは裁判所の中で自分たちの夫を弁護してくれる人を捜し回った。フリータウンの弁護士はとても忙しかったり、休暇をヨーロッパで過ごしたりするために役に立てないと言った。ある晩、二人はシエラレオネ電話局に行き、アルバート・マルガイ政権で司法長官を務め、いまは西インド諸島に住む年配のシエラレオネ人弁護士に長距離電話をかけた。ベルサン・マコーレーは、見せかけの司法の独立が少しは残っていた時代に、1967年の選挙に関係する国家反逆罪に問われ、自らを弁護して成功した。ベルサンはフリータウンに来て裁判を担当すると約束した。義母とシネーおばさんはほっとして電話局を後にしたが、交換手が会話を盗み聞きしており、政府の権力者たちのもとに情報が届けられるのには気付かなかった。

ベルサン・マコーレーは数日後にフリータウンに到着し、街の中心にあるパラマウント・ホテルにチェック・インした。到着後、程なくS・I・カマラが部屋に訪ねてきた。SIはベルサン・マコーレーが、当時、パデンバ・ロードに収監されていたアレデード・ドボルザークと姻戚関係にあることを知っていた。もし、ベルサンがこの裁判の弁護を降りて帰国するなら、アレデードを釈放するという取引をもちかけた。

マコーレーは事務所にいるシネー・タキに電話をした。シネーはマコーレーの言い分を聞いたが、助言をすることはできなかった。シネーの失望は大きかった。でも、アレデードのほうが事件よりも大切なら仕方がない、とマコーレーに応えた。

アレデードはすでに6週間、刑務所の女性ブロックに収監されていた。ときどきバケツに入れた水が与えられるだけで、体を洗うことも風呂に入ることも許されなかった。監房の扉の外で何が起きているのかが分からずにいると、予告もなく釈放のニュースが届いた。これはアレデードから聞いた話だ。刑務所の門のところに連れて行かれた。ブラウスは汚く、いっぽうの袖の下が破れ、髪はもつれていた。ブラジャーは取り上げられて返してもらえなかった。ほとんどの期間を暗い監房に閉じ込められていた。太陽の光の中で瞬きをし、ベルサン・マコーレーの運転する車でパデンバ・ロード刑務所からヒル・ステーションにあるS・I・カマラのフリータウンの公邸に行った。S・I・カマラ自身が出迎え、座るようにと言い、コニャックのXOの瓶を開けた。瓶をアレデードのほうに差し出し、トリプルで酒を注ぎ、慰めの言葉をつぶやいた。SIはアレデードが家に帰ることを許した。1週間もたたないうちにベルサンはアレデードを連れて国外に出た。

比較的最近のある時点で、父の親友だったという人には注意しなければならないことを学んだ。言葉から広がる疑念を分析するのには少し時間がかかった。そのうち、疑念を的確に指摘することができるようになった。友情を主張する人が父のことを話すのと、本当の友人が父について話すのには違いがあった。もっと正確にいうなら、本当の友人は、私との会話で、父についての事実について語った。それ以外の人が語ったのは、自分自身についてだった。

「私は、あなたのお父さんと大の仲良しだった」と2000年にロンドンの自宅からキングストンの事務所に電話をしたとき、ベルサン・マコーレーは明言した。

高齢にもかかわらず現役の弁護士であるマコーレーは、アレデード・ドボルザークの自由と引き換えに副大統領に確約したという、何年も消えない噂を否定した。ＳＩがアレデードを釈放したのは偶然だったと言った。ホテルの部屋への訪問やアレデードとの奇妙な会見は、突然、事件への関心を失ったこととは何ら関係がなかった、と主張した。数分間、電話で話し、マコーレーが電話を切らないように質問を続けた。急いでいるような話しぶりだった。そのうち声のイライラしたような感じがなくなった。私のことを見当違いだと思っているのが分かった。「では、あのとき、なぜ弁護することをやめたのですか。もし、アレデードのためでなかったとしたら」と率直に尋ねた。

ジャマイカとの電話回線から、突然、声のピッチが上がるのが伝わった。「弁護をしなかったのは、お父さんがお金をもっていなかったからです。ただの１ペニーも払ってくれませんでした。ホテル代さえも自腹だったのです。自分の仕事の時間を割いてジャマイカから飛行機で駆けつけたのです。ホテルに３泊して、誰も私に支払うためのお金をもっていないことを発見したのです」。怒りを込めた声で一気に言った。そして、「お父さんは、ずっと昔からの友人でした」と付け加えた。

「では、なぜ父を助けなかったのですか？　そんなに仲のいい友だちだったのなら。もちろん助けたいと思ったでしょう、違いますか」と私は尋ねた。

マコーレーは返事をしなかった。その代わりに、「私が弁護を引き受けないことにＳＩは驚いていました。とくにアレデードはあなたのお父さんのガールフレンドでしたから」と続けた。父とアレデードの関係に言及したのは、私がそのことを知らないかもしれないと思って、それを計算して言ったのだろうか、と考えた。「私はお父さんと仲がよかった」とマントラのように繰り返した。

うんざりした。「それを言うのをやめてください。お願いだから止めてください」と言った。返事を待たなかった。さようなら、と言って電話を切った。

ベルサン・マコーレーに電話をしたとき、アレデードの自由を勝ち取るために何らかの取引があったと信じていた。アレデード自身もそう言っていた。後で机に向かって、私たちの会話について考え、もしベルサン・マコーレーが実際に話を変えたのだとすれば、どんな動機があったのだろう、と思った。友人を助けることができなかったのは、友人に支払い能力がなかったからだと言うほうが、不可能な状況に置かれていたのだと言うよりもいい、とマコーレーが考えたのはどうしてだろうか。マコーレーの声からは悲しみや後悔の念は感じられず、職業的であれ個人的であれ、責任感の片鱗さえも窺えなかった。私たちの会話全体が道徳的な真空状態で行われたようだった。

道徳的真空。当時は、まさにそんな状態だった。第一法廷で裁判が始まった日には、赤シャツが野次り倒し、被告の家族が法廷に入ってくると唾をかけた。被告は手錠を掛けられ、鎖で繋がれて、刑務所のトラックで運ばれてきた。被告たちが放つ悪臭があまりにもひどかったので、法廷では1日に2回、被告が到着する前と被告が出て行った後に消毒剤を噴霧した。社会福祉大臣のアリ・バダラ・ジェンネーは洗面道具や櫛、歯ブラシを囚人の監房から取り上げ、洗面施設を使わせなかった。1971年にAPCの総会で大衆を前にして演壇に立って、当時、収監されていたUDP指導者を銃殺にすべきだと言った。

この事件で弁護を引き受けようという弁護士が払底していた中で何人もの弁護を委ねられていた

弁護団の弁護士は、誰も依頼人と会うことができなかった。裁判官は弁護士の面会要求を却下した。弁護士が依頼人と会えないのであれば弁護を拒否すると脅したので、ようやく1時間の接見が許された。休憩の後、弁護士がもっと時間が必要だというと、裁判官は弁護士による妨害だと非難した。弁護士の一人は法廷から出て行った。裁判官は一日だけ譲歩した。死刑裁判で十五人の弁護を準備するのに、たった一日しか与えられなかった。

陪審員団はAPC支持者ばかりで、義母はSIのいとこが二人も含まれているのに気付いた。十五名の被告の権利を行使して弁護団は陪審員の予備尋問をしたが、それはヒドラと闘うようなものだった。政府の太鼓持ちが一人排除されたが、それに代わって、ただちに同様の人物が任命された。

1007ページの裁判記録はやや不揃いのキーでタイプされていた。裁判は67日間続いた。文書は加工を施していない裁判の複製である。はじめは第1巻の冒頭のリストを繰り返し開いて、誰が2番目、あるいは4番目、あるいは7番目の被告なのか、そして、PW3、PW5、あるいはPW12と記されている検察側証人の名前を確認した。一日の終わりには十五人の被告の名前と十八人の検察側証人、十四人の被告側証人、四人の被告側弁護士、政府を代表する七人の弁護士の名前を諳んじられるようになった。

板に濡れた布と石のぶつかり合うリズムが、窓の外から聞こえた。隣の女性たちがガラを作っていた。絞り染めで布地に複雑な模様を創り出し、完成品を木の棒で叩いて市場に持って行く前に光沢を出していた。女性たちは歌いながら作業を続けた。記録を読み進んでいるうちに、私の周りのすべてのものが意識的思考から退き、私は裁判によりいっそう没頭した。

第1日目は、副大統領代行のクリスチャン・カマラ・テイラーの証言で始まった。自宅にいて、早朝に爆発で目が覚めた、と断言した。どのようにして子どもたちをそれぞれのベッドから連れ出して家から逃げ、そして、爆破の調査に行く途中の二人の同僚閣僚と出逢ったことを説明した。

次に、検察側が四人の証人を次々と出廷させ、それぞれが父に不利な証言をした。政府転覆の想定される陰謀の中心に父がいたと言い、兵士たちを扇動するための会合で父が大統領暗殺を提案し、弾薬や制服を買うための現金の束を出して見せるところを10回以上も見た、と主張した。父とイブラヒム・タキが立案指導して、何千レオンもの費用がかかり、十人以上の兵士と大きな武器貯蔵庫がかかわる陰謀の物語が彼らの間で織り上げられたのだった。

最初の証人は元兵士のモーライ・サリューだった。サリューは法廷で、父の事務所に行ってクーデターを計画するための資金を受け取ったと主張した。7月29日にハビブ・ランサナ・カマラが所有するムレータウンの家に行った。二人は夜が更けるまで待って、近くの墓地に行き、戦闘服を着た兵士の大集団と合流した。集団は小さなグループに分かれて、ダイナマイトの棒が配られた。モーライの話では、大臣を捕えて拘束しておくようにという命令を受けて、最初のグループがクリスチャン・カマラ・テイラーの家を襲撃するために出発した。次のグループは、軍のトップであるモモ准将の家でテイラーの場合と同じことをするよう命じられ、3番目の兵士のグループは、弾薬の供給を断つために軍の弾薬庫の警備員を殺害するという命令を与えられていた。モーライ・サリューは副大統領のS・I・カマラの家を襲撃することを目的とした4番目のグループに所属していた。任務を果たすために出掛けるときにモハメド・フォルナが激励をしてくれた、とモーライは言った。

このように証言は続いた。2番目の証人も、3番目も4番目も同じ夜に、ムレータウンの墓地で兵士たちに命令を下していた父を見たと証言した。軍の雑役係のバッシー・カーグボは、ドクター・フォルナがケープ・シエラで催されたレセプションで立ち去り際に大統領暗殺計画を提案したことがあった、と主張した。PZ施設の雑役夫のサイドゥ・ブリマは、ミルトン・ストリートにあるハビブの家で開かれた会合で政府転覆が企まれたときに、ドクター・フォルナを見たと言った。

証人たちは作為的に選ばれ、仕込まれていた、と私はすでに聞いていた。何人かの被告の弁護をしたエケ・ハロウェイと、裁判に続く軍法会議で何人かの兵士を弁護したセリー・カマルは、この事実は子どもでも見抜くことができたと語った。主要な言い回しが繰り返され、ディテールがなく、証人たちは重圧に負けて、覚えていないと言明した。証人が窮地に立たされると、裁判官は被告側の弁護士による嫌がらせだと言い、止めるように命令した。一日の終わりには、証人たちが別の車輌でCID本部に連れて行かれ、数時間後には、ふたたびパデンバ・ロードに戻され、同じ監房で眠った。裁判官は、裁判の後、毎晩、S・I・カマラを訪ねるのを見られていた。

被告の供述調書がCIDの係官によって読み上げられた。調書によって証人がもたらした被害が大きくなった。ハビブ・ランサナ・カマラは、前日の日曜日に父と会ってクーデターの詳細を仕上げたと主張した。それは、ちょうど私たちが父とヌハド・コーバンと一緒に彼女の海岸の家で過ごした日だった。父は同時に二つの場所にいたことにされ、一つは私たちが泳いで遊んだ海岸からは、ずいぶん離れていた。29日の夜には、父は四つの離れた場所にいたことになっていた。検察側の弁護士は強い確信をもっており、詳細に気を使う必要はないと考えていた。

2番目の供述調書を読み上げる前に、被告側の弁護士が調書を見る許可を求めた。マーカス・コール裁判官は要求を拒否し、被告側が裁判を妨害すると非難した。このようにして裁判は進んだ。被告側が申請をすると、たとえどれだけ理にかなっていても、必ず退けられ、異議申し立ては却下された。検察側の陳述が終わると被告側の弁護士のイッラが前に進み出て、被告とその弁護士全員を代表して意見を述べ、証拠不十分による閉廷を申し立てた。裁判官はそれを即座に却下した。

私たちは誰もいない家でマムの帰りを待った。マムは毎朝、8時に出掛け、しばしば夜の9時まで戻らなかった。一人で出掛けることもあったが、ほとんどいつもスレイが裁判所まで車で送った。スレイは父の母方の親戚で、周りの忠告にもかかわらず、裁判の間、ずっと私たちと一緒にいてくれた。昼食のための休憩時間には、ときどき女性の裁判官が、赤シャツのヤジから逃れて午後の開廷まで彼女の部屋で待つことをマムに許し、1時間の避難場所を提供してくれた。そのころになっても私たちと付き合ってくれたのは、マムの女友だち三人組だけだった。ファトゥおばさんは背が4フィートゼロインチ、ふくよかで、最悪のときでさえクスクス笑った。マリアンおばさんは堂々としていて知的だった。そして、美しく小柄なポッセーおばさん。エンジンの音が聞こえると、必ず、何をしていても躍り上がった。それはほとんどいつも、おばさんのうちの一人で、皿に盛った野菜シチューやプランティーンの揚げ物、あるいは、鉢に入れたパン粥を届けたり、マムが大丈夫かどうかを確かめるためにやってきた。

ある日の午後、マムは刑務所に父を訪ねる、と私たちに言った。

「一緒に行ってもいいかしら」と私たちは尋ねた。

「だめよ。でも、手紙を書くことはできるわ。持って行って、必ずお父さんに届けるから」

マムは20分も訪問者の受付で待った。父が連れてこられても、お互いに触れ合うことが禁じられていた。テーブルを間に向き合って座った。30分の訪問の間、二人の監視員がそばを離れなかった。父は痩せて、体を洗うことができず、髪の毛がとても乱れていたが、気力に溢れていた。面会時間の大半を私たちのことを話すのに費やし、裁判のことは話さなかった。マムは私たちの学費のためのお金が必要だったが、私たちの家族のもっているものすべてを裁判に費やした。二人が別れるときに父はマムを元気づけた。現実は見た目ほど悪くない、と父は言った。父は司法に対する信頼をまだ完全には失っておらず、政府からの司法の独立を明らかにするための時間があると信じていた。そのうち、万事がうまく収まるだろう。

父は3日間、証言台に立った。町ではこの話題でもちきりだった。3日の間、特別検察官のトム・ジョンソンは、ただの一度も父に辻褄の合わない証言をさせることに成功しなかった。特別検察官は父の古い辞表を持ち出して、政府を恨んでいたことを証明しようとした。父は、3月以来、数回、モーライ・サリューが事務所にやってきて、そのたびに金や援助を求めたことを語った。父は米の積み荷を確認するためと、ハビブ・ランサナ・カマラにマラリアの錠剤を届けるための二度、ミルトン・ストリートに行った、と述べた。二度目のときには、ギニアに逃れていたAPCの時代に会ったことがあるというケモコ・スマという人物に声をかけられた。ケモコには病気の子どもがいた。

父は薬代として15レオンを与えた、ケモコは証言が読み上げられたうちの一人だった。金は武器を買うためだった、とケモコは主張した。ケモコ・スマが7月に父の事務所を訪ねたときにはバッシー・カーグボと一緒だった。父はみんなにキッシー・ロードの店の上のアブ・カヌのアパートで待つようにと言った。バッシーと一緒にいた三人の兵士が実際にクーデターの話をし、支援を求めた。父は彼らに近づくなと警告し、追い払った。彼らは戻ってこなかった。他のすべての告訴も論駁し、29日の夜にムレータウンの墓地の近くにいたという証言を完全に否定した。

トム・ジョンソンは、ハビブ・ランサナ・カマラを信用していたかどうかについて、父に尋ねた。

「ハビブは私に対して常に正直だった」と父は答えた。トム・ジョンソンは、ハビブの証言の中で、父に言及した部分を読み上げて、正しいかどうかを尋ねた。

「いいえ」と父は答えた。

「忠実で信頼する仕事上の代理人が嘘をついたと言う。あなたには良心がないのか」

「私には心も良心もあります、閣下」と父は答えた。同様に、父を罪に陥れるような証言をしたとされたアブ・カヌやその他の人たちについても、父は責めることを拒んだ。

被告側の弁護士イッラは、依頼人の弁護をするために一人の証人も呼ばなかった。ヌハドはすでに国外に逃れていた。情報を提供できるかもしれないアレデードは遠く西インド諸島にいた。その夜のクーデターの詳細を決めるために父が町のさまざまな場所にいたと検察は主張したが、月曜日に一日中、父と一緒にいたソリエ・ダウォは刑務所に収監されていた。

他の十四名の被告の番になった。アブ・カヌは供述調書が法廷で読み上げられたとき、激しく抗議した。ＣＩＤの係官でアブの供述調書を作成したフランシス・ンゴベーが証言台に呼ばれた。ウゴベーは、アブ・カヌが自由意志で協力したと主張した。次にアブ・カヌが証言台に立ち、ＣＩＤの係官たちの手でどのように苦痛を与えられたかを生き生きと説明した。アブ・カヌの証言は５ページに及び、「あらゆる状況を考慮して、６番目の被告の証拠Ｌとして提示された証言は自由意志に基づき、十分な根拠があり、合理的な疑いの余地がないと認める。異議を却下する」と記録の４６０ページにある証言の最後に裁判官の最終判断が示されている。

すべての被告が供述調書を撤回しようと試みた。父に対する訴訟を起こす際に、検察はハビブ・ランサナ・カマラの調書に大きく依存したが、ハビブもまた、拷問に掛けられたと宣言した。被告の中ではハビブがもっとも苦しめられたようであった。担当官はハビブが協力的だったと断言したが、裁判官は、担当官から尋問にことが四度もあった。担当官はハビブが協力的だったと断言したが、裁判官は、担当官から尋問についての話を聞く間、陪審員に法廷から出るよう命じた。すべての被告について、マーカス・コールは異議を却下した。告訴事実には疑問の余地はないと認められた。父に対する非難は連日「反逆罪裁判特集」に掲載されたが、もちろん、反対の立場はいっさい報じられなかった。

被告側は戦術を変えた。反対尋問でアルバート・トト・トーマスは、モハメド・フォルナとイブラヒム・タキの関与を示せば釈放するとバンベイ・カマラからもちかけられた、と述べた。そして、ミルトン・ストリートにはバナナの木はない、と言い張った。ウンファ・マンサライを最後に被告側の弁論は終わった。ウンファの被告席からの証言は短く簡潔だった。ウンファは、モハメド・フォルナには会ったことがなく、閣僚としての評判を知っていたに過ぎず、ミルトン・ストリートの家での会合には一度も参加したことがない、と主張した。さらに、クーデター未遂事件が起きたとされる日には、検察側の証人の一人のバッシー・カーグボと一緒に葬儀に参列していた。私はウンファの主張の記録を二度読んだ。それは25年後に私に話してくれた内容とまったく同じだった。

私が読んだ裁判記録は、父の裁判がどのように行われたかについての私の想像とは違っていた。検察側の陳述はもっと巧妙で、もっと独創的だった、と思っていたのだろう。しかし、7巻の記録は終わりが始めよりも先に書かれており、真実に対する侮辱が残忍で、あからさまで、尊大だった。父は、一人の男、あるいは政府に立ち向かっていたのではなく、裁判官から陪審員まで、一人ひとりがそれぞれの役割を知っている制度や秩序全体に敵対していたのだった。父が自分の裁判の他には、いっさい協力しなかった理由がようやく分かった。イブラヒム・タキは友人とバーで飲んでいた、と他の場所にいたアリバイをいくつか示した。そして、被告席から感情を込めた演説をした。それはムダだった。そこには法も正義もなく、あったのは、ためらわずに前進し、みんなを圧倒したままにする、腐敗した巨大な法律の罠だけだった。

ある晩、家の前の公道に立ってマムとスレイが戻ってくる車を待っていた。遠くにエンジンの音が聞こえ、だんだん近づいてくるのに耳を傾けた。車に向かって小道を歩いた。車は角を曲がった。私たちの家の車ではなかった。脇に寄って車を通した。車は徐行して、女性が窓を開けて体を乗り出した。私に何かを尋ねようとしている様子だったので、その女性のほうを振り向いた。女性が頭を引っ込めたので考えが変わったのだろうと思った。すると首を前に傾け、大きな唾の塊が私の脚のところに落ちた、車は通り過ぎ、右に曲がってナンシー・スティールの家のほうに走り去った。

第42章

マムが生贄の儀式を頼みにするようになったとき、すでに状況がどれほど深刻化しているかを察するべきだった。マム、サンティギ、モーライ、ムス、エスターが導師のアルファの周りに半円形になって跪いた。アルファは眼を半分閉じて手のひらを上に向けた。集まりの真ん中には卵と足を縛った若い雄鶏が入ったバスケットが置かれた。ビー玉のように鮮やかな目がキョロキョロしていた。アルファの単調な詠唱は捕えられた蜂のブンブンいう音のようで、部屋の壁に反響し、勢いがつき、一瞬の後には静かなつぶやきになった。私は庭から自分の部屋に行こうとして、前に進むか後戻りするか迷って立ち止まった。アルファは眼を閉じて、祈るときには唇をほとんど動かさなかった。私は跪いて這うように前進した。この儀式が父のために行われていることを直感的に理解した。

祈りが終わると、アルファは卵と若い雄鶏を手に取って自分の鞄に入れた。そして、アラビア語で祈禱文が書かれた3片の「シェベ」を手に取って、紐と布で包んだ。最初のシェベは家の裏にあるマンゴーの木の枝に結び付け、次は家の基礎の下に隠した。三つ目はパデンバ・ロード刑務所の外に埋めなければならない、と言った。モーライが刑務所の門のところまでアルファに同行することになった。アルファが地面に踵で穴を掘り、シェベをそこに入れるのをモーライは見ていた。だが、失敗して警備員に見つかった。警備員は人や車の行き交う通りの真ん中で、ただちにアルファを捕まえて、その瞬間にその場で襲いかかった。モーライは、そっと立ち去った。

数日後に別のアルファが家にいるのを見た。このアルファは聖水を居間の隅に振りかけた。

私たちは新しい千年紀に生きていた。フリータウンでさえ、インターネット・カフェができて、人々は携帯電話をもち、eメールを使っていた。しかし、ヤボメは伝統的な信仰に対する敬意を捨てていなかった。

夜になって、私たちがバルコニーに座っていると、コオロギの鳴き声が自家発電機のブーンという音に圧倒された。電力が供給されていたころには夜はもっと平和だった。夜間外出禁止の時間が近づくと、人々はすでに家に帰り着いていたので、道路には人通りがなくなった。

間もなく「あの人たちに何が起きたか、知っているでしょう」とヤボメが語りかけた。

「あの人たちって」。よく分かっていたが、私は尋ねた。

「あの人たちよ。みんな。一人残らず」。次に何が話されるかは分かっていた。ここにいる多くの人にとっては、それで十分だったが、私にはそうではなかった。バンベイ・カマラの最後の劇的で意外な成り行きに感動しない人がいるだろうか。バンベイは、1992年にNPRCによって、即決で処刑された。パデンバ・ロード刑務所の監房で新しい軍事政権に対する陰謀を企てたという理由で、ある朝、兵士たちが被疑者全員を縛って、目隠しをし、海岸に連れて行って銃殺した。罪はもちろん、でっち上げだった。バンベイを憎んでいた人たちでさえ謀殺だったと信じた。しかし、「剣で生きれば剣で死ぬ」であった。

Ｓ・Ｉ・コロマは、シアカ・スティーブンスが自分を殺そうとしていると信じて亡くなった。スティーブンスから借りたメルセデスに乗っていて恐ろしい自動車事故に遭った。１９７７年の暴力まみれの選挙運動の期間中に、Ｓ・Ｉ・コロマの車列がマグブラカへ行く途中のマカリ村で事故は起きた。マカリは、父と一緒に裁判を受けたチーフ・バイ・マカリ・ンシルクが首長を務めていたところだった。その後、ＳＩはドイツで病気の治療を受け、治療は完全には成功しなかったが、地位にしがみついて、数カ月後に仕事に復帰した。スティーブンスは副大統領を冗談のネタにするのが好きだった。「誰でも仕事を休むために病気のふりをするが、ＳＩは仕事に来るために元気なふりをする、めずらしい人だ」と言ってからかった。ＳＩが長年、忠実で献身的であったにもかかわらず、スティーブンスはＳＩを冷遇して、頭の鈍いジョゼフ・サイドゥ・モモを後継者に選んだ。ＳＩは脳卒中で倒れ、自宅に閉じこもった。マムはたった一度だけ、チョイスラム・スーパーマーケットの脇に止められた車の後部座席にＳＩが座っているのを見た。口角から涎を垂らしているのを人々が窓から覗いていた。

クリスチャン・カマラ・テイラーは、長い闘病の末、内陸部で亡くなった。痛ましいほど尊厳を欠いた、人目につく死だった。

「病院に連れて行く車を雇うお金もなく、あんなふうにトラックの荷台に横たわっているなんて想像できるかしら。カマラ・テイラーをごらん、と言って、雨の中を人が死体を覗き込んでいるなんて」。ヤボメは鼻息を荒くして、表情に冷酷な満足感を漂わせて言った。

「テイラーには何も分からなかったのでしょ」と私は付け加えた。シエラレオネに基本的な医療サービスがあればテイラーは助かったかもしれない、と思った。余裕のある人は飛行機でヨーロッパの病院に行くことができた。カマラ・テイラーは明らかに落ちぶれていて、伝統的な治療師を頼ったが手遅れだった。テイラーを運ぶためにフリータウンで雇ったトラックが途中で故障した。

「ここでは自業自得ということを信じているのよ」とヤボメは、断固として結論した。

それだけではなかった。政府の検察官のN・P・A・バックは、裁判の数年後に気が狂って道路を彷徨(さまよ)っていた。マーカス・コール裁判官の息子は自動車事故で亡くなった。マーカス自身は10年後にガトウィック空港からロンドンの中心へ向かう道路で乗っていた車が盗難車にぶつかり転倒する事故で亡くなった。当時、ひそひそ話が伝わっていて、その後も途絶えなかった。ねぇ、ご存じでしょう、とそれを信じる人は静かにつぶやいた。最後には「ハケー」〔カルマ、業〕、神の裁きがすべての人に追い付く。

私はヤボメと議論しなかった。それらの人に何が起きたかはどうでもいいというのが本音だった。ハケーでは私には十分ではなかった。私にとって十分ということは決してない。私がいいと思う裁きは違ったもので、まったく世俗的だった。単調で、しかも想像もできないような貧困の中で生き、死んでいった、この国の普通の人たちはどうなのだ。これらの人々は、間違った国の間違った階級に生まれついたという以外に、自らの運命に相応しいことは何もしていなかった。

あらゆることを支配し、自分のベッドで死に、英国の新聞に掲載された死亡記事では賛辞ばかりだったシアカ・スティーブンスはどうなのか？

第43章

人は何かを隠したり、大切なものを安全に保管するためにどこかにしまったり、慎重になったりして、どこに隠したのかを忘れてしまうことがある。それが何だったのかを完全に忘れることさえあり、何年もたってから、子どもや孫がそれをどのようにして発見したかという話を聞く。本の間に挟まれたメモ、鏡の後ろに隠されていた写真、ごちゃごちゃしたものが入った瓶に紛れ込んでいたハート型の石。記憶も同じだということを私は発見した。何年にもわたって、ヤボメは自分の考えを話すことが危険だった間は世間からそれを隠していた。忘れることを自分自身に教え込んだ。そして、いま、ヤボメは思い出すことを私から強制されていた。私がヤボメの聞き手で、あらゆる詳細を知りたいと思っていたが、私たち二人にとって、もっともむずかしい課題は、何層もの秘密主義を払い除けてヤボメの記憶を解放することだった。

ある朝、ヤボメが椅子をもってベランダに出てきて、私の隣に座った。毎朝、料理人がお湯を沸かして赤い魔法瓶に入れて、リプトンのティーバッグと粉ミルクと一緒に用意してくれたので、お湯を紅茶茶碗に注いで、お茶を勧めてくれた。ヤボメは椅子に座り、しばらくすると、とくに何かについてというわけではなく、「あるとき、こんなことがね」と話し始めた。

私は読んでいた本を置いた。記憶は一つずつ、こんなふうにして語られた。

裁判が終わって1年以上が過ぎたころ、家族が親しくしていたモハメッド・スワルタカ・トゥレーという人の事務所を訪ねた。トゥレーは法務次官に任命されたばかりだった。私たちを支え続けてくれた人で、私たちの古い知り合いの中では、ヤボメがやってくるのを見て道の反対側に行かない数少ない一人だった。二人がただの世間話をしていると、秘書がドアから首を出した。「三人の若者がトゥレーに会いたいと言って外で待っている、と秘書が言ったの。トゥレーさんが誰かと尋ねると、秘書は名前をもって戻ってきて、反逆罪裁判の証人だと応えたのよ。トゥレーさんは、こんな風に」と言って、ヤボメは手を脇に置いて、後ろに下がっていなさいというような仕草をした。

「トゥレーさんは入ってもらいなさいと言ったわ」

うまく話せたら、裁判が終わったら海外に行かせる、と彼らは言った。三人がトゥレーに伝えようとしたのは、このことだった。ヤボメは部屋の反対側に座って窓の外の景色をずっと見ていた。ヤボメには彼らが誰だか分からなかったが、当局を説得してくれるように頼むためにトゥレーのところに来たのだった。司法長官もバンベイ・カマラも、副大統領も、誰も三人には会ってくれなかった。もし、うまく話したら、裁判が終わると海外に行かせる、と言ったにもかかわらず。

主要な証人であったモーライ・サリューも三人の中にいた、とヤボメは覚えている。数年後、ヤボメはシエラレオネ漁業公社の人事課で働いていた。新しい秘書が配属された。ヤボメの部下の一人が、あの秘書の夫は裁判のときにヤボメの夫の罪を立証するための証拠を提供した人だと、こっそり教えてくれた。裁判から時が流れていた。部下の女の子は若かった。裁判が行われたころには、まだ、子どもだったはずだ。ヤボメは部下を一人にしておいた。一度だけ、イサツという若い女性が批判的に「私の夫はあなたを知っているわ」と言ったが、それ以上は何も語らなかった。モーライ・サリューは、ただの一度もヤボメの職場に現れなかったが、モーライ・サリューがどこで働いているかをイサツが知っているとヤボメは考えていた。もし、私たちがイサツのところに行けば、モーライ・サリューと連絡が取れるかもしれなかった。

2、3日が過ぎた午後、グロースター・ストリートのオフィス街の地下駐車場でイサツと会った。ヤボメは爽やかな声で静かに話し、私は黙っていた。義母に会話を任せることに決めていた。義母が言っていることはほとんど聞こえなかったが、すべてが歴史であり、私たちはただ事実が知りたいだけの家族で、それ以上は望んでいないと言って、若い女性を安心させようとした。昼食のための休憩時間が終わるころには、イサツは説得されて、次の土曜日の9時から10時の間に、私に会うために夫を家に行かせると言った。イサツが約束できたのはそれだけだったが、一つの成果だった。

土曜日の朝は7時半に起きた。

朝食に料理人がオムレツを用意してくれたが食欲がなかった。8時15分で、1時間以内にモーライ・サリューが来るかもしれなかった。来るかどうかは分からなかったし、もし、来なかったらどうするのかも考えていなかった。モーライ・サリューは、もっとも確実な手掛かりだと思われた。検察側の最初の証人で、裁判では鍵となる証言をした。私に対しては正直になる用意ができているだろうか。前日の夜は外出の招待を断って自宅で過ごし、モーライ・サリューの主張に異議を唱える父の証言のページを調べた。部屋に戻ってシャワーを浴び、自分のメモを三度目に読み返した。

9時半だった。モーライが訪れる気配はなかった。コーヒーを飲み、バルコニーに立って道路の向こうを見ていた。すべてが静かだった。

9時40分に、我が家に向かって人通りのない道を一人で歩いてくる人に気付いた。彼だろうか？私のある部分は、そうでないようにと祈り、会うことを恐れた。彼は来ない、と自分自身に言い始めた。この男性は痩せて、髪が灰色で、モーライ・サリューの年齢と思われる50代で、半袖のグレーのスーツに踝まであるブーツを履き、皮の鞄の手を腕に回していた。男性は門のところで立ち止まった。犬が門の下に鼻を潜り込ませて吠えた。訪問者を中に入れるために、警備員を呼んだ。

モーライ・サリューからは、神経質さや遠慮の兆しは見られなかった。家事手伝いのアミーが紅茶かコーヒーか、と尋ねた。「紅茶は飲みません。コーヒーをお願いします」と短く答えた。アミーがコーヒーをもってくると、礼も言わずに受け取って、砂糖壺から山盛りの砂糖をコーヒーに入れた。私たちは握手をしていなかったが、私は頷いて、私たちがいるベランダに入ってきたヤボメとそれぞれ自己紹介をした。よく見ると、彼の服装はみすぼらしかった。鞄は使い古され、ブーツは踵がすり減り、スーツの細縞模様はところどころ、擦れてしまっていた。なぜ、彼と話したいと思ったのかを説明しようとすると、私の言葉を遮った。

「ほんとうのことは何にもなかった」と話し始め、「あの証言には真実は何もなかった」と言った。明らかに告白モードだった。すぐに、拷問や、どのようにして強制的に役割を担わされたかや、証人になりたくなかったことを話し始めた。私は、ただちに始めようとは思っていなかったが、彼の話を中断する気はなかった。急いでテープレコーダーとノートを取りに行った。後世の人のために記録したいと思った。

私が戻ってくると、モーライは続けたが語調が変わっていた。声が甲高くなり、怒りが籠っていた。政治家が彼との取引を守らなかった、と不満を言った。多くのことを約束されたが、彼は1セントも手にしていなかった。「ただの1ペニーも」と主張し、ベンチに置いた手をピシャリと叩いた。政治家たちは彼やその仲間たちを後で切り捨てるつもりで利用した、ならず者だった。私は何かをして話を中断したくなかったので、あえてテープレコーダーをケースから取り出さなかった。モーライ・サリューはキョロキョロして、音を立ててコーヒーを啜り、コーヒーカップの皿を顎のところに持ち上げた。視線をヤボメから私に、そしてまたヤボメへと動かし、私たちが何か言うのを待っていた。私たちの同情を心から求めているようだった。

モーライ・サリューは1時間半、話した。テープに録音された彼の声はゆっくりし、学者的で、ことのほか低く、単調で、電池がきれそうになっているかのようだ。私の最初の質問には答えずに、彼の人生について話し始めた。「私の名前はシエラレオネの歴史に残っている」と宣言して、さまざまな出来事について語りながら、彼を頂点に国の歴史を書き換えていた。

私が何も知らないと思っていることが明らかだった。彼の言葉を忙しくメモしている若い西洋の女性、と彼が私を見ているのが分かった。私が誰なのかを理解しているのだろうか、と思った。

「あのころは、事務所が、えーっと、ウォルポール・ストリートにありました。あそこに、よく訪ねて行ったのです。あるとき、私が訪ねて行くと、スティーブンスがしていることは国民のためにならないので、スティーブンスを倒す計画を進めている、と彼が私に言いました」

「誰がですか。誰がスティーブンスを倒す計画だったのですか」

「何人かの兵士と政治家です。彼だったと思います。私は彼の考えを支持しましたが、どのようにして倒すのか、どんな武器があるのかを知りたいと思いました。そして、私が調べてみます、と言いました」

「ドクター・フォルナが計画していたのですか？　それともドクター・フォルナは噂を聞いていたのですか」

「噂です。噂です」

　陰謀に加担することを強く拒んだ、とモーライ・サリューは言った。兵士の補充として路上で暮らす少年たちの一団が加えられて計画が進められていることを、彼は後で知った。モーライは、再度、計画全体が賢明でない、とドクター・フォルナに忠告した。

　ある友人がすべては計画通りだという情報をもって彼の家に来た。彼らはサムエルズ・レーンのドクター・フォルナの家に行った。それは私たちの家だった。モーライが話した時間には、私はそこにいて、父も一緒だった。

「ドクター・フォルナは留守でした。彼の事務所に行きましたが、そこにもいませんでした」。二人はミルトン・ストリートに行った。11時半ごろ、イブラヒム・タキとモハメド・フォルナがもう一人別の男と一緒にやってきた。その男は兵士で手をひどく怪我していた。モーライ・サリューは、どうしたのか知りたかった。手りゅう弾がこの男の手の中で破裂したのだと言われた。モーライは、また助言を与えた。すべてを中止するのだ、と言ったという。家に帰るためにイースト・エンドを通り過ぎようとしたときに、ダイナマイトが爆発する音を聞いた。

「ウィルバーフォースからキッシーまでですか」私は驚いて彼を見た。

「火薬庫から議事堂への道です」と言った。

モーライの話は納得がいかなかった。裁判のときには、タワー・ヒルの軍の火薬庫で第二の爆発があったという主張だった。写真はなかった。証拠は提出されなかった。被告側は、この主張に異議を唱えた。ロンドンで、当時、軍のナンバーツーだった人物にインタビューしたことがあった。あの夜には、軍の施設への攻撃はなかった、と断固主張した。カマラ・テイラーの家に投げ込まれたのは、猟師が使うようなありふれたダイナマイトが1本だった。彼自身が被害を検証していた。

このような会話は40分以上続いた。モーライ・サリューが言ったことは、彼が裁判所に提供した証言と大きく違うところはなかった。彼自身の役割以外では、ということだ。彼は陰謀から距離を保ったが、当時は陰謀とのかかわりを認めていた。決心が付きかねたのだろう。彼に続けてもらった。コーヒーカップが空っぽだということに気付いた。彼はカップを持ち上げて、これ見よがしにそれを見つめ、皿に戻した。

モーライ・サリューの名前をCIDに教えたのはバッシー・カーグボだった。バッシー・カーグボは手錠をかけられて天井から吊るされた。「それは耐え難いことでした。叫びや泣き声、その他いろいろが聞こえて耐え難かったです。いたるところに血が飛び散っていました。いまでも手錠の跡が残っています」。手を前に伸ばして両腕を見せた。傷跡は見えなかった。ノートの余白に「注意書：私には何も見えない」と見たままを書き加えた。物語の中には十分、信用できるところもあったが、そうでない部分もあった。私が質問すると動揺し、話に一貫性がなく、論理に飛躍があり、露骨な嘘があった。後で会話の記録を読み返していて、彼が挙げた名前は、すでに近くにいなくて、確認できない人たちだということに気付いた。しかし、そのときは彼に話を続けさせた。

尋問の後、ニューラブが、すでに作成された供述調書に署名するよう求め、バッシー・カーグボをパデンバ・ロードに連れて行った。裁判が始まる2日前に二人のCID係官が名前のリストをもってやってきた。男たちは呼ばれて受付に連れて行かれた。全部で八人だったと彼は言った。私は名前を尋ねた。五人の名前を言っただけだった。「続けて」と私が言うと、彼は考えを変えて、五人だったと応えた。刑務所長は、協力するという条件で処罰を免除するために選ばれた、と説明した。

間もなく全員がCIDのバンベイ・カマラの部屋に連れて行かれた。バンベイがインターフォンのボタンを押すと、突然、大統領の声が部屋に流れた。この事件で検察を助けるためにみなさんは選ばれた、とシアカ・スティーブンスが言った。すでに手渡された供述調書に従って法廷で証言し、うまくできたら十分な報酬が与えられるだろう。

「どうして、それが大統領の声だと分かったのですか」と尋ねた。当時、どのような技術があったのかと疑問に思った。スピーカーフォンだったのだろうか、テープレコーダーだったのだろうか。

私の前にいた男は、それは録音されたものではなかったと言い張った。「大統領の声はよく知っています。何年も一緒にいたのですから」。主要なプレーヤーで、いつも出来事の中心にいて、大統領ととても近かったのだから、声を知っている、というのがバッシー・カーグボの主張だった。

証人たちは、ニューラブとアマデフによって7日間、指導され、8日目には、モーライ・サリューは自分の証言をすっかり暗記していた。その直後に、モーライは法廷で証言した。法廷で証言した日のことは誇りをもって話した。もう一人の証人であるサイドゥ・ブリマについて尋ねた。サイドゥ・ブリマの名前はまだ挙げていなかった。名前を聞いたことがないようで、私の質問に手を振って応えなかった。「私たち二人だけでした。バッシー・カーグボと私の二人が証人で、私が主要な証人でした。カマラ・テイラーと一緒に、私たちが証拠を提供しました」

私は、適度の憎しみを自分の中に掻き立てようとして彼を見ていたのを覚えている。しかし、ぼんやりした嫌悪と軽蔑以外に何も感じなかった。ときどき、私は自分がどこにいて、何をしているのかについての深刻な自覚にショック状態になった。私が期待したのはこれだったのだ。でも、ほとんど疲労感だけで、感情的には無関心で、この男と私のショーを見ているような感じだった。

釈放されてから、モーライ・サリューはバッシーと一緒に大統領とバンベイ・カマラに会って仕事を提供してもらうつもりで大統領府に行ったが追い払われた。他の人のところには行かなかった、と言った。彼らはみんな偽善者だった、バンベイ・カマラはモーライ・サリューの助けを必要としたが、後で見捨てた、と続けた。モーライ・サリューは宝くじを売ってウェリントンで暮らしていた。どのように扱われたかについて、しばらく愚痴を言って、手にもっていたマッチ箱でテーブルを叩いて「偽善」という言葉を強調し、一党制政治を批判した。紛争も原因はそれだった、と言って、大袈裟にため息をついた。彼は、個人としては、常に民主主義を支持していた。いつも。複数政党制が前進のための唯一の途だと彼は信じていた。

私は彼を無視した。「では、供述調書のどれぐらいがほんとうのことだったのですか」と尋ねた。

「少しもないです」

「では、いま話してくれたことは、法廷で話したことと概ね同じですよね。何が違うのですか?」

彼は混乱しているようだった。「さあ、モハメド・フォルナに責任がある、と彼らは言いました。たくさんのお金を渡したとも。私はまったく思い出すことができません」

「でも、あなたの説ではフォルナがかかわっていたのですね」

「かかわっていませんでした」

「でも、襲撃のあった夜にミルトン・ストリートで彼を見た、とあなたは言いましたよね。そこで、彼を見たのですか」

「見ました。手を怪我した兵士と一緒に入ってきました。二人は途中で会ったのかもしれませんが……」

「兵士は手に包帯を巻いていたのですか」

「包帯はしていませんでした。とてもひどい怪我でした。私自身、血が出ているのを見ました」

「その夜、遅くだったのですね」

「はい、11時です。爆発のちょっと前でした。家に帰る途中で爆発音を聞きました」

あの夜、父が家を出なかったことを私は知っている。また、兵士が家に連れてこられたのは夜の早い時間で、7時よりも前だったことも知っている。父は兵士の手を消毒して手当てをした。私自身が包帯を縫った。カマラ・テイラーの家で爆発があったのが午前4時ごろだったことも知っている。もし、火薬庫がほんとうに襲撃されたのだとすれば、それより前にダイナマイトが仕掛けられたのではなかった。だから、4時間以上もたって、ミルトン・ストリートの家から自宅に帰る途中だったことは不可能だった。

「あなたが話したことで、私には理解できないことがあります」と注意深く始めた。「何ですか」。彼は役に立とうとしているようだった。

「爆発のあった夜にミルトン・ストリートでドクター・フォルナを見かけたと言いましたよね」

「はい」と彼は答えた。なぜ、それが不可能であると私が信じているかを説明した。彼はそれを聞き、笑いとも咳とも分からないような声を発した。

「さあ……」と言葉を伸ばした。「さあ、どうしてそのように考えるのかが分かりません」

私は繰り返した。あの夜は数人が家にいた。全員にインタビューした。モーライ・サリューは答えるときに2、3日前のことから話し始めた。モーライはドクター・フォルナに会っていないと言い張った。「クーデターに加わるためにミルトン・ストリートには行っていません」。今回は口を挟まなかった。彼の話しぶりが遅くなったことに気付いた。「でも、私はあの人を見たのです。もしドクターでなければ、イブラヒム・タキだったかもしれないし、誰か別の人だったかも……。三人で入ってきました」。あの夜のあの時間に、イブラヒム・ダキは揺るがしがたいアリバイをもっていた。しかも複数のアリバイだった。イブラヒム・タキは「イエロー・サブマリーン」というバーにいた。モーライ・サリューはとりとめのないことをしゃべり始めた。ハビブ・ランサナ・カマラと彼が作戦に果たした役割について話し、大失敗に関して彼を批難し、身を引く決意をしたと話した。しばらくして、私が口を挟んだ。「あなたは、そこでドクター・フォルナを見たと言っているのですか、そうではないのですか」

彼は言い淀んだ。「さて……私は……私の記憶では……多分、それは幻想で……」。彼は額を揉んだ。言葉が断音になり、文章が途切れ途切れになった。「今度の反乱軍の侵攻で……頭がおかしくなったのです。完全に病気でした。死ぬかと思いました。私の調書は……暗記しました。でもすべて頭のなかにあったことでした。分かりません……」

そこで、私たちは話を止めた。その後、5分か10分話したが、彼は支離滅裂だった。会話は堂々巡りで、何が真実で何が嘘であったのかを尋ねたが、次々と話が矛盾し、彼は頭を振って覚えていないと言った。彼は戦争のせいにした。英語がうまくしゃべれなくなった。テープの裏面が終わる前に、テープレコーダーを止めて、立ち上がった。彼に丁寧に礼を言った。握手さえした。彼が低い声で何かを言ったので、彼のほうを向いて聞こうとした。金を要求しているのだった。

数週間後にテープを聞き、その後、数カ月して聞き直した。十分な時間が経過し、シエラレオネから離れて、まったく異なった環境のもとにいると、何らかの明快さが現れた。近づいて見るとモーライ・サリューは不可解で、インタビューには困惑させられた。彼は私に嘘をついたが、なぜだか分からなかった。しかし、後で新しい見方ができるようになった。「私」が何をインタビューから引き出したいのかや、「私」にとってどんな意味があるのかに、私はあまりにも執着し過ぎていたために、モーライ・サリューが私に話すことに同意した意図を見過ごしていたことに気付いた。彼の唯一の目的は自分の身の証を立てることだった。インタビューのテープをはじめから聞くと、それが明らかだった。彼は自分が潔白であるような物語を創り出していたのだ。彼の唯一の問題は、私がすでにどれだけ知っているかを誤算していたことだった。

モーライ・サリューはS・I・コロマに情報提供していた。そのことを裁判の間に反対尋問で認めていた。最初に裁判記録を呼んだときには、なぜだか分からないが参照文献を読み落としており、何ページにもわたって、そのことが記載されていた。ウェリントンで彼の屋台店を探して、二度目にモーライ・サリューに会ったときに、この点について確かめた。彼がどんな役割を担っていたのかを知りたかった。被告のある者が確信していたように、実際に手先として働いていたのかどうかを知りたかった。彼はそれを完全に否定し、強く頭を振った。後になって、仕事をもらいたいと思って副大統領を訪ねたことは認めたが、同時に副大統領のために働いたことはないと言明した。SIの名前を出すことの効果について思い出した。人々はいまでも、彼のことを話すのに慎重だ。私の調査を通して、ただ一人、SIだけが暗く、見えない操り人形遣いのような存在で、二級のスリラーの登場人物のようだった。29日の夜について、私に嘘をついたことに関して、再度、モーライ・サリューと対決した。彼は怒って、反対に私に説明を求めた。

「どうして分かるのですか」と答えを要求した。「なぜ分かるのですか。あそこにいなかったのに」

「でも、私はいたのです。私はいたのですよ」

第44章

私たちがフリータウンから東へ向かうと、前方の地平線の彼方、雲が縞になった空から太陽が昇った。8台の国連のランドクルーザーと、ほとんど同じ数の援助機関の車輌が狭い道路を大きな音をたてて通り過ぎ、歩行者は車のタイヤが巻き上げる大量の砂埃に気をとられていた。キッシーを通って、バイ・ビューレー・ロードに入り、街の中心に向かう乗り物を待つ学童たちや村人のそばを通り過ぎた。十人ほどの子どもが真新しい緑と白の制服を着て、逆方向へ向かうトラックに這い上った。フリータウンに着いてから初めて道路封鎖を通過したが、それほど徐行の必要はなかった。

徐々に住宅が少なくなり、代わって緑が増えた。平らな広い川の流れに架かった橋を渡った。橋の下で、女性が赤ちゃんを強く背中にくくりつけて、踝まで水に浸かって盛り土のところで作物を収穫していた。遠くの海に繋がる煙色のマングローブの沼から軽やかに渦を巻いた霧が立ち上った。数分後に、シエラレオネ第二の空港で、いまは国連軍の基地になっている、粗末な滑走路のヘイスティングズ空港に着いた。道路の片側には軍隊用テントが何列も続いていた。滑走路にはヘリコプターが1機止まり、その前には白い装甲車が一列に並んでいた。装甲車は無垢な獣のように見えた。

数日前の日曜日に、社交的な集まりで私は幸運に恵まれた。国連食糧計画の人なつっこいロジの専門家から、北部に向かう国連の車列に席があるから乗らないか、ともちかけられた。マグブラカへの道路は反乱軍が支配しており、危険が散乱していて、そこに行くのは物騒で困難で、個人の車での移動は不可能だった。

国連の保護のもとに移動するというのは、マグブラカに辿り着くための最善の選択肢だった。私は迷わず申し出を受け、サイモンが同行することを決めた。月曜日に計画を確認すると、寝具や、缶詰の食品、懐中電灯など、必要だと言われるものをすべて急いで集めた。テープレコーダーをもっていくことをためらったが、他のものと一緒に荷物に加えた、サイモンはカメラのレンズを2、3本選んだ。水曜日の早朝、出発予定の時間よりも30分前に、世界食糧計画が本部として使っていた個人の大きな家の外の駐車場に集合した。夜警がゲートを開き、最初の車輌に道路に出るよう合図をしたときには、まだ暗かった。

夜明けの出発が早められたのは、林の奥の隠れ家から攻撃を仕掛けるウエストサイド・ボーイズやその他のならず者の反乱軍兵士や反乱軍兵士と結託している国軍兵士の集団が起き出して、私たちを待ち伏せするモードになる前にオクラ・ヒルズを通過しなければならなかったからだった。丘陵地帯は無人地帯で、敵対するゲリラの一団が占有を争っている場所だった。反対側には北にマケニやマグブラカ、さらに遠くへと広がる地域があり、RUFが支配していた。ヘイスティングズでは到着したことを簡単に地域司令官に伝えた。クラクションの音で、援助機関の職員と国連職員が車に戻り、オクラヒルに向かう坂を登った。

最初に通過した町はウォータールーで、内戦で大部分が破壊されていた。人々は生活を再建するために忙しく、さおを束ね、壁を作るための木枠に水で捏ねた土を入れ、ヤシの葉で屋根を葺いていた。人々は仕事の手を止めて、私たちが通過するのをちらっと見た。こちらを見た若い男性の目は笑っていなかった。子どもたちが手を振った。少し前までは、この辺りで何十人もの西洋人を見るのは異例のことだった。いまでは、援助機関が、違ったかたちではあるが、新しい占領軍だった。

ウォータールーを離れると道路は緩やかに三つのうちの最初の丘に差し掛かった。道路は概ねいい状態で、少し行くと、深い渓谷の上に架かった木の橋を渡った。もっとも危険な瞬間で、木の間から狙撃される可能性があった。しかし、何事もなくそこを通過した。一瞬、丘の頂上に広大な森がある、めずらしい景色を見た。森は朝の光を浴びて波打ち、蒸気が立ち上がり、魅惑的だった。生活の兆しは木の頂から立ち上る煙だけだった。この瞬間に、私はよそ者になり、自分の国をよそ者の目で、最初のポルトガル人や英国人が見たであろうエキゾティックなアフリカを垣間見た。私たちの国は測りしれない美しさを備え、大きな期待がもたれたが、不可知の危難に引き裂かれた。

オクラヒルを過ぎて、黒くて弱々しく流れるロケル川を渡り、マシアカで左に曲がってマケニへの道路に入った。マシアカで最初の検問所を通過すると、反政府武装勢力の支配地域に入ったことが明らかだった。検問所には木の棒が立てられ、間に取り付けられたロープを引っ張ったり緩めたりして開閉された。道路の脇には検問所の操作係が立っていた。10歳か11歳の少年で、脚が曲がっており、裸足で、ぼろぼろのシャツを2枚着て、背中に小型軽機関銃を紐で結び付けていた。

道路には人影がなく、ほとんど誰も見かけなかった。私は過ぎゆく景色を静かに眺めていた。これまでに達成したこと、そして、今回のマグブラカへの旅で何を達成したいのかを考え始めた。

フリータウンでは、この10日間に、かつての軍関係者と裁判の証人のバッシー・カーグボを捜した。もっとも最近、彼のことを聞いた人は、ウェリントンに住んでいると言った。この情報はウンファ・マンサライから得た。しかし1月6日の侵攻以来、誰もカーグボの消息を聞いていなかった。いとこのモーライが、バイ・ビューレー・ロードで父親の米店で働いている別の若いいとこのオバイと一緒に、情報を得るためにウェリントンに行ってくれた。オバイは、その辺りに住んでいるカーグボの家族について知っていると思っていたが、カーグボというのがめずらしい名前ではなかったので、私はあまり期待しないようにした。やはり別のカーグボ一家だった。しかし、この家族がモーライとオバイに別の家を教えてくれ、その家族がまた別の家を、というように続いた。ゆっくりと、辛抱強く、あらゆる情報を参考にして、数日後にはバッシー・カーグボを見つけることに成功した。バッシー・カーグボは50歳で、幹線道路から徒歩で1時間ぐらいの丘の上の小さな家に住んでいた。

インタビューは長く、骨が折れ、イライラさせられた。家の脇の木陰で固いベンチに四人で座った。モーライが通訳を務めた。バッシーは英語だけでなく、クレオール語もほとんど話さなかったので、テムネ語を中心に会話は進んだ。バッシーはまず元の証言の一部を繰り返した。すかさず私が割り込んで、話を中断させた。これまでにどれだけ多くの人と話したかを彼に告げた。バッシーはちょっと黙って、何かを思い出そうとしているような仕草をし、そして主張を変えた。

証人たちは金銭や軍での仕事を約束された見返りに嘘をついたという、私がすでに知っていたことをカーグボは追認した。少なくともモーライ・サリューが示した怒りは現わさず、羞恥心も見せずに、バンベイ・カマラがモーライ・サリューとケモコ・スマ、バッシーの三人を大統領自身と会うために大統領府に連れて行った経緯を説明した。大統領の執務室は最上階にあったことを思い出した。スティーブンスは、軍のトップであるジョゼフ・モモと会えば、それぞれに軍の職を見つけてくれるはずだと言った。そこで、軍の司令官のところに行ったが、何度も追い返された。ふたたびスティーブンスに会おうとし、S・I・コロマも訪ねたが追い払われた。

バッシーはペンキを混ぜ合わせることで生計を立てていた。私は辺りを見回した。バッシーはかなり貧窮しているようで、シャツを着ずに座っており、腹が弛んでいた。家は小屋と呼ぶのが相応しかった。鶏が数羽、蟻の巣を引っ掻いていた。子どもや親戚が一緒に暮らしているふうではなく、それが普通でない感じだった。バッシーと若い妻だけで、10代の妻が地面に座って私たちの会話を聞いていた。

バッシーともう一人の兵士からクーデターの話を聞かされたが、その話を考慮するのを断ったことを、父は裁判で公に認めた。二人がキッシー・ロード60番地の米穀店を訪ねた目的が明らかになったとき、話を終えて帰らせた。アブ・カヌの被告席からの証言は彼の主張の詳細のすべてを裏付けた。私はこの主張が真実であるという確証を得た。昼も夜も監視されていることを父は知っていた。誰と話すかには注意していたし、罠にかけられないように用心していた。独裁政権下で、たとえ、どんな政治的な会話も逮捕や拘禁に繋がる世界では、危険を冒して、敢えて見ず知らずの人と政府転覆の話をするような人はいるだろうか。それが裁判での、特別検察官のトム・ジョンソンに対する父の応えであった。そのようなことをするのは、ほとんど狂気ともいうべき無謀だった。

「彼はビジネスにより大きな関心をもっていました。そのころしていたビジネスです。覚えてます。関わりたくない、と彼は私たちに言いました」。バッシーは私に譲歩した。

法廷で、バス代として父が渡したお金は武器を買うためだった、とバッシーは主張した。バッシーはまた、7月29日の夜、父がハビブ・ランサナ・カマラの家とムレータウン墓地にいたと証言した。私はその主張を撤回してほしかったが、バッシーはこの点を議論することを嫌がった。裁判で言ったことはすべてCIDの係官が作った供述証言に書かれていたことで、暗記した通りに話した、と主張した。いまでは何も思い出せなかった。さらに、彼自身の行動の詳細について説明を求めると、モーライ・サリューと同じように話を分かりにくくさせた。さらに証言について話すことを拒んだのは、彼の罪の意識を曖昧にしようとする試みなのか、もっと腹黒い役割をすべて隠すためだったのかを知ることは不可能だった。

二人が話したことで私が受け容れたのは、二人が法廷で嘘をついた、という点だけだった。その点はすでに証明されていた。他の情報はすべて信頼に値しないと判断することができた。

私が話した被告は、誰もがムレータウン墓地の近くにいたことを否定した。誰もが陰謀などは存在せず、モーライ・サリューとバッシー・カーグボが話全体をねつ造した、と確信していた。

しかし、何かがあの夜に起きた。私には一つの記憶があった。一つだけ。同じ夜の早い時間に兵士が私たちの家に連れてこられたという、唯一の確かな情報で、私はそれに固執していた。この兵士について知る必要があった。新聞報道や公判記録から、名前がケンデカー・セセイであることは分かっていた。彼の運命が私のおじのモモドゥ・フォルナとかかわっていたことも分かった。

マケニのRUF本部は世界食糧計画の事務所ビルだったところにあった。窓はほとんどすべて壊され、価値のあるものは、ずっと以前に事務所から持ち去られていた。建物の前の広場では、ヒロハクサマメノキの陰で兵士たちが集まって壁のそばに座ったり、2、3脚あった朽ちかけた肘掛椅子に脚を広げて休んでいた。兵士はほとんどが少年か10代の若者で、アフリカの反乱軍のばらばらの制服を着て、ゴム草履にショートパンツ姿だった。戦闘服を着ている幸運な兵士もいた。欧米のスポーツ用品メーカーのロゴのついたTシャツを着ている者も上半身が裸の者もいた。首や腕には金鎖と手製の護符を付けていた。年長の少年はサングラスをかけて、誰もが武器をもっていて、どこにでもあるAK47とさまざまな種類のピストルやライフル、手斧があった。少年が弾薬帯を2重にたすき掛けして、その重みに押し潰されそうになりながら、私たちのほうに近づいてきた。

会合は数週間前から予定されていたが、イッサ大佐は不在だということが分かった。イッサ大佐の代行だと言って現れたカロンは、小柄で大きすぎる儀式用の金の肩章の付いた上着を着て、赤いベレー帽を被り、レンズの入っていない眼鏡をかけていた。私たちが乗ってきた車輛で一緒だったロジ担当官のイアンは不満で、それを隠そうとしなかった。イアンはイッサ大佐を待つつもりだった。激しい議論があった。カロンは、あきらかに気分を害して、大佐が不在のときには、すべての事柄を取り扱う権限をもっていると豪語した。続く騒々しい議論では、部屋にいたすべてのRUF幹部が大きな声で口を挟み、身ぶり手ぶりで個人的な意見を言った。

10年以上前に内戦がリベリアから国境を越えて入ってきたとき、シエラレオネ人は、自分たちの間ではあのような野蛮な振る舞いは決して起こらない、と言って慰め合った。私が知っているシエラレオネの社会では年長者への尊敬の念が強く、家族の権威が守られており、無秩序や邪悪な行いが入り込む余地がないと誰もが信じ、私もその一人だった。リベリアではアメリカナイズされたアクセントで話し、ドルを使っていたので、アフリカ的というより、むしろアメリカ的だった。あちらで起きたことがこちらで起きることは決してない、とそれが実際に起きるまで私たちは考えていた。RUFは子どもたちを誘拐して、両親の喉を掻き切ることを強制した。このような行為は単なる象徴以上のものだった。母や父を殺すのは権威を殺すことを意味した。新しく孤児になった子どもも兵士たちは、体も心も彼らを捕えた人たちのものだった。

部屋の反対側で続いていた会話に注意を戻した。気温がどんどん上がっていた。イッサ大佐を無線で呼び出し、大佐はこちらに向かっている、と部下が言ったが、まだ到着しなかった。

イアンが短い、はっきりした言葉で話した。「この会合は何日も前に設定されました。私たちはフリータウンからわざわざここまでやってきました。大勢で。するべき仕事があり、始める前に大佐と話す必要があります。いまになって、大佐はここにいない、と私たちに言っているのです。まずいですね」。イアンは体の前で手を交差する仕草をした。そして、サイモンと私を紹介するように手を広げた。「私はイギリスから二人のジャーナリストに同行してもらっています。RUFのやり方についてどんな報道がなされるでしょうか」

これは大失敗だっただけでなく、厳密に言うと正しくなかった。私は記事を書く目的でこの旅に参加しているのではなく、マグブラカに行って家族を捜すためだということを、イアンは知っていた。その後、間もなく会合は終わり、イッサ大佐が到着するまで一時的に閉会した。さしあたりマグブラカに辿り着く手段がなくなった。マグブラカまでは少なくとも車で40分の距離があり、車が故障したり襲撃されたときに備えて、少なくとも2台の車列で移動するよう厳命されていた。私たちは、何が起きるかもしれないということを考えずに駐車場に立って待った。イアンの同僚のパトリックが近くで観光をしようと誘ってくれたときには、誘いを喜んで受けた。私たちと反政府武装集団の基地の間に距離を置くことを私は強く望んでおり、口には出さなかったがパトリックも同じ意見だった。

半マイルも行かないうちに、ランドクルーザーの広帯域の無線からイアンの声が突然聞こえた。「ただちに基地に戻るように」。イアンは国連シエラレオネ・ミッション（UNAMSIL）の基地のことを言っていた。「そこで会おう。他のところには行かないように」。イアンの声は緊張し、うろたえているようだった。

私たちが基地の前に着くと、イアンが急いで車のところまで出てきた。顔は青ざめて容易ならないようだった。問題が発生していた。イッサ大佐が基地に到着し、カロンからジャーナリストが二人いることを聞かされた。大佐は赤い目をしており、酔っていた。言葉が交わされた。イアンは大佐がこれほど激怒しているのを見たことがなかった。イッサ大佐は、すべてのRUFの検問所に無線で連絡し、私たちの車輌を止め、もし写真を撮っていれば逮捕するようにという指令を伝えた。イアンは私たちの安全を危惧し、ただちにフリータウンに戻ってほしいと言った。イアンとパトリックがどうするべきかを相談している間、サイモンと私は建物の階段に座って待った。私は頭を抱えていた。ここまで来て、すぐに戻らなければならないというのは信じられなかった。イアンが私たちのところに近づいてきた。私たちの運命は兵站事情で決定されたようだった。私たちをフリータウンに連れ戻すための車輌がなかったのだ。朝までマケニに留まって、夜明けとともに出発することになった。その間に私をマグブラカの家族のところに連れて行ってくれるという。イアンはマグブラカで会合があった。家族と45分だけ一緒にいることができるのだった。

ホテル・アダムは私が子どものころからずっと放置されていて、苔で覆われた廃墟だった。マグブラカが植民地統治の中心だった最盛期には、ホテルはバウヤとフリータウンの間を鉄道で移動する人々のための宿泊施設として賑わった。ホテル・アダム以外、マグブラカの中心は驚くほど無傷だった。私は町の配置を一生懸命思い出そうとした。

マグベッセー・ストリートの方向を尋ねるために、町の中心の広場で車を止めた。運転手と私が車から身を乗り出して、コラの実を売っていた女性に近寄った。この女性は物珍しさから、マグブラカでどんな用事があるのかと尋ねた。運転手はテムネ語で、私の名前を言った。数分後には好意を寄せる人たちに取り囲まれた。物売りは品物を置いて握手をした。シャツを売っていた男性が広場の向こうにいた友人に急いで来るように声をかけた。「アミナッタ・フォルナだ。ドクター・フォルナの娘さんだ」

「モハメド・ソリエの子どもだ」

「ようこそ、ようこそ」

「ご家族とお会いになるのでしょう」

誰かが私の腕をぎゅっとつかんだ。人々が私の周りに集まった。私は混乱し、まごついたが、領いて微笑んで、人々の暖かい歓迎に元気づけられた。このようなことはまったく予期していなかった。誰も知っている人はいなかったし、覚えている顔もなかったが、彼らはみんな、一人残らず私を知っていた。誰かがマグベッセー・ストリートの方向を指差した。イアンが求めに応じて、途中で少し横道に逸れた。30分もたたないうちに、ランドクルーザーは埃と排気ガスが立ちこめる中、マグベッセー・ストリートに父が建てた家の前に止まった。ニュースはすぐに広まった。モモドゥおじさんは町の反対側で私が近くに来ていることを聞き、急いで戻ってきて、新しい紺色の長衣に着替えて、皮のサンダルを履き、ポーチに立って私たちを出迎えた。

モモドゥおじさんは以前と少しも変わらないように見えた。息子のアブドゥル、ハムディーン、アブドゥライはみんな10代の少年で、家から出てきてサイモンと私に完璧な英語で挨拶をした。私たちは正面のポーチに退いた。すぐに子どもたちや近所の人々に取り囲まれた。地元のイマームが紫のきらびやかな服装で到着し、私たちのそばに座った。私はテムネ語で短い挨拶をし、握手した。サイモンは手を伸ばして、伝統的なムスリムのやり方でイマームの右腕を抱えた。

どこから始めればいいのか分からなかった。少ししか時間がないことを心配したが、同時に、何の前触れもなく、過去についての慎重でなければならない質問を始めることは避けたかった。数分が過ぎた。私たちはふたたび挨拶を始める。ずっと座り続けた。人々がすぐに私たちへの関心をなくして立ち去ることを願ったが、私たちの周りの人の群れは小さくなるどころか、大きくなるようだった。さらに数分が過ぎたので、モモドゥおじさんに、ちょっと散歩をしないかともちかけた。パ・ロケの家は残っていて、赤いペンキが塗られ、雨戸はブルーだった。格子に美しい細工が施されていることに初めて気付いた。アブドゥルによると、家は売られて、親類ではない人が住んでいるということだった。私たちが歩いていると、20人か30人ぐらいの人の群れが付いてきて、道筋に住んでいる人が私たちを見るためで出てきた。私の肘のところにいたモモドゥおじさんのほうを向いて、「お願いだから話せないかしら」と言った。「あまり時間がないし、また戻ってくることはできないの。朝にはフリータウンに戻らなければならないから、おじさんと話したいの」

家には家具が一つもなかった。モモドゥおじさんは主寝室に私たちを案内した。ベッドの上のマットレスと、その後ろの壁は焼け焦げていて、反乱軍の仕業だとモモドゥおじさんは説明した。4年前にRUFが最初にマグブラカを侵略したときに火をつけようとしたのだと言った。寝室の洗面台やトイレ、浴槽がすべて粉々に破壊されていた。この家は父の夢の具現化であったが、これまでにこの家で過ごしたのはたった一晩ぐらいだった。

私は訪問の最後の時間を、最後の5分間を除いて、ベッドに座って会話に集中して過ごした。わずか5分で私たちは家の前に集まって写真を撮った。モモドゥと息子たちの写真を、次に笑いを浮かべずにカメラを直視するモモドゥ一人の写真を撮った。そして、モモドゥと私。後ろでイマームと集まってきた子どもたちが撮影を眺めていた。最後の写真は、もう一度、モモドゥおじさん一人で、サイモンの求めに応じて、ほんの少し微笑んだ。そして、私たちはその場を離れた。イアンが冷房の効いたランドクルーザーに私たちを押し込んだ。

私は「じゃあ、また」と言って手を振った。十人以上の声が一斉にそれに応えた。私のマグブラカへの帰郷がこんなふうになることは想像していなかった。選択肢はなかったが、何かが違うと思った。かつて、私たちがマグブラカを訪ねたときのことを思い出した。パ・ロケの相手をするだけで、のんびりとした時間を過ごした。家族の年長者に一人ずつ敬意を表し、気分を害されることを恐れて決して急がなかった。子どものころには、それが退屈だった。でも、いまでは、かつてなかったほど自分がよそ者だと感じ、外国人のようだと思った。公的機関のマークの付いた白い四輪駆動車に乗ってやってきて、1時間もその場にとどまらずにふたたび去って行った。

マケニの慈悲修道尼会の伝道所に着いたときには、夕闇が迫り、敷地の金属の門は閉じ、車輛が何台か止まっていた。慈善修道尼会はRUFの基地に近く、酔っぱらった戦闘員が伝道所を運営する年配のカトリックのビクター神父と数人の欧米の援助関係者を至近距離から狙い撃ちするという事件が何度か起きていた。金属製の折りたたみベッドに横たわって、私は断続的に眠り、狙撃された夢を見て、明るくなる前に目を覚ました。

正午までにはフリータウンに戻った。思い残すことがたくさんあったが、ブンブナの瀧が見られなかったのも、その一つだった。いまも滝があるのだろうか、と思った。かつて、水力発電プロジェクトによってなくなる恐れがあったが、戦争で計画は立ち消えになったのではないかと考えた。運転手に尋ねたが滝への道順を知らず、私たちはまっすぐに街へ戻るようにと厳命されていた。

第45章

モモドゥはパ・ロケの第4夫人のマリーの次男で、パ・ロケの6番目の息子だった。私の父のモハメドは、パ・ロケの6番目の妻で不幸な運命を負ったヤ・ンドラの2番目の男の子だった。しかし、モモドゥとモハメドの間にいた二人の兄弟が亡くなったので、家族の順位ではモハメドはモモドゥの次になった。運命のいたずらでモハメドが親元を離れて学校に行くことになり、やがて英国に行って医者になったことを除くと、二人の関係は昔のままだった。英国人の妻と三人の子どもを連れて戻るという手紙を受け取ったとき、パ・ロケは息子を歓迎する準備をしたが、モモドゥだけは家族の祝い事に無関心だった。「白人女性と結婚したからといって、子どもたちが私たちの子どもよりも偉いといって特別扱いされると思わなければいいが」とモモドゥが言うのを聞いた人がいた。

二人の関係は兄弟の友愛と対抗意識で特徴付けられた。モモドゥは仕事でフリータウンにやってきて、弟の家にしばしば滞在し、楽しむことが好きなスコットランド人の義理の妹と親しくなった。モハメドは頻繁にモモドゥに相談し、大切な問題についてはまず、兄たち全員に諮らずに決めることはなかった。モハメドが財務大臣だったときには、失望やシアカ・スティーブンスに対する不信感が高まっていることや国について抱いている恐れについて、モモドゥに話した。モモドゥは、政府の仕事を辞めるというモハメドの決心に反対で、内部から政府の行き過ぎた行為と闘うほうが弟にとって有利だと信じていた。UDPの全盛期には、モハメドが兄に相談することは少なくなった。UDPが地方で活動するようになると、モモドゥはマグブラカで弟と対峙し、家で待っている兄弟たちと相談するためにモハメドに同行すると言い張った。モハメドはそれを断った。ちょうど、その夜にモハメドはマケニで逮捕され、パデンバ・ロード刑務所で拘禁された。モモドゥはUDPにかかわったことはなかったが、マファンタで投獄され、3年後に釈放されたのは、弟が釈放されるたった1カ月前だった。

二人の息子が釈放されたとき、パ・ロケはモハメドに「おまえの敵は、たった一度しか取り逃がさないだろう」と忠告した。スティーブンスが支配するシエラレオネでは陰謀と小細工が広く使われるようになっていた。6カ月もすると、APC内部の敵がモハメドの命を狙っているという噂が広まった。モモドゥは弟に忠告し、モハメドはすぐにヨーロッパへ発った。モモドゥはモハメドがシエラレオネの政治から距離を置いていると思ったが、モハメドの留守中に、彼が政府に対して陰謀を企てているという噂のキャンペーンが始まった。モハメドは噂を片付けるために旅行を早く切り上げて飛行機で戻った。

モモドゥとモハメドは一緒に米の取引をしていたが、それでも二人が会う機会はほとんどなかった。モハメドが7月30日に逮捕されたとき、モモドゥはマグブラカにいた。逮捕の報が届くまでに数日かかった。情報が届くや否や、モモドゥは直接、フリータウンに出向いた。サムエルズ・レーンに行く途中で、スティーブンという名の兵士に呼び止められた。モモドゥはこの男に見憶えがなかったが、モハメドが怪我の手当てをしてマグブラカの病院に送り込んだ兵士がどこにいるかを話したので、耳を傾けた。兵士はアブ・カヌの名前を挙げた。怪我をした兵士を内陸部に運び、マグブラカのドクター・オサヨという人物のところに届へたのがアブ・カヌだと言った。

マグブラカ病院のロシア人の病理学者は、ケンデカー・セセイが彼のところに連れてこられたときには瀕死の状態だったと言った。手の傷が深く、敗血症を発症し、毒が血流に入り、皮膚がじっとりして、全身が発疹で覆われていた。治療ができる段階を越えていて、内臓はすでに細菌に侵され、次々と機能を停止し始めていた。医者は手を切断することを勧めた。ケンデカー・セセイはそれを拒んだ。医者たちは彼を説得しようとはしなかった。どの道、命を助けることはできないと思われた。次に私がインタビューしたのは、ログボンコの家の裏の川で発見されたセセイの検死をした医者だったが、犯罪の証拠はなかったと言った。ケンデカー・セセイの肺には水が入っていなかったので、溺死ではなかった。病理学者は、セセイが医者かもしれない誰かによって殺害されたという証拠を提出するようにという強い圧力を政府からかけられたが、調査からは何も発見できなかった。ケンデカー・セセイが手の傷が原因で亡くなったのはほぼ確かだった。

遺体を捨てたのはモモドゥだった。死体を4×9インチのブロックと一緒に米袋に入れて村の境界の先まで運んでロザナ川に投棄した。雨期で狭い水路の流れは急だった。袋は視界から消えた。フリータウンに戻って、モモドゥは、ポートロコ出身の元UDPメンバーで、弟のかつての腹心で仕事仲間だったイブラヒム・オートールにだけこの件を話した。モモドゥは知らなかったが、イブラヒムは情報をS・I・コロマに伝えた。モモドゥはコノへ逃げた。CIDはモモドゥの妻を捕えて夫が隠れているところに連れて行かせた。CIDの係官はモモドゥの妻の頭に巻く布をランドローバーのアンテナにバナーとして結んで、モモドゥをログボンコへ連れ戻すために意気揚々とコノに入った。警察のダイバーが兵士の遺体の入った袋を水の中から引き上げた。モモドゥは鎖で繋がれ、足枷をされて、川から引き揚げられた水が滴り落ちる包みをもって村の道を歩かされた。

フリータウンで、モモドゥは死体置き場の、ケンデカー・セセイが横たわる台のそばに立った。冷たい水が遺体の保存状態をよくしていた。台の反対側にはモハメドと逮捕されたほかの男たちがいた。モハメドの前で、モモドゥは遺体を正式に確認させられ、遺体を投棄したときに果たした役割を告白させられた。弟の顔に現れたショックと疑惑を見た。それが終わると、モハメドはバンベイ・カマラの前で最初の正式な供述をするために連れ去られた。

10歳のときに、怪我をした男の手当てをする父を私が助けた。これがその男の運命だった、とモモドゥおじさんは詳しく語ってくれた。モモドゥおじさんは話し終え、少しの間、黙っていた。「最終的には、これが評決の理由の一つだった」と結論付けた。裁判で検察がカマラ・テイラーの家にダイナマイトを投げ込んだ兵士はケンデカー・セセイだったと主張したが、それ以外では、事件全体の中でセセイは奇妙なほど取るに足りない役割に格下げされていた。トム・ジョンソンが父の反対尋問をしたときには、ケンデカー・セセイのことはほとんど尋ねなかった。モモドゥの関与について一つか二つ質問したが、父には答えることができなかった。それだけだった。

モモドゥおじさんは、さらに少しの間、話した。1964年の出来事についてだった。

「モハメドは私たちに会うために電車でマグブラカに来た。電車の中で友だちに会ったが、兄である私だけと話そうとした。弟は政治にかかわりたいと言っていた。『おまえはまだ子どもだから、早すぎる』と諭した。すると弟は、必要はあまりにも大きく、時間が足りない、と応えた。30歳までに責任ある地位に就きたいと思っていた」「弟は勇敢だった。何も恐れていなかった。幼い子どもだったころには、みんなと違ったところはなかった。素直で礼儀正しかった。1974年に、命の危険が迫っている、と忠告したが、気にしていないようだった」

「どうして気にしないでいることができたのでしょう」と私は尋ねた。

モモドゥは肩をすくめて説明した。「私を信じていないようだった。あまりにも長い間、英国にいたからかもしれないと思った。この国とそのやり方がすでに分からなくなっていたのだ」

私は、ケンデカー・セセイの不可解な事件について、長い間、考えを巡らせた。事件全体の前触れの中で、兵士の死だけが実際に起きた悲劇だった。アブ・カヌがケンデカー・セセイをマグブラカに運んだとモモドゥに言った、謎のスティーブンは誰だったのだろうか。それは決してあり得ないことだった。アブ・カヌは翌日早くに逮捕されたので、マグブラカに行って、フリータウンに戻ってくることはできなかった。フリータウンからマグブラカまでの道路が舗装されている、25年が過ぎた今日でさえ、短時間での移動はむずかしいのに、当時では不可能だった。ケンデカー・セセイがマグブラカ病院に着いたときの状態から察すると、はじめはどこかに隠されていて、病院に行ったときには敗血症で瀕死の状態だったのだろう。

父をあの夜の出来事と結びつける唯一の接点がケンデカーだった。父はどこに行くときも尾行され、すべての活動が記録され、報告されていた。私たちの家はナンシー・スティールの家の窓から24時間、監視されていた。父が怪我をした兵士の治療をしたことが当局に知られていなかったとは、とても信じられなかった。

いまとなっては、あまりにも明白なことだと思われる。かつては情報に圧倒され、物質的な事実と無関係な事柄を選り分け、対立と矛盾の意味を理解しようと努め、誰の主張が信用でき、誰が嘘をついているのかを知ろうと必死になっていた。後になって紛れもなく自明のことのように見える事柄を理解するのに途方もない時間がかかった。父に対する検察側の主張は、真夜中にムレータウンの墓地に父がいて、そこに集まっていた男たちに指示を与え、閣僚たちの家を襲撃するために彼らを送りだしたのを見た、と断言した四人の証人が示した証拠に、ほとんどすべて依拠していた。怪我をしたケンデカー・セセイを父が治療したのを知っていたことを認めると、あの夜に父は別の場所にいたことになった。怪我をした人の治療をすることは国家反逆罪になるような行為ではなかった。当局が望んでいたような評決と判決を得るためには、父を事件の中心に置き、当局が主張するような犯罪の中核にすることが必要だった。

第46章

私たちは、ヘイスティングズ空港で大勢の搭乗者と空港のゲートが開くのを待った。パスポートと航空券、そして、国を離れるすべての旅行者に義務付けられている警察の出国許可書を手にもっていた。ヘイスティングズからルンギまで小型の八人乗りの飛行機で移動し、ルンギでウエストコースト航空のバンジュール行きに乗り換える。バンジュールでは1泊の待ち時間があり、ロンドン行きに乗り継ぐ。

最後の48時間は霞みがかかったように過ぎた。二日続けて朝、モーライが家に来なかった。始めはマグブラカに行って留守になる日を勘違いしたせいだと思った。旅行を早く切り上げて帰ってくることをモーライが知るはずがなかった。だから、月曜の朝には来ると思っていた。

月曜日の朝、紅茶をもってベランダに出ると、モーライの妻のサラが一人でバルコニーに座っているのが見えた。サラが訪ねてくるときには必ず四人の子どもを連れていたので、私は驚いた。モーライは裏で家族の誰かと一緒にいるのだろうと思った。私は元気に挨拶をしたが、サラの表情が奇妙なほど虚ろだった。私の挨拶に応えるや否や、「アミナッタ、自分が死にそうだということをあなたに伝えてほしい、とモーライに言われて来ました」と言った。そして、静かに泣いた。一体全体、何を言っているのか、と尋ねた。

私たちがマグブラカに行っている間に、ずっと悪かったモーライの脚の状態が悪化した。医者が処方した痛み止めと抗炎症薬が効かなかったので、モーライは伝統医学を信じることにした。治療師は患部に貼る薬草のシップを処方したが効き目はなかった。モーライは歩くことも、苦しまずに座ることも、横になることもできなくなった。痛みのために食欲がなくなり、夜には激痛のために唸る声をサラは聞いていた。あの日曜日の朝、モーライは熱で目を覚ました。呼吸は浅く、動くことができず、話すことさえ容易でなかった。サラは夫を残して出掛けたくなかったが、町の反対側まで2時間半をかけて、私のところに行って助けを求めてくれ、とモーライから懇願された。

このような国では、命はほんとうに壊れやすい。モーライは多くを耐えて生き延びてきた。そして、最後にはありふれた感染症で倒れた。月曜日の早朝に、サイモンとドゥラがモーライの家に行って、車で医者に連れて行った。医者はモーライを見るなり病院に電話をした。腰の関節がひどく炎症を起こしており、毒素が溜まり、体全体に広がっていた。

コノート病院の細長い病棟のモーライのベッドのそばに座っていた。モーライは横向きになって脚を体の下に折り曲げた、ぎこちない姿勢でベッドに横たわっていた。目を開けて、最初に発したのは謝りの言葉だった。「すみません、アミナッタ。こんなにご迷惑をおかけして申し訳ありません」。モーライは疲れ果てているようで、目は黄色く、窪んで、目の周りには大きな黒いクマができていた。サラが、モーライは死ぬかもしれないと言ったとき、モーライは死にそうに感じていると言ったのだと思った。実際、腰が痛いからと言って死ぬ人があるだろうか。だが、モーライがどれほど死に近づいていたかに気が付いた。モーライの手を握った。私には歴史が繰り返すという不気味な感覚があった。敗血症で亡くなったケンデカー・セセイの不幸な運命について考えた。ケンデカーの怪我はもっと重症だった。最後には手の傷に蛆(うじ)がいっぱいいたと聞いた。それでも、西洋の国なら、あるいは速やかに適切な治療ができていれば、ケンデカー・セセイの命は助かっただろう。

コノート病院は、かつては病人が健康を取り戻すのにいい場所だった。植民地の病院の手本だった。しかし、いまは大多数の患者にとって、コノートは死ぬ場所になってしまっている。

モーライの治療について医師と話すため、ヤボメとサイモン、そして私の三人で医者の診療室の外で待っていると、足のところでヤモリの死体に多数のアリが集まって眼を貪り食い始めた。椅子はなかった。壁から離れて立っていたが、時間の経過とともに、不承不承、壁に寄りかかった。家族と思われる人々が階段に現れ、ゆっくりと私たちのほうに降りてきた。若い男性が二人で年配の男性を支えていた。年配の男性は裾の長い白い上着を着ていて、自分の脚ではほとんど立つことができないようだった。つらそうに少しずつ廊下を私たちのほうに近づいてきた。全員が横に並んだとき、若い男性の一人に代わって姉妹が祖父の肘を支え、男性は反対側の医者のドアをノックした。

数分後にドアが開き、医者が家族をしげしげと見て、「下で待つように」と言って、部屋の中に戻った。受付で2階に行くようにと言われた、と若い男性は説明した。医者はきっぱりと頭を振って「いや。受付はここに来るようにと言うべきではなかったのだ。下で待ちなさい」と言ってドアを閉じた。みんなで階段を引き返していくのを私は見ていた。

病院の薬局に並んだ木の棚は空っぽだった。医者からもらった薬と装具のリストを薬剤師に渡すと、それをじっと見て鼻で笑い、近くにあるレバノン人の薬剤師が経営する店に行くことを勧めた。病院に戻ったころには一日が終わろうとしていた。サラは仕事の帰りに警察官の制服を着たままやってきた。息子たちと小さな娘を連れていた。モーライのベッドのそばで床に眠るつもりだった。私はガーゼと針、点滴用の管、包帯をサラに手渡した。薬は医者に預けた。夜に患者たちの間で盗みが頻発しているので、他のものは鍵をかけて保管するよう医者は忠告した。費用は30ポンドだった。サラの月給は、たったいま抗生物質と医療用具のために支払った額のほんの一部に過ぎなかった。

モーライに別れを告げた。朝には出国する予定だった。モーライは何度も謝ったが、謝るべきなのは私のほうだと思った。これまでの数週間、モーライがどれほど痛みに耐えていたかに気付かなかった自分を叱りつけた。私は視野狭窄になっていて、自分自身の目的だけに執着して、ほかのことに関心をもたなかった。毎日、どんな新しい情報を手に入れたかと、次の目的がどこにあるのかだけを考えて前に進んだ。具合が悪いことをモーライが私に伝えようとしたとき、聞こうとしなかった。モーライはやがて私に分からせようとしなくなった。私たちが話していると、看護師が立ち上がって見舞客を帰らせようとした。私はモーライの額にキスをし、サイモンは握手をした。モーライは体力を使い果たしたようだった。私たちはゆっくりベッドから離れた。

ヘイスティングズには、まだ空港職員の姿がなかった。空港の建物の中には誰もいなかったが、私たちの周りにいる人の数が増え、若い大道芸人が仕事を始めた。

次の曲芸師が前に進み出た。60歳ぐらいの男性で、膝丈に切った大きすぎるキャンバス地のズボンを腰のところで紐で縛っていた。小さな口髭をたくわえ、頭の上にはほとんど真っ白の髪が一筋あった。地面にブルーのビニール・シートを広げ、小さく積み上げた米、水の入った容器、コップ、金属の皿が小道具として並べられた。曲芸師は姿勢を正して、次の瞬間には逆立ちをし、脚を高く上げてから着地した。次に大股開きをした。私は息をのんだ。皿に米を載せて片手でもって宙返りをした。次に水の入ったコップをもって、とても早く宙返りをしたのでコップは大回転したが一滴の水もこぼれなかった。それは、かつて私がとてもよく知っていた技だった。

6歳の誕生日だと小さな女の子が信じていたその日、パーティで余興をしてくれたムサだった。ムサにあの日のことを思い出してもらおうとした。それは、あの数週間、とくに最後の2日間に起きたことによる感傷だったのかもしれなかった。突然、ムサが思い出してくれることがとても重要になった。過去についての決定的な証人に出くわしたように感じた。年老いた曲芸師は微笑んで、私に向かって頷いた。30年前、閣僚の公邸でのあの日のことを説明しようとした。彼は微笑んで、私を見抜いて調子を合わせた。しばらくして曲芸師は立ち去った。そこで彼を見たことだけで十分だった。

入口が開き、大勢の人と一緒に中に入った。ヤボメに別れの挨拶をする時間がほとんどなかった。出国審査所で、若い女性と同僚の二人の男性が粗末な木の机のところに座っている前に立った。私たちは書類を手渡した。若い女性はパスポートの中をじっと見て、不機嫌そうな表情になった。「フォルナ」。声の調子がぶっきらぼうだった。

「はい」と私は応えて待った。

「どんな用事でシエラレオネに来たの」。家族を訪問するためだと応えた。女性は眉を吊り上げた。隣に座っていた50代の男性が私のパスポートを見て、「どちらのフォルナさんですか」と尋ねた。よくあるパターンだったので慣れてしまっていた。

「モハメド・ソリエ」。はっきりと言った。「ドクター・モハメド・ソリエ・フォルナ」。女性係官の表情は変わらなかった。明らかに名前は何の意味ももっていなかった。次の質問をするために口を開けたところ、同僚が肘で突いたので口を閉じた。「1975年」と言って彼は私を見たので、そうですという意味で頷いた。彼はサイモンのパスポートを見て、同僚の手から私のパスポートを取り上げて、「どうぞ、お通りください。書類を持って行かせますから」と言った。机の前を離れ、人の群れを通って、待合所に行った。

椅子に腰かけた。座って滑走路のそばの壁のない建物から外を眺め、湿気を帯びた滑走路が太陽に熱せられて湯気が立ち上るのを見ていた。以前、兄と姉と私がラムレー海岸から家にタクシーで帰ったときのことを思い出した。マムは仕事に行っており、私たちを迎えにくることができる人がいなかった。家に帰る途中、運転手がおしゃべりを始め、同じ質問をした。父の名前を言うと、振り向いて、危険なほど道路から目を逸らした。運転手の顔に驚きの表情が現れたのを覚えている。濡れたタオルとシュノーケルをもった私たちを家の門のところで降ろすと、料金を受け取らなかった。

1時間後に小型飛行機が着陸し、滑走路をゆっくり走行して止まった。そのころまでには、最後の乗客もチェック・インし、検疫と出国手続きを終えていた。出国審査所にいた女性がやってきて、私と並んで座った。出国許可のスタンプを押したばかりの私たちのパスポートを手渡し、ロシア人のパイロットが飛行機のコックピットから降りて空港の建物のほうに歩いて行くのを眺めていた。私が持ち込み荷物と悪戦苦闘していると、バッグを一つもってくれ、搭乗を待つ列の最後尾まで一緒に行ってくれた。そして、握手をして立ち去った。

第47章

作業の進展が止まった。2000年12月、クリスマスのために故郷へ帰る人々で満席のガーナ航空の便でシエラレオネに戻った。夜の便でアクラに着き、12時間も遅れた乗り継ぎの便を待った。私たちをフリータウンまで運んでくれるはずだった飛行機が前の週に滑走路に胴体着陸したのだった。ガーナ航空には私たちが乗ってきた飛行機しか残っておらず、アビジャンで4日間も足止めをくっていた搭乗客を迎えに行った。その飛行機が戻ってくればフリータウンに向かうということだった。

夕方の6時に私たちは搭乗した。座席番号の付いた搭乗券をもって滑走路で待っていると、空気は意外なほど涼しかった。1時間後に飛行機はアビジャンに着き、地上勤務要員が貨物室を開けて降りる客のスーツケースを取り出している間、3時間以上、機内で待たされた。フリータウンでは外出禁止の時間が迫っており、着陸できずに舞い戻らなければならなくなる恐れがあったため、機内は緊張した雰囲気だった。11時以降はルンギの航空管制官は着陸許可を出すことができない。

近くにいた客室乗務員に事情を説明した。洗練された様子で理解を示した。「できるだけのことはしているのです。間もなく離陸できるでしょう」。愛想よく微笑んで客室の扉のところの位置に付いた。私は同じ客室乗務員のところに行って同じ説明を繰り返した。伝言を機長に届けてほしいと頼んだが彼女は動こうとしなかった。私は席に戻った。数分後にはイライラした気持ちを抑えることができなくて、ファースト・クラスの客室を通り抜けて機長を捜しに行った。機長がコックピットの扉にもたれて立っているのを見つけた。怒った乗客が機長の周りを取り囲んで、次の目的地であるモンロビアを通過して、まっすぐフリータウンに飛ぶよう説得していた。驚いたことには、機長は同意して機内アナウンスをした。私たちは安心した。それにもかかわらず、機長はモンロビアに飛んだ。

アクラに戻るのもやむを得ないと考えた2時間後に飛行機はルンギに着陸した。空港の上級職員が飛行機の無線を使って、規則を無視して滑走路に照明灯を点けておくよう空港当局の注意を促した。30時間の旅を終えて午前1時に入国審査所を通過した。その夜は空港のVIPラウンジの古いソファで眠った。人々は手荷物を枕にして椅子や床に横になった。水道の水が出なかったのでトイレは閉鎖されていた。滑走路に面した背の高い窓には天井から床までを覆う分厚いベルベットのカーテンが掛っていた。毛足の長い絨毯はもつれてシミが目立った。壊れたクーラーはガタガタ、ゼーゼーと音を立てていた。室内装飾は、私が6歳のときにシエラレオネを脱出して3年間の亡命生活に入るために同じVIPルームに隠れていたときと変わっていなかった。

私たちは不運な到着以来、いわゆるクーデター未遂事件にかかわったとして軍法会議に掛けられたメンデの兵士を一人ずつ探す努力を続けた。全部で九人だった。そのうちの五人はすでに亡くなっていた。刑務所から釈放された時点で三人は南部のケネマで警備職員としての仕事を見つけた。二人はシエラ・ルチル鉱山で、三人目はトンゴ・フィールズのダイヤモンド鉱山で。私は鉱山省に行って三人の雇用履歴を調べ、ケネマに行くことができるかどうかを確かめた。鉱山は1992年に反政府武装勢力に侵略されていた。職員の多くは人質に取られ、それ以外は逃げるか殺されるかした。ダイヤモンド鉱山はRUFが支配しており、いわゆるブラッド・ダイヤモンドを売って武器を買っていた。残りの一人の行方については何も分からなかった。可能性としては亡くなっているか、戦争の深淵に、そして、RUFとカマジョーの戦いに引きずり込まれているかだった。

謎のスティーブンについては、その名字さえ見つけられないでいた。血縁関係が非常に重要な意味をもつ国で、彼の匿名性には何か奇妙な、奇怪ともいえるようなところがあった。彼は想像上の人物のように見え、ほんとうに存在したのかどうかを疑い始めた。モモドゥおじさんも何も知らず、スティーブンは北部に戻って反乱軍に加わっているのかもしれない、とあてずっぽうを言った。

モーライは約3カ月の入院の後、6月にコノート病院を退院した。入院している間中、私はヤボメを通して連絡を取り、非衛生的な環境で二次感染して別の病気で亡くなるのではないかと心配した。関節から貯留液を取り除き、感染の原因になったと思われる小さい金属を取り除いた。モーライは、少し片足を引きずって歩くが、それ以外はまったく元通りの体になった。

モーライと一緒に、さらに手掛かりを探すことにした。次はアリマミー・バカールという名の元漁師で路上で暮らしていた少年を見つけることだった。彼が提示した証拠には父についての言及はなかったが、アリマミーは裁判で注目された。カマラ・テイラーの家にダイナマイトを投げ込んだのはアリマミーだったという噂があり、この情報は被告たちから出たものだった。アリマミー・バカール、モーライ・サリュー、バッシー・カーグボは三人とも、S・I・カマラの選挙区のポートロコの同じ地域の出身者だった。

金を出せばアリマミー・バカールの居場所を突き止める、とバッシー・カーグボは約束した。カーグボによると、アリマミーは何年もウォータールーに住んでいたが、フリータウンに引っ越し、木挽き穴として知られる港の近くのスラムに住んでいるということだった。私たちは二度、待ち合わせをしたが、二度ともバッシー・カーグボが一人で約束の場所に現れた。次の会合を設定すると約束する前に二度とも追加の金を要求した。バッシー・カーグボがほんとうのことを言っているのかどうかを私が疑い始めたので、モーライがバッシー・カーグボに付いて木挽き穴に行ってアリマミーを見つけ出すと言った。私も一緒に行きたかったが、あまりにも危険な場所で、私が行くと人々の注目を集めると言って、モーライは断固として思い止まらせ、一人のほうがうまくいくと言った。

アリマミー・バカールの下宿は麻薬常習者の貯まり場だった。モーライの説明では、2階の部屋に人が横になって人前で薬物を注射し、大麻やヘロインを吸っていた。モーライは嫌悪感を隠すことができなかった。アリマミー・バカールは重い金の鎖を巻き付けて現れた。初めはモーライと話すことに同意した。しかし、モーライが訪れるたびに違った言い訳をし、一度はモーライが雑記帳と私が用意した質問のリストをもって部屋の前の壁のところに座っていると、裏から逃げ出した。

ある日の午後、私は精神的な疲れから怠惰になり、国と自分に課した仕事に対する多くの欲求不満を数え挙げながらベッドに横になっていた。ここまで来るのに何カ月もかかり、その過程の一つひとつの段階で何らかの強大で無言の抵抗に立ち向かっているように感じた。どのような事実も、一つの情報も、決して自主的に提供されたものではなく、毎日、5、6回電話をかけ、私に話してくれる人があればインタビューするために出掛けたが、いつもより多くの情報を必要としている自分がいた。尋ねなかった質問や、相手が提供することを考えつかなかったり、提供しようと思わなかった詳細を追い求めていた。本心を隠す理由がなかった人の場合も、理由があった人の場合も同じだ。暑い部屋に横になって天井を見つめて、私がこれまでに決してしなかったことをした。憂鬱な考えが次々と大きくなり、私の怒りが父に向けられるにまかせた。父はなぜ、いわゆる友人たちを、たとえ許すことのできない敵であっても、あれほど信用したのだろうか。私は繰り返し自問した。父はなぜ忠告を無視したのだろうか、なぜ危険が目の前まで近づくのを許したのだろうか。

「廃墟と化した国に彼らを残しておけ。荒廃や幽霊、蠅、母のない子らに囲まれて」と私は赤インクでノートに記した。英国に戻るのは安らぎだった。なぜ父には彼らを信用することができたのだろう。ほんとうに。どうして、いつも。自分を激怒させる事柄をすべて書き出した。「運命論。不誠実」。ペン先に重くのしかかるようにして書いたため、言葉が攻撃的に見えた。「良心がない。個人の責任がない。いったい、誰が説明責任を気にするのか」。反対のページには「彼らは神が全員を罰したと言った。だが周りを見てみるがいい。周りを見るのだ。神の処罰はまだ終わっていない」

自分の気持ちを隠さなかったので、ヤボメには私の挫折感が分かっていたに違いない。次の日の午後、街で用事を済ませて家に戻る途中で、幹線道路を外れてコンゴ・クロスで短い脇道に入るよう、ヤボメは運転手のドゥラに言った。家が二軒建ち、野外に丸い座るところのある敷地に入って行った。何かが懐かしい感じだった。ずっと昔、ここに来たことがあった。

　1974年に父が逮捕されたときCID長官だったフランク・ジャロの家だった。私たちは広々とした玄関ホールに置かれた古いベロアのソファに座って待った。程なくフランク・ジャロが現れた。背が低く肉付きのいい体型で、肌の色が黒く猪首で、木綿の襟なしシャツを着ていた。ヤボメとサイモンと私の三人はソファに座り、フランク・ジャロは向かい側の大きな椅子に座った。

　ヤボメは母方のどこかでフランク・ジャロと繋がっていたことが分かった。シエラレオネではよくあることだ。ヤボメは伝統的な挨拶をし、冷たい飲み物をもってこさせるというのを断って、来訪の理由を話し始めた。ヤボメは私がしていることを説明して、私と話してほしいと頼んだ。

　フランク・ジャロは、ヤボメをじっと見たが、同意しているわけでも難色を示しているのでもなかった。静かで無表情だった。まず、父が逮捕されてCIDに連行された夜についての説明から始めた。「彼らはそこにいました。CIDに座っていたのです。フォルナとタキです。私のオフィスに座っていました。私が出勤したときには、二人は逮捕されていました」

　ジャロがすぐに始めたいと思っているのかどうかが、私には分からなかった。質問をしたが何を尋ねたかを正確に思い出すことはできない。

「彼らは私の執務室にいました。二人がです。そこで二人を待たせました」。ジャロは後を続けなかった。その代わり、同じことを二度、三度と繰り返した。

　ヤボメはソファの端に座って礼儀正しく待った。さらに数分が過ぎ、ヤボメは徐々に緊張を緩めた。「はい。何か覚えているでしょう。ずいぶん昔の話ですが思い出してみてもらえないでしょうか。

アミナッタが知りたいことについて尋ねますから。例えば、明日はどうでしょう。10時ではいかがですか」。私はバッグの中を引っ掻きまわしてノートを取り出して、急いで予定を書き込んだ。「この問題が始まったとき、二人は私のオフィスに座っていました。彼らがそこにいるのを見ました。二人ともです。フォルナとタキ」。ジャロは同じ表現を繰り返した。私たちは握手をして辞した。

次の朝、フランク・ジャロに向き合った。このときは外のポーチに座った。彼は首の周りに刺繍を施した淡いブルーの長衣を着ていた。短波放送のラジオを触っていた。飲み物は勧めなかった。私は座ってノートを取り出した。このときは直感的にそれが間違いだと感じたので、テープレコーダーをもってこなかった。彼の意欲をなくさせるようなことは何もしたくなかったからだった。

「ところで、何が知りたいのですか」。脇にあった金属製の壊れたテーブルにラジオを置いた。「7月29日の夜の出来事を知りたいのです。カマラ・テイラーの家がダイナマイトで攻撃された夜です」。つまるところは、この点だった。あの夜に起こらなかったことについて、私は知っていた。もし何かが実際に起きていたのであれば、私はそれを知らなかった。

沈黙が続いた。フランク・ジャロはラジオを持ち上げて、チューナーを調節し始め、ラジオをかけないで下に置いた。「私がCIDに着いたときには、彼らはすでにそこにいました。タキとフォルナです。二人を知っていました。『ここで何をしているのですか』と尋ねると、『ここに連れてこられたのです』と答えました。二人は逮捕されたのでした」。ジャロが話す言葉を書き留めた。「私は執務室に行って、彼らを連れてくるようにと言いました。すると、『なぜ、こんなところにいるのか分かりません』と彼らは言いました」

「二人はすでにそこにいました。ＣＩＤに」。ジャロは、昨日、私に話したことを繰り返した。彼はその話を続け、私は黙って聞き、彼には独自のペースで話させ、急がせたいとは思わなかった。しかし、20分が過ぎても、ノートにはほとんど新しい言葉を書いていないことに気付いた。ＣＩＤの日報で確認したが、逮捕のことは書いてなかった、とジャロは言った。警察長官に電話で問い合わせたが何も教えてくれなかった、とジャロは続けた。その言葉を書き、時間の経過とともに私の忍耐力が小さくなるのを感じた。ジャロは同じところに留まり、私は残った平静さにしがみついていた。ジャロはまたラジオを手に取った。私は無言のときが長くなるのに任せた。

「それから何があったのですか」。私はとうとう尋ねた。

「分かりません。すでに彼らはそこにいたのです。その後、私はコノに異動になったのです」。私は耳にしていることがほとんど信じられなかった。それだけだったのだろうか。私が来たのは、それを知るためだったのだろうか。

「でも、何かはご存じでしょう。事件に関する事実を」

「どうして、それが分かるのですか」と彼はわざと愚鈍なように振る舞った。ラジオを手に取った。指は短くて太く、手のひらと甲は滑らかでふくよかだった。

「あなたはＣＩＤのトップでした。コノに異動する前に何かを発見していたはずです。何でもご存じのことを教えていただけませんか」

「どうして私に尋ねるのです」

私は眉をひそめた。いったい何を言っているのだ。これは何かの冗談だろうか。

ジャロの後ろの扉のところに若い女性が現れた。腰巻き布を整えて、腕を胸のところで組み、ジャロが私の質問をはぐらかそうとするのを聞いていた。私が話させようとし、彼がそれを阻止しようとした。彼女がかすかに微笑んだのに気付いた。数分後に、ふたたび彼女を見ると、あからさまに冷ややかな笑いを浮かべていた。私は完全に途方に暮れた。どうしてこんな扱いをされるのかがまったく分からなかった。このような状態になるまでに、すでに40分は十分に過ぎていた。

「では、なぜ私に来るようにとおっしゃったのですか。どうして、私と会うことに同意されたのですか」。私は答えを要求した。怒りが声に出て、どうしても感情を隠すことができなかった。この社会で社会的に年長で高齢の男性に敢えて挑戦しているのだから、私はあらゆる慣習を破っていることが分かっていた。私はすべてを台無しにしようとしていたが自制することができなかった。その瞬間に落ちていくように解放され、私の最後に残った自制心を失うのを感じた。

「ここに来たいと言ったのは、あなただったのですよ」とジャロは冷静に応えた。女性がばかにしたように笑うのが聞こえた。

ジャロの言葉を聞いて、私はいきなり立ち上がった。「そんなに面白いの。これがそんなに面白いの」と彼女に答えを迫った。返事はなかった。「あなたは愉快だと思うのかもしれないけど、私にはそうじゃないわ。まったく違う。これは私の父のことで、私の家族のことを話しているのよ。そして、あなたは私がここに座って時間を無駄にしているのを見て面白いと思っている」。彼女の顔から笑いが消えるまで、私は満足して怒りをすべて彼女にぶつけた。ショックと頼りなさが混じった表情で彼女は私を見た。フランク・ジャロは黙って、じっと座っていた。私は後ろにあった椅子を手探りで引き寄せて座った。女性は家の中に消えた。それだけでジャロは私に帰ってくれと言うに違いないと思った。最後の挑戦を試みた。自分の手の中にあるカードを見せることにした。「ケンデカー・セセイがあの夜、我が家に連れてこられたのをご存じでしたか」

フランク・ジャロは顔を上げて私を直視した。目は小さく、黒く、瞼が折り重なって垂れ下がっていた。私が勝った。ジャロの関心を引き付けた。初めてちゃんと私を見た。ゆっくりと頷き、まだ私を見ていた。ゲームは終わった。そうだ。CIDは知っていたのだ。「はい」とジャロは答えた。

インタビューの流れが変わったところで、ノートに横線を引いた。

7月29日の夜、より正確には30日の早朝に、フランク・ジャロは警察長官に起こされた。クーデター未遂事件があり、ジャロの次席のバンベイ・カマラが捜査を始めているというのだ。フランク・ジャロはすぐにバンベイ・カマラの自宅に電話をして、事件について、なぜ直ちに知らせなかったのかを尋ねた。何と言ってもジャロがCIDの最高責任者だった。バンベイは手抜かりを詫びただけだった。次の朝、執務室に向かう途中で、フランク・ジャロは同じように執務室に向かう次席と会った。バンベイがすでに犯罪の現場を検分し、証拠を収集していることを知った。

「カマラ・テイラーがまず、バンベイに電話をした。私ではなく、私の次席にだよ。バンベイは政治家たちと極めて親しい間柄だった。警察長官に指示を出したのはバンベイだった。私には相談なしに」。最後の言葉でフランク・ジャロの声は単調な爪弾きの音から変わることはなかったが、瞬間的に怒りで高くなった。ジャロは次席との関係を説明した。バンベイは定期的に大統領府を訪れ、スティーブンスとS・I・カマラのお気に入りとして知られていた、とジャロは言った。大統領か副大統領が用事でCIDに電話をかけるときには、まずバンベイと話し、その後でフランク・ジャロと話した。やがてフランク・ジャロの頭越しに、バンベイに直接命令が出されるようになった。1974年までには状況全体がフランク・ジャロを非常に悩ませるようになっていた。

30日の午後、フランク・ジャロは、取り敢えず、自分でカマラ・テイラーの家に行くことにした。ダイナマイトのサンプルを収集し、現場を見る限り、爆発は主寝室にとても近いところで起きており、寝室で眠っていた人が怪我をせずに逃げ出すことは不可能だと思われた、とジャロは言った。ずっと後になって、カマラ・テイラーが家にいたと主張していると聞いて、ジャロは、カマラ・テイラーと家族は事件が起きる前に襲撃のことを知っていたに違いない、という独自の結論に達した。

その日に採取したダイナマイトのサンプルは、デルコという製造業者が独占販売している種類と同じだった。デルコはルンサーを拠点にしていた。フランク・ジャロは自分で工場に出掛けて行って支配人と話した。ダイナマイトが七人の兵士に売られていたことを知った。当時、無断欠勤していたケンデカー・セセイを支配人は特定し、彼が七人の中にいたことを認めた。フランク・ジャロは、29日の夜にムレータウンの兵舎にいた兵士のうちの何人かからも話を聞いた。そして、ケンデカー・セセイが29日の夕方の早い時間に、ダイナマイトを手にもって内密の実演をしていて怪我をしたことを知った。ケンデカーは、タクシーでマグブラカ病院に運ばれるまで、フリータウンのどこかに隠れていた。運転手はヤンバ・カマラだった。タクシーは未確認の誰かによって雇われていた。マグブラカで手掛かりが途絶えた。ケンデカーが病院に辿り着いて数日後の夜に病棟のベッドから謎のように姿を消したことを、フランク・ジャロは突き止めた。

陸軍の大規模捜査では無数の逮捕と尋問が行われた。フランク・ジャロが司令官の許可を得て大多数の逮捕と尋問を担当した。兵士たちが参加したと告白した会合のいくつかは、実際、ムレータウンの兵舎に近い、ハビブ・ランサナ・カマラの家でだった。しかし、陰謀との関係でモハメド・フォルナの名前を挙げたり、フォルナが会合に関係していたと言った兵士はなく、イブラヒム・タキについても同じだった。フランク・ジャロの考えでは、ハビブ・ランサナ・カマラは軍の反乱が起きることを喜んでいた。ハビブは自分に対する扱いを理由に軍当局を忌み嫌っていた。もし反乱の話があれば、喜んで支持しただろう。しかし、ハビブはあの夜に起きたこととはほとんど関係がなかった、とフランク・ジャロは信じていた。ハビブとモハメド・フォルナの関連から、当局の関心を引いただけだった。

S・I・コロマ自身がフランク・ジャロに電話をかけ、どこでケンデカー・セセイの遺体を発見することができるかを知らせた。最初の電話で、職員を差し向けてモモドゥ・フォルナを逮捕するよう指示を出した。次の電話では潜水夫のチームを集めるようにと言った。モモドゥがケンデカー・セセイのことを打ち明けたという、イブラヒム・オルトーレについて私はジャロに尋ねた。

「オルトーレは情報提供者でした。スティーブンスの執務室で、スティーブンスと一緒にいるところを見たことがあります。スティーブンスはオルトーレを信用していました。UDP時代から、ずっと密告を続けていたのです。例えば、UDPがどこで会合を開くかをスティーブンスらに教え、APCから若い男たちが会合の場に送り込まれました」。フランク・ジャロは、父のことを「親しい友人だった。確かに」と言い、父と面識があり、父を尊敬していたと言ったが、イブラヒム・オートーレが情報提供者として活動していたことは、父に教えなかった。

捜査が進むと、フランク・ジャロは大統領府に呼び出された。この機会に、バンベイ・カマラが自分の権威を危うくしていることを大統領に訴えた。「我々は、変わらずあなたを尊敬しているが、もし仕事が嫌なら辞めるべきかもしれない」とスティーブンスは言った。ジャロは、協力するか去るか、最後通牒を渡されたことに気付いた。しかし、実際には、彼らがジャロに代わって決断を下した。ジャロは出張を命ぜられ、そして、裁判が始まるずっと前に国の北東に異動させられた。CID長官の仕事はライバルのバンベイ・カマラに与えられた。

フランク・ジャロは、少し長くシアカ・スティーブンスについて話した。モハメド・フォルナに対する恐れとイブラヒム・タキへの憎悪。「スティーブンスは、フォルナが優秀な閣僚だということを知っていました。あのころは、北部出身者は全員が虐げられていたのです。スティーブンスはタキを嫌悪していました。大統領が私腹を肥やしていることについて、みんなを騙すことができても、タキだけは尻尾をつかむことが分かっていたのです。フォルナとタキはあまりにも多くの時間を一緒に過ごしていました」。そこで、ジャロは話を中断した。

私たちは黙って座っていた。12時半だった。すでに2時間半も話していた。フランク・ジャロは深いため息をついた。遠くを見て、ラジオに手を伸ばして、スイッチを入れた。ジャロはすでに私に注意を払っていなかった。もうそこには私がいないかのようだった。インタビューは終わった。

第48章

私は何も知らずに25年間を過ごし、1年をかけて真実の一部を明らかにしたが、何も知らなかったときはどのように感じていたのかをほとんど思い出すことができなかった。嘘やごまかし、貪欲や腐敗、恐れと暴力の、この恐ろしい知識は絶えず私と一緒だったように思った。子どものころの無邪気さを失ったような気持ちだった。この国は変わった。私も変わった。過去は取り返すことができないほど作り変えられてしまった。

まだ答えを見つけなければならない質問が残っており、それは永遠に得られないかもしれなかった。カマラ・テイラーの家にダイナマイトを投げ込んだ人物が誰だったのかは、あの夜にケンデカー・セセイをキッシーの私たちの家に連れてきたのが誰だったかと同じように謎だった。当時、家にいた誰にも確信がなかった。ケンデカーを連れてきたのはムレータウンの兵舎にいた同僚だったと思われるが、それはハビブ・ランサナ・カマラだったかもしれない。ハビブには体制に反対で医者であった父のところ以外にどこに連れて行くことができただろうか。軍の中に不満の声があり、造反について公然と話されていたのは確かなようだった。モーライ・サリューとバッシー・カーグボは首謀者たちの中に入り込み、陰謀が実在したか幻想だったかは別にして、それに父とイブラヒム・タキを引き込むために送り込まれたのだということを私は信じていた。

もう一人、会わなければならない人があった。パターソン・ゾコニス百貨店（PZ）の宿舎の給仕で、最後の証人だったサイドゥ・ブリマで、思いがけず、ウンファ・マンサライが私のところに連れてきた。ヤボメがこの大当たりを見事に実現し、勝利のささやかな微笑みを浮かべてニュースを届けてくれた。二人がまだ連絡を取り合っていたことを知って驚いた。ウンファ・マンサライにサイドゥ・ブリマの居場所を尋ねるなどということは考えもしなかった。

私が驚くと、「ああ、でも私は許したのです」とウンファは言った。「あのころ、サイドゥがCIDでどれほど殴打されたかを見ていました」。ウンファが刑務所から釈放されて、すぐに二人は和解した。そして、今日までずっとウィルバーフォースで暮らし、親しく付き合っていたのだった。

サイドゥ・ブリマはとても小柄で、関節炎のために動きがぎこちなく、不安定だった。長い間、ウィルバーフォースのいくつもの家で給仕として働き、いまも、そこにある自分の小屋で暮らしていた。ヤボメの家の食卓で私の向かいに座り、ほとんど頭を上げることができずに、体の前のテーブルの上で手を握り締めて、聞き取れないようなささやき声で話した。ヤボメは彼の隣に座って話すよう励ました。ヤボメは法務次官を訪れた日に、執務室で金と引き立てを求めて来ていた人たちを見かけたが、サイドゥ・ブリマは、そのような人物ではなかった。そのようなことをするのはモーライ・サリューでありバッシー・カーグボだった。第三の人物のケモコ・スマを捜した。最後に消息を聞いた人の話では、ギニアのどこかにいるということだった。

兵舎のいたるところで、1974年に蜂起があると話されていたのは確かだ、とサイドゥ・ブリマが言った。兵士たちは四六時中、PZの施設に出入りしていたので、彼はこの話を聞いていた。兵士たちは慎重ではなかった。後に逮捕され、軍の中で陰謀を首謀したとして告発された、メンデの兵士の一人、連隊上級軍曹のカロンゴは誰よりも騒々しく、前司令官のデービッド・ランサナを支持して、現職を追い出すと公言していた。当時、バッシー・カーグボはカロンゴの当番兵として働いていた。しかし、サイドゥ・ブリマはカロンゴの空威張りを本気にしておらず、信じていた人はほとんどいなかったと考えていた。兵士たちは誰も武器をもっていなかった。スティーブンスは軍を信用していなかったので、必要な装備をもっていたのは国内治安部隊だけだった。7月29日の夜が近づくと、軍の反乱が起きるらしいという噂が広まった。爆発のことを知ったとき、サイドゥ・ブリマは財務大臣の家からわずか半マイルしか離れていない宿舎にいた。

モハメド・フォルナもイブラヒム・タキも、サイドゥ・ブリマには見憶えがなかった。パデンバ・ロード刑務所から実況見分に連れて行かれたとき、二人を指して、二人の容貌を覚えるだけでいいと言われた。このときまでにサイドゥ・ブリマは火のついた煙草でやけどをさせられ、ベルトで鞭打たれていた。拷問については詳しく話さなかったが、話しているときに、鉤針編みのテーブルクロスをつかんでいる手を私は見た。指の関節が腫れて、爪には縦線が刻まれていた。サイドゥ・ブリマは、尋問官のニューラブに兵舎で広まっていた噂について知っていることを話すと言った。ミルトン・ストリートでの会合について話した。殴打と尋問は午前中いっぱい続いた。ニューラブはモハメド・フォルナとイブラヒム・タキについて尋ねた。サイドゥ・ブリマは、二人を知らないと言い、二人はかつて有名な政治家だったので、噂で知っているだけだと答えた。二人の名前はどの兵士も言及しなかった。午後になると、ニューラブが供述調書を読み上げ、サイドゥ・ブリマは監房に連れて行かれた。

パデンバ・ロードの独房に監禁されたサイドゥ・ブリマには、囚人が連れてこられる音や、看守の出入りする音が聞こえた。数日後に、ウィルバーフォース・ブロックからクラークソン・ブロックに移された。2週間後にバッシー・カーグボやモーライ・サリュー、証人に選ばれる可能性のある他の男たちと一緒に、CID本部に連れて行かれた。一人ずつ、バンベイ・カマラの執務室に呼ばれた。サイドゥ・ブリマの番が来たとき、CIDの新しいトップの前には供述調書があった。最初にCIDに連れてこられたときに作られたものとまったく同じだった。バンベイは男たちのためにご飯と野菜シチューを届けさせた。逮捕されてから初めて口にするまともな食事だった。みんなが十分に食べるのをバンベイは見て、空になった皿にご飯を盛るための追加をもってこさせた。そして、なぜ、CIDの建物に連れてこられたのかを説明した。

「見返りに何を提供したのですか」と私は尋ねた。

ブリマは話し始めてから初めて顔を上げて私を見た。「マダム、何にも。誓ってもいいです。もし協力しなければ告発すると言われました。もし何か間違いを犯したら、さらに釈放されてから、このことを誰かに、誰にでも、話すだけでも再び逮捕する、と言いました。私を監視し続ける、とバンベイは言ったのです」。ブリマは信じてほしいと思っているのが分かったし、私は彼を信じた。

ニューラブではなく、見憶えのない係官が別の監房に連れて行って指導をした。ブリマが暗記させられた供述調書は最初のものとは違っていた。違いはモハメド・フォルナとイブラヒム・タキが参加していたとされるミルトン・ストリートでの会合に関する記述に二人の名前が挿入されていた点だった。調書にはまた、7月29日の夜遅くにムレータウン墓地で、軍の司令官を殺害するために二人の閣僚と出掛ける準備をして、他の男たちと一緒にいたときに、ブリマは二人を見たと記されていた。ブリマは新しい調書を諳んじた。ブリマはバッシー・カーグボに続いて証言台に立った。裁判が始まって1週間が過ぎたある朝の11時ごろに最初の証言をし、それは1時間続いた。一つの間違いもしなかった。ブリマは刑務所に戻った。数カ月後の1月に軍法会議で同じ嘘の証言をした。

新しい知識の一つひとつが私の心を拭い、私の感情を奪い去るのが不思議だった。私は知りたいと思っていたが、知識は私を打ち負かしたようだった。私の体の中を駆け巡るウィルスのようで、私を弱く無力にした。私は知りたかったのだが、知るということが私にどのような影響を与えるかを立ち止まって考えることをしなかった。25年もたったいまになって知るということは、これまでに経験したことのないような、圧倒的な無力感を残した。あまりにも長い間求めていた知識を手に入れたが、それには何かいいことがあっただろうか。

少しの間、凍りついたようだった。座ったまま、テーブルクロスの繊細な模様をじっと見つめながら、過去から私の心を取り戻した。サイドゥ・ブリマは帰りたいと言った。見上げると、ブリマは立って私の返事を待っていた。

「マダム。帰ってもいいでしょうか」

「はい、はい。もちろんですとも」。私にはそれだけしか言うことができなかった。慣習的な礼儀に隠れて、立ち上がって「来てくださってありがとうございます。ほんとうに有意義でした」と私は自動的に言っていた。

ブリマは椅子をテーブルの下に戻したが、まだ、そこにいた。ふたたび口を開いて「マダム、すべてのことについて、ほんとうに申し訳ありません。ご家族全員に。すみません」と言った。

この言葉だった。この言葉を聞くことがあるだろうかと思っていた。とうとう、それを待たなくてもよくなった。起きたすべてのことについて最初で唯一の遺憾の意の表明だった。私の調査の過程で私が直面したことは、父が耐え忍んだことの断片にすぎなかった。道徳の不在や、その働きに対してなんら報われなかったことに対する怒りと敵意を持ち続けるモーライ・サリューのような人の解離。モーライ・サリューはすべてをあまりにも容易に、あまりにもささやかな約束のために実行した。法を利用したが順守しなかった、腐敗した人々のために弁護士や裁判官は喜んで仕事を成し遂げた。私は目の前にいる人を責めなかった。サイドゥ・ブリマは、私が責任を問わなかった、ほとんど唯一の人だった。ブリマは不毛な国で、貧しく、教育も受けられなかった。彼には運命を変えることはできなかった。

もっとも不可解だったのは、ウンファ・マンサライがヤボメのところに来て、失職しているサイドゥ・ブリマを助けてやってくれと頼んだことだった。ヤボメは助けた。私が滞在している間、料理をし、家の周りの追加の仕事を手伝うためにブリマを雇った。朝にはときどき、朝食のテーブルを用意するのを私はベランダから見ていた。ブリマは状況に応じて、静かに、私が見ていることにも気付かずに、関節炎で動きが制約されるものの仕事をこなしていた。ブリマを見つめながら、どうして同じ屋根の下で暮らすようになったのかを思い起こし、その非現実性を不思議に思った。

私は2週間ほどシエラレオネに滞在する予定だった。2月に選挙があるかもしれないと言われており、選挙運動が始まると国内の感情が高まる。私はその前に仕事を終えなければならなかった。クリスマス休暇とラマダンの終わりが重なったので、政府は3連休を決め、外出禁止も緩和した。人々は上機嫌だった。国内で戦争が続いていることを忘れることができるような雰囲気だった。

私たちが到着したときには駐車場は国連とNGOの車輌でいっぱいで、海岸には人が大勢いた。小さな有料の小屋の日陰に座って、新鮮な魚のグリルとサラダ、ビールを注文した。私たちが食事をしていると物乞いがやってきた。草と砂のでこぼこの海岸で松葉杖をついて体を揺らしながら、西洋人のテーブルを次々と回っていた。顔には訴えるような、不自然な悲劇の大袈裟な表情があり、手を伸ばして金をくれと言った。食事のテーブルではヨーロッパの国の政府で働く男性が一緒だったが、物乞いを嫌がった。ウェイターが男を追い払った。短い議論になった。職業的な物乞いや戦争で四肢を失ったふりをする偽の犠牲者のことを思い出した。そのような人のために四肢を切断されたすべての人に対する同情がなくなりつつあるのは残念だという点では、概ね意見が一致した。

1時間後に水着を取りに車に戻ったとき、木の下に置かれた車椅子に座っている同じ男のそばを通った。松葉杖は背後の木に立て掛けられていた。少し前の会話にもかかわらず、この人が気の毒になった。足は包帯で包んで分厚い靴下に入れられていて、先端をへんなふうに切られたようで、指がないみたいだった。近づいて、海岸を去るまでに何かをあげると約束した。

借りたジープの後部に持ち物を積み込みながら、物乞いを捜したが、どこにも見当たらなかった。ウェイターの一人から妹を車で送ってほしいと頼まれ、彼女が兄に物乞いはどうしたのかと尋ねた。30分ほど前にどこかに行ったということだった。ウェイターは、男は毎日、必ずここに来ると言ったが、私たちがここに戻ってくることがないことは分かっていた。

フリータウンまでは14マイルの距離で、少なくとも1時間はかかった。途中の道路の一部では、古い舗装が壊れて岩や土が出ていて、ひどい状態だった。急な坂になり、前方の誰もいない道路を自分で車椅子を押して行く物乞いが見えた。サイモンは男のそばに車を寄せ、私は財布から紙幣を取り出して、車から降りてお金を渡した。打ち捨てられたような幹線道路をどこに向かっているのだろう、と思った。「どこに住んでいるの」と尋ねた。

彼が言った村がどこかは分からなかった。ジープの後部座席でバスケットを膝に乗せて座っていた女性のほうを振り向いた。彼女は顔をしかめて「すごく遠いところ」と応えた。

車椅子をジープに積み込み、男が私の後ろに座った。出発の準備が整ったところで名前を尋ねた。男は微笑んで「モハメッド」と言い、「そして、とても感謝しています」と付け加えた。見たところ若く、笑うと外套に着いたフードがずり落ちて快活で整った顔立ちが現れ、物乞いがハンサムな若者だったのに驚いた。モハメッドは話し好きだった。毎日、物乞いをするためにナンバー・ツー・リバーまで10マイルの道をどのようにして通うかを話してくれた。道がすごく悪いところでは、路肩に寄って誰かが助けてくれるのを待った。車椅子は彼の誇りであり喜びだった。フリータウンのスタジアムで西洋の慈善団体が主催して開かれた車椅子競争で勝ち取ったものだった。戦争で怪我をした多くの人が参加したが、モハメッドが勝利し、誰もが欲しがる賞品を手に入れた。彼の説明が伝える剣闘士のようなイメージに、サイモンと私は視線を交わした。

私たちがフリータウンに向かう途中で、モハメッドの次のような話が続いた。

彼は南部のケネマで生まれ育った。職業は板金工。働いていた修理店が店を閉めたので北部のマケニに行き、長刀の鉈や大型ナイフを作る仕事を見つけた。反政府武装勢力がマケニを侵略したとき、脚の先を切り取られた。数カ月前に結婚したばかりだった。若い妻のサラマトゥは捕まり、連れて行かれて、1年以上、戻ってこなかった。戻ってきたときには、逃げようとした罰として両足をくるぶしのところから切断されていた。二人はフリータウンの外れの海岸線沿いの道路の脇に作られた小さな村落に小屋をもっていた。しかし、サラマトゥは人に見られるのを恥ずかしがり、松葉杖を使うのさえ拒んだので、モハメッドが二人のために物乞いをすることになった。このようなことを話しているときにも、にこにこしていた。誰かが話を聞いてくれることに感謝している様子だった。生活がどのように変わったかを話すときには笑顔が広がった。サラマトゥが最初の子どもを生んだばかりだった。女の子だった。

私たち三人は静かに話を聞いていた。ウェイターの妹は、これまでの数年に、同じような話を何度も聞いたと思われるが、ずっと黙っていた。心から悲しんでいるようだった。

検問所を通過して次の村落に入ったところで、モハメッドは左に曲がって車を止めてくれとサイモンに言った。私たちは伝統的な作りの家の前にいた。村のあらゆるものと同じように、道路から巻き上げられる砂埃で何層にも覆われていた。砂埃は積み上げたレンガの溝に溜まって、一つひとつのレンガの輪郭をペンキで描いたように際立たせていた。ジープの後ろから車椅子を取り出すと、サイモンが数千レオンを渡すようにとささやいた。私がモハメッドに声を掛けたが、お金を受け取る代わりに手を差し出し、無邪気で無頓着な仕草で、私を後ろに引き寄せて言った。「サラマトゥに渡してください。そして、彼女がどれほど喜ぶかをごらんになってください」

私たちは脇道を下った。モハメッドとサラマトゥは、住宅の裏庭に建つ小さな粘土レンガの小屋に住んでいた。モハメッドは女地主を紹介し、とても親切で、そこに住まわせてくれていると言った。小屋の前には煮焚きをするための火がけぶり、地面に女性が座って赤ちゃんに乳を飲ませていた。私が近づくと胸を隠して、手を差し伸べて握手をした。どう見ても20歳ぐらいで、肌がきれいで、髪はきちんと編んでいた。結婚式の日には、サラマトゥとモハメッドは目の覚めるようなカップルだっただろうと思った。サラマトゥは足を投げ出して座っていた。私はうっかり俯いた。すると彼女は腰巻き布で足を隠したが、穏やかな顔の表情とは対照的な恐ろしい光景を見てしまった。外科医のメスで手際よく切断された傷とは違っていた。一方の脚は脛(すね)の下で切断され、もう一方はくるぶしの骨が斜めに切られていた。傷の周りの皮膚はでこぼこし、肉はひび割れて灰色だった。人間の皮膚というよりも獣の皮のように見えた。なくなっている足の上の肉が分厚く固まり、外に広がっていて、歩こうとしたために筋肉繊維を幾層も増強して体が欠損を補ったようだった。それは象の脚のように見えた。

モハメッドはサラマトゥから赤ちゃんを受け取って私に抱かせた。生後数週間で、早朝に開いた新しい葉っぱのように、新生児だけがもつ艶やかでシワの寄った肌だった。

「何という名前か当ててください」とモハメッドが大きな声で元気よく言った。私は答えを求めてサラマトゥのほうを見た。

「アミナッタです」。とてもやさしい微笑みをたたえて応えた。アミナッタのお父さんのモハメッド。アミナッタとモハメッドはこの国でもっともありふれた名前で、驚くべき偶然ではなかったが、それでも私はうれしかった。シエラレオネで過ごす最後の日に、それが起きたことを喜んだ。

モハメッドとサラマトゥと別れてから、私がここに来たことが、そして、苦しみが癒えていない人々の古い傷に塗る薬を探すことが正しかったのかどうかを考え始めた。でも、サラマトゥとモハメッドとアミナッタの運命は、私自身の運命と繋がっている。私の子ども時代は、ある日、一滴がダムをも壊すことを証拠立てている。暴政の最初の、初期の兆候を見たとき、父は法の支配の終焉と無政府状態への転落を予期していた。父は政府の職を辞任した日にスティーブンスに宛てて書いた手紙の最後に「歴史を私の審判に」と記した。「歴史を私の審判に」。サラマトゥとモハメッドは、私にとってこの国の苦悩とともに希望を象徴していた。

私がこれまでに学んだことを吸収するためには何カ月もかかるだろうということは分かっていた。新しい過去との生活を始めるためには、答えのない問いや秘密、亡霊などに満ちた古い過去を脱ぎ捨てなければならなかった。これからは、過去に属している人と会ったときには、あなたは誰ですか？　何を知っていますか？　何をしたのですか？　と自分自身に問いかけることはしない。いつか、私がこの自分の国に戻ってくることは確かだが、そのときには、不安感や数えきれない落胆など、まさにこれまで助長してきた考えをもたないでいたい。いま私がしたいのは、夜の空気の中でベランダに座って、聖なる日を祝うために家路を急ぐ人々を見ていることだけだった。

一人の男が坂を上ってきた。緑色の縞の上着を着て帽子を被り、我が家を目指して歩いていた。太陽と影の対比で顔は見えなかった。警備員が門を開けて訪問者を入れ、男性が車道を歩いてくるのを見ていた。彼は私を見上げて手を振った。ちょっとの間、この流れるような長衣を着た人が誰だか分からなかった。何かを手にもっていた。それが誰だか気付いた。聖なる日の贈り物として自分で焼いたケーキをもったウンファ・マンサライだった。

第49章

走る。走る。急いで、急いで。1、2、3。メムナ、シェカ、そして、私。キッシーの家の裏階段を急いで降り、崖の縁の周りをよけて通って扉を開けて1階の家族の台所に入った。居間は人でいっぱいで、私の家族と下の家族のみんなが集まっていた。マム、モーライ、サンティギ、ムス、エスター、スレイ、そして、そこに住んでいた人全部。少なくとも十五人はいた。静かに座って国内治安部隊（ISU）の兵士たちが私たちの家に到着する音を聞いていた。怒鳴り声、車輛の後部扉を力任せに閉める音、長靴の踵(かかと)がゴミを蹴散らす音、重い金属がガチャンと鳴る鈍い音、弾薬帯が鎖のようにジャラジャラいう音、男たちが私たちを包囲するためにあらゆる方向に走っている間、犬のアポロが力なく鳴き続ける声。誰も話さず、誰も息をしなかった。部屋の真ん中の椅子に座って、バスに乗っている人がお互いの視線と声を出す誘惑を避けるように、床や壁、窓を見つめていた。

次は3階だった。兵士たちがそこにいるのが聞こえた。物が床に落ちる鈍い音や足音。声と言葉。誰かが指揮をしている。いまどこにいるのだろう。居間だろうか。廊下を進んでいるのだろう。静かだ。引きずるような聞きなれない音。うろついている足音かも。肩か長靴で一撃を加えられて扉が壊れる鋭い音。混乱の中、私はドアに鍵をかけなかったので私の部屋ではない。石の床の上で家具を引きずる音。2階の音に耳を傾けた。ドアがバタンと締められた。本や所持品が床に落ちるドサッという音。鏡が割れる独特の高い音。鏡を割ると7年不運が続く。吼えていた犬は静かになったが、他のすべての音が溶け合い、広がり、波のように何度も繰り返した。

周りの人の顔を見た。光る額、きょろきょろする目、頭を上に向け、あたかも漆喰（しっくい）とスチロール樹脂の天井を貫くことができるかのように天井を見つめる目。みんなが座ることができるだけの椅子がなかった。サンティギはシャツを脱いで半ズボンだけで、壁にもたれ、脚を広げて立っていた。兵士たちが来たときには洗濯をしていた。ムスは何度も何度も手のひらに爪を立てた。呼吸をコントロールしようとすると胸が波打った。家の持ち主であるチーフ・スマノの妻が立ち上がって静かに部屋の中を動き回った。兵士たちが扉をノックしたときに備えて心の準備をしていた。

時が流れた。私たちはゆっくりと窓に近づいた。ささやきが静けさを台無しにした。誰かがカーテンを開けて外を見た。建物の前に白いCIDのフォルクスワーゲンと並んで2台のトラックが止めてあった。私たちに背を向けて、赤いベレー帽を被り、肩からライフルを下げた男が立っていた。同じ服装をした別の人物が少し離れた右側にいた。石を砕く人とその家族は壊れそうな小屋の外にいて、手を頭に置き、目は足元の泥を見ていた。扉のところには琺瑯（ホーロー）の鉢、アルミの鍋、圧力ガスボンベ、わずかな着古した衣類など、ほとんど価値のない所持品が積み上げられていた。三人目の兵士は石を砕く人の家族のそばを通り抜けた。この兵士は彼らに目をやることもなく、石を砕く人とその妻は、兵士を見上げなかった。私たちは部屋の控えめな静けさの中で窓ガラスの後ろをうろうろしていた。神様、兵士たちがここに来ませんように。誰かが私の肩に触り、窓台から離れさせた。窓は開いていたが、閉じる勇気はなかった。

左のほうで動きがあり、私はそちらを向いた。家の脇にある階段に誰かがいた。降りてくる。いま、踊り場だ。三人の脚が見えた。二人はカーキ色の、そして、一人は茶色のズボンをはいている。一人は見たことのある靴。茶色のスエード。私は息を止めた。1歩、2歩。ほとんど姿が見えるところにいた。顔を窓に押し付けて外を見た。部屋の静寂の中にささやきが広がった。「お父さんだ」。私はメムナとシェキのほうを見た。「お父さん」。私の叫びが静けさを破った。

口に手が当てられた。手を押しのけた。肩にあった手に抵抗し、同じ人たちが私の胸を抱いて強く引き寄せた。私はすり抜けて床にずり落ちた。人々の膝の間を這って扉のところに逃げた。伸びてきた多くの手は遅すぎた。誰も私の動きに追い付けなかった。シェカ、メムナ、私の三人。父がトラックのほうに向かって歩いて行く。私たちは扉のところまで行って「お父さん」と呼んだ。

父は立ち止まって振り向いた。水の上の蜻蛉（かげろう）のように時が止まった。誰も動かなかった。

「行かせてやりなさい」と部屋の中の誰かが私の後ろで言うのが聞こえた。「行かせてやりなさい」。それは誰だったのか。男性か女性か。私は言葉を覚えているが、声は覚えていない。**行かせてやりなさい**。私たちを押し止めることはできないと考えた誰かだった。あるいは、彼らが知っていて私が知らなかった他の理由があったのだろうか。モーライだったのだろうか。何年も後に、モーライは私の目を見て微笑み、「どんなに走ったかを覚えていますか。どんなふうに走ったかを」と言った。しっかりと握っていた手が少しずつ緩み、私を自由にするのを感じた。

この無限の数秒のどこかで私は最後の抑制を振り払い、父が護衛のほうを向くのを見た。護衛が首を振るのを見た。私は飛び出した。家の前を走りながら、また呼びかけた。父は私を見たに違いない。メムナとシェキが私と一緒に走っていた。護衛はためらったが鍵を出して手錠を外した。父は振り返って両手を広げて私を迎えた。

二人で何を話したかは思い出せない。父がふたたび連れ去られたのを思い出せない。父の腰に手を回したこと以外は、実際には何も覚えていない。父は私たち三人を強く抱きしめ、四人は一緒だった。父が二言三言話して私たちを安心させようとし、またすぐに会えると約束した。それは覚えている。父をすっかり信じた。きっと信じていたから、父を行かせたのだと思うが、分からない。でも、父は行ってしまい、私たちから連れ去られた。

次に思い出すのは3階の自分の部屋で、兵士たちが家の中を捜索する間、扉を閉じてじっとしていたことだ。メムナと私は言われた通り、それぞれのベッドに座っていた。私たちは向き合った。「怖くない」とメムナが尋ねた。「大丈夫」と私は応えた。

「怖がることはないわ。いらっしゃい」。メムナは立ち上がって、私の体に腕を回した。「窓の外を見ましょう。今朝、あなたが見た茶色い犬が見つかるかしら」。姉と妹は共謀した。二人とも、窓の外を見る理由が必要だった。

茶色の犬は見えなかった。代わりに家を包囲していた兵士の一人に向かって吠えている声が聞こえた。アポロは執拗で、兵士は犬を蝿のように叩いた。犬は後退して歯を剝き出して兵士に向かって行った。そのうちに兵士はうんざりしてアポロの肋骨を蹴った。他の兵士はそれを見て笑った。他の兵士は手を休めてふざけているのを見ていた。兵士たちは1階の家族や石を砕く人をトラックに積み込んだ。兵士たちに銃を突きつけられて次々とトラックに乗り込むのを見ていた。兵士がトラックの後尾扉を閉めている間、みんなは後方で牛のように一群となって立っていた。

メムナは遠いところを指さし、ほんとうに野良犬を探しているふりをし続けた。私はその方向を見た。私たちはどちらも、兵士が窓の下に現れるまで近づいてくることに気付かなかった。私たちに大声で話し、腕を振って降りてくるようにと合図した。私たちは窓から離れ、走って部屋の中に戻って、言われた通り、それまでと同じようにベッドに座った。兵士たちが立ち去るよう願った。でも立ち去らなかった。開いた窓から怒鳴る声が聞こえた。小走りに部屋を横切ってメムナと一緒に座った。私はほんとうに怖がっていた。逮捕されて刑務所に連れて行かれたくなかった。

私たちは待った。兵士はまだ叫んでいた。声は怒りと権威で耳触りだった。「へい、出てこい」。メムナと私は顔を見合わせた。「下に行かなければ」とメムナが先に言った。モーライが廊下にいた。怖かったので、モーライに向かってしゃべり続けた。

兵士は私たちを下に来させるようにと叫んだ。「ねえ、まだほんの子どもなんだよ」とモーライは言い返す。その通りだ、と私は思った。そうなんだ。私はただの子どもなのだ。

兵士は代わりにモーライに下に降りてきてトラックの後ろに乗るのだと命令した。

「私は大丈夫だから」と言って、モーライは連れ去られた。「すぐに戻ってくるから」

私は感謝を込めて頷いて、彼の嘘の作り物の心地よさに浸ることを自分に許した。私の頭は空っぽで、連れて行かれたのが私でなかったことに安堵して、罪の意識さえ失っていた。

モーライがいなくなった後、兵士もいなくなり、私は他の人を捜した。マムがいなかった。スレイは家の中を歩きまわっていた。涙が流れていたが拭こうともしなかった。鼻水も出ていた。どうして気にしないのだろうと思った。スレイは口を開いて大きな恐ろしい、洞窟のように深い声で泣いた。私はスレイをじっと見ていた。男の人が泣くのを見たことがなかった。こんなふうに泣く人を見るのは初めてだった。

*

それはクリスマスのころだった。ビンティおばさんが泊まりにきていて、娘のエリザベスと息子のエドワードも一緒だった。メムナは部屋の真ん中に置かれた長椅子に座り、ビンディおばさんはその隣に座って姉を抱いていた。みんなが集まっていた。エドワードは手を体の両脇に揃えて離れたところに立っていた。後で分かったのだが、エリザベスはビンティおばさんに言われて自分の部屋に戻っていた。ビンティおばさんはメムナを引き寄せ、慰めるために小さな声で口ずさむように「あんなことを言ってはいけなかったわ。悪気はなかったのだけど」と言った。

二人の後ろに行った。二人はそれに気付かなかった。メムナはあまり泣かなかったので、私はちょっと不思議に思って「どうしたの」と大きな声で尋ねた。

ビンティおばさんは私のほうを見て「なんでもないの。メムはちょっと気分を害しているだけよ。すぐによくなるわ」と言って、メムナを抱きしめて「そうでしょ」と話しかけてから私に「心配しなくていいのよ」と言った。

メムナはまだ手で顔を覆っていた。顔がよく見えず、「ほんとうなの」というメムナの声が聞こえた。「私はそれがほんとうなのかどうか知りたいの」

「もちろんほんとうじゃないわ。エリザベスは自分の言っていることが分かっていないの」とビンティおばさんは言った。

ビンティおばさんは私を見た。私に微笑んだが意味がよく分からなかった。作られたような、人を欺くための大人の笑みだった。目は私に釘づけになり、何か秘密があることが分かった。おばさんは、私にそこにいてほしくないと思っている。それが分かったので、絶対にそこに留まることにした。

「済んだことなの。エリザベスが言ったことにメムが腹を立てたの。エリザベスは悪かったと思って部屋に戻ったわ。だからあなたも出て行ってくれない。さっさと。エドワード、あなたもよ」

「何を言ったの」と同じ質問を繰り返した。サンティギ、エスター、ムサ。私のいとこたちは誰も私のほうを見なかった。みんな突然、仕事があることを思い出したようで、私の口を封じるために忙しいふりをした。答えたくなかったのだ。一人ずつ部屋を出て台所に行った。みんなは米袋に座って起きたことについて話すに決まっていると思った。

メムナを見ようとして近づいた。ビンティおばさんがくしゃくしゃにしたので髪は乱れていた。

「エリザベスが何を言ったのか知りたいの」と私はもう一度、もっと大きな声で言った。

メムナが私を見上げた。顔は汚れて目は赤かった。息を吸うと胸が波打った。そして、話した。

「エリザベスは、お父さんは刑務所に入れられていて、死ぬんだと言ったの」

第50章

火曜日、荒削りの色褪せた木材で作られた8基の棺がパデンバ・ロード刑務所の玄関に届けられた。それを数人が見ていて、情報が街中に伝わった。

学期の終わりに私たちを迎えにイギリスに来る予定だったマムは、水曜日にフリータウンの中心部に出掛けて航空券を予約した。ファトゥおばさんが一緒だった。家族の友人のモハメッド・スワルタカ・トゥレーは街中を捜し回った。ウィルキンソン・ロードの車庫の上の小さなアパートに行ったが誰もいなかった。家主のチーフ・スマノが逮捕された後、マムはこのアパートに引っ越した。チーフの母親が、S・I・コロマのところに行って息子を釈放してくれるように懇願した。S・I・コロマは「フォルナの汚物を処分しろ」と命じた、と家主の母親はマムに語った。マムに部屋を貸してくれたのはアルメニア人の兄弟二人だけで、しかも家賃を取らなかった。

モハメッド・スワルタカは、ようやく旅行代理店のそばにマムの車が止まっているのを見つけた。ちょうど航空券の代金を払い終えたときに、スワルタカがガラスの扉を開けて入ってきた。ヤボメ、国外に出なさい、と言った。どのみち出掛けようとしていたところだったと義母は応えた。スワルタカはマムに事情を理解させ、できるだけ早い便の航空券を用意するよう代理店の事務員を説得した。金曜日〔1975年7月18日〕の夜10時の便だった。

ちょうど8カ月前の1974年11月16日、高等法院の第一法廷で、裁判の陪審員が全会一致の評決をもって戻ってくるまで、ちょうど1時間かかった。被告全員がすべての罪状について有罪。マーカス・コール裁判長は頭に黒いキャップを乗せて、感情を排した声で刑を宣告した。傍聴席で被告の家族が泣いていた。マムは法廷を出て、ビンティおばさんと一緒に群衆のそばを通り過ぎて、一人になれる車の中に辿り着くまで涙を堪えていた。

控訴は21日以内に提起することになっていたが、ただちに却下された。事件は「赦免委員会」に委ねられた。チーフ・イマームがS・I・コロマを執務室に訪ね、遅ればせながら良心の呵責から同様の行動をとった法律専門家もいた。抗議の声は消された。スティーブンスは大衆の口を封じた。その代わり、人々はモハメド・フォルナと十四人という新しい髪型を流行らせた。編んだ髪を7本ずつ頭のてっぺんから両側に垂らし、真ん中の1本が額の上から首すじまで垂れている。ナンシー・スティールはAPCの女性グループを結集して、公開処刑を要求する路上デモをした。

クリスマスには、マムは私たち三人を連れて大統領府に行き、車の中で私たちが待っている間に門から入って、大統領に会いたいと言った。「大統領のサインをもらってほしいんだけど」と私は愚かにも頼んだ。私は引き続き、それまでに集めた知識の小さな断片を意識の表面に漂わせ、溺れてしまうことを恐れて、意識の中に引き込むことを拒んだ。マムが私たちのところから門衛詰め所に向かうのを見ながら、「大統領がどんな人なのか知ってるの」とメムナは腹を立てて私に問いかけた。

もちろん大統領が誰かを知っていたが、どんな人かは知らなかった。大統領が憎悪の人だというような国があるという考えを受け入れられなかった。マムが門衛詰め所で1時間待っている間、私たちはビニールの座席で言い争いをし、汗をかいていた。とうとう大統領の執務室から、今日は大統領はマムに会わないという電話連絡があった。それは結果としては、それ以降いつであってもという意味だった。その後もマムは訪ねて行ったが、返答はいつも同じだった。

カマラ・テイラーの家の外の階段に座って、私たちの懐かしいマンゴーの木を見つめていた。私の意識の底に溜まった沈泥の中から記憶が逆流してきた。私たちが緑色の果実をもいで塩をかけたこと、ミリキが木陰で物語を語ってくれたこと、ボディガードが離れて一人で座っていたこと。以前、ここに住んでいたことを決して誰にも話さないように、と言って、マムは私たちを残してその場を離れた。私の周りにある閣僚の公邸や庭、かつての私たちの暮らしを見た。現実の、想像ではない体験、すでに生きた人生、過去の忘れ去った生活についての不気味な感覚。当時はスパー・ロードのあの家で起きたことのすべてを知っていたのではなかった。ただ、ここはかつて我が家だった、と誰かに言いたかった。

来る日も来る日も、私たちはマムと一緒に父の命乞いをするために出掛けた。カマラ・テイラーはマムに会ってくれなかった。みんな同じだった。マムは一度、有罪判決を下された他の人の妻たちとS・I・カマラの事務所を訪ねたが、自宅には行かなかった。行っても、何の役にも、まったく何の役にも立たなかった。

イースターの休暇は陰鬱で身にしみる寒さのハクネーのマムの弟の下宿で過ごした。彼はロンドンで法律を勉強していた。私たちがまだ学校にいた6月に、赦免委員会は温情的措置を求める嘆願を却下した。すべての希望は大統領の手中にあった。

パデンバ・ロードでは八人の囚人が絞首台からもっとも近い独房に、他は下の階の房に移された。下の階に移された囚人は運動をする特典が与えられた。ある日、看守が忙しくしていたときに、アブ・カヌが上の階の窓のところに登った。何が起きようとしているのかが分かっていたので、アブ・カヌは父に別れを告げた。裁判の過程を通して、刑務所にいる間、カヌは友が涙を流すのを見なかった。「もし私が泣くとすれば、それは子どもたちのためだけだ」と父はカヌに言った。残る日々を父は独房で白いキャンバス布でCという文字を粗雑に切り抜いて胸に縫い付けた濃紺のセーターを着て、毎日、扉の下から押し込まれる一皿の食事をとるために起床した。

自分自身が敵の意のままであるというのはどんな気持ちだろうか、と私は何度も考えた。次々と希望が暗闇の中に去っていくのを父は見ていた。そのことを考えない瞬間があったのだろうか。何とかそれを忘れて、より楽しい思いに浸ることができたのだろうか。もし、何かを後悔していたとすれば、それは何だったのだろうか。そして、何を祈っていたのだろうか。夜に一人で横たわり、さまざまな考えが眠りを追いやり、数時間、夢の中に逃避し、つかまえどころのない平和の瞬間に目覚め、それが剝ぎ取られる前に指でその瞬間をつかもうとする。それを私たちのうちの誰が想像できただろうか。たとえ、ずっと遠くで夜明けの青白い光が空を明るくしても、暗闇がふたたび襲いかかって夢の鮮やかな色を覆ってしまう。刑の宣告を受けた人に、かつて誰も、これらの問いかけをしたことがなかった。あるいは、したのかもしれないが、答えを得ていなかった。終末を迎えるのを待つということを、どんな言葉によって言い現せばいいのだろうか。

7月18日の午後に刑の宣告を受けた男たちは独房から別の部屋に連れて行かれて待たされた。一人ずつ、体重が記録された。同じ午後、父とイブラヒム・タキは、独房の扉にある小さな四角い窓のそばに立って、お互いのために歌を歌った。それは母がギターで弾くことを覚え、コイドゥにいたころ五人で楽しく歌った古い曲だった。

「首を垂れて　トム・ドゥーリー
首を垂れて　泣くのだ
首を垂れて　トム・ドゥーリー
かわいそうに　死ぬ運命なのだ」

フリータウンのレストランに座っていた日に、バイ・バイ・カマラが口笛でこの曲を3番までレフレインも含めて吹いてくれた。1975年には、「ドクター、歌うのを止めてください」と下の独房からバイ・バイ・カマラが言った。「今夜は眠れないので祈るのです。歌うのを止めて祈りなさい」。バイ・バイ・カマラはマラリアに苦しんでいた。窓の鉄格子を離れて床に倒れた。夕方の早い時間に、バイ・バイ・カマラ、ウンファ・マンサライ、アルバート・トット・トーマス、アブ・カヌがウィルバーフォース・ブロックの監房に移された。

暗くなり、ウィルバーフォース、クラークソン、ハワード、ブライデンの各ブロック、女性ブロック、そして、有罪判決が下された受刑者の監房に、刑務所の中庭からお祭り騒ぎの音が聞こえてきた。大量のアルコール飲料とヤシ酒が刑務所に持ち込まれ、死刑執行人たちと警備員が飲み、トランジスター・ラジオで音楽が流された。真夜中が近づくにつれて、誰もがどんどん酔っぱらった。

その夜、父は座って妻に手紙を書き、私たちの生みの親を探してほしいと頼み、助命のために力を尽くしてくれたことに感謝した。財産に関しては、記憶から項目別に記していた。米の取引からの収益、共同出資している地元の二、三の会社、私たちの学資としてイギリスの銀行に貯金してある数千ポンド。父はすべてを私たち三人の子どもに残した。ずっと後になって遺言を読み直したとき、イブラヒム・オートーレがかなりの額を父から借りていたことに気付いた。

夜10時ちょっと過ぎにマムはルンギを発つ便に搭乗した。ブリティシュ・カレドニアン航空の飛行機は滑走路を移動して、雨季の暗雲の中を上昇した。マムは飛行中、ずっと席に着いたままで、読書もせず、客室乗務員の勧めを断って食事もしなかった。

刑務所に収監されていた仲間たちと死刑執行人以外で、父と最後に話したのは、かつて父と同じ刑務所に勾留されていたジャーナリストのドワイト・ニールだった。父はスティーブンスに命乞いをすることを拒んだ。大統領の慈悲を求める請願書を書くために与えられた紙とペンを使って、父は子ども時代から死を迎えるまでの生涯と国のための希望や政治の経験を、地位を手離すことになった行動規範と関連付けて、順を追って記述した。国の最近の歴史に果たした自身の役割についての事実を注意深く記述し、死んだ後にも残る証言にした。父に対する告訴については1ページ以上を割かず、モーライ・サリューとバッシー・カーグボの嘘に的を絞って正確に示した。

死刑執行は7月19日の真夜中に始まった。私は学校の寮で眠っていた。マムを乗せた飛行機は3万キロメートル上空で、サハラ砂漠を横断していた。

最初に処刑された二人は兵士だった。文民は法廷で起訴された順に処刑された。モハメド・フォルナ、第一被告人。父は仲間の監房の前を通って建物の端の扉の後ろで待っている処刑室の絞縄に向かって約1ブロックを歩いた。私は眼を閉じて、父の最後の歩みを想像した。ちょうど私と同じように大股で歩く。幅の広い、扁平なアフリカ人の足は私が引き継いだ。手錠を掛けられた手。先のほうで少し広がる、長く力強い指は兄の指と似ていた。広く知的な額は姉の額と同じだった。処刑は30分間隔で執行された、と他のブロックにいた人たちが教えてくれた。それが分かるのは、音楽と警備員のドンチャン騒ぎがほんの数秒の間、途絶えて、またそれまで以上に騒々しくなったからだった。その間の瞬間に耳を澄ましていると、落し戸の音が聞こえた。

ドワイト・ニールは、最後の処刑が終わるまで刑務所に残っていた。雨季に特有の、毎晩の嵐が始まった。濡れることも、道路を照らす稲光も、雷鳴のとどろきも気にせずに、嵐の雨が降る闇の中を歩いた。イースト・エンドに辿り着き、もぐりの酒場に座って夜明けまで飲み、びしょ濡れになり、アルコールで頭がもうろうとして、よろめきながら会社に辿り着いた。上着のポケットには父から託された手紙が入っていたが、それが明らかにされたのは父の死から20年後で、シアカ・スティーブンスが亡くなり、APC政権が倒され、戦争が国全体に広がろうとしていたときだった。

翌日、絞首刑を執行された父と他の七人の遺体がデンバ・ロード刑務所の前に、棺の蓋を開いて公開された。スティーブンスは公開処刑を約束していたが、最終的には秘密裏に殺害し、事後に勝利のトロフィーを開示した。暗闇の中で遺体は運び去られ、軍のトラックに積み込まれて、ヘイスティングズに行く途中のロクパ墓地に運ばれ、酸をかけて集団墓地に投棄された。アムネスティ・インターナショナルだけが、この殺害に抗議をした。

サリーの学校で、私は奥まった小部屋のベッドから雲一つない空を見つめていた。マムは1階で待っていた。ガトウィック空港からまっすぐに学校に来たのだった。私は驚き、そこにマムがいるのがうれしかった。

次に覚えているのは、ブライアンとメリー・クイン夫妻のセント・オールバンズの家の居間に置かれた椅子に座って、ブライアンが父について話すのを聞いていたことだ。ブライアンは演説をするような話し振りだった。部屋は広々として堅苦しく、淡い色の絨毯が敷かれ、刺繍をしたクッション、銀の額縁に入れた写真が積み上げられた猫足のテーブルがあった。以前、この家に来たときは父と一緒だった。クインの声が体に響きわたり、私は窓の外のなだらかな芝生を見つめていた。クインは父の資質について語った。何かが確かに来ることが分かっていたので、泣き始めた。何か恐ろしいことが父に起きたのであれば、話すのをやめて、それを教えてほしいと思ったが、それを聞くことには耐えられないので、何よりもクインが永遠に話し続けてくれることを願った。

それを知っていたが、まだ信じていなかった。クインが最後まで話したとき、「どんなふうに死んだの」と私は尋ねた。

クインの表情がいまでも目に浮かぶ。スコットランド人で、決して自制心を失わなかった。一瞬、当惑して黙り、立ち直って応えた。「胃潰瘍だった。胃潰瘍を患っていた。そして最後にはとても深刻な状態になったんだ」。その瞬間にクインが思いついたのはそれだけで、あまり説得力のある答えではなかったが、私にとってはそれで十分だった。

その後1年は、誰かに父の死について話さなければならないときには、同じ説明をし、聞き手の困惑した様子や、ときには懐疑的な表情は無視するように努めた。私は知っていることをできるだけ心の奥深くに埋めたが、それは表面に出ようとあがいた。神経性の顔面けいれんの症状が現れ、咳としゃっくりの間のような音をコントロールすることができず、無意識に額がぴくぴく動くようになり、やがて、それが顔全体に広がった。私は知っていることと格闘し、それが反撃してきた。

かつて、ロクパに行ったことがある。墓地はずっと以前になくなり、政府が約束した低価格住宅を建設するために整地されたが、最終的には完成しなかった。道路脇の木陰で、仲間と一緒に座っていた女性から、皮を剝いて金属の盆に積み上げられたオレンジを買った。

ロクパと呼ばれている場所は、ひび割れた赤土が、完成していない住宅の残骸と一緒に散らばっている広い場所だった。土を掘って作った粘土レンガが何列も連なり、太陽の下で焼き固められていた。人々はずっと以前に政府に愛想を尽かし、独自に家を建てていた。オレンジを売っていた女性のところを離れて、かつて墓地だったという場所に向かった。前方にはフリータウンの丘があり、後方は険しい坂道で小さな漁村と海に繋がっていた。空き地の真ん中には小さな緑色の記念碑があった。ちょっと小さなあずまやで、アーチ型の格子窓と白い丸屋根があり、どちらかというと、モスクのミナレットのようだった。海からの風に吹かれて草が音をたてた。子どもたちがキャーキャー笑う声や漁をする丸木舟が着くのを出迎える人々の声が聞こえた。太陽が高く、焼けつくようで、空気は乾き、刺激性の匂いがした。ロクパはフリータウンの工業地帯の端に位置し、土の匂いに化学薬品の不快な気体が混じり合っていた。

私はじっと立っていた。一人だった。埃が私の頬を乾燥させ、喉の奥を傷付けた。父はマグブラカのどこかで墓石のある墓に埋葬されたのだろうと、私はいつも想像していた。父の遺体が横たわっているところの静けさを、過去を隠蔽するあらゆるものの、より大きな静けさと同様に、長い間考えていた。20代になって、ようやく義母にそのことを尋ねた。当局は処刑された犯罪者の遺体は国家に属すると言って、家族が死者を葬る尊厳さえも拒み、人々がそこを聖地にする可能性を奪った。

私の後ろから動物が苦しんでいるような、かん高い鳴き声が聞こえた。振り向くと子どもたちが額を寄せ合って集まり、地面にいる何かを蹴っていた。止めさせようと思って子どもたちに近づいた。家の階段に座っていた女性が私を見て、ロクパにどんな用事があるのか、と挑戦的な声で尋ねた。父が埋葬されている場所を探していると応えた。おお、と不満気に言って、まごついたような表情をした。振り向くと、泥の中に一人で座っている女の子の他には誰もいなかった。

この大きな広々とした場所のどこに遺体が埋められたのかを知らなければならなかった。父の骨の上を歩いていたのだろうか。頭に薪をいっぱい載せて運んでいる女性が私のそばを通り過ぎた。一瞬、ここで起きたことを何か知っているかと尋ねようと思ったが、彼女は若すぎた。現在、ここに住んでいる人の多くがテムネだった。ドゥラが私に代わって尋ねてくれた。人々が私たちの周りに集まってきた。軍が墓地を封鎖してトラックでやってきて、暗がりで懐中電灯を点けて作業をしていた夜のことを老人が覚えていた。当時はいまよりも家が少なく、辺り一面は低木で覆われていた。人々は家から出ることを禁じられた。朝になると地元の人々が見にきて、地面が掘り返されたことに気付いた。その場所を示して、長い間、大きなパンの木がそこにあった、と言った。

老人と話した後、さらに歩き回った。あるとき、私が訪ねた占い師が父の死について話してくれた。「突然、空気の中を落ちていく、とても頭がふらふらして。すっかり終わってよかった」。占い師と私は、どちらもショックを受けてお互いに見つめ合った。彼女が正しいようにと願った。父の記憶を何に残せばいいのだろう。墓石か飾り板。それとも記念碑。クリートの塊は崩れ去ってしまうだろう。

栄辱は身分にあるのではない。汝の本分をよく果たすこと、そこに名誉があるのだ。「私の愛を子どもたちに与えてください。そして、私の人生は短かったけれど、最後の10年に関する真実がみなに明らかにされたときには、子どもたちは私を誇りに思うでしょう」と父は手紙に書いていた。スティーブンスは父を国家反逆罪で有罪とし、殺害し、遺骨に酸を注ぎ、父のあらゆる痕跡を消し去ろうとした。父が象徴したあらゆるものを、モハメド・フォルナやイブラヒム・タキのような人間の理想を破壊した。いまや私は知識をもっていた。イギリスに戻って4カ月後に、ロンドンの書斎で書き始める。父の物語を。私の物語を。私たちの物語を。私の最初の10年の人生と父の最後の人生について。

ロクパに1時間以上も立っていたことに気付いた。振り返って戻ろうとした。車に向かおうとしたとき、泥の中に座っていた女の子に気付いた。水の入ったプラスティックの容器を頭の上でバランスを取りながら体を揺らして歩いていた。木綿の服はいっぽうの肩からずり落ち、裸足で、足の裏が地面を踏む、柔らかい音が聞こえた。細かく赤い埃が彼女の肌を覆い、黒っぽい金のように光っていた。数歩ごとに、蓋のない容器から水滴が飛び跳ね、彼女に振りかかり、砂地に小さな虹を作った。彼女は私を見て笑みを浮かべた。

これを書いているいま、かつての私だった小さな女の子を思い出す。意志を集中すれば、ときどき、いまでも彼女を呼び出すことができる。この地球上のどこかに、夕暮れになると悪霊が水の上に舞い降りてきて、一人で踊る場所があると信じていた女の子が、そこにいる。

訳者あとがき

本書はアミナッタ・フォルナ著 *The Devil that Danced on the Water: a daughter's quest* を訳出したものである。原題の「水の上で踊る悪霊」は、著者アミナッタがシエラレオネの田舎で暮らす祖父を訪ねた帰りに、ブンブナの瀧の近くで、水の上で踊る悪霊を見たという女性の話を聞いて、悪霊の存在を信じ、会ってみたいと思ったという記憶による。父が国家反逆罪で絞首刑になり、父の死から四半世紀を経て、遺体が埋められたという場所を訪ねたとき、自分が「夕暮れになると悪霊が一人で水辺にやってきて踊る場所があると信じていた少女」だったことを思い出す。

アミナッタ・フォルナは、ジャーナリストとしてラジオやテレビの仕事をした後、*The Devil that Danced on the Water*（２００２）で、ノンフィクション作品に与えられる、英国でもっとも権威のあるサミュエル・ジョンソン賞の最終候補に残り、作家として一躍注目される。その後、小説家として、*Ancestor Stones*（２００６）、*The Memory of Love*（２０１０）、*The Hired Man*（２０１３）、*Happiness*（２０１８）を発表し、英連邦作家賞、ウィンダム・キャンベル文学賞などを受賞。作品は18の言語で翻訳出版されている。２０１２年には王立文学協会のフェローに選出され、翌年には英国でもっとも権威のある文学賞の一つ、ベイリーズ賞の審査員を務めた。

アミナッタの父モハメド・フォルナはシエラレオネ北部の貧しい農村の出身であった。偶然のきっかけから奨学金を得てエリート校のボー・スクールで学び、さらに、スコットランドのアバディーン大学で医学を修めた。留学中にスコットランド人のモーリーンと出逢い、モーリーンの父の強い反対を押し切って結婚。アミナッタはモハメドとモーリーンの第3子として、1964年にスコットランドのベルズヒルで生まれた。

フォルナ一家はアミナッタが生後6カ月のときシエラレオネに戻り、父は首都の病院で短期間、医者として勤務した後、東部のダイアモンドの町コイドゥで開業した。父の夢は、「家族経営の診療所のネットワーク」を作って、誰もが医療サービスを受けられるようにすることだった。医者としてできることの限界を感じていたとき、野党の全人民会議（APC）の強い誘いを受けて、1967年の国政選挙に立候補し、圧倒的多数の票を得て国会議員に選出されただけでなく、APCの勝利に大きく貢献した。

選挙直後、軍事クーデターが起き、新政権はギニアへの亡命を余儀なくされたが、1968年に復権し、シアカ・スティーブンスが首相となり、フォルナは財務大臣に任命された。しかし、政権が誕生して3年足らずの間に、首相とフォルナの間で政策や政治信条の違いが顕著となり、フォルナは政権を去る理由を克明に記した辞表を提出した。「私は行動規範を犠牲にして地位に留まることはできない。いつも言っているように、私の審判は歴史に委ねよう」と辞表は結ばれていた。

フォルナは、ともに閣僚を辞任したイブラヒム・タキらと統一民主党（UDP）を結成した。多くの支持者を得たが、非常事態宣言が発令され、次の総選挙での議席獲得を目指して集会を続けていたUDP幹部はただちに逮捕された。フォルナとタキが刑務所から解放されたのは3年後だった。

フォルナは政治から身を引き、ビジネスの世界に転じるが、スティーブンスは、フォルナやタキを完全に排除するために政府転覆未遂事件をでっち上げ、「関係者」を逮捕した。拷問が繰り返され、証人たちは犯罪調査部（CID）が作成した供述調書に署名させられ、証言を暗記させられて、見返りの約束を信じ法廷で虚偽の証言をした。1975年7月19日の未明にフォルナとタキを含む8名が処刑された。八名の遺体が入った棺は、蓋を開いて刑務所の前で公開された後、集団墓地に捨てられ、酸をかけて痕跡が消し去られた。

著者アミナッタはシエラレオネとナイジェリア、英国で育った。「突然の旅立ちと予告なしに新しい国に到着する」のが、子ども時代を特徴づけるパターンだった、と振り返る。

インディペンデント紙に掲載された、ロンドン大学シティ校のホイールライトのインタビューで、子どものころの暮らしについて、「輝かしい日々と恐ろしい日々が地震の揺れのようにやってくる、実にひどい経験」で、回想記を書くことは、複雑な子ども時代の記憶や経験を理解し、受け容れるために必要な過程であった、と述べている。

両親が離婚してからは、英国の寄宿学校と義母が仕切るシエラレオネの家で過ごした。父がUDP幹部たちと収監されたときに、子どもたちが誘拐されるという噂が流れ、義母は子どもたちを守るために知人の助けを借りて密かに英国に逃れ、亡命生活を続けた。家族の置かれていた状況については誰もアミナッタに話してくれなかった。「私はまだ自分の人生を生き始めてもいないのに、すでに何かを懐かしんでいた。不幸というのではなかったが、心のどこかで、私の子ども時代は期待通りではないと思っていた」と振り返り、「父が刑務所にいる間、一人ぼっちで汚い都市に立ち往生させられていたくなかった。違った世界、私の本〔本書の原書〕の表紙の背後にいる少年や少女が暮らすのと同じような世界で暮らしたかった」と述懐する。

父が処刑されたとき、アミナッタは11歳だった。

本書について、アミナッタは、「私の最初の10年の人生と父の最後の人生について」の物語であると述べている。父は多くの人から英雄と賞讃されたにもかかわらず、かつての同志であったスティーブンスとその取り巻きたちによって、犯罪者として命を奪われた。父を死に追いやった捜査や裁判の過程、政治的背景を再構築し、父を葬り去った事件の真相を追求することも、回想記の目的であった。

父の生い立ちや家族の背景、スコットランド留学時代、医者として、そして政治家として理想を追求して生きた日々が、「父の物語」として幼い著者の物語と対照的に展開する。アミナッタは、家族の物語を書くつもりであったが、結果として、「どのようにして国が破綻していったか」について書いていた、と述べている。アミナッタにとって家族の物語は、家族を破壊しようとした力によって、国が破壊されていく過程の物語でもあった。

シエラレオネはアフリカ大陸の西側に位置する共和国で、面積は北海道よりも一回り小さい。人口は約720万人（2015年）、フォルナが処刑された1975年には約300万人で、民族集団の数は16とも17とも言われ、独自の言語をもつ。最大民族集団はテムネとメンデで、それぞれ30パーセント以上を占めている。人口の60パーセントはイスラム教で、キリスト教が10パーセント、残りは伝統宗教に分類される。

シエラレオネは1961年4月に英国から独立した。独立当時は、三権分立に基づく議会制民主主義国として、行政、軍隊、警察の各分野に有能で意欲のある人材を揃え、教育機関はサハラ以南のアフリカ諸国の羨望の的であった。

しかし、独立から数年後には政治的な混乱が始まった。1957年の初の国会議員選挙で与党になったシエラレオネ人民党(SLPP)は南部州のメンデ中心の政党、1967年の選挙で勝利した全人民会議(APC)は首都フリータウンと北部州のテムネとリンバが中心の政党、というように支持基盤が地域と民族集団で分かれる二大政党の対立が定着した。

1967年の選挙の後、軍事クーデターを経て、翌年首相に就任したシアカ・スティーブンスは1971年に共和制を敷き、自ら大統領に就任して絶大な権力を手に入れた。さらに、1978年には一党制を規定した憲法が採択され、シエラレオネはAPCのみの一党制国家となった。

スティーブンス政権の17年間に、経済の破綻やそれに伴う政治の不安定化、暴力による支配、社会の疲弊の悪循環が深刻化した。1985年には、軍人のジョゼフ・サイドゥ・モモが高齢のスティーブンスの後を引き継いで大統領になった。さまざまな不正行為を取り締まって経済を改善し、国民の生活を安定させる、という公約を守ることができず、政府への不満は公然と表明され、民主化を求める声は抑え切れなくなった。

内外からの民主化の要求を受けて、憲法を改正して複数政党制に移行するための準備が進められていた矢先、反政府武装集団が国境を越えてシエラレオネ東部に侵攻し、内戦が始まった。当時の状況は「戦争が起きなければ、シエラレオネはよくならない」「悪い政府には天罰が下るだろう」と多くの人が考えるほど悪化していた。武装集団はシエラレオネ革命統一戦線（RUF）と名乗り、「政府の腐敗と専制政治を一掃することが我々の目的である」と宣言した。このニュースに人々は喜び、大きな期待をもったという。

しかし、RUFは村々を襲って略奪を繰り返し、子どもたちを誘拐して戦争の道具として使い、四肢切断などの残虐行為を繰り返した。国内で産出するダイアモンドが紛争を煽り、長期化させた。

武力紛争の終結に向けた和平合意の一環として、武力紛争の真実を明らかにし、加害者と被害者の和解を促進するために、「シエラレオネ真実和解委員会」（TRC）が設置された。2005年10月に大統領に提出された最終報告書は、武力紛争の原因について、「長期にわたって悪い統治が続き、腐敗が蔓延し、基本的人権が否定され続けた結果、忌むべき状況が生まれて、紛争を不可避にした。どの政権も大衆の声やニーズには無関心で、政権が変わるたびに前政権からの悪弊や私利私欲追求のメカニズムが増幅された」ことである、と結論づけている。1967年の選挙の直前に、ハーバード大学のマーティン・キルソンが著書で、「楽観的になれる理由はほとんど見出せない。近い将来、本格的な独裁政治に向かったとしても驚くに値しない」とすでに指摘していたのだった。

TRC報告書が示した武力紛争の原因は、アミナッタの指摘と重なり合う。しかし、いま一つ、忘れてはならない重要な点をアミナッタは指摘してる。それは、状況が悪化する中で、人々は嵐がやってくるのを十分に感じていたにもかかわらず、周辺に迫ってくる影を見ようとせず、実際に起きていることにさえ気づかないふりをしていた、という事実である。誰もが身の回りで起きていることに対して責任を感じず、沈黙を守り、首相の拡大する権力を指摘できなかった。

アミナッタは本書で、家族の物語を通して「破綻国家の真実」を明らかにしようとした。あるいはそれは、遠いアフリカの、私たちとは無縁な世界での出来事のように思われるかもしれない。しかし、私たちが生きている日常とも決して無縁ではない今日性をもっているように思える。

推理小説のような面白さを味わい、筆者独特のユーモアを楽しみ、義母ヤボメが体現する、アフリカ女性の強い信念とやさしさに触れていただければ幸いである。

シエラレオネについて学び、翻訳を進めるうえで、多くの友人や知人からご指導やご助言を賜わった。また、これまでにシエラレオネ各地で多くの方々にお世話になった。この場を借りて謝意を表したい。最後に、この翻訳出版について、いろいろとご配慮いただいた亜紀書房の内藤寛氏と高尾豪氏に衷心よりお礼を申し上げる。

2018年8月

澤　良世

特別寄稿

シエラレオネを知ってほしいの

女優・ユニセフ親善大使
黒柳徹子

アミナッタ・フォルナの *The Devil that Danced on the Water* が、シエラレオネの社会や人びとの生活をよく知る澤良世さんによって翻訳されましたことを、うれしく思っています。原書は出版直後から非常に大きな反響を呼び、BBCラジオはシリーズで紹介し、著者のアミナッタは一躍注目される作家になった、と聞きました。

アミナッタはシエラレオネ人の父とスコットランド人の母のもとにスコットランドで生まれ、幼いときに両親の離婚と再婚を経験し、一時、ニュージーランド人の義父の任地であったナイジェリアで暮らし、実父が親権を取ったため、シエラレオネに戻り、義母のヤボメに育てられました。「私は10歳で、1974年7月30日」と、アミナッタが父を最後に見た日から始まり、シエラレオネと英国、ナイジェリアで過ごした子ども時代の記憶が語られます。父の生い立ち、留学時代の生活、医者として、そして、政治家として理想を追求してきた日々が紹介されます。父は1975年に他の七人と国家反逆罪で絞首刑になりました。

アミナッタは父の死の真実を明らかにするために英米の公文書館で資料を調べ、裁判記録を読み、関係者へのインタビューを繰り返します。

私は、ユニセフ親善大使として2003年7月にシエラレオネを訪ねました。アフリカで10番目の訪問国で、内戦が前年に終わったばかりでした。内戦で7万5000人が殺され、人口の半数以上が避難民として国内外に逃れ、多くの子どもが誘拐されて戦争の道具として使われていました。ディカプリオが主演した『ブラッド・ダイアモンド』でシエラレオネに関心をもたれた方もいらっしゃると思います。

私は、社会復帰を目指す、元子ども兵士や、政府軍と反政府軍の双方から性的な虐待を受けた少女たち、腕や脚の切断などの残虐行為に遭った子どもたちと会い、つらい経験を聞きました。

コイドゥのダイアモンド採掘場では、多くの子どもが、カンカン照りの太陽の下で一日中、茶色く濁った泥沼のような水に浸かって、腰をかがめて竹のカゴで砂利をすくい、たまにしか入っていない小粒のダイアモンドを探すのです。「それでもカップ一杯のご飯がもらえるからさ」と、少年は私に言いました。

そのコイドゥは、アミナッタの父が家族経営の診療所の全国ネットワークを作って人びとの命を守るという理想に燃え、最初の一歩を踏み出したところでした。

本書で私が強く惹かれたのはアミナッタの義母のヤボメでした。夫が刑務所に収監され、家族に危険が迫ったとき、三人の子どもたちを守って国外に脱出し、イギリスで亡命生活をします。その亡命の手はずを整えたのは、ヤボメとたった一度しか会ったことがなかったムリエッタでした。ヤボメとムリエッタの連携には緊張感がありました。二人には信念をもってしなやかに生きるアフリカ女性に固有の素晴らしさが溢れています。

多くの方に、シエラレオネが「破綻国家」になっていった背景とともに、アフリカ社会の魅力を知っていただければと願っています。

可愛いアフリカの子どものために、お願いします。

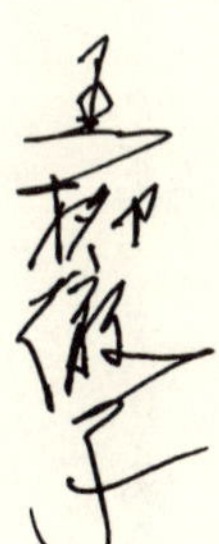

シエラレオネの歴史的背景

［訳者・編］

1462	ポルトガルの遠征隊によって「発見」される。
1787	英国の奴隷貿易禁止運動を推進した人々が中心になって、解放奴隷のための入植地「自由の土地」（Province of Freedom）の建設が始まる。
1808	沿岸部の入植地が英国の直轄植民地になる。
1827	ブラック・アフリカで最初の高等教育機関としてフォーラーベイ・カレッジ（現シエラレオネ大学）が創設される。
1869	内陸部を英国の保護領として統治。
1906	英国植民地政府によって、南部州のボーにパラマウント・チーフの子弟を教育するための中等教育機関として、ボー・スクールが創設される。卒業生にはモハメド・フォルナをはじめ、多数の著名人が含まれ、現職の大統領ジュリアス・マーダ・ビオも卒業生。
1931	ダイヤモンド鉱が発見される。
1951	シエラレオネ人民党（SLPP）創設。ミルトン・マルガイが代表に。
1954	全人民会議（APC）創設。シアカ・スティーブンスが議長に。
1961.4.27	英国から独立。
1962	国会議員選挙でシエラレオネ人民党（SLPP）が勝利。ミルトン・マルガイを首相に選出。全人民会議（APC）が野党第一党に。
1964	シアカ・スティーブンス、フリータウン市長に当選。
1964.4.	ミルトン・マルガイ首相死去。異母弟のアルバート・マルガイが首相に就任。
1967.3	国政選挙でAPCが勝利。モハメド・フォルナは圧倒的得票数で国会議員に選出される。
1967.5	デービッド・ランサナ准将がクーデターを起こし、総督やスティーブンス、フォルナらを逮捕。国家改革協議会（NRC）を設置。アンドリュー・ジャクソン＝スミス准将が議長に就任。
1968.4	ジョン・バングラ准将らが軍事クーデターを起こし、NRC政権を倒す。APC-SLPP連合政権樹立。APCのスティーブンスが首相に就任。モハメド・フォルナは財務大臣に。
1968.11	地方での治安の悪化を理由に非常事態宣言。
1970.9	閣僚のモハメド・フォルナとイブラヒム・タキが辞表を提出。APCは2人

	を除名処分に。
	モハメド・フォルナとイブラヒム・タキ、ジョン・カレファ＝スマートらが中心になって統一民主党（UDP）を創設。
1970.10	スティーブンスはUDPを非合法化し、モハメド・フォルナらUDP幹部を逮捕。
1971.4	共和制に移行。スティーブンスが大統領に就任。
1974.7	「政府転覆未遂事件」の容疑でモハメド・フォルナとイブラヒム・タキらが逮捕される。
1975.7.19	モハメド・フォルナとイブラヒム・タキほか6名が国家反逆罪で絞首刑。
1977.2	学生らによる反政府デモが多発。
1978.5	一党制を規定した憲法の採択により、APCのみの一党制国家に。
1980.7	アフリカ統一機構（OAU）サミットがフリータウンで開催される。
1985.8	軍司令官のジョゼフ・サイドゥ・モモ少将がスティーブンスの後継者に指名される。
1985.10	モモが99.9%の得票率で大統領に選出される。
1986.5	国会議員選挙。APCが全議席を独占。
1990.11	複数政党制への復帰を目指す憲法改正の準備が始まる。
1991.3	国家憲法改正検討委員会が複数政党制の導入を明記した憲法改正案を国会に提出。
	約100人の武装集団が国境を越えて侵攻。元シエラレオネ軍伍長のフォディ・サンコーが率いる集団は「革命統一戦線」（RUF）と名乗る。
1991.8	憲法改正を問う国民投票で賛成票が多数を占める。
1991.9	複数政党制を規定した憲法を採択。
1992.1	RUFが南東部のダイヤモンド産出地域で戦闘を展開。一般市民に対する残虐行為が深刻化。
1992.4	若い兵士によるクーデター。モモ大統領は隣国ギニアに亡命。
1992.5	バレンタイン・ストラッサー大尉が国家暫定統治評議会（NPRC）議長に就任。ストラッサーは政治を浄化し、内戦を終わらせることのできる改革者というイメージによって人々に歓迎された。
1992.12	NPRCはモモ支持者とみられる26人を軍事政権に対して陰謀を企てたと

	して処刑。
1993	政府は軍を増強するために、都市のストリート・チルドレンや孤児を含む、訓練を受けていない人々を新規兵として徴用。後に「sobel」（政府軍兵士と反乱軍戦闘員の一体化）として知られるようになる。
1993.7	ジュリアス・マーダ・ビオ准将がNPRC副議長に就任。
1995.4	南アフリカの民間軍事会社エクゼクティブ・アウトカム（EO）が雇い入れられ、対RUF戦で大きな成果を上げる。
1995.12	EOの支援で、カマジョー（メンデの狩猟を生業とする私兵）を組織。
1996.2	大統領・国会議員選挙でSLPPが勝利。大統領選挙では決選投票の末、SLPPのアフマド・テジャン・カバーが選出される。
1996.11	政府とRUFがアビジャンで和平合意を結ぶ。
1997.5.	シエラレオネ政府軍兵士による刑務所襲撃。クーデター未遂事件で拘束中のジョニー・ポール・コロマ少佐らが解放され、カバー大統領はギニアに亡命。国軍革命評議会（AFRC）が設置され、RUFとの連立政権が誕生。
1997.6	新政権の議長にコロマが、副議長にRUFのサンコーが就任。
1998.1	西アフリカ諸国経済共同体監視団（ECOMOG）とAFRC部隊の戦闘が繰り返される。
1998.3	カバー大統領が帰国。
1998.7	国連安保理事会が国連シエラレオネ監視団（UNOMSIL）派遣を決議。
1998.10	1997年5月のクーデターに関連して、国家反逆罪や殺人などで24名の軍人を公開処刑。
1999.1.6	AFRC/RUFがフリータウンに侵攻。市街戦が激化。
1999.7.7	ロメ和平協定調印。
1999.10	国連安保理事会が国連シエラレオネ派遣団(UNAMSIL)の派遣を決定。
1999.11.6	武装解除・動員解除・再統合（DDR）が始まる。
2000.5.2.	ECOMOG軍が完全撤退。
2000.5	RUFによるUNAMSIL要員への攻撃が続き、DDR活動が中断。 RUFによる国連平和維持軍の要員約500名の拘束事件が発生。リベリアのテーラー大統領の仲介で全員解放。

2000.5.17	サンコーの身柄を自宅近くで拘束。
2000.8	サンコーに代わってイッサ・セセイがRUF暫定代表に。
2000.11.10	シエラレオネ政府とRUFがアブージャ停戦合意に調印。
2001.3	国連安保理事会がUNAMSIL要員を最大17,500人に拡大する決議を採択。UNAMSILは史上最大規模の国連平和維持軍に。
2001.5.18	DDR活動が再開。
2002.1.16	国連とシエラレオネ政府がシエラレオネ特別法廷設置合意文書に調印。
2002.1.17	武装解除・動員解除が正式に終了。
2002.1.18	大統領が戦闘状態の終了と非常事態宣言の解除を正式に発表。
2002.5	大統領・国会議員選挙。現職のカバー大統領が圧倒的勝利で再選。国会ではSLPPが約70%の議席を獲得。
2002.7	シエラレオネ特別法廷が活動を開始。
2004.4	シエラレオネ真実和解委員会（TRC）が公聴会を開始。
2004.10	TRCが「真実の証言：シエラレオネ真実和解委員会報告書」を大統領に提出。
2005.12.31	UNAMSILの完全撤退。
2007.8	大統領・国会議員選挙でAPCが勝利し、決選投票でアーネスト・バイ・コロマが大統領に。国会でAPCが第1党に。平和裏に政権交代が実現。
2012.11	大統領・国会議員選挙でAPCのコロマ大統領が再選され、国会でAPCが第1党を守る。
2014 - 2015	エボラ出血熱が流行。2014年7月には非常事態宣言が出され、2015年11月の流行終息宣言までに約4,000人が死亡したと推定される。
2018.3	大統領・国会議員選挙。決選投票でSLPPのジュリアス・マーダ・ビオが大統領に。国会ではAPCが多数を占める。1961年に、NPRC副議長であったビオは、無血クーデターによってストラッサー議長を追放した。

※落合雄彦（2011）「紛争関連年表」落合雄彦編『アフリカの紛争解決と平和構築』（昭和堂、pp.205 - 260）等を参考に作成

［著者］

アミナッタ・フォルナ

Aminatta Forna

作家。ロンドン大学卒。シエラレオネ人の父モハメド・ソリエ・フォルナとスコットランド人の母モーリーンの第3子としてスコットランドに生まれ、シエラレオネ、ナイジェリア、英国で育つ。父は、1967年の国政選挙に野党の全人民会議（APC）から立候補して圧倒的な勝利を収め、シアカ・スティーブンス首相のもとで財務大臣を務めた人物である。74年、アミナッタ10歳のときにその父は逮捕され、翌年、国家反逆罪で絞首刑になる。
本書をはじめ小説でも多くの賞を受賞。これまでに18の言語に訳されている。ジャーナリストとしてラジオ・テレビ等で活動、大学でも教鞭を執る。世界9カ国の女の子が直面する問題を取り上げたドキュメンタリー映画『Girl Rising ～私が決める、私の未来～』（2013）ではディレクターとしてシエラレオネ編を担当。

［訳者］

澤 良世

Nagayo Sawa

神戸市生まれ。1985年から2004年まで国際連合児童基金（ユニセフ）広報官を務める。東京大学大学院総合文化研究科「人間の安全保障」プログラム博士過程満期退学。長年にわたりサハラ以南のアフリカ各地を訪れ、西アフリカ・シエラレオネでの現地調査に携る。デービッド・E・アプターとの共書に *Against the State: Politics and Social Protest in Japan*（1984年、Harvard University Press）がある。『児童の権利条約　その内容・課題と対応』（石川稔・森田明／編、1995年、一粒社）において「ユニセフの対応」の章を担当し、『アフリカの紛争解決と平和構築　シエラレオネの経験』（落合雄彦編、2011年、昭和堂）において「社会再統合とバイク・タクシー」の章を担当するなど、執筆でも活躍。

亜紀書房翻訳ノンフィクション・シリーズ　Ⅲ-7

シエラレオネの真実

父の物語、私の物語

2018年10月11日　第1版　第1刷発行

著　者

アミナッタ・フォルナ

訳　者

澤 良世

発行所

株式会社亜紀書房

〒101-0051　東京都千代田区神田神保町1-32

電話　03(5280)0261

http://www.akishobo.com

振替　00100-9-144037

印刷所

株式会社トライ

http://www.try-sky.com

装　丁

APRON（植草可純、前田歩来）

ISBN978-4-7505-1558-8

11°
10°
GUINEA
SIERRA LEONE
AFRICA
10°
9°
8°
7°
Koidu
EASTERN
Kailahun
Bomi
Daru
Kenema
mi
LIBERIA
11°
10°